LAURIE McBAIN

Durch Himmel und Hölle

Buch

Die blutjunge Lady Elysia Demarice hat schon früh gelernt, daß man um sein Glück kämpfen muß. Nach dem tragischen Tod ihrer Eltern entflieht sie den Klauen ihrer herrschsüchtigen Tante. Einsam und mittellos begibt sie sich auf eine gefährliche Odyssee durch das England des 18. Jahrhunderts. Unterwegs fällt sie dem berüchtigten Lord Alex Trevenge, genannt der »Teufel«, in die Hände, der Frauen nur dazu benutzt, um seine sinnlichen Gelüste zu befriedigen. Die schutzlose Lady rührt auf eine seltsame und bisher unbekannte Weise sein Herz. Doch die stolze Elysia verweigert sich ihm standhaft, auch als er sie schließlich heiratet. Eine gefährliche Haßliebe entbrennt zwischen den beiden, bis in einer sturmumtosten Nacht ihre unterdrückte Leidenschaft explodiert ...

Autorin

Laurie McBain hat mit ihren Büchern bereits vor Jahren Millionenauflagen erreicht. Ihre Romane liegen in vielen verschiedenen Sprachen vor.

Von Laurie McBain ist außerdem bei Portobello lieferbar

Entführung ins Paradies. Roman (55194)

Laurie McBain

Durch Himmel und Hölle

Roman

Deutsch von
Dinka Mrkowatschki

PORTO BELLO

Die Originalausgabe erschien unter dem Titel
»Devil's Desire«
bei Avon Books, New York

Umwelthinweis:
Alle bedruckten Materialien dieses Taschenbuches
sind chlorfrei und umweltschonend.

Portobello Taschenbücher erscheinen im
Goldmann Verlag, München, einem Unternehmen
der Verlagsgruppe Random House GmbH.

Einmalige Sonderausgabe Oktober 2002

Dieses Werk wurde vermittelt durch die
Literarische Agentur Thomas Schlück GmbH, 30827 Garbsen
Umschlaggestaltung: Design Team München
Umschlagillustration: Agt. Schlück/Ennis
Druck: Elsnerdruck, Berlin
Verlagsnummer: 55303
KvD · Herstellung: Lisa Weber
Made in Germany
ISBN 3-442-55303-2
www.portobello-verlag.de

1 3 5 7 9 10 8 6 4 2

Tränen, nichts als Tränen, was sie bedeuten, weiß ich nicht,
Tränen aus der Tiefe göttlicher Hoffnungslosigkeit
Steigen aus dem Herzen und sammeln sich in den Augen,
Die auf die glücklichen, herbstlichen Felder schauen,
Und an die Tage denken, die verflossen sind.

Tennyson

1. Kapitel

Am wolkenverhangenen nachmittäglichen Himmel schwebte anmutig eine Lerche; der Schatten, den ihre ausgebreiteten Flügel warfen, glitt rasch über die farbenfrohe Herbstlandschaft. Ihr fröhliches Lied durchbrach die Urstille des Waldes und die kalte Luft. Die hohen Töne drangen durch das dichte Blätterdach der Äste, und als sie den weichen, lehmbedeckten Waldboden erreichten, verschluckte der helle Teppich gefallener Blätter das Geräusch.

Der Wald summte vom Zwitschern und Schwätzen der fleißigen Waldbewohner, die zufrieden ihre Vorräte für den nahenden Winter sammelten, bis ein neuer Ton in das Tiergeschnatter eindrang und sich Schweigen über die Lichtung senkte. Ängstliche Stille breitete sich aus, als das bedrohliche Geräusch von bellenden Hunden und hämmernden Pferdehufen in der Ferne ertönte.

Die schnatternden Vögel strichen hoch, und die Eichhörnchen mit ihren buschigen Schwänzen verschwanden in ihren sicheren Unterschlupf, als eine Gestalt hinter den Bäumen auftauchte, Zweige knackten, und sie erschien auf der Lichtung.

»Tally-ho!« Lautes Gelächter übertönte die Geräusche der Jagd. »Wo ist das rothaarige Weib? Verdammt noch mal! Verlier sie jetzt ja nicht aus den Augen, Mann!«

Die erregten Stimmen schreckten eine reglose Gestalt auf, versetzten sie in Bewegung, als sie lauter wurden und die Reiter immer näher kamen. Dann waren die Stimmen nur noch ein bedrohliches Geräusch, das sich mit dem Schnauben der Pferde vermischte.

Sie näherten sich, und Elysia spürte beinahe ihren heißen Atem im Nacken, während sie ihre Röcke raffte und schnell über einen Baumstamm kletterte. Sie hielt inne, um nach Luft zu schnappen und lehnte sich haltsuchend an einen anderen Baum. Sie konnte die lauten Stimmen der Männer hören, die ganz in ihrer Nähe das Unterholz absuchten, um ihr Versteck zu finden. Sie zitterte, als sie das rauhe Bellen der Hunde hörte und durch die Bäume sah, wie sich die Reiter zu ihr vorarbeiteten. Jede Sekunde brachte sie näher.

Sie stand reglos da, starr vor Furcht, und ihre Augen wurden unruhig, wie die eines gefangenen Tieres, suchten nach einem Ausweg. Plötzlich entdeckte sie den ausgehöhlten Stamm eines umgestürzten Baumes. Die Öffnung war durch Farnwedel und Unkraut, die um das Loch wuchsen, halb verdeckt. Sie schlüpfte schnell in die kühle, schützende Dunkelheit, zog die dicken Farnwedel wieder hinter sich zusammen und streckte sich auf dem modrigen und feuchten Boden aus. Sie erschauderte, als sie die kleinen krabbelnden Bewohner des verrottenden Baumes spürte. Elysias Atem stockte, als sie das Stampfen der Hufe direkt auf sich zukommen hörte; es ließ die Erde unter ihrem Körper erbeben, bis sie glaubte, von ihnen totgetrampelt zu werden.

»Verdammter Idiot! Du hast sie entkommen lassen!« sagte eine gereizte Stimme, die so nahe war, daß Elysia zusammenzuckte.

»Verflucht, du hast mich aufgehalten – weil du sie überall zu sehen glaubst«, beschwerte sich eine andere Stimme.

»Der erste anständige Weiberrock, den ich in dieser verdammten Gegend gesehen habe, und was passiert?« wollte die erste Stimme, vor Selbstmitleid triefend, wissen. »Sie entkommt uns. Hast du das herrliche Haar gesehen! Ein echter kleiner Fuchs – und die langen

Beine! Bei Gott, ich lass' mir meine Beute nicht nehmen, wenn ich mir die Mühe gemacht habe, sie zu jagen!«

Elysia hörte seinen Sattel knarzen, als der Reiter sich ungeduldig bewegte, und auch das unheilvolle Klatschen einer Reitpeitsche, die gegen behandschuhte Handflächen geschlagen wurde.

»Wo sind die verdammten Hunde? Wir hätten sie inzwischen schon gestellt, wenn die Hunde ihre Spur aufgenommen hätten. Ich hätte schwören können, daß ich hier was gesehen hab.«

»Es hört sich an, als hätten sie dort drüben was entdeckt«, meinte der andere Mann, als aus der Ferne laute Stimmen und Bellen zu hören waren.

»Verflucht! Hoffentlich ist es das Weibsstück! Ich zieh' ihnen die Haut ab, wenn sie nur einen Hasen aufgestöbert haben. Ich will das Mädel heut nacht als Bettwärmer haben. Hier ist es zu kalt, um allein zu schlafen.« Er seufzte verbittert. »Wir müssen sie bald finden, ich bin nämlich fertig; zu verdammt müde zum Atmen, und erst recht zu müde, um mich mit dem Mädel zu belustigen. Ich wünschte, wir wären wieder in London – dort muß ich meinem Vergnügen nicht nachjagen. Da gibt es einen Haufen toller Weiber, die drum betteln, daß ich sie anschaue«, prahlte er.

»Du wirst langsam schlapp, mein Freund. Die Jagd gibt dem Sieg die Würze, aber wir sollten uns auf den Weg machen, sonst hast du heute nacht nur deine alte Haushälterin, die dir deine Knochen wärmt«, kicherte sein Freund.

»Ich werde mich an dem roten Weibsbild wärmen. Du kannst meine Haushälterin haben oder jemanden vom Küchenpersonal – das ist eher dein Stil«, sagte er laut lachend.

»Du hast sie noch nicht, und wer weiß, vielleicht zieht sie mich vor, wenn sie einen Blick auf dich geworfen hat.«

»Verdammt noch mal, das wird sie nicht«, ließ er sich ködern. »Ich wette um mein schwarzes Gespann, daß sie mich bittet, sie nach London mitzunehmen, bevor die Nacht vorbei ist.«

Elysia hörte ihr Lachen und erschauderte, als die zerbrechlichen Wände ihrer Zuflucht bebten und die Reiter mit ihren Pferden über den Baumstamm hinwegsetzten und durch den Wald auf das aufgeregte Bellen ihrer Jagdhunde zuritten.

Elysia lauschte den sich entfernenden Hufschlägen. Nervös spähte sie zwischen den Farnwedeln hindurch und sah nur die leere Lichtung vor sich. Endlich waren sie verschwunden.

Langsam, wie ein gehetztes Tier, kroch sie aus der Geborgenheit der Höhle – zögernd, als würde sie den Geruch des Feindes wittern, um beim ersten Anzeichen von Gefahr zur Flucht bereit zu sein. Während sie sich ihren Weg durch das Dickicht bahnte, fühlte sie, wie ihr Tränen der Wut und Angst in die Augen stiegen.

Ihre Lippen bebten, sie fühlte sich wie ein Tier, das man zum Vergnügen jagte. Es war nicht verwunderlich, daß die Dorfleute ihre Töchter nicht von ihrer Seite ließen, wenn die wilden Adligen, die feinen Londoner Gentlemen, ihren Landgütern ihre unregelmäßigen Besuche abstatteten. In ihren gutgeschnittenen Röcken und Spitzenkrawatten, mit ihren langgliedrigen, juwelengeschmückten weißen Händen, verlangten und erwarteten sie alles, was sie begehrten, und richteten während der paar Tage, an denen sie ihre Landgüter besuchten, beträchtlichen Schaden an. Sie mißbrauchten ihre angestammten Rechte, indem sie ihre Pächter einschüchterten und deren Töchter verführten. Vom Zimmermädchen bis zur Kuhmagd – kein hübsches Gesicht war vor ihrer Begierde sicher.

Und jetzt war sie, Elysia Demarice, Tochter aristokratischer Eltern, zutiefst gedemütigt und mußte, geduckt wie ein verängstigtes Tier, um ihr Leben fürchten. Sie mußte die Schmach ertragen, von übermütigen jungen Londoner Adligen verfolgt zu werden, die nur ihre fleischlichen Gelüste befriedigen wollten. Stünde sie noch unter dem Schutz ihres Vaters, würde niemand wagen, sich ihr zu nähern; sie war ihnen nach Rang und Stellung ebenbürtig. Schönheit war eine Belastung, wenn man nicht den Schutz der Familie genoß.

Aber eine viel größere Gemeinheit, überlegte Elysia, war die Heimtücke ihrer Tante. Sie hatte sie hierher, an die nördliche Grenze ihres Besitzes geschickt, obwohl sie wußte, daß der junge Lord Tanner mit einer Gruppe seiner verrufenen Freunde auf Besuch war. Der Gedanke, daß sie ihm über den Weg laufen könnte, während sie harmlos nach Eicheln suchte, war wahrscheinlich in Tante Agathas Hinterkopf herumgekrochen wie ein Wurm in einem faulen Apfel.

Tante Agatha schien ein sadistisches Vergnügen daran zu finden, sie in die unterste Schicht der menschlichen Existenz hinabzudrükken. Welche Sünde hatte sie begangen? Welche Götter hatte sie erzürnt, um ein solches Schicksal zu verdienen? überlegte Elysia verzweifelt. Wenn sie nur die Uhr zurückdrehen und die glücklicheren Tage wieder heraufbeschwören könnte. Die glücklicheren Zeiten, die Unschuld ihrer Kindheit – das waren die Dinge, von denen sie träumte.

Elysia verlangsamte ihre Schritte. Sie fühlte sich sicher, als sie an einer Wiese mit weidenden Schafen vorbeiging, ohne die Disteln und den Schlamm zu beachten, die an ihrem Rocksaum klebten. Sie schritt den steinigen Pfad hinunter, gedankenverloren, ohne die dunklen Wolken zu sehen, die sich im Norden sammelten, oder zu fühlen, wie der Wind immer stärker wurde und an den farbigen Herbstblättern auf den Bäumen zerrte.

Der Wind peitschte die Haare, die ihr Gesicht umrahmten, wild durcheinander und brachte Farbe in ihre blassen Wangen. Elysia zog ihr Tuch enger um die Schultern, weil die wachsende Kälte durch ihr dünnes Wollkleid drang.

Leichtfüßig wie eine Katze sprang sie auf die nassen und schlüpfrigen Steine, die im rauschenden Bach lagen, und landete sicher auf dem gegenüberliegenden Ufer. Sie blickte auf ein großes Haus, das in einiger Entfernung stand. Ein kleiner Hain stämmiger Eichen entzog es teilweise ihren Blicken, aber sie kannte die unfreundlichen

Umrisse ganz genau. Sie kannte jeden häßlichen grauen Stein in seinen Mauern, jedes geschlossene Fenster und jede verschlossene Tür – sie alle waren in ihrer Gehirnrinde eingegraben.

Elysia wäre nur zu gern weitergegangen, vorbei an dem alten Haus, hätte es links liegengelassen, ohne es eines Blickes zu würdigen, aber sie konnte es nicht. Sie wohnte seit dem Tod ihrer Eltern in Graystone Manor, dem Haus ihrer Tante.

Wie anders war ihr Leben damals, vor diesem schicksalsschweren Tag! Niemals würde sie das Bild vergessen, als der elegante neue Wagen ihres Vaters in einer scharfen Kurve nahe am Haus aus dem Gleichgewicht geriet. Die wildgewordenen Pferde rasten die Straße hinunter und zogen den umgestürzten Wagen, unter dem ihre hilflosen Eltern begraben waren, hinter sich her.

Ihr Tod hatte Elysia allein auf der Welt zurückgelassen. Ohne Vormund war es ihr unmöglich, die Angelegenheiten des Besitzes zu ordnen, während eine Horde von Rechtsanwälten und Kaufleuten wie Geier, die Aas riechen, über sie herfielen.

Ihr Vater, Charles Demarice – ahnungslos, welches Schicksal ihn erwartete –, hatte kein Testament hinterlassen. Nach seinem Tod gab es kein Einkommen mehr – Spielgewinne, von denen sie von der Hand in den Mund ihr Leben gefristet hatten. Diese, zusammen mit dem Erbe, das ihrem Vater von seiner Großmutter hinterlassen worden war, hatten ihnen ermöglicht, anständig, wenn auch nicht luxuriös zu leben. Aber nun entdeckte Elysia zu ihrem Entsetzen, daß alles, was von dem Erbe noch übrig war, aus Schulden bestand.

Ihr Haus, mit allen Möbeln und auch die Pferde mußten verkauft werden. Es würde sehr schwer sein, Rose Arbor, das Herrschaftshaus, das ihr seit ihrer Geburt vertraut war, zu verlassen, und der Gedanke, sich von ihrem Lieblingspferd, dem Hengst Ariel zu trennen, war unerträglich.

Sie und ihr Bruder Ian hatten sehr früh gelernt mit Pferden umzugehen, und Elysia war eine hervorragende Reiterin, der nur wenige Männer ebenbürtig waren. Ihr Vater und Gentle Jims, der Reitknecht der Familie, der Pferde kannte wie kein anderer und dessen Hand am Zügel leicht war wie die eines Babys, hatten es ihr beigebracht. Reiten war Elysias ein und alles – ihr Lebensodem, und sie ritt wie ein wilder, freier Moorgeist. Ariel war ein reinrassiger Araberhengst, geschmeidig und weiß, seine schlanken Beine berührten kaum den Boden, wenn er mit der übermütigen Elysia auf dem Rücken durch die nebeligen Morgen sprengte.

Elysia wußte, daß sie mit ihren Eskapaden den Dörflern viel Unterhaltungsstoff bot. Sie hatte von dem Klatsch über sich erfahren, aber die Gerüchte berührten sie nicht; eigentlich hatte es sie amüsiert, wenn sie hörte, was besonders die selbsternannte Dorfälteste, die Witwe McPherson, über sie redete.

»Es ist nicht normal, wie sie dieses Pferd reitet. Ihr werdet es mir nicht glauben, wenn ich euch sage, daß sie mit dieser Kreatur spricht, jawohl, bei allem, was mir heilig ist – der Hengst versteht sie sogar!« schrie sie herum. »Ich sehe dunkle Wolken am Horizont. Sie ist eine Heidin, sag' ich euch.« Aber Elysia hatte nur gelacht, wenn sie von den Ausbrüchen der Witwe hörte, die sie vor einem begeisterten Publikum lieferte.

Die Witwe McPherson hatte die Dörfler während der Jahre, in denen die Demarices in dem Herrschaftshaus in der Nähe des Ortes wohnten, mit vielen unheilträchtigen Weissagungen gewarnt. Die Dorfbewohner begannen, an ihre Vorhersagungen zu glauben, als Elysias Bruder, ein Offizier in der britischen Marine, nur einen Tag nach dem tragischen Tod seiner Eltern auf See umkam. Die Dörfler kauerten hinter verschlossenen Türen, als Elysia, nachdem sie die Hiobsbotschaft erfahren hatte, um Mitternacht wie eine Besessene mit wehendem langen Haar auf Ariel, einem weißen Blitz in der Dunkelheit, durchs Dorf galoppierte.

In dieser Nacht war Elysia zum letzten Mal auf Ariel geritten. In der folgenden Woche kam eine Verwandte, die sie noch nie kennengelernt hatte, in Rose Arbor an und behauptete, die Stiefschwester ihrer Mutter zu sein. Elysia erinnerte sich dunkel daran, daß ihre Mutter ihr von einer Stiefschwester erzählt hatte, bei der sie als junges Mädchen gewohnt hatte. Mehr wollte ihre Mutter ihr nicht erzählen. Am besten man vergißt die Vergangenheit, hatte ihre Mutter traurig gesagt, mit einem schmerzlichen Blick, der an vergangene Pein erinnerte, und es war das einzige Mal, solange sie denken konnte, daß Elysia sie so unglücklich gesehen hatte.

Agatha Penwick, eine große, hagere Frau in den Fünfzigern, übernahm das Kommando in Rose Arbor und alle geschäftlichen und finanziellen Angelegenheiten mit autoritärem Geschick. Ihr hageres Gesicht mit der langen, dünnen Nase wirkte steinern, und die kleinen, farblosen Augen inspizierten mit einem abschätzenden, berechnenden Blick das Haus – den Wert jedes Gegenstands bis auf den letzten Schilling taxierend.

»Ich bin die einzige lebende Verwandte deiner Mutter, und ich glaube, dein Vater hatte niemanden, der die Verantwortung für deine Erziehung übernehmen könnte«, sagte sie kalt und ohne eine Spur Wärme oder Mitleid in der Stimme. »Alles was übrigbleibt, wenn die Schulden bezahlt sind, werde ich beanspruchen, um dir ein geeignetes Heim zu bieten.«

Dann ließ Agatha den größten Teil des Familienbesitzes versteigern und erfreute damit die Gläubiger der Demarices und die Rechtsanwälte. Alle waren mit dem Ergebnis zufrieden – alle, bis auf Elysia, deren Wünsche rücksichtslos, als sentimentaler Unsinn übergangen wurden.

Elysia war untröstlich, als Agatha herzlos alle treuen Bediensteten der Demarices entließ, von denen die meisten der Familie über dreißig Jahre lang gedient hatten.

»Sie müssen sich nach einer anderen Stellung umsehen. Ich kann sie nicht gebrauchen, und außerdem sind die meisten schon zu alt.

Die nützen mir nichts«, antwortete sie barsch auf Elysias Bitten, sie mit nach Graystone Manor zu nehmen.

Elysia versuchte, die Bediensteten zu beruhigen; versprach ihnen, neue Arbeitsplätze für sie zu finden, sobald sie konnte. Aber sie bezweifelte, ob die ältesten Dienstboten noch neue Arbeitgeber finden würden – oder wollten. Sie waren bereit, sich zur Ruhe zu setzen – bei den Demarices hatten sie nur aus Liebe und Loyalität ausgeharrt.

In der Nacht vor der Abreise von Rose Arbor versuchte Bridget, ihre alte Kindermagd, sie unter Tränen zu trösten, während sie Elysias seidiges Haar bürstete, wie sie es jeden Abend getan hatte, seit Elysia ein kleines Mädchen war. »Passen Sie auf sich auf, Miss Elysia, und zerbrechen Sie sich nur nicht den Kopf meinetwegen. Wenn Sie mich brauchen – Sie wissen ja, wo ich mich aufhalten werde, und wenn auch das Haus meiner Nichte nicht sehr groß ist und weit weg in Wales, sind Sie immer willkommen. Warten Sie's ab, bald könnten wir wieder zusammen sein, meine Kleine, so wie früher, und eines Tages werde ich Ihre Babies Bäuerchen machen lassen, wie ich's mit Ihnen und Ian, Gott hab' ihn selig, gemacht habe.«

Elysia hatte gelächelt und ihr Recht gegeben, aber irgendwie hatte sie gewußt, daß nichts mehr je wieder so sein würde, wie es einmal gewesen war.

Die Tränen stiegen ihr immer noch in die Augen, wenn sie an Ariel dachte. Ihre Tante hatte ihn zum Verkaufen nach London geschickt, weil er dort einen höheren Preis erzielen würde als im Norden. Elysia hatte weinend gefleht, ihn behalten zu dürfen, aber Agatha setzte sich über ihre Bitten abfällig hinweg. Da, wo sie jetzt hinginge, hätte sie wenig Zeit zum Reiten und Spielen, sagte sie.

Elysias einziger Trost bestand darin, daß Gentle Jims nach London gegangen war, wo er sich eine neue Stellung suchen wollte und sich persönlich um Ariel kümmern würde, bis er verkauft war. Sie wußte, daß Gentle Jims gut für Ariel sorgte, der, mit Ausnahme von ihr und Jims, niemand an sich ran ließ. Elysia hatte sich deswegen Sorgen gemacht – sie hatte gefürchtet, er wäre für jeden anderen wertlos. Sie konnte nur hoffen, daß, wer immer ihn erwerben würde, geduldig mit ihm umgehen und ihm die Chance geben würde, sich an einen neuen Herrn zu gewöhnen. Es war zuviel der Hoffnung, daß Jims bei ihm als Trainer bleiben könnte. Aber Elysia wußte, daß sie niemals aufhören würde, sich um Ariel Sorgen zu machen; noch würde sie ihn je vergessen können.

Graystone Manor war genauso düster und grau, wie der Name andeutete, dachte Elysia, als sie die runde Auffahrt zu dem schmucklosen Eingang hinauffuhren.

Das war vor zwei Jahren gewesen. Elysias Gedanken kehrten zurück in die Gegenwart, während sie dastand und das graue Haus anstarrte, das sich nie zu verändern schien.

Mit einem tiefen Seufzer schritt sie die Anhöhe hinauf, durch den Eichenhain, der stark und unbesiegbar Jahr für Jahr dem Regen und dem Wind trotzte und jedes Frühjahr noch stärker und widerstandsfähiger ergrünte. Wenn sie nur etwas von der Stärke und Ausdauer der Eichen hätte, dachte sie mit wachsender Verzweiflung, als sie ums Haus ging. Elysia strebte zum Dienstboteneingang und stieß vorsichtig die schwere Holztür auf, um nicht auf sich aufmerksam zu machen. Sie stieg leise die Hintertreppe zum ersten Stock hinauf, dann durch eine schmale Tür zu einer anderen Treppe, die dahinter versteckt war und ohne Teppich zu den Dienstbotenzimmern führte, wo sie einen Raum, der noch ein Stockwerk höher vor dem Zugang zum Speicher lag, bewohnte. Dort hatte Elysia ein Bett, einen alten Stuhl, der mit ausgebleichtem Chintz bezogen war, einen verschlissenen Teppich und eine kleine Kommode für ihre paar Habseligkeiten. Ihre armseligen Kleider hingen an einer Stange in der Ecke und schienen sie wegen ihres Aussehens zu schelten.

Elysia blickte voller Abscheu auf ihre Kleider. Sie hingen wie Lumpen an der Stange; die Ärmel an den Ellbogen immer wieder geflickt, die Säume und Manschetten ausgefranst und ausgebleicht. Es schmerzte sie, an den Schrank voller farbiger Satin- und Samtkleider zu denken, die sie einst getragen hatte; die passenden Schuhe, die vorwitzig unter den Rocksäumen hervorlugten. Elysia drehte sich weg, die schweren Holzschuhe an ihren Füßen kratzten laut über den Boden; praktische Schuhe, die einem auf regennassen Feldern und lehmigen Wegen gute Dienste leisteten, weil sie die Nässe abhielten, wie es die dünnbesohlten Satin- und Lederschühchen nie gekonnt hätten.

Elysia zitterte in ihrem feuchten Kleid, das auf ihrer ausgekühlten Haut klebte. Sie fing gerade an, ihr Mieder aufzuknöpfen, als es an der Tür klopfte. Sie beobachtete, ohne etwas zu sagen, wie jemand versuchte, den Türknopf zu drehen, aber das Schloß, das sie an der Tür angebracht hatte, hielt dem ungebetenen Besucher stand. Es klopfte wieder, aber diesmal etwas ungeduldiger.

»Antwortet doch. Ich weiß, daß Ihr da drin seid. Ich habe eine Botschaft für Euch von der Herrin.«

Elysia öffnete zögernd die Tür, sie fürchtete sich vor der Auseinandersetzung mit dem stämmigen Lakai, der frech und mit einem unverschämten Grinsen vor ihr stand.

»Na, das ist schon besser«, sagte er, während seine Augen ihre roten Wangen und das zerzauste Haar musterten.

»Was habt Ihr für eine Botschaft?« fragte Elysia kühl.

»Ihr seid aber nicht gerade freundlich. Ihr wißt doch, daß ich alles ein wenig leichter machen könnte für Euch, wenn Ihr nur ein wenig netter zu mir wärt.« Er streckte seine große schwielige Hand mit dreckigen abgebrochenen Fingernägeln aus, um einen Knopf zu berühren, den Elysia in ihrer Eile vergessen hatte zu schließen.

Sie schlug ihm auf die Finger und blitzte ihn warnend an. »Wag es ja nicht, mich anzufassen!«

Er lachte nur, aber seine Augen waren kalt und tödlich wie die einer Schlange, die ihr Opfer beobachtet, bevor sie zustößt.

»Die feine Dame, wie? Ich hab' geglaubt, das hätten sie Euch schon abgewöhnt – aber nein, Ihr seid Euch wohl immer noch zu gut für so einen wie mich? Na, wir werden schon sehen, meine Feine.« Er grinste Elysia ins Gesicht. »Ich krieg' Euch schon noch, meine Schöne, Ihr könnt alle Mägde fragen, ob ich sie nicht gut behandle – richtig gut.«

Er schnippte verächtlich mit einem Finger gegen das Schloß. »Und glaubt ja nicht, daß das Stückchen Metall mich abhalten wird.«

»Auspeitschen sollte man dich, und wenn du weiterhin so unverschämt bist, werde ich...«

»Was werdet Ihr?« fragte er bedrohlich. »Zur Tante rennen? Ha, da lach' ich doch! Warum seid Ihr denn hier oben und arbeitet härter als jede Küchenmagd? Nein, mich schreckt Ihr nicht mit der Herrin.« Er lachte triumphierend, wohl wissend, daß Elysia dies nicht leugnen konnte.

»Nein, sie würde sich wohl nicht einmischen«, stimmte Elysia leise zu, »aber ich werde dir deinen dicken Schädel durchlöchern, wenn du es wagst, Hand an mich zu legen.« Elysias Augen wurden ganz schmal, sie lächelte ein wenig, als sie leise fortfuhr: »Ich bin eine hervorragende Schützin – offengestanden, ich treffe immer, wenn ich auf so ein Ungeziefer wie dich ziele.«

Sie machte keine leeren Versprechungen, sie hatte nämlich die Pistole ihres Vaters unter der Matratze versteckt. Eigentlich wollte sie sie als Andenken bewahren, aber sie könnte auch einem anderen Zweck dienen.

Der Lakai hörte auf zu grinsen und sah das junge Mädchen, das drohend vor ihm stand, mit ganz anderen Augen an.

»Ihr bringt das tatsächlich fertig. Man erzählt sich, daß die feinen Leute oft seltsame Sachen machen. Warum wollt Ihr mich erschießen, wenn ich mit Euch nur ein bißchen Spaß haben will?« winselte er beschwichtigend, musterte sie aber immer noch mit einem hinterlistigen, berechnenden Blick.

»Was für eine Nachricht schickt meine Tante?« fragte Elysia wieder etwas selbstsicherer.

»Ihr sollt runter in den Salon kommen«, erwiderte er bockig. Dann stapfte er zornig die hölzernen Stufen hinunter.

Elysia ging hinter ihm her und überlegte, was ihre Tante wohl diesmal von ihr wollte – sich beschweren, daß die Böden nicht sauber genug geschrubbt waren oder daß die Fenster wieder geputzt werden mußten. Oder sollte sie die Bettwäsche lüften? Es war immer eine Kleinigkeit, die Elysia übersehen hatte, die aber den kritischen Augen ihrer Tante nicht entgangen war.

Sie schritt durch die Eingangshalle, in der es immer düster war, weil die dunkle Täfelung alles Licht, das durch die zwei schmalen Fenster drang, schluckte. Elysia klopfte, betrat den Salon und stellte sich schweigend und Respekt heuchelnd dem eisigen Blick ihrer Tante.

»Wie ich sehe, warst du unterwegs.« Sie blickte Elysia mißbilligend an. »Ich nehme an, du hast die Eicheln vergessen, oder? Ich habe dich gebeten, mir welche zu holen, aber du denkst immer zuerst an dein eigenes Vergnügen. Bist du auf das nördliche Feld gegangen, um nachzusehen, ja?« Tante Agathas farblose Augen leuchteten auf, während sie auf die Antwort wartete.

Elysia biß sich auf die Lippen, während sie versuchte, Zorn und Haß zu unterdrücken, der in ihr gegen diese grausame Frau aufstieg.

»Es tut mir leid, daß ich die Eicheln vergessen habe«, antwortete Elysia endlich. Sie wußte, was ihre Tante hören wollte, aber sie würde nichts sagen, was ihre perverse Neugier befriedigen könnte.

»Vergessen! Ha! So wie du aussiehst, hast du ganz andere Sachen im Kopf gehabt«, zischte Agatha, als sie den Schmutz und die Flekken auf Elysias Kleid entdeckte. »Du hast wohl gedacht, du kannst dich wie eine gewöhnliche Küchenmagd in mein Haus schleichen, nachdem du die ganze Nacht im Heu herumgerollt bist. Na, mein Fräulein, vielleicht haben wir nicht die ganze Zeit ›Blumen gepflückt‹«, spottete Agatha und blickte vielsagend auf die Feldblumen, die Elysia in ihre Schürzentasche gesteckt hatte. »Vielleicht hat deine Blume auch einer gepflückt? Hat dir vielleicht unter den Bäumen ein Stallbursche ein paar süße Küsse geraubt?« fügte sie grob mit boshaft blitzenden Augen hinzu.

Elysia zuckte unter ihren grausamen Bemerkungen zusammen und ließ, fast unbewußt, ihre Schultern niedergeschmettert hängen. Sie hatte Demütigungen und Erniedrigungen erduldet, sie war kalt bis auf die Knochen und hatte alles so satt, daß sie nicht wußte, wie lange sie das noch ertragen konnte. Sie nahm an, ihre Tante wäre mit ihren Vorhaltungen am Ende und hatte sie nur gerufen, um sich von dem Schaden, den sie mit ihrem boshaften Auftrag angerichtet hatte, zu überzeugen. Alles, was Elysia jetzt wollte, war, sich in der großen Küche am Feuer zu wärmen und eine Tasse starken, heißen Tee zu trinken. Aber Agatha packte sie am Handgelenk und hielt sie zurück, als sie gehen wollte.

»Ich will mit dir reden.«

»Ja, Tante Agatha, aber ich wollte mich zuerst umziehen und eine Tasse –«

»Später«, unterbrach sie Agatha grob. »Du läßt die feuchten Sachen an, bis ich mit dir fertig bin. Du hast nichts Besseres verdient, nachdem du dich über meine Wünsche hinweggesetzt hast.«

Und zur Strafe dafür, daß ich unversehrt zurückgekommen bin, dachte Elysia spöttisch und blickte sich in dem unfreundlichen Salon mit seiner grün- und graugemusterten Tapete, dem olivgrünen, gestreiften Satinsofa und Stühlen und dem bräunlichgrünen Teppich um. Die Tische mit den Marmorplatten und die strengblickenden Ahnenporträts an der Wand spiegelten sich in dem goldgerahmten Spiegel über dem Kamin wider, in dem ein kleines Feuer brannte, das ein wenig Wärme verbreitete, der sich Elysia automatisch näherte.

»Setz dich da drüben hin«, befahl ihre Tante und deutete auf einen der harten Stühle am Fenster. Elysia setzte sich langsam und versuchte, es sich auf dem harten Polster bequem zu machen. Sie zitterte und spürte den kalten Zug, der durch die Fensterritzen hereindrang.

Tante Agatha ließ sich gemächlich auf den gestreiften Satinkissen des Sofas nieder, das direkt vor dem Feuer stand und gierig die Wärme verschlang, die die flackernden Flammen verbreiteten. Agatha strich sich die Haare zurecht. Elysia hatte noch nie bemerkt, daß sich aus dem festen, kleinen Dutt im Nacken ihrer Tante ein Härchen gelöst hätte. Noch nie hatte Elysia das Gesicht ihrer Tante fröhlich oder liebevoll gesehen. Ihre ganze Erscheinung wirkte streng.

Während der zwei Jahre, die Elysia in Graystone Manor verbracht hatte, hatte Agatha nie ein freundliches Wort an sie – oder irgend jemanden sonst – gerichtet, aber auf sie konzentrierte sich die Feindseligkeit ihrer Tante stärker als auf alle anderen. Agatha hatte sich keine Nichte ins Haus geholt, als sie Elysia aufgenommen hatte, sondern ein Mädchen für alles, das noch den großen Vorteil hatte, sie keinen Pfennig zu kosten.

Elysia war als Lady erzogen worden und die beschützte und behütete Tochter aristokratischer Eltern gewesen, die für sie sorgten und durch Hauslehrer ihre Intelligenz förderten. Sich in der Lage einer gewöhnlichen Magd wiederzufinden – und dies im Haus ihrer eigenen Tante –, war ein schwerer Schlag. Sie war keineswegs faul, sie war immer hilfsbereit und sportlich gewesen, obwohl das für ein Mädchen ihrer Gesellschaftsschicht nicht üblich war.

Wäre ihre Familie arm gewesen, hätte sie ihren Eltern auf jede Art und Weise geholfen; es hätte ihr nichts ausgemacht, auf den Knien Böden zu schrubben. Stolz hätte sie dieses Opfer gebracht, um ihrer

Familie zu helfen. Sie hätte es niemals als Erniedrigung oder Demütigung empfunden.

Aber hier, in Graystone Manor, hatte Agatha überhaupt keinen Grund, sie in diese Lage zu bringen. Ihre eigene Tante hatte sie gezwungen, Küchenmagd zu werden, mit weniger Freiheit als der niedrigste Dienstbote, ohne jegliches Ansehen im Haus. Sie hatte sie in ein dürres Niemandsland verwiesen, losgelöst von allem und jedem. Die anderen Dienstboten, die sehr wohl wußten, daß sie von höherem Stand und die Nichte ihrer Herrin war, überließen sie ihrem Schicksal und verbannten sie aus ihrem Kreis. Sie wußten, daß Agatha nicht den kleinen Finger rühren würde, um Elysia zu helfen, und so versorgten sie sie mit mehr Arbeit, als drei Mägde schaffen konnten. Elysia kam sich vor wie in einem Arbeitshaus. Es schien, als hätte sie nie einen freien Moment – keinen Gedanken, keine Zeit für sich selbst. Man trieb sie ununterbrochen an, das Haus zu putzen, Bienenwachs in das alte Holz zu reiben, Böden zu schrubben, bis sie blitzsauber waren, die Schlafzimmer zu lüften, Bettzeug zu flicken und Schwerarbeit zu leisten, bis ihr die Schweißtropfen von der Stirn troffen und ihr Kleid naß geschwitzt war.

Und Agatha war ständig hinter ihr her und beobachtete sie, gab ihr Befehle und rührte selbst nie einen Finger. Manchmal dachte Elysia, Agatha hätte es genossen, sie mit einer Peitsche anzutreiben, während sie wieder irgendeine Plackerei hinter sich brachte.

Mit Bitterkeit erinnerte sich Elysia daran, daß sie den Gedanken gehaßt hatte, ihrer Tante zur Last zu fallen, aber jetzt wußte sie, wie sehr sie sich damit geirrt hatte. Tante Agatha führte ein sehr bescheidenes Haus, ohne jegliche Verschwendung, und Elysias bescheidener Anteil am Essen war mit der schweren Arbeit, die sie im Haus verrichtete, mehr als ausgeglichen. Sie belastete weder das Haushaltsbudget, noch war sie Agatha irgend etwas schuldig.

Und das alles zu einer Zeit, in der Elysia, mehr als je zuvor, Liebe und Verständnis gebraucht hätte – als verlassene Waise und aus allem, was sie liebte und kannte, herausgerissen. Hungrig, nur mit den Erinnerungen, die die Schmerzen stillen konnten, wenn sie nach einem freundlichen Lächeln oder einem guten Wort dürstete. Von ihrer ganzen Umgebung erntete sie nur Schimpf und Haß.

Ständig spürte Elysia Agathas farblose Augen, die sie beobachteten. Sie machte Elysia wütend; trieb sie dazu, eine Dummheit zu begehen, und genoß es dann, sie dafür zu bestrafen. Sie wußte, daß Tante Agatha geduldig auf ihren Zusammenbruch wartete – aber da konnte sie lange warten. Sie würde sie bekämpfen – wenn auch nicht äußerlich mit Wortgefechten, sondern schweigend, mit ihrem Verstand und ihrem Herzen. Ein bißchen Stolz war ihr noch geblieben.

Am Ende des Tages, wenn Tante Agathas Sticheleien unerträglich wurden und ihr ganzer Körper vor Müdigkeit schmerzte, kletterte Elysia die Treppe zu ihrer Dachkammer hinauf – ein kalter, kahler Raum in der Mansarde. Wie oft war sie am Dachfenster gestanden und hatte auf den fernen Horizont geblickt, sich nach Dingen gesehnt, die nie Wirklichkeit werden würden, und sich an Zeiten erinnert, in denen sie Grausamkeit und Bosheit, Einsamkeit und Schmerz nicht gekannt hatte.

Ihr einziger Trost, wenn sie am Abend ins Bett ging, waren ihre Träume. Sie zog ihr dünnes Nachthemd an, kroch frierend zwischen die kalten Laken und döste, während sie den Mäusen zuhörte, die in der Wand herumkrabbelten.

Hin und wieder konnte sie nach draußen flüchten, wenn Agatha eine Besorgung zu machen hatte und sie ins Dorf oder auf einen nahegelegenen Bauernhof schickte. Elysia mußte dann ihre Aufregung und Freude verbergen und so tun, als wäre es eine weitere verhaßte Pflicht. Hätte Agatha gewußt, wie sie sich auf diese Ausflüge freute, hätte sie ihr verboten, jemals wieder einen Fuß vor die Tür zu setzen; so erpicht war sie darauf, Elysia jede Freude zu verderben.

Elysia lief bei solchen Gelegenheiten vor die erdrückenden Mauern von Graystone Manor, durch die Bäume, hinunter zu dem plätschernden kleinen Bach mit dem klaren, sauberen Wasser. Sie legte sich hin und genoß die faulen Sommertage unter den Bäumen und beobachtete durch das Laub der Äste den Himmel, auf dem manchmal weiße Wolken einherzogen. Aber auch an kalten Wintertagen freute sie sich über ihre kleine Flucht in die Freiheit, vergaß die Umstände, die sie auf Gedeih und Verderb Tante Agatha ausgeliefert hatten und erinnerte sich an die lächelnden Gesichter, die jetzt nur noch geisterhafte Silhouetten waren.

Sie mußte Vergleiche anstellen zwischen dem schweigend und finster dastehenden Graystone Manor und dem kleineren Haus ihrer Eltern, voller Lachen, Fröhlichkeit und Liebe. Ihre Eltern waren so liebevoll, so voller Leben gewesen – Charles Demarice, hochgewachsen und schlank wie ein Mann von zwanzig, mit Silberfäden in seinem einstmals rabenschwarzen Haar; seine seltsam grünen Augen immer noch funkelnd, trotz seiner fünfzig Jahre – die süße Erinnerung an die anmutige Figur ihrer Mutter, gekrönt von ihrem wunderbaren rotgoldenen Haar, das in der Sonne glänzte, ihre strahlendblauen Augen.

Wenn sie nur noch bei ihr wären, dachte Elysia verzweifelt, aber sie hatten sie verlassen – so wie Ian.

Elysia blickte durch das Fenster des Salons, sie hörte nicht, was Agatha sagte, und fragte sich, wie sie die letzten zwei Jahre überlebt – nein, unter Agathas Dach dahinvegetiert hatte. Warum ihr Agatha so feindlich gesinnt war, war ihr immer noch ein Rätsel. Sie spürte, daß Tante Agatha sie schon gehaßt hatte, bevor sie ihr je begegnet war, also konnte es nichts sein, was sie getan hatte. Die einzige plausible Erklärung war, daß irgend etwas passiert sein mußte, was Agatha gegen ihre Familie aufgebracht hatte, damals, als ihre Mutter noch in Graystone Manor gewohnt hatte. Die Zurückhaltung ihrer Mutter, etwas über das damalige Leben zu erzählen, und auch das Schweigen ihres Vaters, überzeugte Elysia davon, daß etwas Unerfreuliches geschehen war, aber was, würde sie wohl nie erfahren.

Elysias wandernde Gedanken kamen in die Gegenwart zurück – der kalte Salon und Agathas harte, schrille Stimme, so kalt wie der Zug, der durch die Fensterritzen fegte.

»... und da war ich natürlich überrascht, als ich heute nachmittag Squire Masters auf dem Weg ins Dorf traf, und darüber, was er mir da erzählt hat«, sagte ihre Tante gerade.

Squire Masters. Der Name genügte, um Elysia erschaudern zu lassen. Sie hatte noch nie einen abstoßenderen Menschen kennengelernt als den Squire, und sie hoffte sehr, ihn niemals wiederzusehen. Sie war dem nicht mehr ganz jungen Witwer mit seinen drei Töchtern das erste Mal vor zwei Wochen vorgestellt worden, als sie zum Essen in Graystone Manor eingeladen waren.

Es war ein Schock für sie gewesen, als Agatha ihr mitgeteilt hatte, daß am Abend Gäste zum Dinner kommen würden und sie, Elysia, an der Gesellschaft teilhaben sollte.

Elysia aß meistens allein in einer Küchenecke oder, was ihr lieber war, von einem Tablett in ihrem Zimmer, wo sie wenigstens nicht von den Dienstboten angestarrt wurde. Nicht, daß die Mahlzeiten so einladend waren, daß man sich auf sie gefreut hätte. Was aufgetischt wurde, stillte nur den Hunger. Agatha hatte ihr eines Abends einen Vortrag gehalten, als sie ein paar Minuten zu spät gekommen war, und sie gewarnt, daß, wenn sie weiterhin zu spät zum Essen käme, sie darauf gefaßt sein könnte, nichts mehr zu bekommen. Elysia sah davon ab, ihrer Tante zu sagen, daß eine versäumte Mahlzeit nicht schwer zu verkraften war, wenn sie an das unappetitliche und schlecht zubereitete Essen und an die kleine Portion dachte, die man ihr zuteilte: die dünne Scheibe schlechtes dunkles Brot – weißes Mehl war für die Dienstboten zu teuer – und das verkochte Gemüse, mit hin und wieder einem Stück Fleisch oder Fisch.

Zum Frühstück gab's noch weniger – Tee und geschmacklose Grütze, meistens klumpig und kalt. Brot und Käse bildeten die Mittagsration. Aber im Sommer, wenn im Obstgarten die Früchte reiften, pflückte sich Elysia heimlich welche und versteckte sie in ihrem Zimmer. Wenn sie dann in der Nacht der Hunger aufweckte, verschlang sie das köstliche gestohlene Obst.

Agatha schien ungewöhnlich aufgeregt über den Besuch von Masters, befahl der Köchin eine Auswahl von Vorspeisen und Gebäck zuzubereiten. Schweine-, Schaf- und Rindfleisch wurde von einem nahen Bauernhof mit verschiedenen erlesenen Gemüsen und Früchten geschickt, die den spärlichen Produkten aus Agathas Garten weit überlegen waren.

Das beste Porzellan wurde hervorgeholt und das Silber poliert, bis es zwischen den schönen Gläsern nur so blitzte. Wohlgerüche, die einem den Mund wässerig machten, schwebten durchs Haus und brachten Erinnerungen an Delikatessen zurück, die Elysia schon seit Jahren nicht mehr gegessen hatte.

Aber im ganzen Haus herrschte verunsicherte Stimmung, als ob etwas nicht in Ordnung wäre.

Elysia rätselte über die Einladung, während sie in einem Schaff warmen Wassers den Schmutz und Dreck ihrer Tagesarbeit abwusch. Sie hatte sich das Wasser selbst heiß gemacht und die vielen Stufen hinaufgetragen, aber es war die Mühe wert, sich in dem seifigen Wasser zu entspannen.

Ihre Überraschung, eingeladen zu sein, wurde noch übertroffen, als sie ein wunderschönes, nagelneues Abendkleid an ihrer Kleiderstange hängen sah. Die anderen Kleider hingen wie arme Verwandte daneben.

Nur Agatha konnte so ein Kleid gekauft haben. Aber warum? Welches Motiv steckte dahinter? Agatha war nicht der Typ, der so etwas ohne Grund machte. Warum sollte sie Elysia auf einmal als Gast bei ihrer Einladung haben wollen? War das wieder eines ihrer sadistischen Vorhaben, oder wollte sie sie bloßstellen, um sie dann zu verspotten?

All diese Fragen gingen Elysia durch den Kopf, während sie nach unten ging und die neugierigen Blicke der Dienstboten spürte. Sie konnte ihre Neugierde gut verstehen. War sie nicht noch heute nachmittag eine von ihnen gewesen?

Elysias Erinnerung an den Abend war unauslöschlich, sie blieb in ihrem Kopf wie der Widerhall eines schrecklichen Alptraums haften. Die Bilder wurden verschwommen und grotesk, und die einzelnen Szenen wirbelten ihr unzusammenhängend durch den Kopf.

Wie konnte sie je den Anblick ihrer Tante in einem senffarbenen Abendkleid vergessen, das ihr Gesicht wie eine Totenmaske aussehen ließ, ihre langen Arme ausgebreitet, um ihre Gäste zu empfangen, Squire Masters und seine Töchter: Hope, Delight und Charmian. Elysia versuchte, sie höflich in ein Gespräch zu verwickeln, aber die Schwestern ignorierten sie und sprachen nur miteinander, oder sie stellten ihr Fragen, um dann über ihre Antworten zu spotten, wenn sie eine Meinung äußerte. Die drei wünschten sich offensichtlich, daß sich auch ihr Vater so verächtlich verhielt, aber der benahm sich ganz anders. Elysia spürte, wie seine vorstehenden Augen jede ihrer Bewegungen verfolgten.

Sie fühlte sich in dem dünnen Musselinkleid, das Agatha für sie gekauft hatte, nicht wohl. Es war wirklich sehr schön, aber das Dekolleté des Kleides erschien ihr für ein junges, unverheiratetes Mädchen zu tief. Ihre Schultern waren über der zarten Spitze, die die sanften Kurven ihrer Brüste kaum verdeckte, nackt. Es war eins der neuen Empirekleider, die in London der letzte Schrei waren – eine Mode, die Kaiserin Joséphine populär gemacht hatte.

Die Masters-Schwestern hatten auch diese neuen Empirekleider an, eng unter der Brust, um dann in sanften geraden Falten auf den Boden zu fallen. Aber während Elysias Kleid sie zart umschwebte und ihre Rundungen nur andeutete, sahen die Masters aus wie gestopfte Würste. Die Töchter hatten leider die Figur ihres Vaters geerbt, der groß und dick war, und sie hatten auch dieselben runden braunen Augen wie er.

Mit jedem Atemzug, den sie machte, fühlte Elysia die Blicke des Squires auf ihren Brüsten, wie sie sich unter dem blaßgrünen Musselin ihres Kleides hoben und senkten. Sie sah, wie er langsam und abschätzend ihren Körper musterte, während sie ihm vorgestellt wurde, und als sie ihm in die Augen sah, wurde sie seines hungrigen, begehrlichen Blickes gewahr. Elysia wandte sich beschämt zur Seite und entdeckte den befriedigten und erfreuten Blick ihrer Tante angesichts der unverhohlenen Bewunderung des Squires.

Nach dem Essen zogen sie sich in den Salon zurück, um Delight zuzuhören, die sie mit ihrer halbausgebildeten, näselnden Stimme unterhielt und sich dazu selbst sehr fehlerhaft auf dem Klavier begleitete. Hope und Charmian kicherten ununterbrochen, während ihre Schwester sang und spielte, bis sie endlich zu einem Ende kam, nachdem sie wirklich jede nur mögliche falsche Note angeschlagen hatte.

Elysia saß neben Squire Masters auf dem kleinen Sofa; ihre Tante hatte sich beim Betreten des Salons sogleich auf den alleinstehenden Stuhl am Fenster gesetzt. Der Squire war für Elysias Wohlbefinden ein wenig zu nah zu ihr aufgerückt – sein Knie und seinen Oberschenkel preßte er vertraulich gegen den ihren, und ununterbrochen beugte er sich näher zu ihr, um ihr irgendeine dumme Bemerkung zuzuflüstern, während er ihren Duft einatmete und sich an ihrem alabasterfarbenen Fleisch ergötzte, das der tiefe Ausschnitt enthüllte.

Aber es war ihr immer noch ein Rätsel, warum man sie zu diesem Essen eingeladen hatte. Sie konnte keinen Grund dafür entdecken. Entweder war es die Absicht ihrer Tante, ihr zu zeigen, wozu sie nicht länger gehörte – daß sie als Dienstbote in der Gesellschaft keine Stellung mehr einnahm. Es würde ihrer Tante ähnlich sehen, ihr einen vergnüglichen Abend und ein neues Kleid zu bieten, und sie dann am nächsten Tag wieder in ihr Dasein als Dienstbote zurückzujagen.

Sie wünschte ihrer Tante eine gute Nacht und flüchtete sich in ihr Zimmer. Der nächste Tag fing an, als hätte der vorhergehende Abend nie stattgefunden, und Elysias Tage gingen weiter wie vorher. Das neue Kleid verschwand so geheimnisvoll, wie es aufgetaucht war.

»Ich spreche mit dir, Fräulein!« unterbrach Tante Agathas Stimme Elysias Erinnerungen an den Abend mit den Masters. »Immer nur träumen; natürlich von Dingen, an die ein anständiges Mädchen nicht denken sollte, möchte ich wetten. Na, jetzt kannst du mir zuhören und dich glücklich schätzen, daß ich so viel Anteil an deinem Wohlergehen nehme; nicht daß du es verdienst, aber du bist das Kind meiner Stiefschwester, und ich bin es ihr schuldig, daß ich dich gut versorge.«

Agathas Stimme klang triumphierend, ihre Augen funkelten erregt, und auf ihren Wangen erschienen rote Flecken.

»Ich verstehe nicht«, sagte Elysia zögernd, weil sie sich nicht erklären konnte, was ihre Tante damit meinte. »Hast du für mich eine Stellung gefunden?«

»O ja, genau das. Eine Stellung, die du sehr interessant finden wirst – und lohnend«, flötete ihre Tante. »Ich sagte ja schon, daß ich Squire Masters unterwegs im Dorf getroffen habe.«

»Was hat denn das damit zu tun?« fragte Elysia und überlegte, ob sie Tante Agatha nicht doch unrecht getan hatte. Dann kam ihr plötzlich ein Gedanke, und sie fragte ängstlich: »Es ist doch keine Stellung beim Squire, oder?«

»Nein, nein, meine liebe Elysia«, kicherte ihre Tante schadenfroh und zeigte damit die ersten Anzeichen von Humor, die Elysia je an ihr entdeckt hatte. »Es ist nicht irgendeine Stellung im Haushalt des Squires, die ich für dich akzeptiert habe, nein –« sie legte eine dramatische Pause ein, während ihre Augen seltsam aufblitzten, »sondern die beneidenswerte Stellung als Frau von Squire Masters.«

Kann je ich diese traurige Nacht vergessen,
Die meiner Seele edelsten Teil für immer in das Grab versenkte?

Gray

2. Kapitel

»Warum sagst du nichts? Willst du dich nicht bei deiner lieben Tante Agatha für deine gesicherte Zukunft bedanken?« Sie beobachtete, wie Elysias Wangen erbleichten und ihr Gesicht mit einem Mal verhärmt aussah. Ihre Augen waren Brunnen der Hoffnungslosigkeit, und ihre Lippen begannen zu zittern.

Elysia saß da wie betäubt, als sich Agathas Gesicht verzog und ihr schrilles Lachen durch den Raum hallte. Agatha warf den Kopf zurück und schüttelte sich vor Schadenfreude, während ihre magere Brust unbeherrscht auf und nieder wogte.

»Wir haben es beschlossen, der Squire und ich, an diesem Nachmittag auf dem Weg ins Dorf«, verkündete Agatha atemlos. »Er hatte es sehr eilig, ein Übereinkommen zu treffen. Du wirst in ihm einen sehr aufmerksamen Bräutigam haben, meine Liebe. Und nachdem du so ein gesundes Mädchen bist, wirst du Squire Masters auch die Söhne schenken, die er sich wünscht.«

Agatha starrte Elysia an, strich fahrig mit der Hand ihre Haare glatt und fügte fast wie im Selbstgespräch hinzu: »Du bist ein schönes Mädchen – so wie deine Mutter. Ich kann mich noch an den Tag erinnern, an dem ich sie das erste Mal sah – sie war nur ein Kind, aber so schön – sogar damals schon.«

Elysia starrte Tante Agatha voller Entsetzen an. Sie fand endlich ihre Selbstbeherrschung wieder, aber ihre Stimme klang gequält, und die Worte kamen abgehackt aus ihrem schmalen Mund.

»Ich kann unmöglich den Squire heiraten«, sagte Elysia trotz ihres klopfenden Herzens ganz klar zu ihrer Tante. Das kann doch nicht wahr sein, dachte sie verzweifelt. Squire Masters! Niemals! Lieber wollte sie sterben als ihn heiraten.

»Du hast keine Wahl, meine liebe Elysia. Es ist alles arrangiert.«

»Ich werde ihn nicht heiraten. Du kannst mich nicht dazu zwingen! Verstehst du denn nicht, daß ich ihn nicht ausstehen kann? Ich finde ihn abstoßend – mit ihm verheiratet zu sein wäre eine Qual.«

Elysia stand von ihrem Stuhl auf, und ihre Worte überschlugen sich, als sie versuchte ihre Tante umzustimmen. Aber Agatha gab nicht nach.

»Deine Gefühle haben damit gar nichts zu tun. Du solltest dankbar sein für diese Chance. Deine Aussichten sind nicht gut, aber Squire Masters nimmt dich auch ohne Aussteuer«, erklärte Agatha ungeduldig, ihre gute Laune war angesichts Elysias Widerspruchs wie weggeblasen.

»Ich fürchte, du mußt dem Squire meine Absage übermitteln. Es kommt überhaupt nicht in Frage, daß ich ihn jemals heirate. Du hast mich nie nach meinen Wünschen gefragt – der Squire ist alt genug, mein Vater zu sein!« Elysia sah ihre Tante aufmerksam an. »Das hast du von Anfang an gewollt... mich demütigen. Aber diesmal wird es dir nicht gelingen, Tante Agatha, genauso wie dein Plan fehlgeschlagen ist, als du mich heute nachmittag absichtlich auf das nördliche Feld geschickt hast.«

Agatha erhob sich und nahm vor Elysia Aufstellung. Sie bohrte ihre harten Finger in Elysias Schulter und starrte sie bösartig an.

»Glaubst du denn, ich lass' mir von einer wie dir meine ganzen Pläne ruinieren?« kreischte Agatha. »Endlich kann ich mir meinen größten Wunsch erfüllen – und du wirst mich nicht daran hindern!«

Sie schüttelte Elysia, bis ihr rotgoldenes Haar in dicken Locken um ihre Schultern wogte.

»Ich werde ihn nicht heiraten! Ich will nicht! Ich – ich würde eher sterben!« schrie Elysia.

Agatha löste ihren tödlichen Griff, hob ihre Hand und versetzte Elysia eine Ohrfeige. Elysia wich zurück, schlug sich die zitternden Hände vors Gesicht und blickte ihre Tante voller Schmerz und Verwunderung an.

»Nein, du wirst jetzt noch nicht sterben. Vielleicht nachdem du ein Jahr mit diesem alten, geilen Idioten verheiratet warst, wirst du es dir wünschen, aber heiraten wirst du ihn – nächste Woche. Er kann es gar nicht erwarten, dich in sein Bett zu kriegen, meine Liebe«, fügte Agatha spöttisch hinzu. Sie lachte laut – wieder dieses wilde, ungezähmte Lachen, aber diesmal voller Triumph.

»Oh, du süße, süße Rache! Ich wußte, wenn ich lange genug warte, könnte ich sie eines Tages genießen. Schöne Elysia, so wie deine Mutter und deine Großmutter. Hab' ich dir schon erzählt, daß deine Mutter schön war? Genau so schön war deine Großmutter – meine Stiefmutter. Vater war von ihr verhext und brachte sie heim als seine Frau. Hierher! In mein Haus – sie zog hier in Graystone Manor als neue Herrin ein. Er war ein Narr, weil er dachte, daß irgend jemand meinen Platz einnehmen könnte. Wir waren immer so glücklich gewesen, Vater und ich hier in Graystone, obwohl Mutter schon seit Jahren tot war. Dann kam sie. Sie hatte kein Recht, hierherzukommen und die kleine Göre mitzubringen. Ich kann sie immer noch hier in der Halle stehen sehen.« Agatha starrte in Richtung Halle, ihre Augen wurden glasig, als ihre Erinnerung sie durch die Jahre zurückführte.

»Sie trugen feine Spitze und Samt und kleine Federhüte. Die Sonne schien auf ihr seltsam rotgoldenes Haar und verwandelte es in lebendige Flammen. Ihr Lächeln war so falsch wie ihre Herzen. Sie kamen hierher, nahmen mir mein Haus und meinen Vater und erwarteten Freundschaft. Ich habe, genau wie sie, so getan, als wären wir Freunde, aber bei jeder Gelegenheit hab' ich deiner Mutter, der lieben kleinen Elizabeth, gezeigt, wo sie hingehört. Als deine Großmutter endlich starb, habe ich wieder den Haushalt geführt – so wie es immer hätte sein sollen. Vater war, nachdem sie tot war, zu nichts mehr imstande. Sie hat ihn ruiniert.«

Agatha hielt inne, verwirrt von ihren Gedanken, eine tiefe Falte auf ihrer Stirn. Ihre Hände waren fest zusammengepreßt, und ihr Atem ging stoßweise, ihre Lider flatterten. Schweißperlen standen auf ihrer Oberlippe, und sie drückte die Hand nervös an die Schläfe, als wäre der Schmerz unerträglich. »Ich glaube, ich war ungefähr neunzehn oder zwanzig; deine Mutter war erst etwa zwölf Jahre alt. Aber ich war alt genug, um die Verantwortung für die Führung des Hauses zu übernehmen – und ich machte es besser als deine Großmutter. Ich erklärte deiner Mutter, der lieben Elizabeth, was sie tun müßte – genauso wie ich dir deine Pflichten zugewiesen habe. Vater war nicht oft hier, und wenn er da war, war er zu betrunken, um irgend jemanden oder etwas zu erkennen. Elizabeth hat bald herausgefunden, wo sie hier in meinem Haus hingehörte. Ha! Der kleine Emporkömmling – sie versuchte, sich in Graystone einzuschmeicheln mit diesem süßen, falschen Lächeln. Na ja, sie hat bekommen, was sie verdient hat!«

Ein Lächeln der Erinnerung zog über Agathas Gesicht, ihre Augen leuchteten teuflisch auf. »Vater starb bald danach – eigentlich war es ein Wunder, daß er so lange durchgehalten hat. Ich habe ihn nicht vermißt – er hat nur gestört und zuviel Geld für Whisky ausgegeben.

Weißt du, wie er gestorben ist? Es ist ziemlich amüsant«, sagte Agatha und blickte Elysia ins Gesicht, als würde sie sie zum ersten Mal sehen. »Er dachte, er sehe deine Großmutter unten am Treppenabsatz. Er stolperte die Treppe hinunter und verhängte sich im losen Gürtel seines Hausmantels. Er stürzte schwer – mir direkt vor die Füße – und brach sich das Genick. Ich kann mir nicht vorstellen, daß er mich mit ihr verwechselt hat. Ich trug nur ihren Morgenmantel, um Staub zu wischen – ich wollte natürlich mein Kleid nicht schmutzig machen«, fügte sie gleichgültig hinzu. »Vater war ein haltloser, besoffener Narr; nicht nur sie, auch der Suff hat ihm den Verstand geraubt. Nach seinem Tod gehörte das Haus mir. Ich war endlich die rechtmäßige Herrin von Graystone. Das Gericht machte mich auch zum Vormund deiner Mutter – eine Vormundschaft, die sie, da bin ich mir sicher, verabscheute. Sie hat mir nie dafür gedankt, daß ich ihr ein Heim geboten habe, obwohl ich sie genausogut hätte hinauswerfen können. Der Tag, an dem ich dieses billige, falsche, kleine Luder in mein Haus genommen –«

»Das ist nicht wahr! Sie war kein –« unterbrach Elysia sie. Der Zorn hatte ihre Zunge gelöst, die durch Agathas wilden Ausbruch wie gelähmt gewesen war.

»Du hältst den Mund und hörst dir die Wahrheit über deine wunderbare Mutter an. Sie hat dir nur Lügen erzählt«, knurrte Agatha. »Deine Mutter hat unter meinem Dach gelebt, meine Mildtätigkeit ausgenützt, nicht mal die Hälfte ihrer Pflichten erfüllt, um ihr tägliches Brot zu verdienen – ein faules Luder – genau wie du. Und wie hat sie's mir vergolten? Hinter meinem Rücken hat sie mir mein Eigentum gestohlen!«

Agatha sprach auf einmal sehr schnell, fast atemlos, als sie sich an die Vergangenheit erinnerte. Die aufgestauten Worte überschlugen sich förmlich in einem Schwall von Haß.

»Auf einem Nachbargut sollte ein großer Ball stattfinden, und ich bekam eine Einladung. Es war das Ereignis des Jahres. Ich mußte natürlich für deine Mutter absagen. Sie hatte nichts Passendes anzuziehen und war wirklich noch zu jung. Sie hatte noch nicht mal ihre Saison in London gehabt. Aber das wäre ohnehin viel zu teuer gewesen, und außerdem ist eine Saison in London pro Familie genug, oder?

Ich erinnere mich noch ganz genau an diese Nacht. Der Ball war prächtiger als einige, die ich in London besucht hatte. Mehr als tausend Kerzen erleuchteten den Ballsaal, in dem die Damen mit ihren Juwelen und Federn tanzten. Es gab Champagner, lachende Gesichter, Musik – und Captain Demarice. Er sah so gut aus, so elegant wie ein Prinz. Er war Kavallerieoffizier, ein hervorragender Reiter – einer der besten im Land – und voller Abenteuerlust und Mut. Er war der jüngere Sohn eines Lord, hatte kein Vermögen und auch keinerlei Aussicht, etwas zu erben. Aber er war außergewöhnlich, und es spielte keine Rolle, daß er nicht reich war. Er war groß und hatte dichtes schwarzes Haar und seltsame, leicht schräge grüne Augen.«

Agathas Blick fiel auf Elysias Gesicht. Sie erblaßte sichtbar, als sie in Elysias Augen blickte.

»Du hast seine Augen! Verdammt! Jedesmal, wenn ich dich anschaue, sehe ich ihn vor mir stehen, wie er mich verächtlich betrachtet. Das Lächeln, das ich liebte, war dann wie weggewischt. Er warf mir Kränkungen an den Kopf, die ich nie vergessen kann. Seine Stimme verfolgt mich jede Nacht in meinen Träumen. Ich kann nicht entrinnen, nicht einmal im Schlaf – er ist immer da.«

Agathas dünne Finger zupften hastig an ihren ordentlich hochgesteckten Haaren, bis sich einige Strähnen lösten und ihr ums Gesicht hingen.

»Ich kam vom Ball nach Hause und fühlte mich, wie ich mich nie zuvor gefühlt hatte. Ich war übermütig und lustig – ich war ein anderer Mensch. Ich wußte, daß mir Captain Demarice einen Besuch machen würde – ich wußte es einfach. Aber ich wartete und wartete. Und während ich wartete, traf Elizabeth Captain Demarice in dem Wäldchen unten am Bach. Durch Zufall, sagten sie – aber ich kannte ja ihre verschlagene Art. Sie wußte, daß ich ihn haben wollte. Sie wollte immer das, was mir gehörte – sogar als wir noch klein waren. Er hätte um meine Hand angehalten, wenn sie sich nicht bei ihm

Liebkind gemacht hätte – wie ihre Mutter bei meinem Vater. Sie spielte die Unschuldige und traf ihn bei jeder Gelegenheit heimlich hinter meinem Rücken.

Er nahm schließlich meine Einladung zum Tee an; aber er hatte dabei etwas anderes im Sinn, wie ich dann herausfinden mußte. Wie sollte ich wissen, daß er Elizabeth schon kannte? Ich schickte sie oft weg, um sicher zu sein, daß sie außer Haus war, wenn Captain Demarice zu Besuch käme, aber er kam nie – bis zu diesem Tag. Wir saßen hier im Salon und fingen gerade an, uns näherzukommen, als er mich nach Elizabeth fragte. Ich sagte ihm, sie sei meine Stiefschwester. ›Sie ist ein junges, faules Mädchen‹, erklärte ich. Er zog seine Augenbrauen leicht hoch und forderte mich mit einem Blick auf, fortzufahren. Ich wußte, daß ich sie anschwärzen mußte, bevor er sie kennenlernte und von ihrer Schönheit geblendet wurde. Sie würde ihn betören, weil sie von ihrer Mutter jeden Trick gelernt hatte, darum erzählte ich ihm von der Unbeherrschtheit und den Täuschungsmanövern der kleinen Schlampe. Als ich damit fertig war, sagte er, daß er bereits das Vergnügen gehabt hätte, Miss Elizabeth zu treffen, und in ihr eine süße, sanfte und ehrliche junge Dame kennengelernt hätte. Ich konnte nicht glauben, was ich da hörte. Er hatte Elizabeth schon kennengelernt? Wo? Wann? Wie konnte das passiert sein? Sie hatte zu keinem der Häuser Zutritt, in die er eingeladen wurde. Er hörte überhaupt nicht auf mich. Elizabeth hatte ihn mit ihrem falschen Charme geblendet. Er stand groß und aufrecht vor mir und sagte mir mit eiskalter Stimme, die mich wie ein Messer durchdrang, daß ich von der Frau spräche, die er heiraten wollte. Er habe Nachforschungen angestellt, sagte er, und herausgefunden, wie ich Elizabeth behandelt hatte.

›Lügen, Lügen‹! schrie ich ihn an. ›Was hat Euch denn dieser Weibsteufel erzählt?‹ wollte ich wissen. ›Nichts davon ist wahr. Sie verdreht alles zu ihrem Vorteil – sie hat Euch angelogen.‹ Ich erklärte ihm, daß ich eine bessere Ehefrau würde als Elizabeth. Ich kann mich an seinen schockierten Gesichtsausdruck erinnern, als ich ihm meine Liebe gestand. Es war offensichtlich, daß er sich über meine Gefühle nicht im klaren gewesen war, und er konnte meine Liebe und Sehnsucht auch nicht erwidern. Ich erklärte ihm, daß ich ihm alles bieten konnte: Geld, Graystone Manor, Landbesitz. Elizabeth konnte ihm nichts bieten – nichts!

›Zu Eurer Information‹, sagte er, ›Elizabeth hat nie ein Wort über Euch gesagt, aber wie sie über jemanden wie Euch schweigen konnte, werde ich nie verstehen. Sie ist eben unschuldig an dem Bösen in diesem Haus. Sie schenkt mir ihre Liebe, und das ist alles, was ich mir wünsche. Ich brauche weder Geld noch Besitz. Aber ich bezweifle, daß Ihr überhaupt imstande seid, das zu verstehen, in Eurer Armseligkeit seht Ihr doch in allem nur das Schlechte. Ihr seid eine grausame und selbstsüchtige Frau, und Eure Bitterkeit und Euer Haß wird Euch zerstören. Ihr seid das einzig Böse in diesem Haus.‹

Solche Sachen hat er zu mir gesagt! Ich kann mich an jedes Wort erinnern, als wäre es erst gestern gewesen. Er hat mich mit so viel Abscheu und Verachtung angeschaut, daß ich es nicht ertragen konnte. Und dann kam Elizabeth herein, blieb schüchtern auf der Schwelle stehen und tat so, als hätte sie nicht gewußt, daß wir da waren. Sie blickte von einem zum anderen und sah dabei so besorgt und ängstlich aus, daß mich der Anblick ihres engelhaften Gesichtes, das so viel Bosheit und Falschheit verbarg, in Rage brachte und ich auf sie losstürzte, um ihr die Maske herunterzureißen, damit er die Wahrheit sah. Aber flink wie eine Katze stellte er sich mir in den Weg und schützte sie vor mir. Ich schrie sie beide an. Sagte ihnen, daß ich nie wieder einen von ihnen sehen wollte, solange ich lebe, und er seine kleine Hure nehmen und verschwinden sollte.

Sie verschwanden, und ich sah Charles nie wieder. Er nahm Elizabeth an jenem Tag mit, und sie wohnten bei Freunden, bis sie heiraten konnten. Ich hörte, daß sie nach ihrer Hochzeit in den Norden gezogen sind, wo er einen kleinen Besitz geerbt hatte.

All die Jahre habe ich davon geträumt, mich an ihnen zu rächen und ihnen zu zeigen, daß ich besser dran war als sie. Graystone Manor gehörte mir. Elizabeth beneidete mich immer um alles, was mir gehörte – meinen Vater, mein Haus, Charles. Nein, Graystone wird sie nie bekommen. Es gehört mir – ganz allein mir!«

Elysia blickte voller Grauen auf Agatha und ging langsam rückwärts zur Tür, als sie den wahnsinnigen Blick in den Augen ihrer Tante sah.

»Geh noch nicht, Elysia«, sagte Agatha plötzlich. »Ich muß dir noch viel erzählen. Willst du nicht erfahren, was für eine Freude es für mich war, dich in meine Gewalt zu bekommen? Ich habe deinem Rechtsanwalt gesagt, wie willkommen mir die Tochter meiner geliebten Stiefschwester ist. Er war mehr als erleichtert, weil deine hochgeborenen Verwandten nichts mit dir zu tun haben wollten. Es war ein Vergnügen, dich hier zu haben – und dir ein bißchen von dieser Demarice-Arroganz abzugewöhnen, dich zu demütigen – dich, die feine Lady als Küchenmagd.

Ach, wenn Charles und Elizabeth mich jetzt sehen könnten«, seufzte Agatha ekstatisch, »mit ihrer kostbaren, geliebten Tochter Elysia in meinem Haus, das sie verschmäht hatten. Elysia, die ihrer bevorstehenden Hochzeit mit – wage ich es zu sagen? – Vorfreude entgegensieht.«

Elysia schnappte nach Luft. Sie spürte, wie ihr übel wurde. Agatha wandte ihre Blicke nicht von Elysia ab.

»Du siehst ja ganz blaß aus, meine Liebe. Geh doch auf dein Zimmer und ruh dich eine Weile aus. Ich glaube, die Neuigkeiten waren ein wenig zuviel für dich – ebenso die große Ehre. Es geschieht so selten, daß wir im Leben das bekommen, was wir tatsächlich verdienen, aber du, Elysia – du wirst es kriegen!«

Elysia stürzte schluchzend aus dem Zimmer, die Tränen liefen ihr übers Gesicht, als sie die Treppe zum Speicher hinauflief und Agathas lautes Gelächter hinter ihr hallte.

Elysia ging im beengten Raum des Speichers auf und ab. Ihr Kopf streifte die Dachbalken, als sie ihre Schritte ziellos hin und her lenkte. Sie muß wahnsinnig sein, dachte Elysia. Niemand konnte so lange mit einem solchen Haß leben und nicht verrückt werden. Lieber Gott, was sollte sie nur tun? Wohin sollte sie flüchten? Lieber würde sie ins Arbeitshaus gehen, als das tun, was Agatha von ihr verlangte – in die Masters-Familie einheiraten.

Sie konnte in der drückenden Atmosphäre dieses Hauses nicht länger bleiben. Agatha erniedrigte sie und versuchte, ihren Willen zu brechen – sie beraubte sie ihrer Würde und Freiheit. Sie ging zum Fenster, von wo sie in der Ferne im Süden die Wälder und Hügel sehen konnte. Ein plötzlicher Windstoß blies ein loses Blatt in die Luft, ließ es einen Augenblick schweben und verlockte sie mit seiner Freiheit, bis es in der Dämmerung verschwand.

In diesem Augenblick beschloß Elysia, Graystone zu verlassen. Sie würde nach London fahren und sich dort eine Stellung suchen. Es gab keine andere Lösung. Sie konnte weder eine Heirat mit Squire Masters in Betracht ziehen noch unter Agathas Dach bleiben, wenn diese Frau sie haßte und weiterhin versuchen würde, sie in eine ungewollte Ehe zu treiben. Nein, es gab für sie keine andere Möglichkeit, als zu fliehen.

Elysia war völlig erschöpft. Sie hatte überhaupt kein Gefühl mehr, als sie sich zu ihrem Bett schleppte. Sie warf sich darauf und legte ihren Kopf auf das Kissen. Sie konnte nichts unternehmen, bis es dunkel wurde, also... langsam schlossen sich ihre Augen, und der Schlaf übermannte sie.

Elysia erwachte im dunklen Zimmer, das nur durch einen Mondstrahl, der durchs Fenster auf ihr Bett fiel und seine suchenden Finger über ihr Gesicht streichen ließ, erhellt war.

Sie richtete sich schnell, mit klopfendem Herzen auf. Wie spät war es? Sie blickte durchs Fenster auf den silbernen Mond, der hinter langsam vorbeiziehenden Wolken hervorlugte. Er stand noch nicht sehr hoch am Himmel. Sie war erleichtert, daß der heftige Wind ein wenig nachgelassen hatte. Es würde leichter sein, über die Felder und durch den Wald zu laufen, wenn sie dabei nicht auch noch mit ihrem regennassen Umhang kämpfen mußte.

Sie sprang auf, ihren Fluchtplan im Kopf, der ihr die letzten Schlummerfetzen vertrieb. Sie sammelte schnell ihre paar Habseligkeiten ein – ihre Kleider, ein Nachthemd, ein warmes Tuch, den silbernen Kamm und die Bürste ihrer Mutter, die sie vor Agatha versteckt hatte. Aus einer Ecke der Kommodenschublade zog sie das kleine Fläschchen mit Parfum – Jasmin- und Rosenduft, das ihre Mutter so geliebt hatte, dann nahm sie noch die Pistole.

Vor dem Bett kniend, holte Elysia darunter noch ein sorgfältig eingewickeltes Bündel hervor. Sie wickelte den alten, verschossenen blauen Schal auf und hob ihren liebsten Besitz heraus – eine zierliche Porzellanpuppe. Ihr kleines, zartes Gesichtchen mit den gemalten blauen Augen und dem kleinen Rosenmund starrte sie an. Elysias Hände strichen zart die Falten aus ihrem feinen Spitzenkleid, das mit vielen blauen Samtschleifen verziert war. Sie streichelte die dichten blonden Locken, während sie sich an den Tag erinnerte, an dem ihr Vater nach einem Monat aus London zurückkehrte, die Arme voller Päckchen und Geschenke, und sie mit lustigen Geschichten über seine Abenteuer erheiterte. Er hatte ihr die kleine Puppe in ihre rundlichen Händchen gelegt und sie voller Freude beobachtet, wie sie sie mütterlich umarmte, ihre Augen strahlend wie Sterne.

Elysia lächelte, als sie die kleine Puppe wieder einwickelte und sie ganz oben auf die Kleider, unter das dicke Tuch in ihre Strohtasche legte. Diesen kostbarsten Besitz aus ihrem früheren Leben hatte sie sorgfältig vor Agatha versteckt gehalten, wohl wissend, daß sie sie weggeworfen hätte – wie sie es mit all den anderen Andenken getan hatte, die Elysia nicht rechtzeitig in Sicherheit bringen konnte.

Elysia sah sich rasch im Zimmer um, während sie den schweren Umhang um ihre Schultern warf. Es war ein häßliches Zimmer, diese Dienstbotenkammer, und sie war froh, es verlassen zu können. Sie nahm ihre Tasche und wollte die Tür öffnen.

Es ging nicht. Elysia drehte den Türknopf auf die andere Seite, aber es bewegte sich nichts. Die Tür war zugesperrt. Agatha hatte ihr nicht getraut und sie eingesperrt. Sie war gefangen!

Elysias Herz klopfte so laut, daß sie glaubte, das ganze Haus müßte die hämmernden Schläge hören. Sie durfte sich nicht ins Bockshorn jagen lassen, sagte sie sich. Sie mußte ruhig bleiben, obwohl ihr Kopf dröhnte von dem Blut, das ihr rasendes Herz hineinpumpte. Sie eilte zum Fenster und blickte hinunter. Es schien ihr, als wäre es Meilen bis zum festen Erdboden. Elysia öffnete langsam das Fenster und betete stumm, daß es nicht quietschen möge. Sie würde vom Dachfenster aus über das Schindeldach klettern müssen, bis zum Rand. Dort wuchs ein starker Efeu, der sich seit Jahren auf dieser Seite des Hauses ungehindert ausbreiten durfte. Die Zweige waren kräftig und dick, und wenn sie vorsichtig war, würde sie sicher an ihnen hinunterklettern können.

Sie holte ihre Strohtasche, riß die Vorhangschnur ab, band sie am Griff fest und ließ die Tasche langsam über das Dach und an der Hauswand entlang hinuntergleiten, bis die Schnur zu Ende war. Widerstrebend ließ sie sie dann in die Dunkelheit fallen, wo sie mit einem dumpfen Plumps auf der feuchten Erde aufkam.

Dann stieg Elysia aus dem Fenster, setzte sich auf das Fensterbrett und sah hinunter. Unerwünschte und heimtückische Gedanken befielen sie – was, wenn sie ausrutschte und hinunterfiel? Nun, sie mußte es riskieren, und außerdem sollte sie sich wirklich keine Sorgen machen, sagte sie sich tapfer, während sie weiter nach unten blickte. Schließlich hatte sie schon viele Bäume und Mauern mit Ian bestiegen, als sie noch ein Kind gewesen war. Sie konnte ihr Gleichgewicht halten – wovor sollte sie Angst haben?

Sie kletterte aufs Dach und rutschte so leise wie möglich bis zum Rand. Dort ergriff sie eine dicke Ranke, suchte nach einer Stütze für ihren Fuß, beugte sich über den Rand und schwang sich mit einer schnellen Bewegung vom Dach. Sie stieß einen Seufzer der Erleichterung aus, während sie sich langsam hinunterließ.

Als sie den festen Grasboden unter ihren Füßen spürte, empfand sie eine ungeheure Freude. Sie löste schnell die Schnur von dem Taschengriff und eilte hinter das Haus. Als sie den Knopf an der Küchentür drehte und hoffte, daß die Köchin vergessen hatte, abzuschließen, hielt sie den Atem an.

Elysia spürte, wie die Tür leise knarzend nachgab. Elysia schlüpfte durch den Spalt und schlich in die Küche; sie packte einen Laib Brot, Käse, ein paar Scheiben kaltes Rindfleisch und Schinken und zwei frisch gebackene Obsttörtchen zusammen. Sie bekam nur ganz selten etwas Süßes, und die Törtchen waren für Agathas Morgentee bestimmt. Elysia lächelte, als sie sich Agathas Gesicht vorstellte, wenn sie den Diebstahl entdeckte. Aber das Lachen verging ihr, und ihr wurde eiskalt bei dem Gedanken an Entdeckung.

Sie wickelte die gestohlenen Nahrungsmittel in ein kariertes Tuch und steckte es in ihre Strohtasche, dann ging sie zu dem Regal, wo das Geld für die Lieferanten aufbewahrt wurde. Viel war es nicht, dachte Elysia enttäuscht, aber bis London würde es wohl reichen.

Der Mond stand höher und warf ein silbernes Licht über Felder und Wälder, als Elysia die Küche so leise verließ, wie sie sie Augenblicke vorher betreten hatte. Sie huschte wie ein Schatten über den breiten, offenen Grund zwischen dem Haus und dem Waldgebiet.

Elysia warf keinen Blick zurück auf Graystone Manor, sondern schritt schnell weiter, bis sie tief zwischen den Bäumen war. Mit einem tiefen Atemzug streifte sie die Fesseln ihrer Gefangenschaft ab. Sie mußte weiter und soviel Entfernung wie möglich zwischen sich und Agatha bringen. Sie wollte Agathas Wut nicht erleben, wenn diese entdeckte, daß ihrem Opfer die Flucht gelungen war.

Sie würde niemals wieder imstande sein, hierher zurückzukehren, und sich das auch nie wünschen. Jetzt, da sie heimatlos war, hatte sie keine andere Wahl, als nach London zu gehen. Agatha würde erwarten, daß sie nach Hause flüchten würde, zu den vertrauten Plätzen, die sie kannte, und sie wollte nicht riskieren, von Agatha gefunden zu werden. Sie konnte sich nach einer Stelle als Gouvernante oder Gesellschafterin umsehen; schließlich hatte sie eine anständige Erziehung genossen und war als Lady aufgewachsen. Sie würde sich jetzt nicht durch Selbstzweifel oder Unentschlossenheit von ihrem Kurs abbringen lassen.

Sie ging, so schnell es das Licht des Mondes erlaubte. Manchmal stolperte sie, und Dornen hielten sie an ihrem Umhang fest, bis sie sich mit zerkratzten blutenden Händen wieder befreien konnte. Sie ging weiter, um möglichst viel Distanz zwischen sich und Graystone Manor zu bringen. Sie hoffte, den Waldrand vor Tagesanbruch zu erreichen, dann konnte sie die Straße und das offene Weideland überqueren und den nächsten schützenden Wald erreichen, ehe die Bauern mit ihren Produkten zum Markt fuhren. Sie wollte nicht gesehen werden, weil die Gerüchte auf dem Marktplatz innerhalb weniger Stunden vom Bauern zum Dienstboten und dann zum Herrn gelangten.

Elysia brach durch das Unterholz am Waldrand und fühlte den hartgestampften Untergrund des Weges unter ihren Füßen, als das erste Licht des Tages im Osten zu sehen war. Hinter ihr ertönte das süße, melodische Lied einer Nachtigall in der frischen Morgenluft.

Elysia rechnete sich aus, daß Graystone Manor Stunden und Meilen hinter ihr liegen mußte, als sie den Weg so schnell überquerte, daß ihre Füße fast nicht den Boden berührten. Sie sah sich um, dann kroch sie in die dichte Hecke auf der anderen Seite des Weges.

Sie mußte sich beeilen, wenn sie den Schutz der Bäume erreichen wollte, bevor die Sonne mit ihrem verräterischen Licht aufging.

Elysia bahnte sich ihren Weg durch die dicken Äste und wollte sich gerade aufrichten, um übers Feld zu rennen, als sie erstarrte. In der Ferne hörte sie das rhythmische Geräusch von Rädern und Pferdehufen. Ihr Herz pochte schmerzhaft, und Elysia blieb unentschlossen stehen. Jede Minute würde es jetzt hell, und sie mußte über das offene Feld, aber sie konnte es nicht riskieren, von irgendeinem der hiesigen Bauern gesehen und erkannt zu werden, während sie wie eine Verrückte davonrannte.

Elysia richtete sich ein wenig auf und spähte durch das Laub der Büsche. Ein paar Meter von ihr entfernt kam ein altes Pferd, das einen Karren mit quietschenden Schweinen zog, auf sie zu. Ein Junge versuchte, mit einem Stecken die alte Stute zu einer schnelleren Gangart zu bewegen, leider vergeblich. Sie hielt ihren trägen Schritt und schenkte dem ungeduldigen Fahrer nicht die mindeste Aufmerksamkeit. Elysia kannte ihn, es war Tom, der Sohn eines Pächters des Squires. Er durfte sie unter gar keinen Umständen zu Gesicht bekommen. Aber er war so langsam! Die Zeit verging. Rosenfarbenes Licht erhellte bereits den Himmel, als der beladene Karren an ihrem Versteck in der Hecke vorbeifuhr. Sie ließ ihn noch ein kleines Stück den Weg hinunterfahren, dann kroch sie blitzschnell unter der Hecke hervor und rannte in Richtung Wald, in der Hoffnung, daß Tom sich nicht umschauen würde.

Ihre Lungen brannten, und sie hatte Seitenstechen, als sie endlich die ersten schützenden Bäume des Waldes erreichte. Elysia lehnte sich dankbar an den Stamm einer großen Eiche, um die Schönheit des herrlichen Sonnenaufgangs zu genießen. Das Licht flutete über die Felder, verwandelte das Grau in Grün – der Himmel war ein Prisma von wechselnden Rosa- und Orangetönen, die in ein leuchtendes Blau übergingen. Sie war in Sicherheit!

Sie lächelte grimmig, als sie an das wilde Rennen über das Feld dachte. Als sie ein kleines Mädchen gewesen war, war sie immer fröhlich über die Felder gelaufen und hätte sich nicht träumen lassen, daß sie einmal im Ernst um ihre Freiheit rennen würde.

Nach ein paar Stunden schmerzten ihre Beine vor Erschöpfung, und ihr schwindelte vor Hunger. Sie hörte in der Nähe einen Bach plätschern und folgte einem Pfad zu seinem Ufer. Dort kniete sie sich nieder und trank durstig das klare, perlende Wasser, das ihr über die Arme lief und die langen Ärmel ihres Kleides durchnäßte.

Sie kletterte das bemooste Ufer hinauf und holte das rotweiß karierte Tuch, in das ihr kleiner Vorrat an Essen gewickelt war, hervor und breitete es auf ihrem Schoß aus. Elysia brach einen Kanten Brot ab, legte ein Stück Käse darauf und biß hungrig hinein. Dann nahm sie noch ein Stück von dem rosa Schinken, und zum Schluß knabberte sie an einem der köstlichen Obsttörtchen – jedes Stück war ein Genuß. Als sie mit dem Törtchen fertig war, knurrte ihr Magen nicht mehr, und sie dachte bei sich, daß ihr noch nie eine Mahlzeit so gut geschmeckt hatte.

Elysia summte leise eine Melodie, und die Worte eines lang vergessenen Liedes fielen ihr wieder ein. Die Verse der Zigeunerballade klangen ihr in den Ohren, als sie sich zurücklehnte und in das kristallklare Wasser starrte.

Ich bin ein Wanderer, ein Wanderer, keine Fessel hält mich.
Der Silbermond steht über mir, die Erde ist mein Bett
Ich bin ein Wanderer, ein Wanderer, zwischen Berg und Tal
Sie nennen mich Zigeuner-Jack, schöne Mädchen hab' ich allzumal.

Elysia sang leise und genoß die Worte. Ja, sie war frei. Frei, jedem Pfad zu folgen, den sie wählte, nicht gerade in die Richtung, die sie sich unter anderen Umständen ausgesucht hätte, aber sie würde das beste daraus machen – jetzt da sie alle Brücken hinter sich abgebrochen hatte.

Sie ruhte sich noch ein paar Minuten aus, stand dann mühsam auf und ging den Bach entlang, um nach einer Stelle zu suchen, an der sie ihn überqueren könnte, ehe sie tiefer in den Wald eindrang. Die Sonne verschwand ab und zu hinter den Wolken, die sich während des Tages zusammengezogen hatten. Ein kühler Wind kam aus dem Norden auf und verfing sich in Elysias Umhang, als sie unter dem Dach von Zweigen dahinschritt. Am späten Nachmittag war sie sicher, genug Entfernung hinter sich gebracht zu haben, um sich auf die Nacht vorzubereiten.

Das bißchen Wärme verflüchtigte sich, als die schwachen Strahlen der Sonne verblichen, die Luft kühl und die Schatten länger wurden. Elysia sah einen großen Baum im dämmrigen Licht und eilte darauf zu. Unter ihren Füßen spürte sie einen dichten Belag von Farnen. Sie setzte sich und holte ihr Essen heraus, aß aber sehr sparsam, weil sie nicht wußte, wie lange der Proviant noch reichen mußte. Es konnte nicht mehr sehr weit sein, glaubte sie; irgendwann am nächsten Morgen müßte sie die Hauptstraße erreichen.

Elysia holte ihr warmes Tuch heraus, nahm ihren Umhang ab, wickelte sich das Tuch um die Schultern und zog sich wieder ihren Umhang darüber. Jetzt war sie gegen die Kälte, die bald mit der Nacht aufkommen würde, gefeit. Sie konnte nur hoffen, daß der Sturm, der sich tagsüber angekündigt hatte, nicht mitten in der Nacht ausbrechen würde.

Sie rollte sich zusammen, die Knie fest an die Brust gedrückt und die Wange auf einen Arm gebettet. Sie schlief sofort ein, ungeachtet der Kälte und der Geräusche, die die kleinen Kreaturen des Waldes machten, während sie nach Futter unter den Bäumen suchten.

Elysia erwachte in einem leichten Regen, der vom bleiernen Himmel fiel, und zitternd vor Kälte und Feuchtigkeit stand sie langsam auf. Ihr Körper war steif und tat weh von den Anstrengungen des gestrigen Tages und dem kalten Boden, auf dem sie während der langen Nachtstunden gelegen hatte.

Sie aß ihre letzten Vorräte, während ein schwaches Licht über den wolkenverhangenen Himmel wanderte und ihn von Schwarz in

Grau verwandelte. In der Ferne grollte Donner. Sie packte ihre Tasche und ging durch die Bäume, bis sie ihr Ziel, die Straße, die den Wald durchschnitt und geradeaus nach London führte, erreichte. Sie entdeckte in der Ferne eine Kreuzung und ging schnell darauf zu, während der Regen stärker wurde und in eisigen Strömen über ihr Gesicht lief.

Geliebte, verdammte, verwirrende Stadt, Lebwohl!
Deine Narren werd' ich nicht mehr ärgern
Dies Jahr, ihr Kritiker, könnt ihr in Frieden leben,
Ihr Huren, ruhet sanft!

Pope

3. Kapitel

Sonnenlicht strömte durch die hohen Fenster auf den grünen Filz des Tisches, auf dem gerade die letzte Karte ausgespielt worden war und der Sieger seinen Gewinn einstrich.

»Na, das war's dann wohl. Nach diesen Karten bin ich ein Bettler«, erklärte einer der jungen Männer und versuchte, seine Niedergeschlagenheit darüber zu verbergen, daß er mehr verloren hatte, als er sich leisten konnte. Er strich den weichen Samt seiner neuen Jacke glatt und überlegte, wie er seine Schulden bezahlen sollte. Charles haßte es, seinen Vater um Vorschuß zu bitten, und außerdem bezweifelte er, daß sich der gestrenge Herr noch einmal zu einem Geldgeschenk erweichen lassen würde.

»Du hast heute nacht eine Glückssträhne gehabt, Trevegne, aber die hast du ja immer«, meinte Lord Danvers und nahm einen ordentlichen Schluck Brandy. »Wenn man den Gerüchten glauben darf, spielst du mit dem Teufel, und langsam glaube ich auch daran«, murrte er, während er im Geist seine Verluste zusammenzählte.

Er lehnte sich in dem kleinen, vergoldeten Stuhl zurück und musterte die anderen. Seine Krawatte war zerknittert und schief, seine blaue Brokatweste offen, damit sein Bauch Platz hatte und über den engen Bund seiner Kniehose hängen konnte. »Wie wär's denn mit noch einem Spielchen?« fragte er begierig – das Spielfieber war stärker als der Gedanke an seine leeren Taschen.

»Ich bin mehr als bereit, Euch Eure Verluste wettmachen zu lassen, meine Herren«, erwiderte Lord Trevegne mit gelangweilter Stimme und schüttelte seine Spitzenmanschetten mit einer geübten Drehung seines Handgelenks aus. Er musterte die Runde der Spieler stumm und mit einem amüsierten Blick in seinen braunen Augen der Reihe nach.

Der jüngste Herr schaute sich nervös um, rutschte auf seinem Stuhl hin und her und versuchte, seinen Mut zusammenzunehmen, um einzugestehen, daß er pleite war. Er murmelte dann endlich »zu müde« und lehnte sich erleichtert zurück, weil er eine so schwierige Entscheidung getroffen hatte.

»Wirklich, lieber Charles? Das tut mir aber leid«, sagte Lord Trevegne mitfühlend, mit einem zynischen Zug um seinen sinnlichen Mund.

Charles Lackton errötete bis zu seinem roten Haaransatz und warf einen ärgerlichen Blick auf die lässig hingestreckte Figur Seiner Lordschaft. Ärger und Bewunderung für den Mann hielten sich bei ihm die Waage. Seit er denken konnte, hatte er Lord Trevegne bewundert, die Geschichten von Trevegnes Eskapaden hatten seine Phantasie beflügelt, bis der Lord für ihn zu einer Legende geworden war.

Charles wurde durch das Geräusch des Kartenmischens aus seinen Gedanken geschreckt. Die Herren hatten sich zu einem letzten Spiel entschieden. Er beobachtete fasziniert, wie Lord Trevegnes lange, schmale Hände die Karten schnell und geschickt verteilten. Der goldene Ring, den dieser an seinem kleinen Finger trug, blitzte geheimnisvoll und blendete seine vergißmeinnichtblauen Augen, die harmlos wie die eines Kindes wirkten. Er beobachtete fasziniert den unbeteiligten Gesichtsausdruck Seiner Lordschaft, als er die Karten ausspielte. Anscheinend interessierte ihn nicht, ob er gewann oder verlor, obwohl die Einsätze so hoch waren, daß Charles tief Luft holte und froh war, nicht an diesem letzten Spiel beteiligt zu sein. Das ganze Spiel war ein wenig zu gewagt für ihn gewesen. Er hatte in den meisten Clubs um kleinere Einsätze gespielt und die Einladung zu diesem Spiel bei Trevegne nur bekommen, weil er mit dem jüngeren Bruder Seiner Lordschaft befreundet war.

Es war ganz ruhig im Zimmer, nur das Atmen der zwei Männer, die bequem in ihren Ledersesseln beim Kamin saßen, war zu hören. Das Feuer war ausgegangen, die Karten lagen achtlos verstreut auf dem Tisch, und leere Gläser voller Asche und Zigarrenstumpen, die das Zimmer übersäten, zeugten von dem nächtlichen Spiel.

»Du hast wirklich ein unverschämtes Glück, Alex«, sagte der Ältere der beiden resigniert, aber amüsiert. »Bist du sicher, daß du keinen Pakt mit dem Teufel geschlossen hast? Du hast letzte Nacht wirklich Danvers' Taschen geleert, und der kann's gar nicht vertragen, wenn er verliert«, kicherte er, als er sich an das rote, verschwitzte Gesicht von Danvers erinnerte.

»Es war auch nicht dein Glückstag, George. Das nächste Mal versuch doch, ernst zu schauen, wenn du glaubst, die richtigen Karten zu haben«, lachte Lord Trevegne und streckte seinen langen, muskulösen Körper, während er sich mit sorgloser Hand durch sein rabenschwarzes Haar strich.

»Ich hab' immer schon geglaubt, daß du ein halber Falke bist, mit deinen scharfen Augen. Für einen gewöhnlichen Sterblichen siehst du ein wenig zuviel«, beschwerte sich George.

»Sag bloß nicht, du hast dir die Geschichten angehört, die sie sich in St. James erzählen? Ich hab' dich für klüger gehalten, George«, sagte er beiläufig und goß zwei Brandys ein. Er reichte einen Lord Denet und ließ sich wieder in seinem Sessel nieder.

»Ich weiß, daß du nicht Luzifer bist, wie manche, sogar dein eigener Bruder, dich gern nennen, aber manchmal ist dein Glück im Spiel unheimlich«, entgegnete der ältere Mann.

»Ich habe vielleicht einen guten Stern, aber ich ziehe es vor zu denken, daß es meine Geschicklichkeit ist, die mich gewinnen läßt und nicht Fortuna. Wie die meisten Frauen ist sie sehr launisch, und man kann ihr nicht trauen. Nein, vielen Dank. Ich werde mich weiterhin auf mein Geschick verlassen und nicht auf die schönen aber quecksilbrigen Hände Fortunas.« Er nahm noch einen Schluck Brandy und fügte hinzu, »und Peter, er ist einfach wie ein junger Hund, der dem Rudel folgt, so wie der junge Lackton. Aber der wird auch bald erwachsen werden. Er ist nur beleidigt, weil ich ihm keinen Vorschuß auf sein Taschengeld gebe. Er gibt's aus, ehe es meine Tasche verlassen hat.« Er lockerte seine Krawatte und setzte sich bequemer hin.

»Ich sehe ja ein, daß du müde bist, Alex, und mich loswerden willst, aber ich habe noch etwas mit dir zu besprechen«, sagte Lord Denet, stand auf und stellte sich so hin, als würde er einen Angriff auf seine Person erwarten.

»Ich will dich überhaupt nicht loswerden. Für welche Art Gastgeber hältst du mich eigentlich, daß ich dir die Tür weisen würde? Wenn es auch ziemlich spät – oder besser früh – ist. Ich habe es mir nur gemütlicher gemacht.« Er lächelte seinen alten Freund an.

»Ich bin nicht beleidigt, aber ich sage, was ich sagen will, und dann gehe ich. Ich werde nicht mehr darüber reden, das verspreche ich, aber –« jetzt, da er die Aufmerksamkeit seines Gastgebers geweckt hatte, zögerte er.

»Fahr nur fort, George, es fängt an, mich zu interessieren. Mir scheint, du willst mir einen guten Rat geben«, hakte Lord Trevegne hilfreich und mit ruhiger Stimme nach.

Lord Denet kannte Alexander Trevegne seit seiner frühen Kindheit und wußte, daß die ruhige, gelangweilte Stimme diejenigen täuschte, die nicht ahnten, daß sich dahinter ein eiserner Wille und ein feuriges Temperament verbargen. Lord Trevegnes ruhige Töne waren sanft und drohend, und tödlicher als die eines Mannes, der brüllte wie ein Stier. Wenn man Alex erzürnte, schlug er schnell und leise zu. Er hatte erlebt, wie Alex einen Mann mit seiner scharfen, sarkastischen Zunge in Stücke riß und ihn in ein zitterndes Tier verwandelte, das mit eingezogenem Schwanz flüchtete. Es gab nur wenige, die es wagten mit Lord Trevegne, dem Marquis of St. Fleur, die Klingen zu kreuzen oder sich auf ein Wortgefecht einzulassen. Er war ein treffsicherer Schütze und noch tödlicher mit Worten, wenn er jemanden, der ihm nicht paßte, mit seinen Beleidigungen und Zurechtweisungen als Narren hinstellte.

George nahm seinen Mut zusammen und sprang ins kalte Wasser. »Ich meine, du solltest heiraten, Alex. Ich sage das nur, weil ich es deinen toten Eltern schuldig bin, die, wie du weißt, sehr enge Freunde von mir waren.«

Lord Trevegne lachte. »Ausgerechnet du hältst mir Vorträge, George. Du bist immer noch Junggeselle, oder hast du vor, es deinen Freunden gleichzutun und die Freuden der Ehe zu versuchen?«

»Das hat damit nichts zu tun, und außerdem habe ich vier Brüder, die ihr Bestes tun, daß die Kinderzimmer voll bleiben, und jetzt bin ich zu alt, um noch einen Haushalt mit einer Frau zu gründen.« Er runzelte die Stirn, als ob dieser Gedanke zu schmerzlich sei, um ihm weiter nachzuhängen. »Aber ich war immer diskret, wenn ich ein Verhältnis mit einer Frau hatte, was du, wenn ich das hinzufügen darf, nicht bist. Ich glaube sogar, dir gefällt es, wenn du ins Gerede kommst. Du bist ja nicht mit einer Bettgenossin zufrieden. Nein, du mußt ein halbes Dutzend an der Hand haben, die sich um deine Aufmerksamkeit streiten, und mit deinen Geschenken in jeder Spielhölle zwischen London und Paris prahlen. Aber nicht einmal das befriedigt dich, du triffst dich auch noch mit gewissen Damen der Gesellschaft, die du genauso behandelst wie deine anderen Liebchen. Es wird geklatscht, daß man dich nach deiner letzten Affäre mit Lady Mariana aus Almacks hinauswerfen will. Das geht einfach nicht!« erhitzte sich George.

»Diese gackernden Hühner in Almacks können mir gestohlen bleiben«, sagte Lord Trevegne angewidert.

»Und was ist mit Peter? Welches Vorbild bist du für ihn?«

»Weißt du, George, wenn du nicht so ein alter Freund wärst, müßte ich dich jetzt wegen der Freiheiten, die du dir an diesem Morgen erlaubt hast, zum Duell fordern. Keiner hat es je gewagt, so mit mir zu sprechen.« Seine Stimme klang hart, die goldschimmernden Augen wurden dunkel.

»Ich tue nur meine Pflicht, wie ich sie sehe«, sagte George ein wenig zu forsch und warf dann einen prüfenden Blick auf den Marquis. »Und vielleicht ist es an der Zeit, daß dir jemand die Meinung sagt. Es tut dir ganz gut, wenn dich mal einer ausschimpft.«

Der Marquis lachte amüsiert. »Glaubst du das wirklich, George? Den Mann habe ich noch nicht getroffen.«

»Vielleicht wird's gar kein Mann sein...« George zwinkerte. »Vielleicht wirst du deinen Meister in einem Weibsteufel finden, der dich mit einem Blick aus verführerischen Augen, die nur Verachtung für dich haben, in die Knie zwingt. Und wenn du nicht vorsichtig bist, wirst du sie verlieren – das einzige in deinem Leben, was du begehrst, ohne es kaufen oder gewinnen zu können«, schloß George und wurde rot, während er Lord Trevegne verlegen und von seiner eigenen Leidenschaft überrascht betrachtete.

»Na, so was, ich hatte ja keine Ahnung, daß du unter die Wahrsager gegangen bist, George. Du glaubst also, daß ich einen Ausbund an Tugend – nein«, höhnte Lord Trevegne, »einen Weibsteufel treffe, der mir einen Korb gibt.« Er lachte mit zurückgeworfenem Kopf. »Ich hoffe, ich muß auf dieses Zusammentreffen nicht zu lange warten. Wenn deine Weissagung stimmt, sehe ich dem Ereignis mit großer Erwartung entgegen. Es verspricht, eine leidenschaftliche Affäre zu werden – bleib bloß in sicherer Entfernung, George, oder die Funken, die dann fliegen, werden dich auch noch in Brand setzen.«

George konnte sich ein Lächeln nicht verkneifen und warf resigniert die Hände hoch. »Du bist ein Teufel, Alex. Du spottest über alles – dir ist nichts heilig. Aber, ich sage dir, wärst du verheiratet und hättest einen Hausstand, würden die Leute aufhören zu reden. Eine Ehefrau macht sogar den schlimmsten Schurken respektabel.«

»Wenn ich je heirate, dann wirklich nicht, um einen Haufen neugieriger Klatschtanten zu beruhigen, die ihre spitzen Nasen in die Angelegenheiten anderer stecken«, antwortete Lord Trevegne mit einem schiefen Lächeln und spielte immer noch den Beleidigten. »Daß du mich so wenig achtest und für einen Schurken hältst, also wirklich! Soll ich in Sack und Asche Buße tun und mich in ein Ehebett legen als Wiedergutmachung für meine Ausschweifungen?«

»So war das nicht gemeint«, rief George erschüttert aus. »Ich verachte dich doch nicht, Alex. Du bist ein Gentleman vom Scheitel bis zur Sohle. Dein Name ist überall geachtet – um ehrlich zu sein, ich habe niemals etwas Schlechtes über den Namen Trevegne sagen hören. Es gibt keinen ehrenhafteren Mann als dich, Alex – aber du hast den Ruf eines Wüstlings; einer der nur seinen Vergnügungen nachgeht. Man hat ja nichts dagegen – aber mußt du immer Erfolg haben? Die neidischen und eifersüchtigen, weniger erfolgreichen Galane haben mit ihrem Getratsche Almacks Aufmerksamkeit auf dich gelenkt.«

»Ich kann andere nicht daran hindern zu reden, noch kann ich mein Leben vom Klatsch regieren lassen. Mein Gott, ich müßte ja dann mit einem Gebetbuch daheim sitzen, wenn ich mich davon beeinflussen ließe.«

»Na, wenn du nicht ans Heiraten denkst, dann versuch wenigstens, etwas weniger auffällig zu sein, besonders wenn du mit Damen der Gesellschaft Verhältnisse anfängst. Jeder wußte von Lady Mariana, sogar als du Schluß mit ihr gemacht hast. Ich hatte geglaubt, sie würde es schaffen, deine Marquise zu werden. Das hat mir Sorgen bereitet. Ich hab' sie nie besonders gemocht, diese Lady

Mariana. Ich gebe ja zu, sie ist eine Schönheit, aber für meinen Geschmack ist sie ein wenig zu hochmütig. Ich höre, sie ist jetzt hinter größerem Wild her. Dem Duke of Linville. Mit seiner Durchlaucht wird sie aber nichts zu Lachen haben. Der Lachende Lin hat wenig anzubieten außer seinem Titel und seinem Geld. Ich habe noch nie einen ekelhafteren Kerl getroffen, wenn er auch ein Duke ist. Ich kannte ihn schon als Kind, hab' ihn damals nicht gemocht und mag ihn jetzt nicht. Sein Gelächter ist das blödeste, das ich je gehört habe«, sagte Lord Denet angeekelt. »Du warst damals noch zu jung, aber –«

»Genug von den alten Zeiten, George, bitte«, flehte Lord Trevegne und hielt seine Hände hoch. »Ich denke, ich habe meine Einstellung zur Ehe klar gemacht, und um deine blühende Phantasie zu beruhigen, sage ich dir, daß mir nie der Gedanke gekommen ist, Lady Mariana, schön wie sie ist, zu heiraten. Sie hat es auch nicht erwartet. Ich habe mich noch nie an jungen unschuldigen Dingern vergriffen, die meine Absichten oder das Fehlen derselben mißverstehen würden. Ich mache die Frauen auch nicht glauben, daß ich etwas anderes als eine kleine Affäre im Schilde führe.« Lord Trevegnes Stimme wurde hart, als er kühl fortfuhr, »und nur manchmal will eine Dame eine vergnügliche Verbindung in etwas länger Dauerndes verwandeln. Aber das ist noch nie gelungen.« Der Marquis nahm einen Schluck Brandy und sah den schweigsamen George mit zynischem Vergnügen an. »Ich hoffe, damit alle deine Zweifel, die mein Wohlergehen betreffen, aus dem Weg geräumt zu haben, und übrigens, ich werde London bald verlassen.« Er gähnte hinter vorgehaltener Hand.

»London verlassen!« rief George aus, als wäre das etwas Unerhörtes. »Aber, ich verstehe das nicht. London verlassen?«

»Ja, London verlassen. Bitte George, wir klingen schon wie zwei Papageien«, lachte der Marquis, als George seine Worte nochmals wiederholte. »Ich muß Verschiedenes erledigen, und ich will auf die

Jagd gehen. Bist du jetzt zufrieden? Laß uns von etwas anderem sprechen, mir wird das ziemlich langweilig. All diese Fragen und Antworten, der reinste Katechismus.« Alex tat wieder, als ob er gähnen müßte, und betrachtete George mit einem unschuldigen Gesichtsausdruck.

»Bei Gott! Ich glaube, ich langweile dich zu Tode. Du bist ein Dämon, Alex. Dich berührt nichts, alles langweilt dich. Warum verläßt du dann die Stadt? Hier gibt's doch jede Menge zu tun. Dein Gutsverwalter kann doch wirklich deine ganzen Geschäfte erledigen, es gibt für dich gar keinen Grund, dich auf dem Land herumzutreiben. Außerdem ist das auch noch verflucht unbequem, wenn du mich fragst.«

»Du hast dir gerade selbst eine Antwort gegeben, George.«

»Was?« George warf einen verwirrten Blick auf den entspannt dasitzenden Marquis.

»Langeweile, George.« Alex erwiderte seinen Blick mit matten goldenen Augen. »Es ist ganz einfach. Ich würde viel lieber am Meer, in der frischen Luft sein, um ein wenig zu jagen, als auf Bälle und Veranstaltungen zu gehen. Diese Reise dient zweierlei Zwekken – Erholung und Geschäft, beides ohne Zwang. Und ich kann dir versprechen, daß ich keine Geliebte irgendwo auf meinem Gut versteckt habe, noch habe ich Absichten auf die Frau meines Gutsverwalters. Jedoch...« fügte er hinzu, »vielleicht habe ich eine Braut, sicher verwahrt im Herrschaftsschlafzimmer.«

Der Marquis lachte und erhob sich, als wollte er sich zurückziehen, und beendete damit die Unterhaltung. »Hör mal, George, komm doch nach Westerley, wenn dir London auf die Nerven geht. Du bist stets willkommen.«

»Vielen Dank, Alex. Ich bin froh, daß du mir nicht wegen dem, was ich dir an den Kopf geworfen habe, böse bist, wenn ich mir auch wünsche, du hättest irgendwo eine Braut versteckt«, antwortete er barsch, weil er dem Marquis ehrlich zugeneigt war und ihn fast als

Sohn betrachtete. »Ich gehe jetzt. Hoffentlich auf bald. Hier ist es ziemlich öde ohne deine böse Zunge, Alex.«

Lord Denet verließ das Zimmer, seine Schritte hallten die Treppe hinunter, bis Lord Trevegne endlich Stimmen und die Tür zuschlagen hörte. Er goß sich noch einen Brandy ein und blickte verdrießlich auf das Blumenmuster des Aubussonteppichs zu seinen Füßen. Sein Mund bildete eine schmale, strenge Linie, und sein Körper war gespannt wie eine Sehne. Er würde am nächsten Morgen gemächlich in Richtung Küste abreisen. Er hatte keine Eile, außer vielleicht aus London wegzukommen.

Er hatte George fast die ganze Wahrheit gesagt. London langweilte ihn, die endlose Runde der Clubs, Parties und Bälle, dasselbe dumme Geschwätz und die ausdruckslosen Gesichter, Nacht für Nacht. Er wollte seinen Kopf wieder klar kriegen, von dem Nebel befreien, den die Nächte, die er beim Spielen und Trinken verbracht hatte, hervorgerufen hatten. Er wollte von den zerstörerischen, umschlingenden Fangarmen der Londoner Gesellschaft loskommen. Er war ruhelos, als würde etwas in seinem Leben fehlen. Und als würde er etwas suchen, aber er war sich nicht sicher, was es war; zur Hölle, alles was er wirklich brauchte, war ein klarer Kopf – er war von dem lustigen Leben hier wie trunken. Was er brauchte, war frisches, klares Quellwasser, um die Bitterkeit wegzuspülen.

Das konnte er auf dem Land finden, wo das Unerwartete geschehen konnte, das ihn dazu bringen konnte, seine ganzen Fähigkeiten zu entfalten. Er brauchte etwas, das seinen Appetit nach der monotonen Routine des Stadtlebens anregte.

Alex fühlte, wie sein Blut schneller durch die Adern rann bei dem Gedanken an die offene Landschaft, die Hochmoore und die schroffe Küste von Cornwall und an Sheik, seinen arabischen Hengst, mit dem er wie der Wind durch die Gegend reiten konnte.

»Du bist erschreckend früh wach, alter Junge«, tönte es schleppend von der Tür her.

»Das könnte ich von dir auch sagen, Peter«, antwortete Lord Trevegne und schickte einen mißbilligenden Blick zu seinem jüngeren Bruder, der leise ins Zimmer gekommen war. »Wo kommst du denn so früh her? Du siehst aus wie eine Leiche«, stellte Alex fest, als er seinem Bruder zuschaute, der sich aus der Flasche einen großen Brandy eingoß.

Peter warf sich in einen Sessel und versuchte, ruhig zu wirken, es fiel ihm aber schwer, seine Aufregung vor den goldenen Augen seines Bruders zu verbergen.

»Du kannst es ruhig erzählen, Peter, ich werde es sowieso früh genug erfahren«, seufzte Alex resigniert.

»Du wirst nie darauf kommen, Alex, aber ich habe Teddies Zeit um drei Minuten unterboten!« rief er aus, nicht mehr imstande, seine Begeisterung im Zaum zu halten.

»Wirklich?« Alex wirkte gelangweilt. »Ich bitte dich, sag mir wobei? Ich bin kein Hellseher.«

»Ich habe seine Zeit unterboten, von Vauxhall Garden nach Regents Park – und das auch noch während der verkehrsreichsten Zeit! Seine Schwarzen konnten meinen Braunen nicht das Wasser reichen. Er hat die ganze Strecke nur meinen Staub gesehen. Niemals hat mich jemand mit einem böseren Blick angeschaut. Natürlich hat er einen Haufen Geld verloren, das kann ich dir sagen!« meinte er selbstzufrieden und nahm noch einen Schluck von seinem Brandy, der ihm aber in die falsche Kehle geriet. Er mußte so stark husten, daß ihm die Tränen über die Wangen liefen.

Lord Trevegne klopfte seinen Bruder auf den Rücken und verbarg ein Grinsen, als sich Peter aufrichtete und sich heimlich die Tränen wegwischte.

»Mit dem schnellen Austrinken von dem Brandy kannst du keinen Rekord brechen, mein Junge. Und außerdem ist das einer meiner besten, also bremse dich ein wenig, wenn nicht dir zuliebe, dann wenigstens um meine Gefühle als Gentleman zu schonen, der nicht gern zuschaut, wenn man seinen guten Brandy hinuntergießt wie einen Humpen Bier.«

»Verzeihung, Alex, aber ich hatte einen Mordsdurst zu stillen«, sagte Peter reumütig und nahm einen kleinen Schluck aus seinem Schwenker, während er versuchte, seine Haltung wiederzufinden. Er stand auf, ging zum Fenster und sah auf den Park jenseits der Straße. Die Sonne, die hereinschien, schimmerte auf seinem schwarzen Haar und ließ einzelne Strähnen rot aufleuchten. Er drehte sich um und grinste lausbübisch, ehe er ganz beiläufig sagte: »Ich möchte mir gern deine Schwarzen borgen. Die kann nichts schlagen.« Seine blauen Augen zwinkerten, als er beobachtete, wie sein Bruder die Stirn runzelte, bis die goldenen Augen auf einmal das schalkhafte Glitzern in den blauen Augen entdeckten.

Alex lächelte. »Wenn ich glaubte, es wäre dir ernst damit, müßte ich annehmen, du hättest dein Gespann gefahren, während du auf dem Kopf standest. Aber ich freue mich, daß du mich besuchst. Ich hatte mich schon darauf vorbereitet, den Kanal zu überqueren, um dich bei einer von deinen verrückten Unternehmungen zu erwischen. Aber wenn man sieht, wie ernst es Napoleon ist mit dem Krieggewinnen, würde er wohl keine Zeit verschwenden, dich wieder auf dem schnellsten Weg nach England zurückzuschicken.«

»Ach, Alex, so schlimm bin ich doch gar nicht. Ich habe nur ein bißchen Spaß«, beschwerte er sich lachend.

»Paß bloß auf, daß sie dich nicht aus Almacks hinauswerfen«, warnte Alex, wobei er ganz vergaß, daß ihm diese Gefahr auch drohte.

»Dir ist das auch schon fast passiert, und wenn die Gerüchte stimmen, dann –«

»Dann wirst du vorsichtig sein und dich daran erinnern, daß ich dich gewarnt habe«, unterbrach Alex seinen Bruder.

»Warum wolltest du denn mit mir sprechen? Doch nicht deswegen, möchte ich wetten«, sagte Peter ein bißchen beleidigt.

»Ich fahre morgen nach Westerley«, erwiderte Alex.

»Aus London weg? Das kann doch nicht dein Ernst sein, Alex. Was willst du dort bloß anfangen?« wollte Peter ungläubig wissen.

»Das klingt schon fast wie eine Komödie von Shakespeare! Will denn heutzutage keiner London verlassen?« seufzte Alex, und während er Peter mit einem scharfen Blick aus seinen goldenen Augen musterte, sagte er: »Ich könnte hinzufügen, daß dir das Geld in den Taschen klimpert, weil ich das Landgut gut verwalte.«

Peter hatte den Anstand, nach dieser Bemerkung ein wenig beschämt dreinzublicken, wirkte aber immer noch etwas verständnislos, als Alex fortfuhr.

»London ist voll von herumstolzierenden Gecken, ungezogenen Nachkömmlingen und verblödeten Müttern, die ihre Töchter in die Betten derer legen, die das meiste dafür bieten, und mich machen sie alle krank«, erklärte er verächtlich.

»Bist du sicher, daß du nicht vor Mariana wegläufst?«

»Ich glaube, ich habe dich nicht richtig verstanden, Peter. Könntest du die Bemerkung wiederholen?« Lord Trevegnes Ton war so leise und bedrohlich, daß Peter das Blut in den Adern gefror. Er befürchtete, daß er diesmal zu weit gegangen war, und ihm wurde schlecht bei dem Gedanken an andere Männer, die auch zu spät Lord Trevegnes fatalen Hang zum Jähzorn erkannt hatten und nun im Schoß der Erde ruhten.

»Es tut mir leid, Alex. Bitte vergiß, was ich gesagt habe. Du bist noch nie vor irgend etwas weggelaufen. Manchmal bin ich blöd, aber ich weiß, wie sehr du sie geliebt hast, und du warst länger mit ihr zusammen als mit den anderen. Ich habe nie verstanden, warum du sie verlassen hast. Sie ist eine wirkliche Schönheit, und jetzt hört man, sie hat den alten Linville fast vor dem Altar. Ich dachte eben, es geht dir doch nah, obwohl du gesagt hast, du bist fertig mit ihr«, stotterte er.

Lord Trevegne seufzte gereizt, sein Geduldsfaden war zum Zerreißen gespannt durch dieses wohlgemeinte, aber sehr unangenehme Interesse an seinem Wohlbefinden.

»Du spielst mit dem Feuer, Peter. Ich kenne dich gut genug, um nicht einmal die Hälfte dessen, was du sagst, ernst zu nehmen; ich weiß, wie unbeherrscht du bist, aber andere wissen nicht, daß du oft Dinge sagst, die du später bereust. Also sei vorsichtig, Peter, oder du wirst in Schwierigkeiten kommen«, ermahnte Alex ihn kühl. »Um deine Frage zu beantworten. Ich habe Mariana nie geliebt, genausowenig wie jede andere Frau. Wenigstens ging es nie so tief, daß ich eine heiraten wollte. Sie hätte mich schon, noch ehe die Flitterwochen vorüber wären, gelangweilt. Ich habe es satt, daß sie mir zu Füßen, oder passender, in mein Bett fallen, entweder weil sie glauben, sie sind in mich verliebt, oder wegen meines Titels und meines Besitzes – die sie, wie ich glaube, wahrscheinlich mehr lieben«, erklärte er zynisch. »Mariana und ich genossen eine kurze *affaire de cœur*, und nun ist es vorbei – vielleicht ein wenig schneller als erwartet, aber das wurde durch eine Meinungsverschiedenheit hervorgerufen, die wir nicht überwinden konnten. Nun haben wir uns getrennt, und wen sie als nächsten umgarnt, interessiert mich nicht«, sagte er mit einem eigenartigen Lächeln. »Ich rede nur mit dir darüber, um ein für allemal den Spekulationen ein Ende zu bereiten, mit denen, wie es scheint, ganz London befaßt ist. Es ist nicht meine Art, meine persönlichen Angelegenheiten zu diskutieren – nicht einmal mit dir. Aber es sieht so aus, als würde meinem Privatleben in jedem Wohnzimmer und jedem Wirtshaus übertriebenes Interesse entgegengebracht. Ich möchte, daß wenigstens du genau weißt, was vorgefallen ist, ehe du unbeabsichtigt, wenn du betrunken bist, mit deiner Phantasie noch zu dem Klatsch beiträgst.«

»Aber Alex, ich bin doch kein Klatschmaul und erzähle auch keine Geschichten über meinen eigenen Bruder!« rief Peter beleidigt aus und fügte hinzu: »Und ich kann so viel vertragen wie jeder andere Mann. Das Blut der Trevegnes ist sowieso dicker als Wein.«

»Bitte verzeih mir.« Alex verbeugte sich leicht. »Ich weiß, du würdest mit Absicht nichts sagen, was mir schaden könnte – aber du kannst im Zorn dazu gereizt werden.«

Peter leerte mit einer lockeren Handbewegung die letzten Tropfen seines Brandys, dann lachte er plötzlich. »Verdammt will ich sein, wenn ich mich wegen der Herzdame eines anderen duelliere. Sie mag eine Schönheit sein, aber ich fand sie immer ziemlich eingebildet. Sie grüßt mich nicht einmal, und Spaß versteht sie überhaupt nicht. Ich werde auch nicht jeden Mann auf der Straße wegen einer gehässigen Unterhaltung bei einer Teegesellschaft herausfordern! Da muß schon was Wichtigeres vorfallen, oder?«

Alex warf den Kopf zurück und lachte. Er stimmte damit in Peters Gelächter ein. Beide Männer standen da, hochgewachsen und stolz. Ihr gemeinsames Gelächter milderte ihre strengen aristokratischen Gesichtszüge mit den Adlernasen und den arrogant vorgeschobenen Kinnladen, die eine große Familienähnlichkeit zeigten. Die fünfzehn Jahre Altersunterschied verschwanden, als sie zusammen mit jungenhafter Ausgelassenheit lachten.

Alex blickte liebevoll auf die schlanke Figur seines Bruders und spürte das Gewicht der Verantwortung, die auf seinen Schultern ruhte – breite Schultern, die gewöhnt waren, Verantwortung zu tragen. Während er Peter betrachtete, fragte er sich, ob er je so jung und sorglos gewesen war – ohne die geringste Ahnung, wie einsam das Leben wirklich war? Es schien ihm eine Ewigkeit her zu sein, seit er die Wärme selbstloser Liebe gespürt hatte, die wie ein Feuer in einer kalten Nacht bis in die tiefsten Tiefen seines Körpers drang. Er hatte in den vergangenen Jahren die Liebe genossen, aber das war nicht diese Art Liebe. Es war eine unbefriedigende Liebe, die verbrauchte und auffraß und nur Reue hinterließ. Aber er erwartete nichts anderes mehr. Die andere Art Liebe war etwas, das für ihn nicht mehr existierte.

Er wurde mit fünfzehn Oberhaupt der Familie und war ein sehr junger, unerfahrener Erbe der ungeheuren Besitztümer der Trevegnes gewesen. Lord Denet wurde sein Vormund und sein guter Freund, während er ihm half, die schwere Verantwortung zu tragen. Mit der Hilfe vertrauenswürdiger Gutsverwalter und Rechtsanwälte hatte er gelernt, Westerley zu führen, und entwickelte sich zu einem sehr fähigen Gutsherrn.

Aber es war kein leichter Sieg, und der Weg war mit vielen Schlachten gepflastert. Ein junger, unerfahrener Marquis versprach unehrlichen Verwaltern, die nichts im Sinn hatten, als in die eigene Taschen zu wirtschaften, leichtes Spiel. Und auch die angeblich engen Freunde seines Vaters, denen der Verstorbene Geld schuldete, wie sie sagten – natürlich nicht schriftlich fixiert, sondern nur per Handschlag, meldeten ihre Ansprüche an. Und da gab's auch noch die freundlichen Ratschläge von den Freunden seines Vaters, die Töchter hatten und hochverschuldete Besitzungen. Sie sprachen von geheimen Heiratsabkommen, die vor Jahren getroffen worden waren – das Vermögen des jungen Marquis machte ihn zu einem begehrenswerten Schwiegersohn.

Aber Lord Denet ließ sich nicht täuschen, und bewaffnet mit einem Stab von Advokaten schaffte er es, die Aasgeier so lange hinzuhalten, bis der neue Marquis auf eigenen Füßen stand.

So wurde der junge Marquis erwachsen und dabei eisenhart. Daß er nie Gelegenheit hatte, sorglos jung zu sein – schon bevor er zwanzig war, machten sich Sorgenfalten in seinem Gesicht bemerkbar –, schien ihm nichts auszumachen. Er holte alles in den Jahren in London und auf dem Kontinent nach, was er als junger Mensch versäumt hatte.

Kein Mensch konnte vorhersagen, wie weitreichend die Folgen des Todes seines Vaters sein würden. Er wurde in einem Duell kurz vor der Geburt seines zweiten Sohnes getötet – ermordet von einem Gegner, der zu früh geschossen hatte. Alex hatte seinen Vater als einen Mann der Tat im Gedächtnis, der Feste, Glücksspiele und noch mehr die Jagd liebte. Er genoß das Leben, aber für Geschäfte hatte er kein Talent. Er hatte seinen Besitz sich selbst überlassen und sich um nichts gekümmert. Westerley jedoch wurde immer in Ordnung gehalten, was teilweise das Verdienst seiner Mutter war. Es war immer noch ein großartiges Herrschaftshaus.

Aber Lady Trevegne hatte es nicht mehr genießen können – sie lebte auch nicht lange genug, um ihren Zweitgeborenen zu sehen. Eine Geburt und ein Tod – die Natur hatte einen Ausgleich geschaffen.

Alex war untröstlich darüber, daß Peter seine Mutter nie gekannt hatte. Es würde nie wieder eine Frau wie sie geben. Sie war die einzige Frau, der er je vertraut hatte. Er erinnerte sich an ihre hellen blauen Augen – Peters Augen –, immer lachend und scherzend, wenn sie ihm erlaubte, ihre goldenen Locken zu zerzausen, und wenn sie ihn beim Zu-Bett-Bringen, fest an sich drückte. Sie machte jeden Tag zu einem Feiertag, jeden Abend vor dem großen Kamin zu einem Ausflug ins Märchenland voll mit Elfen und Feen, blutrünstigen Piraten und tapferen Rittern – sie erfüllte seine Welt mit Liebe und Geborgenheit, die für immer durch ihren Tod verlorengegangen waren. Alex fühlte sich dadurch betrogen, aber er hatte wenigstens seine Erinnerungen. Peter hingegen hatte nichts.

Mit der Zeit gewöhnte sich Alex an seinen Lebensstil und akzeptierte ihn. Er fuhr selten nach London und dann nur, wenn er dort geschäftliche Angelegenheiten erledigen mußte. Als er älter wurde, vermißte er die Nähe von Freunden und die Vergnügungen, die London einem jungen Mann bieten konnte. Aber nach einer gewissen Zeit wurde er schneller erwachsen als seine Freunde, die ein unbeschwertes leichtsinniges Leben in London führten. Sein gesundes Landleben machte ihn zu einem vitalen Mann, mit kräftigen, sehnigen, braunen Händen, er hatte keine lilienweißen Hände wie die Stadtgecken. Sogar als er, nach Jahren des Exils, nach London zurückkehrte, konnte er nie völlig seinen anderen Lebensstil vergessen. Seine Muskeln blieben fest und eisenhart, und er war großen Anstrengungen gewachsen und ausdauernd – er boxte und focht, ritt, und es war ihm unmöglich, Erschöpfung nach einem leichten Trab vorzutäuschen, wie es viele seiner Altersgenossen gern taten.

Er wurde Mitglied der Corinther und des Four-in-Hand Club, wegen seiner unerreichbaren Meisterschaft mit den Zügeln. Er wurde zu vielen Abendgesellschaften, Parties und Wochenendausflügen eingeladen, aber seine zynische Art drängte sich immer mehr in den Vordergrund, je länger er an dem gesellschaftlichen Londoner Leben teilnahm. Im Lauf der Jahre hefteten sich Gerüchte an seine gutaussehende stolze Erscheinung. Als er sich immer weiter in seinen Zynismus zurückzog, während er der Welt eine undurchschaubare Miene präsentierte, wurden die Geschichten, die sich um ihn rankten, immer zahlreicher. Er war eine unbekannte Größe. Seine wilden Eskapaden – manche wahr, manche erfunden – verhalfen ihm in London zu gewisser Berühmtheit. Das, verbunden mit einer gewissen geheimnisvollen Aura, die ihn umgab, regte die Phantasie der Leute an. Nichts ist so faszinierend wie ein Geheimnis – ein Rätsel. Und der Marquis de Fleur war eins. Sein Glück im Spiel war geradezu unheimlich. Nie schien er zu verlieren, weder im Spiel noch bei den Damen.

Wenn er ganz in seine Lieblingsfarbe Schwarz gekleidet ein Zimmer betrat, konnte er, mit einem einzigen Blick aus seinen goldenen Augen, die Damenherzen höher schlagen lassen. Er war gleichgültig, arrogant und manchmal sogar zu den schönsten Frauen unhöflich und beleidigend, aber das trug nur zu seinem Image als Teufelskerl bei. Und der Gedanke an seine Güter, sein Geld und die berühmten Juwelen der Trevegne machten ihn nur noch begehrter.

»Es macht dir nichts aus, wenn ich eine Zeitlang in London bleibe?« erkundigte sich Peter hoffnungsvoll.

»Nein, du kannst bleiben, solange du willst, aber versuch ausnahmsweise, dich ein bißchen besser zu benehmen.«

»Mach dir keine Sorgen. Ich mache nichts, was du nicht selbst auch tun würdest«, versprach Peter voreilig mit einem Augenzwinkern.

»Genau das macht mir Sorgen«, erwiderte Lord Trevegne ernst, als er mit seinem Bruder zur Tür ging, ihn kurz gegen das Ohr boxte und warnend sagte: »Sei vorsichtig, Peter. Du weißt, ich werde nicht da sein, um dir aus dem Schlamassel zu helfen.«

»Nur keine Angst, alter Junge.« Peter grinste, aber diesmal mit ernsten Augen. »Ich werde eine Stütze der Gesellschaft sein, und du kannst stolz auf mich sein«, sagte er zum Abschied, aber er vergaß sein Versprechen beinahe sofort wieder.

Alex stand da und schüttelte den Kopf, dann ging er mit besorgter Miene in sein Schlafzimmer, um endlich zu schlafen. Er wollte Peter alles bieten, was er selbst in seiner Jugend vermißt hatte, aber wahrscheinlich war er zeitweise mit ihm zu nachsichtig. Er wollte nicht, daß Peter sich irgendwie benachteiligt vorkam. Er sollte alles bekommen, was er ihm geben konnte, wenn es auch nur ein kleiner Ersatz dafür war, daß er nie seine Eltern gekannt hatte.

»Jawohl, Eure Lordschaft«, antwortete Dawson, der Sekretär Lord Trevegnes, als er die Rechnungen und Bestellungen von dem großen Mahagonischreibtisch räumte, die sie in der letzten Stunde durchgesehen hatten. »Gibt es sonst noch etwas, Mylord?«

»Nein, es bleibt alles beim Alten. Gebt Peter keinen Vorschuß, außer wenn ich ihn genehmigt habe. Und wenn irgend etwas Wichtiges vorkommen sollte, schickt mir sofort eine Botschaft«, antwortete Alex, der gerade vor dem Spiegel seine weiße Spitzenkrawatte in Ordnung brachte. »Ansonsten seid ihr für alles verantwortlich, Dawson. Ich habe unbegrenztes Vertrauen in Eure Fähigkeiten.«

»Ich danke Euch, Eure Lordschaft«, antwortete Dawson ein wenig verlegen über das Lob.

»Ich fühle mich sehr geehrt, und ich darf Euch eine gute Reise wünschen – obwohl es so aussieht, als würde es noch vor dem Abend regnen. Es wird ein nasser und düsterer Morgen für Eure Fahrt morgen werden. Wollt Ihr wirklich vor der Kutsche reiten, Eure Lordschaft?« fragte er besorgt.

Lord Trevegne blickte den kleinen, grauhaarigen Mann mit seinem gebeugten Rücken und schielenden Augen an. Er vertraute Dawson, wie er wenig anderen Menschen vertraute. Dawson hatte die Verwaltung seiner Güter vor langer Zeit übernommen und wußte soviel, wenn nicht mehr als er selbst über seine Finanzen. Er hatte es ernst gemeint, als er Dawson sein Vertrauen aussprach.

»Macht Euch keine Sorgen, Dawson. Ich werde –« fing Lord Trevegne an, als jemand an die Tür klopfte.

Ein Lakai öffnete sie und meldete steif: »Lady Mariana Woodley, Eure Lordschaft.«

Er trat zur Seite, als Lady Mariana königlich hereinrauschte. Sie trug ein hochrotes, samtenes Tageskleid, mit passendem Pelzumhang und Hut, ihre Hände waren in einem großen, dunklen Pelzmuff versteckt; ihr exotisches Parfum hüllte die zwei Männer, die in der Mitte des Zimmers standen, wie eine Wolke ein, als sie auf sie zuschritt.

Dawson ging unbemerkt zur Tür. Er hatte Lady Mariana nie gemocht und war sehr froh darüber, daß Seine Lordschaft mit ihr gebrochen hatte. Er wünschte sich nur, daß er ihr jetzt ohne großes Getue endgültig den Laufpaß geben würde. Seine Lordschaft wäre wahrscheinlich sehr überrascht zu erfahren, daß der ganze Haushalt so darüber dachte.

»Alex, Liebling«, murmelte sie leise. »Du hast dich sehr unhöflich mir gegenüber benommen, weil du mich nicht besucht hast, seit ich wieder in der Stadt bin«, schmollte sie.

Lord Trevegne beobachtete sie aus schmalen Augen, als sie auf ihn zukam, ihre langen, schmalen Hände graziös ausgestreckt. Sie war wirklich eine schöne Frau. Ihr dunkelbraunes Haar trug sie zu einer großartigen Frisur hochgesteckt, die ihren langen, schön gebogenen Schwanenhals betonte.

Er blickte in ihre feuchten, braunen Augen mit den langen, künstlich nachgedunkelten Wimpern, auf ihre Lippen, die zum Kuß aufforderten – zu einem Kuß, der, wie er wußte, lang und leidenschaftlich von ihr erwidert werden würde. Er begehrte sie nicht mehr so wie einst, aber er verspürte immer noch Bewunderung und noch etwas anderes, als er sie sah. Seine Blicke wanderten über ihre runden weißen Brüste, die der tiefausgeschnittene, rote Samt ihres Kleides kaum verdeckte, und seine Erinnerung ließ ihn den Rest ihres wohlgerundeten Körpers erahnen – das Gefühl ihres nackten, warmen Körpers an seiner eigenen, bloßen Haut.

Er drehte sich plötzlich um. »Was willst du Mariana?« fragte er ungeduldig, während er zu seinem Schreibtisch ging und eine Zigarre aus einer geschnitzten Dose nahm. Er zündete sie an und drehte sich um. Er atmete den Rauch aus, der seinen Gesichtsausdruck verbarg, der feine Tabak verdrängte den Geruch ihres aufdringlichen Parfums. »Es schickt sich nicht für eine Dame, meine Liebe, ohne Begleitung einem Gentleman während des Tages ihre Aufwartung zu machen.«

»Und seit wann haben wir beide das gemacht, was sich schickt?« entgegnete sie ihm.

»Ich hätte nicht gedacht, daß wir uns noch etwas zu sagen haben. Wir haben unsere Entscheidung getroffen, und ich halte mich an meine. Nach allem, was man so hört, machst du es nicht anders – wenn es nicht nur Gerüchte sind«, fügte er hinzu.

»Es sind keine Gerüchte!« antwortete Lady Mariana wütend und blitzte ihn mit ihren dunklen Augen an.

»Na gut, was haben wir uns noch zu sagen?« erwiderte Lord Trevegne kühl.

»Wir haben uns noch viel zu sagen, Alex.« Sie kam näher, stellte sich direkt vor ihn und sah ihn mit ihren dunklen Augen flehend an.

»Kannst du wirklich hier vor mir stehen und behaupten, daß du mich nicht mehr begehrst? Daß du dir nicht wünschst, wir wären oben –«

»Hör auf, Mariana«, unterbrach er sie grob und packte ihre weichen Arme mit eiserner Hand. »Du demütigst dich selbst, wenn du dich so benimmst.«

»Ich mich demütigen?« kreischte Mariana. »Ich sage nur die Wahrheit – nur die Wahrheit. Wir lieben uns. Ich gebe es wenigstens zu!«

»Nein, Mariana. Wir haben uns begehrt, das war alles, nichts weiter. Wir wußten beide, daß es eines Tages ein Ende haben würde, und du hast es durch deine Drohungen beschleunigt. Niemand droht mir oder versucht, mich zu erpressen, meine Liebe.« Er stieß sie angewidert von sich und wandte sich ab, um ihr zorniges weißes Gesicht und ihre wogenden Brüste nicht mehr anschauen zu müssen.

»Ich habe dir nur gedroht, dich wegen des Dukes zu verlassen, wenn du mich nicht heiratest, weil ich dich zwingen wollte, dir selbst einzugestehen, daß du mich liebst und mich heiraten möchtest. Du kannst es nicht ertragen, wenn ein anderer mit mir ins Bett geht, oder?«

»Meine liebe Mariana, ich schere mich den Teufel drum, wem du das Bett wärmst. Was wir miteinander hatten, ist vorbei. Du hast das Ende selbst heraufbeschworen, obwohl ich zugeben muß, daß sich die Flammen der Leidenschaft ohnehin schon allmählich zu Asche verwandelt haben«, erwiderte er gleichgültig.

»Ich glaube dir nicht. Du bist verrückt nach mir. Du hast mich genauso im Blut wie ich dich«, sagte sie leidenschaftlich. »Ich hätte Linville schon vor einem Jahr haben können, aber ich habe mich für dich entschieden, statt Herzogin zu werden.«

»Ah ja, der Herzog. Das war wirklich das höchste Ziel in deinem Leben – Lady Mariana, die Herzogin. Verschließ nicht die Augen vor dem wahren Grund, meine Liebe. Du hast mich begehrt, aber du hast auch alles, was ich besitze, begehrt, einschließlich der Diamanten und Smaragde und all der anderen märchenhaften Kostbarkeiten, die die nächste Lady Trevegne, die Marquise von St. Fleur schmücken werden.

Du wußtest, daß ich nie an eine Ehe dachte, als unsere Liebschaft begann, aber es hat dich nicht gestört. Du hast mir sogar einmal gesagt, daß du deine Witwenschaft sehr genießen würdest – weil du alles tun kannst, was dir Spaß macht, ohne Rücksicht auf einen eifersüchtigen Ehemann nehmen zu müssen. Warum auf einmal diese Kehrtwendung? Oder war das ganze nur ein Spiel, um mich in dein Bett zu bringen, mich verliebt zu machen und dann vor den Altar zu schleppen?«

»Du Ungeheuer!« zischte Lady Mariana und versuchte, ihre Selbstbeherrschung wiederzufinden. Ihre Nasenflügel bebten, ihre Pupillen vergrößerten sich vor Wut, weil sie die Wahrheit seiner Worte nicht leugnen konnte. Sie hatte gedroht, ihn zu verlassen und den Herzog zu heiraten, wenn er sie nicht zu seiner Frau machen würde. Sie war sich seiner so sicher gewesen, daß sie erwartet hatte, er würde sie bitten, zu bleiben und ihn sofort zu heiraten. Statt dessen hatte er ihr gesagt, sie solle tun, was sie wolle, ihn würde das nicht berühren. Sie dachte, es wäre nur verletzter Stolz und er würde bald zu ihr zurückkommen, aber er war nicht gekommen. Er ignorierte sie, schnitt sie vor allen Leuten im Almacks und bedachte sie mit einem verächtlichen Blick, den sie sonst an ihm beobachtet hatte, wenn aufdringliche Schmeichler etwas bei ihm erreichen wollten. Ihr ganzer Plan drohte zu scheitern, und sie versuchte verzweifelt, alles wieder in die richtige Bahn zu lenken.

»Können wir wirklich alles vergessen? Alex, wir könnten wieder dort anfangen, wo wir vor diesem törichten Streit aufgehört haben. Hier bin ich und biete dir –«

»Nein, es hat keinen Zweck, Mariana. Keiner von uns hat sich verändert, und ich glaube, ich kenne dich gut genug, um zu wissen, daß du dich nie ändern wirst. Außerdem ist das Feuer verloschen. Ich begehre dich nicht mehr. Ich wollte es nicht so direkt sagen, aber diese Unterredung nützt keinem von uns etwas.«

Lady Mariana stand wie gelähmt da, ihr schönes Gesicht drückte völlige Verwirrung aus. Immer war alles nach ihrem Willen gegangen, immer hatte sie bekommen, was sie wollte. Sie war die einzige Tochter ältlicher Eltern – verwöhnt und verhätschelt – und erwartete ständige Aufmerksamkeit und Zuwendungen von ihren Bewunderern. Auf einem Landgut aufgewachsen, träumte sie von den Abenteuern und den Vergnügungen Londons, die sie von Zeit zu Zeit genießen durfte. In ihrer ersten Londoner Saison galt sie als die »Unvergleichliche« und heiratete den jungen Lord Woodley, um nicht mehr aufs Land und zu ihren Eltern zurückkehren zu müssen, die den Aufregungen Londons und den ewigen Gesellschaften nicht gewachsen waren. Nun war sie ein Mitglied des Adels, nicht länger nur Miss Mariana Greene, sondern Lady Mariana Woodley. In den ersten Jahren genoß das Paar London, lebte ungezügelt und extravagant – nur ihren Vergnügungen nachgehend statt miteinander zu leben, und ihr brach nicht das Herz, als ihr Mann völlig betrunken unter den Rädern seines umgestürzten Wagens ums Leben kam. Jetzt war einer weniger da, der das Geld ausgab, und sie mußte auf niemanden mehr Rücksicht nehmen.

Man nannte sie in London die Wilde Witwe Woodley, und sie genoß es, diesem Namen Ehre zu machen. Dann, nach Jahren seichter Liebschaften, lernte sie Lord Trevegne kennen und verliebte sich das erste Mal in ihrem Leben. Er war in London gewesen, als sie debütiert hatte, und sie konnte sich noch daran erinnern, wie sie sein dunkles, vitales Aussehen erregt hatte, aber dann war er verschwunden. Sie dachte nicht mehr an ihn, bis sie ihn eines Abends wieder traf. Sie wußte sofort, daß sie ihn nie vergessen hatte, und zwischen ihnen entflammte Leidenschaft.

Von da an plante sie alles sehr sorgfältig, denn diesen Mann wollte sie haben. Sie bedauerte lediglich, daß er nur Marquis und kein Herzog war. Aber sie gestattete ihrem Ehrgeiz, in der Flut seiner Leidenschaft zu ertrinken, und wollte sich mit dem Titel einer einfachen Marquise zufriedengeben. Und da waren auch noch die Trevegne-Juwelen, ein wahrhaft königlicher Schatz, der ihre Enttäuschung über den nicht allzu hohen Adelsstand gelindert hätte. Sie kannte seinen Abscheu vor der Ehe. Die Gerüchte wollten wissen, daß eine Frau ihn höchstens einen Monat fesseln konnte, aber Mariana war sich seiner Liebe und Begierde und ihrer Gewalt über Männer so sicher, daß sie nie daran zweifelte, daß er sie zu seiner Frau machen würde. Sie gab vor, sich vor einer zweiten Ehe zu fürchten und genau wie er darauf bedacht zu sein, ihre Freiheit zu behalten. Sie wollte ihn nicht erschrecken, schließlich hatte sie genug Zeit, und sie wollte nichts tun, was sie später bereuen würde.

Sie ahnte, daß er andere Frauen hatte, doch sie empfand sie nicht als Bedrohung für ihre Zukunftspläne. Aber als die Zeit verging und er nie eine Heirat erwähnte, beschloß sie, ihn mit der Drohung, ihn wegen eines anderen zu verlassen, unter Druck zu setzen. Leider hatte er nicht so darauf reagiert, wie sie es erwartet hatte.

Es mußte immer noch sein trotziger Stolz sein, der ihn nicht auf ihre Wünsche eingehen ließ. Sie hatte vergessen, wie stolz er war. Sie betrachtete sein schönes Gesicht, die festen, sinnlichen Lippen, und fühlte Panik in sich aufsteigen bei dem Gedanken, ihn zu verlieren. Alex durfte sie nicht verlassen – der einzige Mann, in den sie sich je verliebt hatte. Sie hatte Dutzende von Liebhabern gehabt – alle so gut aussehend wie Alex –, aber Alex war anders. Vielleicht war es seine zeitweise Gleichgültigkeit oder seine Arroganz, die sie nie vergessen ließ, daß er ein Mann war. Er bettelte nie um etwas, er ließ ihr nie die Oberhand, dennoch glaubte sie, daß sie ihn in der Hand hätte. Er war ein feuriger Liebhaber, der ihr die Sinne schwinden ließ und sie endlich zur ganzen Frau gemacht hatte. Sie fühlte sich verloren, während sie bei ihm war, und tot ohne ihn. Jetzt seine Arme um ihren schlanken Körper zu spüren, seine Lippen auf den ihren...

»Ich bin sicher, Lady Mariana, Ihr habt eine Verabredung, zu der Ihr zu spät kommt, laßt Euch bitte nicht länger aufhalten. Es schickt sich nicht, daß Eure Kutsche vor meiner Tür gesehen wird«, sagte Lord Trevegne höflich. Seine Stimme klang kalt und unpersönlich, als er die widersprüchlichen Empfindungen beobachtete, die über ihr Gesicht huschten. »Ihr wollt doch Euren Ruf nicht schädigen.«

Lady Mariana sah ihn unentschlossen an und kaute nervös an ihrer Unterlippe. Endlich fiel ihr eine Lösung ein und sie lächelte verführerisch.

»Es stimmt, Linny wartet auf mich, deshalb muß ich gehen, aber können wir uns morgen treffen, wenn ich Zeit habe? Du weißt, wie Linny an meinen Röcken hängt, darum muß ich sehen, ob ich ein paar Minuten weg kann«, sagte sie hochmütig. Sie versuchte immer noch, ihn auf den Duke eifersüchtig zu machen.

»Tut mir leid, Lady Mariana, aber morgen bin ich nicht mehr da.«

»Oh, wo wirst du denn sein?« fragte sie neugierig, streifte ihre langen roten Handschuhe über und überlegte dabei, wie sie ihn wohl in ihr Schlafzimmer locken könnte.

»Ich verlasse London.«

»Aber du kannst London nicht den Rücken kehren – du kannst mich nicht verlassen!« rief Mariana erschrocken aus. »Du läufst weg«, stellte sie dramatisch fest, »aber das ist nicht nötig. Wenn du nur deinen dummen Stolz vergessen könntest und –«

»Lady Woodley, was ich mache, geht Euch nichts mehr an, ich mußte noch niemals Rechenschaft über meine Handlungen ablegen, aber seit ich den Entschluß gefaßt habe, abzureisen, scheinen alle von mir Rechtfertigungen zu verlangen«, schloß er ungeduldig.

»Ich lasse dich nicht weg!« schrie Mariana mit angsterfüllter Stimme. Wenn er jetzt wegging, würde sie ihn für immer verlieren.

Was er nicht sehen oder hören konnte, würde ihn nicht eifersüchtig machen, und er könnte, während er weg war, jemand anderen finden.

Sie schlang die Arme um seinen Hals, schmiegte ihren Körper fest an seinen und küßte ihn leidenschaftlich. Ihr Mund versuchte, seine geschlossenen Lippen zu öffnen, doch er reagierte nicht, dann riß er ihre Arme gewaltsam von seinem Hals und stieß ihren heißen, schmiegsamen Körper zurück. Er wollte sie ein für allemal davon überzeugen, daß er nichts mehr für sie empfand, und sagte das erste, was ihm in den Sinn kam, um ihre Hoffnungen zunichte zu machen.

»Wahrscheinlich bin ich das nächste Mal, wenn wir uns sehen, schon ein verheirateter Mann, und ich bezweifle, daß meine Frau unsere kleine Liaison genehmigen würde«, versetzte er mit kaum verhohlenem Grinsen, als er ihr erschrockenes Gesicht sah. Er hatte kein Mitleid mit einer Frau, die ihren Körper benutzte, um einen Mann zu erpressen. Vielleicht würde er wirklich heiraten. Das könnte mit Sicherheit einige Probleme, die sich in letzter Zeit angestaut hatten, lösen. Er dachte dabei an die junge Tochter Squire Blackmores, seinem nächsten Nachbarn in Westerley. Er hatte sie länger nicht gesehen, um ehrlich zu sein, wußte er gar nicht mehr, wie sie aussah, aber sie müßte eigentlich im richtigen Alter sein. Außerdem ließ der Squire immer wieder durchblicken, wie angenehm ihm diese Verbindung wäre. Ja, irgendeine kleine Unbekannte, jemanden, der ihm keine Schwierigkeiten machen und mit seiner Zuneigung spielen würde.

»Verheiratet! Du?« Mariana lachte schrill, sie glaubte, er wolle sie täuschen. »Wen denn, sag doch, wen? Doch nicht eine von den blöden grünen Mädchen, die dir die ehrgeizigen Mütter anhängen wollen. Du könntest die Bradshaw-Tochter probieren, laß mich sehen« – sie hielt inne –, »wie heißt sie doch gleich? Mary, ja Mary, glaube ich, aber natürlich sieht sie ein bißchen wie ein Pferd aus. Oder da wäre noch diese Caroline Soundso, die mit dem Riesenvermögen.

Das arme Ding, leider stottert und schielt sie ganz schrecklich – aber wenn du entschlossen bist, den Bund der Ehe zu schließen…« sie hielt inne und nagte an ihrer Fingerspitze, als würde sie überlegen, welche Mädchen für ihn noch in Frage kämen. Er unterbrach sie mit eisiger, harter Stimme:

»Ich fürchte, du hast noch nicht das Vergnügen gehabt, die zukünftige Lady Trevegne kennenzulernen, meine Liebe, sie lebt nämlich nicht in London.«

»Das ist doch nicht dein Ernst!« hauchte Mariana. »Du hast wirklich vor zu heiraten?« Sie musterte sein Gesicht, aber seine grimmige Miene verriet nichts. »Was, wenn ich fragen darf, ist mit deinem Schwur, Junggeselle zu bleiben?« fragte sie bissig. »Das scheint mir alles ziemlich überstürzt nach so langen Jahren überzeugten Junggesellentums. Du wirst verzeihen, daß ich da meine Zweifel habe.« Sie lächelte nicht sehr freundlich. »Ich glaube dieses Ammenmärchen erst, wenn ich das Vergnügen gehabt habe, diesen Ausbund an Tugend kennenzulernen, der es fertiggebracht hat, deinen Ring an ihren Finger zu bekommen, und nicht vorher.«

Alex ging langsam zu seinem Schreibtisch, öffnete eine Schublade, zog verschiedene Papiere heraus und ordnete sie, während Mariana ihm erstaunt zusah.

»Da ist meine Heiratslizenz, meine Liebe«, erklärte er und sah gleichgültig in ihr schockiertes Gesicht. Sie eilte zum Schreibtisch, riß ihm das Papier aus der Hand, sah es kurz an und warf es dann auf den Tisch, als würde es ihr die Finger verbrennen.

Lady Woodley stolzierte zur Tür hinaus, hinter sich eine Wolke schweren Parfums zurücklassend. An der Tür drehte sie sich noch einmal zu Lord Trevegne um, der lässig am Schreibtisch lehnte, einen tiefen Zug aus seiner Zigarre nahm, den Rauch langsam in die Luft blies und zynisch dabei lächelte, und sagte in warnendem Ton:

»Tu nichts, was uns später beiden leid tun wird; diesen Fetzen nehme ich sowieso nicht ernst. Die Erlaubnis ist nicht mal das Papier wert, auf das sie geschrieben ist«, sagte sie zuversichtlich, ehe sie ihm herausfordernd die Schulter zudrehte und mit verführerisch wippenden Locken hinausging.

Alex starrte einige Minuten lang die geschlossene Tür an, nachdem Mariana gegangen war. Er seufzte erleichtert, als er ihre Kutsche wegfahren hörte. Wieso er sich an die Heiratslizenz erinnert hatte, war ihm nicht klar, aber es war eine Eingebung gewesen, um sie von seinen ernsten Absichten zu überzeugen. Daß er sie Peter gestern weggenommen hatte, als der damit drohte, die Schauspielerin, in die er gerade verliebt war, zu heiraten, wenn er nicht mit einem Vorschuß herausrückte, brauchte Mariana nicht zu wissen.

Kurz entschlossen rief er seinen Diener und traf Vorbereitungen zur sofortigen Abreise – er wollte nicht mehr bis morgen warten, wie er zunächst geplant hatte. Er ließ Dawson seine Verabredungen für den Abend absagen und zog sich schnell um.

Er trug seinem aufgeregten und verwirrten Kammerdiener auf, ihn morgen irgendwann im Wayfarers Rest mit der Kutsche abzuholen, und ritt schon eine Stunde später aus London hinaus.

Auf dem offenen Land ließ er den Blick über die Felder und über die dunklen Wolken schweifen, die sich über seinem Kopf zusammenbrauten. Er atmete tief die nach Tannen duftende Luft ein und spürte sie wie eine Liebkosung auf den Wangen, während Sheik durch den Nachmittag galoppierte und seine Hufe eine Staubwolke aufwirbelten.

»Langsam, Junge«, beschwichtigte Alex das Tier und zog leicht die Zügel an, »wir wollen doch den Teufel nicht erschrecken.«

Er lachte laut, ein tiefes, weittragendes Geräusch voller Heiterkeit und Übermut. Er hatte keinerlei Sorgen. Nichts konnte ihn aufhalten. Er ließ die Zügel schießen und sprengte wild die Straße entlang, mit Wind und Wolken um die Wette, sein weiter Mantel mit den vielen Capes wehte hinter ihm her.

Oh Büberei! – Ha! Laßt die Türen schließen.
Verrat! sucht, wo er steckt.

Shakespeare

4. Kapitel

Schon seit Tagesanbruch heulte der Wind und fegte die Blätter der nahestehenden Bäume gegen die Mauern des Gasthofes, um sie dann in Richtung der dunklen fernen Hügel zu blasen, die im schwindenden Licht des Abends nur noch als finstere Silhouetten zu sehen waren. Der leichte Regen, der mittags angefangen hatte, war mittlerweile zu einem Unwetter geworden.

Tibbitts, der Besitzer des Gasthofes Wayfarers Rest, ärgerte sich darüber. Schlechtes Wetter brachte nicht mehr Gäste, aber dafür mehr Arbeit. Die vielen nicht reparierten Löcher und Risse im Dach machten sich dann bemerkbar, und das Wasser bahnte sich einen Weg ins Haus und, Gott behüte, auf einen seiner Gäste. Sein Gasthaus stand an der Kreuzung, wo die Straßen aus dem Norden und die von der Küste aus Richtung London aufeinandertrafen, und nahm den Verkehr aus jeder Richtung auf, einschließlich der Postkutschen, die regelmäßig dort hielten, weil Passagiere umsteigen oder müde Pferde ausgewechselt werden mußten.

»Komm zurück, du Bengel!« brüllte Tibbitts, als ein kleiner, magerer Junge an ihm vorbei den langen, schmalen Gang hinunterrannte. Er streckte einen langen, haarigen Arm aus und packte den Buben am Genick. »Was treibst du denn da? Hab' ich dir nicht gesagt, du sollst das Zimmer des Herrn aufräumen?« schrie Tibbitts und schüttelte ihn.

»Ich wollte es ja machen, aber der Herr hat mir gesagt, ich soll verschwinden, und hat dabei ziemlich böse geschaut. Da hab' ich mich lieber schnell aus dem Staub gemacht«, sagte der Junge trotzig und versuchte, sich loszureißen.

»Wenn du Bengel mir nicht die Wahrheit sagst, werd' ich dir den Kopf abreißen. Einen Lügner, der mich bei den Herrschaften in Verruf bringt, kann ich hier nicht brauchen. Ich hab's erlebt, wenn sie wütend werden, und ich will's nicht noch mal mitmachen. Es ist kein schöner Anblick, wenn sie in Rage kommen. Ich kann mich erinnern, wie eine Dame da stand, wo du jetzt stehst, und vor Wut mit den Zähnen geknirscht hat, weil ich ihrem kleinen Hund nicht das beste Stück Fleisch gegeben habe. Sie hat ihn immer dabei gehabt – sie hat ihn nie aus den Augen gelassen. Sie hat mir sogar wegen diesem verfluchten, keifenden Stück Pelz auf die Finger geklopft. Darum wirst du Tunichtgut mich nicht in Verlegenheit bringen, hast du gehört?« knurrte Tibbitts den zitternden Buben an.

»Ich hab' keine Lügen erzählt!« schrie dieser, als Tibbitts noch fester zupackte.

»Also gut, du Bengel, verschwinde nach hinten, und laß mich ja kein Wort hören, sonst...« sagte er und gab dem Buben einen Schubs, dann drehte er sich um und ging in die Gaststube.

Er beobachtete kritisch das Mädchen, das den Tisch für das Abendessen herrichtete. Er war für mehrere Personen gedeckt, weil sein privates Speisezimmer im Moment von einer furchteinflößend aussehenden Dowager Duchess belegt war. Die zwei wohlbetuchten Londoner Gentlemen, die schon zwei seiner besten Zimmer gemietet hatten, mußten sich wohl zum Abendessen Gesellschaft leisten, und vielleicht würden nach Eintreffen der Postkutsche noch mehr Gäste auftauchen, obwohl sie bei diesem Wetter bestimmt ein paar Stunden Verspätung hatte. Er hatte bereits mehrere Zimmer für Gäste vorbereiten lassen, die umsteigen und notgedrungen übernachten mußten, bevor sie eine andere Kutsche besteigen konnten. Er lächelte stillvergnügt und rieb sich schon die Hände in Erwartung der hohen Trinkgelder.

Keine schlechte Nacht, dachte Tibbitts, als er noch ein paar Scheite in das prasselnde Feuer im Kamin warf. Die Flammen züngelten hoch, erhellten die Schatten im Raum und warfen etwas Licht auf die niedere Decke mit den schweren Eichenbalken, die von den unzähligen Feuern des großen Kamins rußgeschwärzt waren. Die Zinnflaschen und Becher glänzten matt auf den Wandbrettern, und der Talg, der von den dicken Kerzen tropfte, zischte, wenn er auf das kalte Metall der Messingleuchter traf.

Ein breites Grinsen breitete sich auf Tibbitts Gesicht aus, bei dem Gedanken an die Goldstücke, die bald in seinen Taschen klimpern würden, aber jetzt wäre eine warme Mahlzeit, die seinen Magen füllte, auch nicht schlecht.

Sir Jason Beckingham, der im Zimmer direkt über dem Tibbitts aus dem regennassen Fenster starrte, war nicht nach Lachen zumute.

Er war wütend! Ausgerechnet hier, unter dem gleichen Dach, in einem Zimmer, auf demselben Gang war sein erbittertster Feind, Lord Alex Trevegne untergebracht. Wie er es haßte, auch nur den Namen dieses Teufels zu hören! Er hatte seinen Augen nicht getraut, als er Trevegne vor ein paar Minuten in den Hof reiten sah. Sein großes schwarzes Pferd scharrte ungeduldig im Schlamm, während Trevegne abstieg, ins Haus eilte und die Stallburschen sein Pferd wegführten.

Lord Trevegne... dieser Name klang drohender für ihn als der ohrenbetäubende Donnerschlag draußen. Seit dieser Dämon in sein Leben getreten war, hatte sich sein Glück gewandelt. Bei Wetten hatte er eine Glückssträhne gehabt. Außerdem ermöglichten ihm die Gewinne aus vielen nächtlichen Kartenspielen zum ersten Mal seit geraumer Zeit, in Frieden zu leben, ohne daß seine Gläubiger ihm die Tür einrannten.

Er war viel zu lange verschuldet gewesen, um sich mit seinem vorübergehenden Reichtum zufriedenzugeben. Er wußte nur zu gut, wie schnell die täglichen Ausgaben ein Loch in den Geldbeutel fressen, und er hatte nicht die Absicht, in den alten demütigenden Zustand von Armut zurückzukehren. Seine Verarmung hatte ihn in der Vergangenheit oft in Verlegenheit gebracht und ihn beizeiten zu einem Schmeichler und Speichellecker reduziert, den nicht nur die verachteten, denen er schmeichelte, sondern, was das Schlimmste war, auch er selbst. Die Selbstachtung zu verlieren war das Ärgste, was einem Gentleman zustoßen konnte.

Er wollte ja wirklich nur, was ihm zustand und sein angeborenes Recht war. Er war als Gentleman auf die Welt gekommen und, bei Gott, so wollte er auch leben. Statt dessen hatte er zu unlauteren Mitteln greifen müssen und war inzwischen zum Meister darin geworden. Er konnte Menschen äußerst geschickt beeinflussen und jeder unangenehmen Situation aus dem Weg gehen. Er war fest davon überzeugt, daß er sich aus allem herausreden konnte, weil er sich notgedrungen in der Kunst der Selbsterhaltung unglaubliches Geschick angeeignet hatte. Er redete sich ein, daß ihn überhaupt keine Schuld traf, wenn er zu solchen Mitteln greifen mußte.

Seine liebenden Eltern hatten in schöner Eintracht sein Erbe verspielt, und alles, was ihm geblieben war, als sie starben, waren riesige Schulden.

Er lernte früh, daß er hart und ohne Bandagen kämpfen mußte, wenn er in der besseren Gesellschaft, der Elite Londons, bleiben und seinen angestammten Platz einnehmen wollte. Seine Eltern nannte man »das königliche Paar«, Karokönig und Karodame. Man konnte sie immer beim Glücksspiel antreffen, wo sie mehr die Karten als ihre Gegner mit ihrem Geschick herausforderten.

Seine Eltern vererbten Sir Jason nicht ihre fanatische Besessenheit mit dem Glücksspiel, wohl aber ihr Geschick, aus dem Unglück anderer Gewinn zu schlagen – und es war gelegentlich nicht unter seiner Würde, seinem Glück beim Kartenspiel ein wenig nachzuhelfen. Und die Karten verhalfen ihm zu seinem Spitznamen – der Joker.

Man konnte immer auf Beckingham zählen, wenn es galt, in eine Party Schwung zu bringen. Man wußte nie genau, was von ihm zu erwarten war oder wann er ausgerechnet da auftauchen würde, wo man gerade ein neues Gesicht und neuen Klatsch dringend brauchte.

Aber das wahre Gesicht des Jokers kannte keiner, und alle, die ihn ansahen, akzeptierten das, was er zeigen wollte: den Clown, den Spaßmacher, den schlagfertigen Witzbold – den Narren, der alle zum Lachen brachte. Der wirkliche Sir Jason wollte Reichtum und Macht um jeden Preis. Er würde sich nie mehr demütigen und von einer reichen ältlichen Herzogin herumkommandieren lassen oder bei einem pockennarbigen, häßlichen Mädchen den Verehrer spielen, nur weil sie Geld mit in die Ehe bringen würde.

Es gab wenige Ausnahmen, bei denen sein Verlangen und die Notwendigkeit sich nicht feindlich gegenüberstanden, aber Catherine Bellington war eine. Daß Schönheit und Reichtum so wohlverpackt zusammenkamen, war zu schön, um wahr zu sein.

Er hätte sich daran erinnern sollen, daß einen das Glück manchmal im Stich läßt, daß nicht immer alles so läuft, wie man will, doch dieses Mal war er so sicher, daß ihn nichts auf der Welt daran hindern könnte, sein Ziel zu erreichen, nämlich Catherine zu heiraten und ein reicher Mann zu werden. Er gab sich nicht selbst die Schuld daran, daß seine Chancen geschwunden waren. Nicht einmal die Götter des alten Ägypten hätten sein Scheitern verhindern können. Die Karten waren gegen ihn, und kein Mensch hatte sie gemischt. Der Teufel hatte seinen Plan zum Scheitern gebracht, der Teufel in Gestalt von Catherines Vormund – Lord Trevegne.

Alles, was ihm die Ehe mit Catherine hätte einbringen können, war jetzt unerreichbar für ihn. In ihrer ersten Londoner Saison war sie so naiv und für alle Schmeicheleien empfänglich gewesen.

Er hatte Catherine nie wirklich geliebt, aber er fand sie anziehend, und manchmal hatte sie ihn amüsiert. Sie wären sicher gut miteinander ausgekommen, bis ein gewisser Teufel mit seinen durchdringenden Bernsteinaugen wie durch Zauberei auftauchte und Catherine mitsamt ihrem Vermögen einem anderen Gentleman in die Arme trieb.

Catherine, seine goldene Zukunftsaussicht, wurde mit einem passenden Landedelmann verheiratet. Ohne Zweifel ein rotgesichtiger, bombastischer Angeber mit O-Beinen und Bauch und einer roten Nase von zuviel Schnaps, dachte er boshaft und drehte sich, um seine gute Figur im Wandspiegel zu bewundern. Mit einem Bekkingham wäre sie viel besser drangewesen als mit irgendeinem Dorftrottel, dachte er eingebildet.

Aber dieser Trevegne hatte sich eingemischt, alles zerstört und ihn dabei in London lächerlich gemacht. Man hatte ihn darauf aufmerksam gemacht, daß Catherine Bellington das Mündel von Lord Trevegne war, der ihr Vermögen verwaltete, und daß sie nur mit dessen Einverständnis heiraten konnte. Andere Mitgiftjäger, mit denen er befreundet war, hatten ihn gewarnt, daß es keinen Zweck haben würde, teures Geld in so ein Unterfangen zu investieren. Und außerdem war der Teufel los, wenn man sich dabei auch noch Lord Trevegne zum Feind machte.

Sie hatten guten Grund für ihre Angst, denn Lord Trevegnes Ruf war nicht auf Hörensagen oder Übertreibung aufgebaut. Sir Jason hatte ihn dabei beobachtet, wie er sein schwarzgoldenes Phaeton mit dem perfekten Paar Araberhengsten am Zügel mit unnachahmlichem Geschick lenkte. Es wurde gemunkelt, Lord Trevegne hätte ein paar Tropfen arabisches Blut in seinen Adern, womit man sich sein unerhörtes Verständnis für Pferde zu erklären glaubte. Man hatte manchmal das Gefühl, als würde eine Seelenverwandtschaft bestehen.

Lord Trevegnes Freunde nannten ihn Luzifer, und er lachte nur dabei und widersprach nicht. Sir Jason hatte von anderen gehört, daß Lord Trevegne gar kein Sterblicher war und daß man ihn den Prinzen des Teufels nannte, weil er unglaubliches Glück im Spiel hatte. Nicht viele von Lord Jasons Bekannten spielten oder wetteten mit ihm, weil er nie verlor. Kiebitze schworen, daß Seine Lordschaft die Karten hypnotisierte und daß der eigenartig geformte Goldring an seinem kleinen Finger ihm magische Kräfte verlieh.

Jason glaubte, Lord Trevegne hätte es fertig gebracht, seine Glückssträhne beim Kartenspiel zu unterbrechen. Er fühlte, wie der Boden unter seinen Füßen schwankte, und nichts, was er tat, brachte ihm Glück. Die Dinge müßten einen anderen Verlauf nehmen. Er konsultierte bei einer Glückssträhne sogar eine Zigeunerin, um sich von den Sternen sein Glück bestätigen zu lassen. Die Zigeuner kampierten vor der Stadt, als er hinausritt, um sich von einer übelriechenden, zahnlosen alten Vettel aus der Hand lesen zu lassen. Die betrügerische Zigeunerin war teuer genug gewesen, aber sie hatte ihm seine Zukunft im schönsten Licht erscheinen lassen und ihm bestätigt, daß Fortuna seine Weggenossin war. Sie hatte ihm vorhergesagt, daß vor seinem Sieg eine Frau, rot wie Feuer, auftauchen würde, und dann noch irgend etwas Unverständliches über eine drohende schwarze Wolke und ein schreckliches Unglück gefaselt. Er glaubte nicht an diese vage Geschichte von Tod und Unglück, weil er gerade eine Glückssträhne hatte, und eine Frau wie Feuer hatte er auch noch nicht getroffen. Aber der Sieg ließ auf sich warten, er hatte nur Pech, auch nichts Endgültiges wie ein Todesfall passierte, obwohl er zugeben mußte, daß er in Zeiten wie diesen fast willkommen gewesen wäre.

Lord Trevegne. Immer oben, immer der Sieger. Sir Jason konnte sich nicht erinnern, Trevegne einmal nicht erfolgreich gesehen zu haben, ob es sich nun um Frauen oder Karten handelte. Viele Frauen hatten sich unglücklich in ihn verliebt. Sir Jason kannte einige hochgestellte Damen, die, würde sich die Gelegenheit bieten, sofort in sein Bett gesprungen wären.

Er gewann die Herzen der begehrtesten Schönheiten Londons und Europas, aber sobald sie ihm hörig waren, verlor er das Interesse, und bald langweilten ihn ihre Liebeserklärungen. Er blieb Junggeselle und drehte ihnen allen seinen breiten Rücken zu, was ihn um so begehrenswerter machte. Warum Trevegne nicht vor der Schönheit und dem Reichtum mancher dieser Frauen kapitulierte, konnte Jason nicht verstehen. Wäre er an Trevegnes Stelle gewesen, hätte er längst ein Vermögen und vielleicht auch noch ein Schloß oder ein Château aus einer Ehe mit einer ausländischen Prinzessin oder Baroneß.

Bei Gott, Trevegne war wirklich nicht normal, so etwas auszuschlagen. Wenn es nur eine Möglichkeit gäbe, Trevegne – natürlich ohne sich selber in Gefahr zu begeben – zu besiegen. Er dachte gar nicht daran, sich von Trevegne, der ein hervorragender Schütze war, herausfordern zu lassen. Nein, er sollte nicht erfahren, daß er in Sir Jason Beckingham einen Todfeind hatte. Es war viel besser, den noblen Marquis glauben zu lassen, daß der Joker ihm wohlgesinnt wäre. Die Rache würde süß wie Honigseim auf seiner Zunge schmecken, sollte er eine Möglichkeit finden, den allmächtigen Lord Trevegne zu bestrafen.

Ein Klopfen an der Tür erschreckte Lord Jason, der gedankenverloren aus dem Fenster blickte.

»Herein!« rief er und drehte sich um.

»Wenn Sir Beckingham so freundlich wäre, herunterzukommen, sein Essen ist fertig und wartet auf ihn«, kündigte Tibbitts an.

»Sehr gut. Ich komme gleich. Übrigens, hat Lord Trevegne schon diniert?« fragte er Tibbitts gespielt gleichgültig.

»Nein, er ist gerade hinuntergegangen«, erwiderte Tibbitts. Tibbitts ging erleichtert die enge, wacklige Treppe hinunter und dachte dabei, daß der Bengel recht gehabt hatte. Dieser Mann hatte wirklich einen bösartigen Blick. Den wollte er nicht zum Feind haben. Es lief ihm kalt über den Rücken bei der Erinnerung an die eiskalten Augen. Tibbitts musterte kurz den großen hölzernen Tisch, der zum Abendessen der beiden gedeckt war, und betrachtete dann den anderen Gast, der nachdenklich vor dem großen Feuer stand und sich wärmte.

Das war auch ein Gentleman, dem er nicht gern ins Gehege kommen wollte, dieser Lord Trevegne, der oft bei ihm einkehrte, wenn er unterwegs zu seinen Gütern in Cornwall war. Ja, ja, er hatte über Seine Lordschaft schon allerhand munkeln hören. Wer sich ihm in den Weg stellte, hatte nichts zu lachen. Aber was konnte man von den Fremden schon erwarten, die von dieser unwirtlichen Cornwallküste kamen – ein Niemandsland, wie er gehört hatte.

»Verfluchter Zug«, brummte Tibbitts und versuchte vergeblich, die Fenster besser zu schließen, um seine Gäste vor dem kalten Wind zu schützen.

»Da seid Ihr ja, Sir Beckingham.« Tibbitts stellte schnell einen Stuhl für Sir Jason bereit, der gerade den Raum betreten hatte, prächtig angetan mit einem rosa Samtrock, gelben Kniehosen, einer orange und gelb gestreiften Weste und weißer, gestärkter, reich gerüschter Spitzenkrawatte.

Lord Trevegne, der nachdenklich ins Feuer gestarrt hatte, wandte sich langsam dem neuen Gast zu und zog, als er ihn erkannte, eine dunkle Braue hoch.

»Guten Abend, Beckingham«, sagte Lord Trevegne und nahm gegenüber von Sir Jason am Tisch Platz. »Habe ich das … Vergnügen Eurer Gesellschaft bei diesem herzhaften Mahl, das wir hier zu erwarten haben?«

»Lord Trevegne«, erwiderte Sir Jason und unterdrückte die Panik, die ihn erfaßt hatte, als er sah, daß er dem Marquis Auge in Auge gegenübersitzen würde. »Es wird mir ein Vergnügen sein, Eure Gesellschaft zu genießen, Mylord«, heuchelte er und wünschte sich insgeheim, er könnte Trevegne einen Dolch ins Herz stoßen. Er musterte Lord Trevegne neugierig und fragte: »Ihr seid ziemlich weit von London weg an so einem scheußlichen Abend.« Er steckte sich mit der Gabel eine kleine Kartoffel in den Mund und fing an, das dicke, saftige Stück Rindfleisch, das auf seinem Teller lag, zu schneiden.

»Ich bin auf dem Weg nach St. Fleur. Aber Ihr seid ja auch unterwegs.«

St. Fleur, die Heilige Blume. Eine nicht gerade passende Bezeichnung für das Heim Lord Trevegnes, dachte Sir Jason belustigt. Warum nicht St. Dämon, seinem Herrn zu Ehren? »Ich bin hier wegen der Hahnenkämpfe in Brown's Mill – man sagt, Rawsley hat einen richtigen Mörder aus York hergeschickt«, erklärte er und beobachtete Trevegne, wie er ein dickes Stück Schinken von der Platte nahm, die die Serviererin gerade hingestellt hatte. Ihre tiefausgeschnittene Bluse zeigte ihre vollen Schultern und Brüste, und sie warf Trevegne einen einladenden Blick zu, als sie seinen leeren Humpen nahm, um ihn aufzufüllen.

»Ich habe Eure Kutsche nicht im Hof gesehen«, sagte Sir Jason. »Ihr werdet doch nicht den ganzen Weg zur Küste bei diesem Wetter zu Pferde zurücklegen?«

Sir Jason rutschte verlegen auf seinem Stuhl herum und fragte sich, was er wohl gesagt hatte, um den Ausdruck der Heiterkeit im Gesicht des Marquis hervorzurufen.

»Ich bin aus London vorausgeritten, und meine Kutsche und mein Diener werden in etwas gemächlicherem Tempo nachkommen. Sie sollten morgen früh hier im Gasthof eintreffen«, antwortete Lord Trevegne knapp und beendete seine Mahlzeit mit einer Zimtcreme.

Die beiden setzten ihr Gespräch im Lauf des Abends fort. Tibbitts füllte zwei bauchige Gläser mit seinem besten geschmuggelten Brandy und präsentierte sie den beiden Männern, die in den großen Sesseln vor dem Kamin Platz genommen hatten. Dann warf er noch schnell ein Scheit auf die Flammen und verließ den Raum.

Sie unterhielten sich eine Weile über Belangloses, diskutierten die Vorzüge von Hahnenkämpfen und überlegten, wer in London der beste Boxer sei und ob Napoleon die geheiligte Küste Englands angreifen würde, bis Sir Jason die Banalitäten zuviel wurden und er plötzlich sagte:

»Ich hätte gedacht, Ihr würdet mit Eurem Mündel Catherine Bellington nach Norden fahren.« Sir Jason hielt einen Moment inne, als würde er nachdenken. »... Nein, sie heißt ja nicht mehr Bellington? Ich glaube, ich habe irgendwo gehört, daß sie kürzlich geheiratet hat, aber ich fürchte, ich habe mir den Namen des glücklichen Bräutigams nicht gemerkt.«

»Ja, Catherine ist jetzt verheiratet, und ich reise nicht mit ihr, weil ich bezweifle, daß mich der glückliche Bräutigam bei den Flitterwochen dabei haben möchte.«

»Ich hatte keine Ahnung, daß sie verlobt war, als sie in London war. Sie ist doch noch ziemlich jung. Wir hatten eine Verabredung zu einer Theatergesellschaft, als man mir plötzlich mitteilte, daß sie nicht kommen könnte, weil sie London verlassen hatte. Ohne Erklärung, ohne Grund. Eine sehr schnelle Abreise, fast als hätte ein Zauberspruch sie verschwinden lassen«, fuhr Sir Jason beharrlich fort. Es schien fast, als würde ihn ein Dämon antreiben, etwas zu sagen, was er später bereuen würde.

»Sie war in Gefahr – nicht durch Zauber, sondern durch Glücksritter, die sich in der Gesellschaft breitmachen«, erklärte Trevegne barsch und nahm einen Schluck Brandy. Seine goldenen Augen wurden schmal und wachsam, als er Sir Jason direkt in die Augen sah. »Ich habe nur eine Versuchung außer Reichweite gebracht. Es war eigentlich gar nicht notwendig, da jemand, der Catherine ohne mein Einverständnis geheiratet hätte, nie ihr Vermögen in die Hand bekommen hätte – und das wäre natürlich seinen Absichten zuwidergelaufen. Er hätte dann nämlich mit mir, ihrem Vormund, verhandeln müssen, und ich nehme diese Aufgabe sehr ernst.«

»Und Catherine – hätte man ihr nicht erlauben sollen, ihren Gatten zu wählen? Was wäre geschehen, wenn sie sich in London in jemanden verliebt hätte, der ihre Neigung erwiderte? Es wäre doch möglich, daß nicht nur ihr Vermögen einen Mann angezogen hätte. Sie ist doch eine sehr hübsche junge Frau.«

»Was bringt Euch auf den Gedanken, daß sich Catherine den Mann, den sie heiratete, nicht selbst ausgesucht hat?« fragte Lord Trevegne, was Sir Jason anscheinend sehr erstaunte. »Sie war seit ihrer Jugendzeit in ihren jetzigen Ehemann verliebt, und beide wollten unbedingt heiraten. Catherine sollte nur erst das Londoner Leben kennenlernen, ehe sie sich aufs Land zurückzog und zur ›Landpomeranze‹ wurde, um sie selbst zu zitieren. Es ist nicht zu leugnen, daß sie sehr attraktiv ist, aber ich glaube, wir alle kennen die Namen derer, die von so einer Verbindung profitieren würden, und wissen von ihren früheren Versuchen, sich irgendeine reiche Erbin zu angeln. Aber ich verstehe nicht, warum wir uns darüber unterhalten, da Catherine nie zu haben war und jetzt, seit sie einen Mann hat, erst recht nicht.«

»Wir Ihr wünscht, aber rein hypothetisch – was wäre geschehen, wenn sie diesen Mann nicht hätte heiraten wollen, wenn sie einen anderen geliebt hätte? Hättet Ihr sie zur Ehe gezwungen, wenn ihr diese Verbindung widerstrebt hätte?«

»Hätte Catherine nicht heiraten wollen, ich hätte sie nicht dazu gezwungen. Aber der junge Mann, Beardsley, kam für mich und für sie in Frage. Er lebt auf dem benachbarten Gut, und dadurch werden beide Güter zu einem großen Besitz vereinigt. Es war natürlich eine glückliche Fügung, daß sie sich lieben. Eventuell hätte ich sonst einen anderen passenden jungen Mann als zukünftigen Ehemann ausgesucht, wenn sie nicht vorher ihre Wahl mit meiner Zustimmung getroffen hätte. Aber warum besteht Ihr denn auf einer Liebesheirat? Nur wenige Leute in meinem Bekanntenkreis – und ich nehme an, auch in Eurem – haben aus Liebe geheiratet. Eigentlich stelle ich ernsthaft in Frage, ob Ihr es je in Betracht gezogen habt oder wißt, was es bedeutet«, spöttelte Lord Trevegne.

»Wollt Ihr damit sagen, Ihr würdet nie aus Liebe heiraten?« warf Sir Jason dem Marquis vor.

»Was ich sagen will ist, daß ich bezweifle, daß etwas wie Liebe existiert. Wenn ich heirate, dann, um einen Erben zu bekommen, nicht weil ich eine Frau liebe.«

»Dann würdet Ihr heiraten, um etwas von einer Frau zu bekommen«, triumphierte Beckingham und verteidigte damit seine Gründe für eine Heirat.

»Nein, ganz sicher nicht in dem Sinn, den Ihr andeutet, Beckingham. Ich würde eine Frau nur für die eine Sache heiraten, die sie mir geben und die ich allein unmöglich haben kann, nämlich einen Erben für meinen Namen und meinen Besitz. Alles andere würde sie von mir bekommen. Sie könnte, im wahrsten Sinn des Wortes, nackt wie ein neugeborenes Kind zu mir kommen. Aber ich würde ihr nicht vorgaukeln, daß ich in sie verliebt bin – ich glaube, das ist der Unterschied zwischen uns. Täuschung ist nicht meine Stärke.«

Der Marquis hob sein Glas und trank auf Sir Jason, der ihm mit hochrotem Gesicht gegenübersaß, dann wandte er seine Aufmerksamkeit wieder dem Feuer zu.

Sir Jason starrte auf das Profil des Marquis, in seinen hellen Augen brannte Haß. Er hat schlechte Laune, spekulierte Sir Jason und trommelte nervös mit seinen beringten Fingern, während er über ein passendes Ende für den Marquis nachdachte – Mord wäre ein Ausweg...

Elysia spürte den kalten Luftzug durch ihren wollenen Mantel, als sie die schwere Eichentür des Gasthofes aufstieß. Der Regen tropfte durch den schmalen Spalt der Tür, als wolle er sich auch vor der Heftigkeit des Sturmes draußen schützen.

»Mach die gottverdammte Tür zu, oder willst du uns alle ersäufen?« klang eine drohende Stimme aus einem hochlehnigen Sessel, der vor dem großen, hellbrennenden Feuer stand.

Elysia versuchte, die schwere Türe zu schließen, aber sie war zu schwach, um gegen den Sturm, der draußen tobte, anzukämpfen. Die Tür flog ihr aus der Hand und schlug gegen die Wand, während ein neuer eisiger Regenguß in den Raum strömte.

»Verdammt noch mal! Bist du so dumm, oder versuchst du, uns zu deinem Vergnügen in Eisklötze zu verwandeln? Und wo ist der Wirt?« drohte die Stimme wieder.

Eine große Gestalt stand aus einem der Sessel, die vor dem Feuer standen, auf und kam drohend auf Elysia zu, die immer noch mit der Tür kämpfte. Sie fühlte, wie ihre Kräfte sie verließen. Sie war seit dem frühen Morgen mit der Postkutsche unterwegs gewesen und war jetzt am Ende.

Die Fahrt in der hin- und herschaukelnden Postkutsche war ihr wie eine Ewigkeit vorgekommen. Durch die schlammigen Straßen und die Wolkenbrüche war sie nur sehr langsam vorwärts gekommen. Elysia war zwischen einer fetten Bauersfrau, die nach Stall roch, und einem lustigen Pfarrer, der seine Weihen wohl bei Bacchus empfangen hatte, eingeklemmt gewesen. Er hatte fortwährend gerülpst und sich dann kichernd entschuldigt. Die Bauersfrau hatte geschnarcht, und jetzt war Elysia am Ende ihrer Kräfte und stand diesem aufgebrachten Gentleman hilflos gegenüber.

»Meine liebe junge Frau, wärt Ihr wohl so nett, Euch von der Tür wegzubewegen, damit ich sie zumachen kann, oder wollt Ihr lieber in diesem höllischen Zug stehen, bis wir beide erfrieren?«

Elysia spürte, wie zwei kräftige Hände ihre Ellbogen packten und sie beiseite schoben, während die Tür mit einem Knall geschlossen wurde.

Ohne auf weitere Zeichen seines Unmuts zu warten, schritt Elysia weiter ins Zimmer auf den Platz zu, den der zornige Herr gerade verlassen hatte, und stellte sich vor das prasselnde Feuer. Sie streckte ihre kalten, schlanken Hände der Wärme entgegen. Die Kapuze ihres Umhangs verbarg ihr Gesicht vor dem auffallend gekleideten Herrn im anderen Sessel. Ein Dandy aus London, dachte sie verächtlich. Sie hörte den anderen Herrn zu seinem Sessel zurückkehren, und ohne ihn eines Blickes zu würdigen, wärmte sie sich weiter am Feuer.

Tibbitts kam eilfertig herein. Er hatte im Keller nach seinem besten Rum gesucht, während die Postkutsche angekommen war. Er sah eine Gestalt vor dem Feuer stehen, in einen dunkelblauen Umhang gehüllt, der in der Hitze dampfte und eilte auf sie zu.

»Willkommen in Wayfarers Rest«, strahlte er, als sich die Gestalt zu ihm umdrehte. »Wie kann ich Euch zu Diensten sein, Miss?« wollte er nach Wirtemanier wissen und dachte dabei, daß, nach dem Mantel zu schließen, nicht viel Trinkgeld bei ihr zu holen war.

»Ich möchte für heute nacht eine Unterkunft, weil ich morgen früh nach London weiterfahren will«, antwortete Elysia und nahm die Kapuze vom Kopf und den Umhang von den Schultern.

Sir Jason und Lord Trevegne waren beide still dagesessen und hatten in die Flammen gestarrt, bis die leisen, dunklen Töne einer sehr weiblichen Stimme sie aus ihren Gedanken hochschreckten. Sie klang sehr kultiviert und auf eine unbewußte Art verführerisch. Sie sahen beide auf, als die Frau ihren Umhang ablegte und ihr perfektes Profil, mit einer geraden, schmalen Nase und einem wohlproportionierten Mund zum Vorschein kam. Aber beider Augen wurden, wie Motten vom Licht, von ihren rotgoldenen Locken angezogen, die im Schein des Feuers aufleuchteten.

Sir Jason stand schnell auf, verbeugte sich und sagte mit seiner charmantesten Stimme: »Wenn Ihr mir die Unhöflichkeit verzeihen könntet, Euch einfach stehen zu lassen, würde ich Euch jetzt mit Vergnügen meinen Stuhl anbieten und mich vorstellen. Sir Jason Beckingham, zu Euren Diensten.«

»Vielen Dank«, erwiderte Elysia kühl und setzte sich in seinen Sessel vor dem Feuer. »Ich bin sehr erschöpft und durchgefroren bis ins Mark.« Sie zitterte und warf Sir Jason, der immer noch neben ihrem Stuhl stand und sie amüsiert betrachtete, einen fragenden Blick aus ihren strahlendgrünen Augen zu.

»Tibbitts«, kommandierte Sir Jason, »bringt dieser jungen Dame etwas Warmes zu trinken und dann etwas zu essen. Beeilt Euch, Mann!« forderte er Tibbitts auf, der schweigend dagestanden hatte und seine Meinung über seinen späten Gast rapide änderte, als er ihr Gesicht sah. Ihrer Kleidung nach hatte sie sicher nicht viel Geld in der Tasche, aber sie war etwas Besseres, das war sicher, und konnte darum eine komfortablere Unterkunft erwarten, als er ursprünglich geplant hatte. Besonders wenn der Herr dafür zahlen würde. Außerdem könnte sie eine dieser exzentrischen Adeligen sein, die sich aus Spaß als Dienstmädchen verkleideten. Waren nicht erst letzte Woche ein Trupp junger Adliger, die wie Kutschleute angezogen waren, mit einer Postkutsche in seinem Gasthof gelandet? Sie hatten die ganze Nacht gezecht und am nächsten Morgen hätten sie fast die Postkutsche samt Insassen umgeworfen, kaum daß sie losgefahren waren. Nein, mit der da würde er nichts riskieren. Die würde er anständig behandeln.

Sir Jason holte sich einen Stuhl und wollte sich gerade hinsetzen, als er plötzlich innehielt. »Wie dumm von mir«, stöhnte er reumütig, »was werdet Ihr von meinem Benehmen halten? Erlaubt mir, daß ich Euch mit uns bekannt mache«, entschuldigte er sich und deutete auf den Mann, der Elysia so schlecht behandelt hatte und der während ihrer Unterhaltung stumm dagesessen war, »Lord Tregne, der Marquis von St. Fleur, und Ihr seid Miss...?«

»Miss Elysia Demarice«, sie streckte Sir Jason ihre Hand mit den langen, schmalen Fingern entgegen und dann Lord Trevegne, der sich langsam erhoben hatte.

»Miss Demarice«, murmelte er, nahm ihre Hand und beugte sich elegant darüber. Elysia zog schnell ihre Hand weg, als sie fühlte, wie die Berührung seiner starken Finger ihren ganzen Körper erbeben ließ. Diese Hände konnten grausam sein, ging es ihr durch den Kopf, während sie wie hypnotisiert auf den seltsamen goldenen Ring an seinem kleinen Finger starrte, der das Gold seiner Augen reflektierte – eigenartige Augen unter schweren Lidern. Sie schienen ihre geheimsten Gedanken zu lesen.

»So, Miss, hier habe ich einen guten Grog für Euch, da könnt Ihr Euch aufwärmen«, unterbrach Tibbitts die Unterhaltung und zerstörte damit den Zauber, der Elysia in Bann geschlagen hatte. Er reichte Elysia den dampfenden Becher und sah sich mit grimmigem Blick um. »Habt Ihr kein Gepäck, Miss?«

»Nein, ich habe keins – außer dieser Tasche«, erwiderte Elysia und deutete auf die Strohtasche, die ziemlich verloren neben der Tür stand. »Ich reise mit leichtem Gepäck«, fügte sie mit einem kleinen Lächeln hinzu, bei dem Gedanken an ihre ganzen irdischen Besitztümer, die ordentlich in dieser Tasche verstaut waren. Tibbitts zuckte mit den Achseln und ging mit der Tasche hinaus.

»Ihr habt wenig Gepäck und reist bei so scheußlichem Wetter, Miss Demarice«, sagte der Marquis leise, »daß man versucht ist, sich darüber zu wundern. Ihr seid doch nicht etwa eine dieser anstrengenden Damen, die von zu Hause weglaufen und von einer Meute hysterischer Verwandten verfolgt werden? Ich zittere bei dem Gedanken, hier im Gasthof gestellt und als Komplize verdächtigt oder – Gott bewahre – für den zukünftigen Bräutigam gehalten zu werden«, sagte er spöttisch und nahm eine Prise Schnupftabak.

»Das, Mylord, ist meine Sache und geht Euch gar nichts an«, gab Elysia kurz zur Antwort, »aber wenn es Euch beruhigt, ich bin nicht von zu Hause weggelaufen, um zu heiraten. Ich möchte Euch nicht die Ruhe rauben – abgesehen davon, daß ich mir einen ungeeigneteren Kandidaten für den Bräutigam kaum vorstellen kann«, fügte Elysia trocken hinzu. Sie war erschüttert, wie nahe er der Wahrheit gekommen war, und zwei rote Flecken färbten ihre Wangen.

Lord Trevegne musterte sie aus zusammengekniffenen spöttischen Augen. Elysia erwiderte trotzig seinen Blick. Dann erschien plötzlich ein schiefes Lächeln auf seinem strengen Gesicht.

»Demarice? Der Name kommt mir bekannt vor.« Sir Jason sah Elysia an, als wollte er in ihrem Gesicht etwas finden, das ihm entgangen war. Plötzlich erhellten sich seine Züge. »Charles Demarice? Das ist es!« rief er aus. »Er ist Euer Vater, oder? Aber natürlich, nach diesen Augen zu schließen, muß er es sein. Ihr kennt seinen Spitznamen, Cat Demarice, weil seine Augen schräg wie die einer Katze sind – und bei Gott, Eure sind es auch. Es ist, als würde man eine Katze anschauen.«

Elysia wurde schamrot, als beide Männer ihr offen ins Gesicht starrten, und dann spürte sie, wie der Marquis den Rest ihrer Erscheinung in Augenschein nahm. Sie kam sich abgerissen und schmuddelig vor, im Vergleich mit seinem eleganten Rock aus Satin und Samt und seinem makellosen Hemd. In ihren Augen konnte sie das Erstaunen lesen, mit dem sich die beiden fragten, was Charles Demarices Tochter in diesem Aufzug hier zu suchen hatte.

»Wo ist er denn? Ich habe ihn seit Jahren nicht mehr in London gesehen. Ich habe ihn ganz vergessen, weil ich ihm solange nicht mehr begegnet bin«, erkundigte sich Sir Jason neugierig.

»Mein Vater ist vor zwei Jahren gestorben wie auch meine Mutter. Sie sind beide verunglückt, als ihre Kutsche umstürzte«, sagte Elysia leise. Der Schmerz überschattete ihren Blick und verdunkelte ihre Augen bei der Erinnerung an das Leid, das dieses Unglück ihr gebracht hatte.

»Das tut mir aber leid«, entschuldigte sich Sir Jason. »Ich hatte keine Ahnung von Eurem Kummer. Bitte nehmt mein tiefempfundenes Beileid für Euren schweren Verlust entgegen.«

»Manchmal glaube ich, es war gnädiger, daß sie miteinander starben, weil ich bezweifle, daß einer ohne den anderen hätte überleben können, so sehr haben sie sich geliebt.«

»Erstaunlich! Eine solche Zuneigung zwischen Mann und Frau ist sehr selten. Lord Trevegne hier glaubt zum Beispiel nicht an die Liebe – besonders nicht im Ehestand. Habe ich nicht recht, Mylord?« fragte Sir Jason den gelangweilt dreinschauenden Marquis.

»Ganz recht. Liebe existiert nur im Kopf von verarmten Dichtern, die die Phantasien Jugendlicher und alter Jungfrauen nähren«, antwortete Lord Trevegne mit einem verächtlichen Lächeln.

»Damit stellt Ihr nur Eure Unwissenheit zur Schau, Mylord – aber von einem Londoner Gentleman habe ich mir nichts anderes erwartet«, entgegnete Elysia zornig.

»Wirklich? Und darf ich annehmen, daß Ihr diesen seligen Zustand, der den Neid der Sterblichen und Götter erregt, schon genossen habt?« spöttelte er.

»Nein, das habe ich nicht, aber –«

»Dann könnt Ihr nichts darüber wissen, und wenn ich mich nicht irre, auch nichts von Leidenschaft. Ihr kennt nur das, was Ihr gesehen oder über das Ihr gelesen habt. Ich finde, daß man die meisten Frauen in zwei Kategorien einteilen kann, entweder sie sind romantisch und sentimental und haben bei jeder Gelegenheit Tränen parat, oder sie sind geschäftstüchtige Opportunisten, die alles mitnehmen, was sie kriegen können.« Lord Trevegne sah Elysia fragend an. »Ich frage mich, zu welcher Kategorie Ihr gehört?« Sein Mund verzog sich verächtlich, als er beleidigend hinzufügte. »Aber mit Eurem Aussehen solltet Ihr wirklich keine Schwierigkeiten haben, jeden Wunsch von irgendeinem armen, verliebten Trottel erfüllt zu bekommen.«

»Ich bin weder das eine noch das andere, Mylord«, erwiderte Elysia kalt und sah direkt in die goldenen Augen des Marquis. »Ich bin ein Realist. Ich weiß, daß alle Männer unmenschliche Bestien sind, die nur ihrem eigenen Vergnügen nachgehen, ohne einen Gedanken an die Gefühle anderer zu verschwenden – besonders, wenn man das Pech hat, mit einem von diesen ausgewachsenen Schuljungen verheiratet zu sein«, meinte Elysia verächtlich. Sie erwärmte sich sichtlich für das Thema, als sie fortfuhr und dabei ihr kleines, rundes Kinn arrogant vorstreckte. »Ich bemitleide wirklich Eure Frau, wenn Ihr diese Meinung vom weiblichen Geschlecht habt. Aber, wie ich schon einmal sagte, ich erwarte von jemandem aus Euren Kreisen nichts anderes. Der Londoner Gentleman – ha! Gentleman! Eure kindischen Ansichten werden nur von Eurer Eitelkeit übertroffen, und ich persönlich glaube, daß Frauen ohne Eure egoistische Präsenz ein besseres Leben haben und Euer ganzes Geschlecht verachten sollten.«

Elysia hielt atemlos inne, selbst erschrocken von ihrem Benehmen und von ihrem Ausbruch gegenüber dem erstaunten Marquis. Er wirkte beinahe verlegen, und sie bezweifelte, ob ihm das zuvor passiert war. Aber sie wollte sich nicht dafür entschuldigen, daß sie sich gegen seine Beleidigungen zur Wehr gesetzt hatte.

»Touché«, sagte Sir Jason erheitert. Er hatte die Auseinandersetzung sehr genossen. Er klatschte begeistert in die Hände, was Elysia beschämt erröten ließ. »Gut, gut, da habt Ihr aber dem Marquis eine ordentliche Abfuhr erteilt. Das ist bis jetzt noch keinem gelungen, möchte ich wetten, oder Mylord?« lächelte Sir Jason. »Ihr werdet mir verzeihen, Miss Demarice, daß ich auch dem verhaßten Geschlecht angehöre, und mir erlauben, weiterhin Eure vergnügliche Gesellschaft zu genießen«, bat Sir Jason mit einem Zwinkern in seinen blauen Augen. »Habt Ihr jemals Miss Demarices Eltern kennengelernt, Trevegne?« fragte er und drehte sich zu dem Marquis um, als die Spannung sich allmählich legte.

»Ich hatte das Vergnügen, Eure Eltern ein- oder zweimal zu treffen, wenn mich meine Erinnerung nicht trügt. Sie kamen nicht häufig nach London, glaube ich.« Lord Trevegne hielt inne. »Aber an Eure Mutter kann ich mich sehr gut erinnern. Ihr habt dieselbe Haarfarbe.«

Der Marquis starrte sie dabei so an, daß Elysia das Gefühl hatte, es wäre ein Verbrechen, eine solche Haarfarbe zu haben. Sie spielte zärtlich mit einer Haarlocke und dachte, daß es sie nicht interessierte, ob sie diesem widerlichen Mann gefiel oder nicht.

Dankbar entschuldigte sie sich, als Tibbitts ihr Abendessen brachte und es auf den großen Tisch stellte. Elysia setzte sich und begann, hungrig den Auflauf aus Täubchen, eine Scheibe Rindfleisch und frische grüne Erbsen zu essen, die für sie angerichtet waren. Es erschien ihr wie ein Festessen nach den einfachen, unappetitlichen Mahlzeiten bei Tante Agatha.

Tante Agatha. Sie überlegte, was sie wohl jetzt machte. Wahrscheinlich verfluchte sie ihre Nichte mit jedem Atemzug ihres dürren, knochigen Körpers, dachte Elysia spöttisch. Aber ihre Belustigung war nur von kurzer Dauer. Sie erinnerte sich an die Kraft dieser langen, dürren Finger, und wie sie ihre Schultern erbarmungslos geschüttelt hatten, und stellte sich vor, welche Strafen auf sie warten würden, wenn Agatha sie jemals wieder finden sollte.

Sie starrte auf den heißen Taubenauflauf und nagte nervös an ihrer Unterlippe, während sie überlegte, ob sie das Richtige getan hatte. Ob sie wirklich imstande war, eine Anstellung in London…

»Schmeckt es nicht?« fragte eine belustigte Stimme. Elysia hob den Kopf und sah das lächelnde Gesicht von Sir Jason. Er war anscheinend doch ganz nett, trotz seiner Angeberei und seiner auffallenden Kleidung. Obwohl sie den arroganten Marquis verabscheute, mußte sie zugeben, daß er mehr nach ihrem Geschmack gekleidet war. Er trug einen beigen Reitrock und rehlederne Beinkleider, die seine muskulösen Schenkel über den glänzend polierten schwarzen Hessenstiefeln betonten. Niemand würde ihn für einen Dandy halten, dachte sie. Seine Kleidung und sein schlechtes Benehmen bezeugten es.

»Mmmmm, es ist wirklich delikat«, sagte Elysia mit einem Seufzer. »Ich weiß zwar, daß es nicht sehr damenhaft ist alles aufzuessen, aber ich bin am Verhungern.«

Sir Jason saß da und starrte Elysia an, als würde er einen Geist oder eine außerordentliche Vision sehen.

»Ihr seid doch sicher nicht allein auf der Welt, jetzt da Eure Eltern tot sind?« fragte Sir Jason. »Ihr müßt doch noch andere Verwandte haben, die Euch aufgenommen haben und jetzt sehr in Sorge sind, weil Ihr allein unterwegs seid?«

»Ja, ich habe Verwandte«, meinte Elysia beiläufig, aß den Auflauf und wünschte, daß Sir Jason etwas weniger freundlich und neugierig wäre. Je weniger man über Tante Agatha sagte, desto besser. Sir Jason schien sich mit ihren Antworten zufriedenzugeben. Er stand auf, entschuldigte sich und sagte geheimnisvoll: »Meine liebe Miss Demarice, heute nacht ist eine Prophezeiung, die mir eine Zigeunerin machte, wahr geworden, und ich bin Euch außerordentlich dankbar dafür.«

Elysia belächelte diese rätselhafte Bemerkung. Sie verstand überhaupt nichts, aber sie war zu müde, um nachzufragen. Sie erhob sich leise von der Tafel, nachdem sie mit dem Essen fertig war, und verließ den Raum, ohne die beiden Herren, die versunken in ihr Kartenspiel an einem kleinen Tisch saßen, zu stören. Als Elysia die Holztreppe hinaufstieg, hörte sie die Eingangstür des Gasthofes aufgehen. Sie blickte über die Schulter und sah einen rundlichen Herrn eintreten, der seinen regennassen Mantel auf eine schmale Bank an der Wand warf, nach dem Wirt schrie und sich dann den beiden Herren näherte.

Elysia ging den dunklen Gang entlang, an einigen Türen vorbei, bis zu ihrer eigenen, wo Tibbitts, wie er ihr gesagt hatte, ihre Tasche verstaut hatte, trat ein und schloß leise die Tür. Sie war müde und völlig gefühllos vor Erschöpfung. Sie legte ihr Kleid ab, zog ihr Nachthemd an und setzte sich dankbar auf das Bett.

Sie hatte nicht geplant, die Nacht in einem Gasthof zu verbringen, weil sie geglaubt hatte, die Postkutsche würde direkt nach London fahren. Nach einer Weile holte sie ihren kostbaren Geldschatz hervor, der sehr schnell schwand. Sie hatte fünf Pence für eine Meile bezahlt und außerdem dem Kutscher und der Aufsicht auf dem Kutschbock, der die Kutsche vor Räubern schützen sollte, ein Trinkgeld geben müssen. Morgen mußte sie für ihr Essen, das Zimmer und den Rest der Reise zahlen. Sie hatte gehofft, ihr Geld würde reichen, bis sie in London ankam. Aber es war zweifelhaft, daß sie ein Zimmer bezahlen konnte, bis sie eine Anstellung gefunden hatte. Gut, darüber würde sie sich Sorgen machen, wenn sie in London war.

Elysia wollte gerade unter die Decke kriechen, als jemand an die Tür klopfte. Sie öffnete sie einen Spalt und sah Tibbitts mit einem kleinen dampfenden Becher in der Hand stehen.

»Das schickt Euch Sir Jason, Miss«, sagte er und reichte ihn ihr. »Es soll Euch aufwärmen und einen guten Schlaf schenken, soll ich Euch sagen.«

»Vielen Dank«, murmelte Elysia und nahm den warmen Trunk entgegen, »und bitte, dankt Sir Jason sehr herzlich von mir.«

Sie schloß die Tür, wärmte ihre Hände an dem Becher und dachte dabei, daß sie vielleicht zu voreilig gewesen war. Vielleicht waren nicht alle Londoner Gentlemen Wüstlinge, vor denen man Angst haben mußte. Elysia trank das wohlschmeckende, mit Rum verfeinerte Gebräu ganz aus und spürte, wie es wohlig durch ihren halberfrorenen Körper floß. Ihr war ein wenig schwindelig, als sie sich ins Bett legte. Das muß der Rum sein, dachte sie verwirrt. Sie war eben an Alkohol nicht gewöhnt, aber jetzt war ihr warm und wohlig. Elysia schlüpfte unter die Decke und schlief tief und fest ein.

Ich traf ein Mädchen einst im Ried,
An Schönheit reich, ein Elfenbild,
Ihr Haar war lang, ihr Fuß war leicht
Und ihr Aug' war wild.

Keats

5. Kapitel

Elysia fühlte sich als stünde alles auf dem Kopf. Milchige Nebelschwaden woben sich langsam durch ihre Gedanken.

Hübsches Kind, schönes Kind
wenn wir erst beisammen sind,
brauchst du nicht zu spülen, Boden putzen,
darfst immer nur dich selber putzen,
brauchst nicht Schwein noch Stall zu misten,
darfst auf weichen Kissen sitzen,
sticken, nähen, Säume litzen,
Erdbeern, Zucker und Sahne stiebitzen.

Erdbeeren? Jetzt gab es keine, aber sie mochte sie gern mit Sahne und Zucker. Sie kicherte.

Kleine Polly Masche
sitzt mitten in der Asche,
Wärmt ihre kleinen Zehlein
Die Mutter kam und schimpfte,
Und schlug die kleine Tochter,
Weil's neue Kleidchen hin war.

Welches neue Kleid? Sie hatte schon lange keine hübschen neuen Kleider mehr gehabt. Es wäre schön, Erdbeeren mit Sahne in einem hübschen, neuen Kleid zu essen. Ooooh... ihr Kopf schmerzte. Was war denn eigentlich los mit ihr? Für die Kinderreime war sie doch zu alt. Sie hörte den Regen an die Scheiben pochen, sie würde zum Spielen nicht hinausgehen können.

Regen, Regen geh doch fort,
Geh an einen andern Ort.

Der Regen trommelte immer lauter gegen das Glas, und Elysia machte verschlafen ihre Augen auf und starrte auf die Tropfen, die wie kleine Feenbäche die Scheiben hinunterliefen. Elysia schloß wieder die Augen und versuchte, noch einmal den Traum einzufangen, aber er entschwand, und sie fühlte sich davonschweben wie auf einer Wolke und lächelte zufrieden. Sie sollte die Augen öffnen und aufwachen, aber ihr war so warm, und es war so bequem, ihre Lider waren so schwer, daß sie bezweifelte, ob sie sie aufmachen konnte. Der Morgen war viel zu trüb und kalt, um aufzustehen.

Sie drehte sich auf die Seite, umarmte das Kissen und hörte das stete Pochen ihres Herzens. Es klang, als ob es in ihrem Ohr wäre. Und jetzt hörte sie zwei Herzen klopfen. Was war das für ein Blödsinn? Sie hatte ja keine zwei Herzen, dachte sie verträumt.

Elysia versuchte wieder, ihre Augen zu öffnen. Ihre Lider zuckten, als sie versuchte, sich zu orientieren. Alles sah völlig verschwommen aus. Sie starrte verwirrt auf das Kissen unter ihrer Wange. Es sah wie die Brust eines Mannes aus.

Elysia schnappte nach Luft und blickte in das schlafende Gesicht eines Mannes. Der Marquis! Sie riß die Augen auf, als sie feststellte, daß sie an ihn gekuschelt dalag und ihr Bein sehr intim zwischen seinen Beinen steckte. Er schlief auf dem Rücken, und ihr Arm lag auf seiner haarigen, muskulösen Brust.

Sie rückte vorsichtig weg und versuchte, sich aufzusetzen, aber ihr wurde schwindelig, als sie sich im Zimmer umsah. Was machte er denn in ihrem Zimmer? Aber nein, es war gar nicht ihr Zimmer. Sie war in einem fremden Raum! Elysia fühlte Panik in sich aufsteigen – wie konnte das geschehen? Vergangene Nacht war sie in ihrem Zimmer gewesen – das wußte sie sicher. Was machte sie hier, mit einem fremden Mann im Bett? O Gott, was war passiert? Wie kam es, daß sie und der Marquis in einem Bett lagen?

Elysia schlug die Decke auf ihrer Seite zurück, streckte ihre Beine aus, um aus dem Bett zu springen, und sah, daß sie nackt waren! Sie blickte voller Schreck auf ihre langen, schlanken Schenkel und ließ sie wieder unter der Decke verschwinden.

Sie war nackt! Wo war ihr Nachthemd? Sie sah sich entsetzt im Zimmer um, während sie immer noch unter der Decke kauerte, aber sie konnte es nirgends entdecken. Nervös nagte sie an ihrem Fingernagel und warf dem Marquis einen mißtrauischen Blick zu. War er dafür verantwortlich? Nein, er hatte schon beim ersten Blick eine starke Abneigung gegen sie entwickelt. Und aus irgendeinem Grund wußte sie instinktiv, daß er sich für so ein Spiel, oder was immer es war, nicht hergeben würde. Aber sie wußte, daß sie aus dem Zimmer verschwinden mußte, ehe er erwachte und... und was dann? Wenn er an dieser Tat unschuldig war, würde er zweifellos das Schlimmste glauben... daß sie zu ihm ins Zimmer und in sein Bett gekommen war. Was konnte sie tun?

Elysia hörte ihn tief seufzen, dann streckte er sich, und ihre Angst wuchs bei dem Gedanken, was passieren würde, wenn er aufwachte und sie hier fand. In ihrer Panik sprang sie auf und wollte zur Tür rennen. Sie schrie vor Schreck, als zwei starke Hände sie packten und auf das große Bett zurückzogen, ehe sie einen Schritt getan hatte. Sie kämpfte wie eine Wildkatze, mit Händen und Füßen, und versuchte, ihn zu beißen und zu treten, aber er war zu stark und schnell für sie. Elysia lag plötzlich unter seinem harten Körper, ihre

Arme hielt er mit unerbittlichem Griff über ihrem Kopf fest, die Beine wurden von seinen hinuntergedrückt – ihr unbekleideter Körper war eng an seinen nackten gepreßt. Sie atmeten beide heftig, ihre weitaufgerissenen, schockierten grünen Augen starrten in seine überraschten goldenen. Keiner brachte einen Ton heraus.

Sie beobachtete, wie ein schiefes Lächeln über sein Gesicht zog und seine Augen ihr verängstigtes Gesicht mit den geöffneten zitternden Lippen und ihre geblähten Nasenflügel musterten. Sein Blick wanderte weiter zu ihrem offenen Haar, das sie wie ein rotgoldener Schleier umhüllte, und Elysia sah, wie schmal und dunkel seine Augen wurden, als er ihre bebenden Brüste betrachtete.

»Schau einer an«, sagte er. »Ich muß schon sagen, eine so angenehme Überraschung war mir seit Jahren nicht mehr vergönnt. Aufzuwachen und zu entdecken, daß während der Nacht Aphrodite zu einem ins Bett geschlüpft ist und dann auch noch in so passender Kostümierung.« Er hielt inne, und eine Hand strich unverschämt über ihren nackten Körper. »Oder sollte ich sagen, so passend ausgezogen? Wirklich, sehr unerwartet. Aber, daß sie mich nicht aufgeweckt hat, das war wirklich unverzeihlich von ihr.«

»Bitte, bitte hört mich an«, bat Elysia, als sie spürte, wie seine Lippen langsam zu ihrem Hals wanderten, seine Zähne an ihrem weichen Ohrläppchen knabberten und ihr leise Schauer über den Rükken jagten.

Er war anscheinend genauso überrascht wie sie, sie in seinem Bett zu finden. Sie hatte recht damit gehabt, den Marquis traf keine Schuld an diesem Vorfall, aber jetzt mußte sie ihn davon überzeugen, daß auch sie daran unschuldig war.

»Ich weiß nicht, wie ich in Euer Bett gekommen bin. Ich – ich war genauso überrascht und schockiert wie Ihr, als Ihr mich hier fandet, aber bitte, Ihr müßt –« erklärte sie stockend, aber sein Mund preßte sich grausam auf ihre Lippen und schnitt ihr das Wort ab. Sie spürte, wie seine harten Lippen ihren weichen Mund öffneten, und erschrak zutiefst, als seine Zunge die ihre fand und die geheimsten Winkel ihres Mundes erforschte.

Elysia schnappte nach Luft, als seine Lippen sich von ihren lösten, nachdem er ihre Weichheit erkundet hatte. Sein Mund wanderte wieder mit harten, schnellen Küssen ihren Hals hinunter, und sie spürte, wie seine Hand den Rundungen ihres Körpers folgte und ihn zärtlich streichelte. Sie versuchte sich zu befreien. Sein Mund fand und küßte ihre rosigen Brustwarzen, bis sie hart wurden.

Was tat er ihr nur an? Noch nie hatte sie sich so gefühlt, noch nie hatte sie die Küsse eines Mannes oder die Liebkosungen eines Geliebten gespürt. Sie hatte Angst. Aber in ihren Adern rann flüssiges Feuer – eine eigenartige Erregung brannte tief in ihrem Inneren, fast so heftig wie ihre Angst.

»Du hast mich verzaubert«, flüsterte er, während er sie küßte, »mir schwindelt vor Lust. Mein Kopf fühlt sich an, als würde er explodieren!« Seine Lippen strichen von ihren Schläfen zu ihren wilden Augen, bis endlich sein Mund besitzergreifend auf ihren rotgeküßten Lippen lag.

»Meine eiskalte, grünäugige Hexe, so verächtlich mit ihrem Flammenhaar – ich werde dich durch die Leidenschaft erwecken, Elysia«, stammelte Lord Trevegne. Ihr Name klang wie eine Liebkosung.

Sein Mund preßte sich auf ihren und verletzte sie, als er ihr Stöhnen und ihren Widerspruch mit hungrigen Küssen erstickte, die immer heftiger wurden. Elysia fühlte, wie er etwas suchte, dann spürte sie etwas Hartes, Eigenartiges, das ihrem weiblichen Körper fremd war. Voller Entsetzen kämpfte sie erneut gegen ihn an, aber sie wußte, daß sie verloren war. Und dann hörte sie den Lärm.

Die Tür zu dem Raum flog auf, Stimmen drangen an Elysias Ohr, und sie spürte, wie das schwere Gewicht von Lord Trevegnes muskulösem Körper sich von ihrem löste.

»Da wären wir, Terry«, hörte man eine vertraute Stimme, die dann plötzlich innehielt. »Das tut mir aber schrecklich leid! Ich hielt dies für mein Zimmer.«

Sir Jasons Stimme klang erschrocken und zerknirscht. Lord Trevegne, der von Elysia beim ersten Laut heruntergerollt war, saß nun aufrecht da und starrte mit bitterböser Miene auf die beiden verwirrten Herren.

»Wenn Ihr uns entschuldigen würdet, Trevegne...« Sir Jason hielt taktvoll inne, seine Blicke glitten über Elysias zerzaustes Haar und ihre nackten Schultern, »und Miss Demarice, wir bitten Euch inständig, uns zu verzeihen.«

Der andere Gentleman lief puterrot an, als er Lord Trevegne ansah und den mörderischen Ausdruck in diesen goldenen Augen entdeckte. Dann wanderte sein Blick unwillkürlich zu der verführerischen Kreatur mit dem wilden, roten Haar und den riesengroßen, grünen Augen, die neben dem Marquis im Bett lag.

»O ja, bitte entschuldigt«, stotterte er und zog sich hastig vor diesen zwei beunruhigenden Augenpaaren und dem sichtlich wachsenden Unmut des Marquis zurück – eines Mannes, dessen Zorn er nur ungern auf sich ziehen würde.

Sir Jason folgte ihm etwas gemächlicher. Er warf noch einen Blick über die Schulter, ehe er die Türe zumachte, ein breites, triumphierendes Grinsen voller Bosheit im Gesicht, das weder Lord Trevegne noch Elysia übersehen konnten.

Lord Trevegne schlug die Hände vors Gesicht und schüttelte sich, um die Nebel aus seinem Kopf zu vertreiben. Dann drehte er sich zu Elysia um, und sein Blick war der eines Dämonen. Seine Augen waren immer noch dunkel, aber vor Wut, nicht vor Leidenschaft. »Ich fürchte, ich war nicht in der Stimmung vorhin, Euren Erklärungen zu folgen, aber jetzt will ich die Wahrheit hören und keine Märchen«, fügte er drohend hinzu. »Ich glaube nämlich, wir waren gerade Zeugen einer schauspielerischen Leistung von Sir

Beckingham, und wenn dieser Auftritt ein Versehen war, dann verkaufe ich all meine Pferde dem ersten Bauerntölpel, den ich treffe, für einen Shilling!«

»Mylord, Ihr habt die Stirn, nachdem Ihr mich vergewaltigen wolltet, mich wütend zu beschimpfen und von mir Erklärungen zu verlangen? Ich denke, daß ich eher das Recht habe, mich zu beschweren«, rief Elysia empört, nachdem sie endlich ihre Stimme wiedergefunden hatte. Er unterbrach sie mit einem Fluch.

»Hölle und Verdammnis, Ihr wollt doch nicht wirklich von mir eine Verbeugung und eine Entschuldigung auf die höfische Art?« knurrte er grimmig. »Wir haben, glaube ich, höfische Manieren ziemlich weit hinter uns gelassen.«

Elysia schnappte nach Luft. »Natürlich nicht!« gab sie schnell zu.

»Na also, wie seid Ihr in mein Bett gekommen, meine Liebe?« fragte er und wartete mit blitzenden Augen auf ihre Antwort.

»Ich weiß es wirklich nicht. Nachdem ich Euch und Sir Jason verlassen hatte, ging ich sofort auf mein Zimmer, das letzte am Ende des Ganges. Ich weiß nicht einmal, wo sich dieses hier befindet!« Elysia sah den Marquis aus großen Augen an.

»Es ist am entgegengesetzten Ende von Eurem, gegenüber dem Treppenhaus. Ich habe zufällig gestern abend gesehen, wie Sir Jason sein Zimmer am Ende des Ganges betrat – wahrscheinlich der Raum gegenüber dem Euren –, darum bezweifle ich ernsthaft, daß er mein Zimmer für seines halten konnte«, antwortete Lord Trevegne. »Fahrt fort. Ihr gingt auf Euer Zimmer...«

»Ich war sehr müde von der Reise und machte mich fertig, ins Bett zu gehen, als der Gastwirt mir einen heißen Trunk brachte. Rum glaube ich, weil ich mich danach sehr müde gefühlt habe. Sir Jason hatte das Getränk geschickt, und das ist alles, woran ich mich erinnere, bevor ich einschlief. Ihr müßt mir glauben, Mylord. Das ist die Wahrheit, ich schwöre es«, fügte Elysia hinzu, als sie den wütenden Ausdruck in seinem Gesicht sah.

»Dann hat also Sir Jason einen heißen Rumtrunk für Euch bestellt«, überlegte er. »Auch mir hat er noch einen aufgedrängt, ehe wir zu Bett gegangen sind. Ich möchte wetten, meine liebe Miss Demarice, daß wir gestern nacht mit dem verdammten Rum betäubt worden sind, und während wir ohnmächtig waren, hat uns Sir Jason diesen Streich gespielt.«

»Aber, wenn das wahr ist, welche Absicht steckt dahinter? Sir Jason hat doch überhaupt keinen Grund, mir übel zu wollen«, rätselte Elysia.

»Ja, aber er glaubt, er hat eine legitime Beschwerde gegen mich, und Ihr, meine liebe junge Frau, seid, ohne es zu ahnen, das Werkzeug für seine Rache geworden.«

»Ich fürchte, ich verstehe immer noch nicht, wieso das ein Racheakt gegen Euch sein soll. Es war eine Beleidigung und eine Demütigung für mich – aber eine Rache gegen Euch...?«

»Ja, Rache. Sir Jason hofft, mich in eine Lage zu bringen, aus der ich mich nicht mehr befreien kann... ich habe eine unschuldige junge Dame kompromittiert. Man verführt nicht eine junge Dame aus gehobenen Kreisen und läßt sie dann sitzen, wenn man ein Gentleman ist«, er blickte sie spöttisch an, »und wenn die bewußte junge Dame rachsüchtige Verwandte hat, werden sie ohne Zweifel von dieser Eskapade hören. Natürlich wird ganz London morgen abend darüber reden, wie man Trevegne und eine schöne Frau bei einer Umarmung überrascht hat... könnt Ihr mir folgen? Ich muß es nicht weiter erklären?«

»Es wird nicht funktionieren, der Plan von Sir Jason ist mißglückt«, stellte Elysia fest, »ich habe keine Verwandten, die sich mit Euch duellieren oder Euch zwingen wollen, mich zu heiraten, um meinen guten Ruf zu wahren. O Gott, seid Ihr nicht verheiratet?«

»Meine liebe Miss Demarice«, meinte Lord Trevegne leise, während er sich über sie beugte und Elysia in die Kissen zurückdrückte, »keiner zwingt mich, etwas zu tun, was ich nicht will. Ich bin niemandem Rechenschaft schuldig, versteht Ihr das? Und ich bin nicht verheiratet.«

»Ja, ich verstehe, aber weiß Sir Jason das nicht auch? Wenn Ihr so unverwundbar seid, warum seid Ihr dann so zornig über Sir Jasons Racheakt? Er kann Euch nicht schaden – sein Plan ist mißlungen.«

»Keiner macht einen Narren aus einem Trevegne!« zischte der Marquis wütend und starrte dabei Elysia an, als wäre ihm gerade ein interessanter Gedanke gekommen.

»Dann ist es nur Euer verletzter Stolz, der Euch so zornig macht?« sagte sie verächtlich. Sie keuchte vor Schmerz, als sich seine harten Finger warnend in ihre weichen Schultern bohrten.

»Gut, mich kann auch keiner zum Heiraten zwingen! Ihr, Mylord, seid nicht der einzige, den man nicht erpressen kann, etwas zu tun, was ihm zuwider ist.«

»Aha, eine Ehe mit mir wäre Euch also zuwider?«

»Ja, aber da eine Ehe zwischen uns sowieso nicht in Frage kommt, ist es unwichtig, was ich denke.«

»Hmmmm«, erwiderte er. »Es muß doch irgend jemanden geben, der um Euer Wohlergehen besorgt ist?«

»Nein, Lord Trevegne, es gibt niemanden, der sich darum scheren würde, wenn man mich aus der Themse fischte. Es wäre nur ein Ärgernis, weil man meine sterblichen Überreste abholen müßte«, entgegnete Elysia verbittert. »Ihr spracht davon, daß man mich als Werkzeug benutzt hat, ich kann Euch nur sagen, dies ist nicht das erste Mal, daß mir so etwas widerfahren ist. Meine Tante wollte mich aus Rache an einen fetten, lüsternen alten Squire gegen meinen Willen verheiraten, weil sie einen alten Groll gegen meine Eltern hegte.«

»Diese Tante, sie wäre doch sicher entsetzt, wenn sie von der Sache hören würde?« fragte er neugierig.

»Meine Tante wäre überglücklich, wenn sie von meiner schlimmen Lage erfahren würde, und außerdem haßt sie meinen Anblick.

Wenn Ihr mir erlaubt, werde ich jetzt aufstehen und das Zimmer verlassen und Euer Leben nicht weiter komplizieren, Mylord«, erklärte Elysia und versuchte, ihn wegzuschieben. Aber er widerstand ihren Anstrengungen und beobachtete sie amüsiert.

»Es tut mir sehr leid, aber ich kann nicht erlauben, daß Ihr Euch entfernt«, sagte er, »mein Entschluß steht fest.«

Elysia sah ihn aus großen Augen an. »Ihr könnt mich nicht gegen meinen Willen hier festhalten!« rief sie ängstlich. Sie fürchtete, er könnte mit dem fortfahren, was von Sir Jason und seinem Freund gerade rechtzeitig unterbrochen worden war.

»Wollt Ihr mich reizen, Miss Demarice?« fragte Lord Trevegne bedrohlich und preßte seine harten Finger in ihre Schultern.

»Ihr wißt ganz genau, daß ich nicht halb so stark bin wie Ihr; es wäre sehr dumm von mir, es zu versuchen. Aber ich sehe keinen Grund, warum Ihr mich hier behalten solltet. Das Unglück ist passiert, und Ihr als Gentleman würdet...« Elysia hielt verlegen inne und bemühte sich, ihre Worte sorgfältig zu wählen.

»Ich werde nicht weiter versuchen, Euch zu verführen, wenn es auch fraglos sehr erfreulich war – falls es das ist, was Ihr mir klarmachen wolltet.« Ihre Verlegenheit amüsierte ihn, und er grinste. »Seid Ihr von zu Hause weggelaufen, Elysia?« fragte er und schüttelte sie ein wenig, als er den rebellischen Ausdruck in ihrem Gesicht sah. Er zwang sie, ihm in die Augen zu sehen. »Seid Ihr deswegen ohne Zofe und Anstandsdame und mit leichtem Gepäck unterwegs?«

»Ja, das bin ich«, gestand Elysia ehrlich, aber widerwillig, »es war mir nicht länger möglich, bei meiner Tante zu bleiben. Ich mußte einfach weg. Sie ist wahnsinnig, glaube ich«, flüsterte Elysia und hatte dabei die verzerrten Gesichtszüge ihrer Tante vor Augen.

»Dann habt Ihr kein Zuhause – keinen Zufluchtsort?«

»Nein, ich habe kein Zuhause, aber ich will nach London.«

»Was wollt Ihr denn in London machen? Euch eine Stellung suchen?« fragte er zweifelnd.

»Ja, als Gouvernante oder Gesellschafterin.«

»Das werdet Ihr nicht, wenn ich Euch das so sagen darf«, erwiderte Lord Trevegne ohne Umschweife. »Ihr werdet mich heiraten.«

Elysia verschlug es den Atem. Sie sah ihn an, als wäre er verrückt geworden. »Aber das ist unmöglich!« rief sie. »Ihr habt mir doch gerade gesagt, daß Euch niemand zu einer Heirat zwingen kann, und ich will Euch sowieso nicht heiraten.«

»Keiner zwingt mich zu heiraten«, entgegnete Lord Trevegne mit samtweicher Stimme. »Ich habe daran gedacht, mir eine Frau anzuschaffen, Ihr seid gerade da und zu haben. Ich nehme nur eine günstige Gelegenheit wahr. Ihr habt verschiedene Vorzüge, einer davon, und wahrscheinlich ist es der beste, ist Euer Mangel an Verwandten. Es wäre mir unerträglich, von einer herrschsüchtigen Schwiegermutter herumkommandiert zu werden. Außerdem macht Ihr den Eindruck, als könntet Ihr mir einige gesunde Söhne schenken«, lachte er, als er Elysias zorniges Gesicht sah, »und Ihr seid eine verdammt schöne Frau.« Er küßte sie höchst amüsiert auf die Nase.

»Ich werde Euch nicht heiraten!« erwiderte Elysia zornig. »Ich habe nicht die Absicht, Euren Antrag anzunehmen. Ich fahre weiter nach London wie geplant und sehe mich dort nach einer Stellung um.« Dabei schaute sie ihm direkt in die Augen. »Ihr beleidigt mich, Mylord. Euer Antrag klang, als wolltet Ihr eine Stute kaufen und deren Vorzüge schildern!«

»Glaubt Ihr denn wirklich, irgendeine Frau würde Euch als Gouvernante für ihre Kinder oder als Gesellschafterin einstellen? Seid Ihr Euch nicht Eurer selbst bewußt?« wollte er ungläubig wissen. »Ich habe noch nie eine Frau kennengelernt, die sich nichts auf ihr Aussehen eingebildet hat, und Ihr seid ohne Zweifel eine Schönheit und werdet die Aufmerksamkeit jedes Mannes erregen, besonders wenn Ihr unter seinem Dach schlaft. Ich kann nicht glauben, daß eine Frau willens wäre, Euch ihrem Gatten zu zeigen. Es wird auch keine Witwe geben, die Euch jeden Tag als Erinnerung an ihre verlorene Jugend und Schönheit um sich haben möchte.«

Elysia blickte zu ihm hoch, auf ihrem Gesicht spiegelte sich der Schreck wider, den seine offensichtlich ehrlichen Worte hervorgerufen hatte.

»Und außerdem wird Euer guter Ruf Euch nach London vorausgeeilt sein. Glaubt Ihr wirklich, daß eine anständige Frau Euch anstellen würde, damit Ihr ihre Kinder beaufsichtigt?« fragte er ungläubig. »Sir Jason hat sicher keine Zeit verschwendet, diesen Skandal unter die Leute zu bringen, natürlich ohne die Rolle zu erwähnen, die er dabei gespielt hat. Und wenn es Beckingham nicht macht, dann dieser Dummkopf Twillington. Er kam gestern sehr spät an. Ich glaube, Ihr habt das Vergnügen, seine Bekanntschaft zu machen, erst heute morgen gehabt. Von allen Männern, die ich kenne, ist er der größte Schwätzer. Ihr könnt sicher sein, daß die Clubs in der St. James Street von dieser Geschichte widerhallen. Ohne Zweifel wird er sie ungeheuer ausschmücken. Deshalb, meine Liebe, werden wir ziemlich verrufen dastehen. Das heißt, wenn es möglich ist, meinen Ruf noch zu verschlechtern.« Er lachte. »Aber Ihr, meine Liebe, werdet berüchtigt sein, da man Euch bei mir im Bett entdeckt hat. Eure Chancen, eine anständige Anstellung zu finden, sind ungefähr dieselben wie die, die ein Schneeball in der Hölle hätte.«

»Ihr habt überhaupt kein Mitgefühl für meine mißliche Lage«, beschwerte sich Elysia mit wachsendem Zorn. »Ich glaube, Ihr habt keinen Funken Anstand im Leib.«

»Nein, ich glaube es auch nicht, aber wollt Ihr mich glauben machen, daß Ihr lieber irgendeine demütigende Stellung annehmen wollt, als einen reichen Herrn von Adel zu heiraten, der Euch jeden Wunsch erfüllen würde?«

»Wenn Ihr mit dem Herrn, von dem Ihr sprecht, Euch meint – ja, das würde ich! Ich würde lieber als Küchenmagd enden, bevor ich Euren Namen annähme! Ihr seid kein Gentleman, Mylord«, erklärte Elysia wütend.

»Von Geburt ja. Aber dem Ruf nach...?« Er zuckte mit den Achseln. »Aber Ihr klingt ganz wie eine beleidigte und verschmähte Dame – wenn Ihr Euch so vorkommt...« Er ließ ihre Schultern los, sprang vom Bett und riß die Decke von Elysias nacktem Körper. Er hob sie mit einem Ruck hoch und stellte sie mitten im Zimmer auf den kalten Holzboden, trat zurück und ließ seine Blicke langsam über ihren Körper schweifen. Elysia stand stocksteif da, ihre langen Haare flossen weit über ihre Hüften herab. Ihre Brüste standen fest und rund über einer schmalen Taille und schlanken Hüften. Ihre Haut war weich und weiß wie Alabaster. Sie spürte, wie die Schamröte ihren ganzen Körper bedeckte, während sie vergeblich versuchte, sich mit ihren Händen zu schützen.

»Das ist nicht notwendig, meine Liebe, ich habe Eure Reize schon gesehen – und auch einige davon genossen«, fügte er höhnisch hinzu. Sie versuchte seinen nackten Körper nicht anzuschauen. Er stand völlig schamlos da, mit der breiten, muskulösen Brust mit den schwarzen, krausen Haaren, die sich bis zu seinen schmalen Hüften und muskulösen Schenkeln hinzogen, und stellte seine Männlichkeit zur Schau. Sie hatte noch nie einen nackten Mann gesehen, und der Anblick machte sie verlegen.

»Wenn Ihr wirklich die wohlerzogene junge Dame seid, die Ihr mir vorspielt, warum plant Ihr jetzt nicht, Euch in einem tiefen, trüben Teich zu ersäufen, um Eure Ehre zu retten? Natürlich könntet Ihr auch warten, bis Ihr in London seid, und Euch dann von einer Brücke in die Themse stürzen. Das wäre viel dramatischer, meine Liebe, und die Gesellschaft würde es sehr zu schätzen wissen. Ihr würdet bemitleidet und zur Märtyrerin enttäuschter junger Frauen werden. Ihr habt schließlich die Nacht mit Trevegne, dem berüchtigtsten Lüstling der Londoner Gesellschaft, verbracht und daraus die einzig mögliche Konsequenz gezogen und den ehrenhaften Ausweg gewählt.«

Elysia spürte, wie ihr bei seinen beleidigenden und spöttischen Bemerkungen die Tränen in die Augen stiegen – Augen, die riesengroß unter den geschwungenen Brauen glänzten. Sie beugte ihren Kopf, und Tränen der Verzweiflung rannen über ihre blassen Wangen. Sie versuchte tapfer, aber vergeblich, ihr Schluchzen zu unterdrücken, als sie fühlte, wie ihr Widerstand dahinschmolz.

Etwas Warmes, Weiches wurde um ihre Schultern gelegt, und durch den Schleier ihrer Tränen merkte sie, daß es der Mantel von Lord Trevegne war. Er führte sie zum Bett, half ihr hinein und deckte sie mit einer warmen Decke zu. Dann sah er auf sie herab, und sie starrte ihn aus tränennassen, grünen Augen an.

»Wie Ihr seht, meine Liebe, habt Ihr gar keine andere Wahl«, sagte er, wenigstens dieses eine Mal freundlich, »und wenn ich hinzufügen darf, wäre es verbrecherisch von mir, einem so schönen Kind zu erlauben, sich umzubringen.«

Mit dieser letzten unverschämten Bemerkung drehte er sich um und begann sich schnell anzuziehen. Während er seine hohen Stiefel überstreifte, sagte er kurz: »Ihr bleibt hier, und ich hole Eure Sachen. Ihr könnt Euch hier anziehen. Meine Kutsche müßte jeden Augenblick eintreffen, dann fahren wir ab. Aber zuerst lasse ich Euch ein Frühstück bringen.«

Elysia sah ihm nach, als er das Zimmer verließ. Seine große muskulöse Gestalt füllte den Türrahmen vollkommen aus, bevor er die Tür hinter sich schloß. Sie starrte, ohne etwas zu sehen, die Decke an. Vielleicht sollte sie versuchen, sich zu ertränken oder sich an einem Balken aufzuhängen. Aber das würde dem Gasthof einen schlechten Ruf einbringen, und das war einfach nicht fair dem freundlichen Gastwirt gegenüber. Sie sollte wirklich daran denken, ihrem Leben ein Ende zu bereiten – aber das Schreckliche dabei war, daß es ihr gar nicht in den Sinn kam, sich das Leben zu nehmen. Es stimmte ja, daß sie niemanden auf dieser Welt hatte, den sie liebte, aber irgendein Funke, der Wille zum Leben war zu stark. Aber welch ein Leben würde sie als Gattin von Lord Trevegne erwarten, einem Wüstling, einem Schurken, der keinen Hehl aus seinem schlechten Ruf machte?

Vielleicht sollte sie weglaufen? Sie mußte vor dem Marquis fliehen. Sie erwog verschiedene Möglichkeiten, als der Marquis die Tür öffnete und mit ihrer Strohtasche hereinkam, die er zusammen mit ihrem Kleid und dem Umhang aufs Bett legte.

»Ich will meinen Mantel wiederhaben«, sagte er und stellte sich neben sie. Sie streifte ihn widerstrebend ab, reichte ihn ihm und zog die Decke über ihre Schultern, während sie ihn ängstlich beobachtete.

»Meine Kutsche ist da, also beeilt Euch und zieht Euch an. Wir fahren in einer halben Stunde ab. Und versucht ja nicht, durch die Hintertür zu entkommen, ich habe mich nämlich entschlossen, Euch zu heiraten. Ich würde Euch überall finden, Elysia«, drohte er ihr. »Außerdem habe ich diese gefährliche Waffe konfisziert, die ich unter Euren Sachen gefunden habe.« Er drehte die Waffe behutsam in seinen großen Händen.

Elysia biß sich vor Wut auf die Lippen. Sie hatte die Waffe nicht vergessen und sie zur Flucht benutzen wollen.

»Eine sehr schöne Duellpistole«, urteilte er fachmännisch und betrachtete den gebogenen Griff und den langen, mit Silber eingelegten Lauf. Er sah Elysia prüfend an. »Die wolltet Ihr doch hoffentlich nicht an mir ausprobieren, oder?«

Elysia zuckte gleichgültig mit den Achseln und verbarg ihre Furcht hinter Keckheit. »Ich hätte ja nichts dagegen, in Eure arrogante Brust ein Loch zu schießen, aber die Kugel würde von dem Stück Felsen abprallen, den Ihr Euer Herz nennt.«

Er lachte. Offensichtlich belustigte ihn ihre bösartige Antwort. »Ihr müßt Euch glücklich schätzen, daß Ihr nicht versucht habt, es auszuprobieren, weil ich Leute, die mich angreifen, immer sehr grob behandle.«

Er verließ das Zimmer, ohne sich noch einmal umzusehen, und Elysia erhob sich langsam aus dem Bett, holte ihre Tasche und sah nach, ob noch alles vorhanden war. Sie fand ihr Nachthemd zusammengeknüllt und wurde schamrot bei der Vorstellung, wie Sir Jason sie entkleidet und nackt in das Bett des Marquis getragen hatte.

Ihre Scham verwandelte sich in Wut und Haß, als sie an die Schmach dachte, die Sir Jason ihr zugefügt hatte. Lord Trevegne, das bezweifelte sie nicht, hatte nichts anderes verdient.

Elysia war angezogen und packte schon ihre Tasche, als eine Magd ein Tablett mit heißer Schokolade, einer dicken Scheibe Schinken, frischen, appetitlich duftenden Brötchen mit Butter und einem kleinen Töpfchen Honig hereinbrachte. Sie stellte es auf den kleinen Tisch am Fenster und verließ eilig das Zimmer, nicht ohne vorher Elysia vertraulich mit einem wissenden Blick zuzuzwinkern. Kichernd schloß sie die Tür hinter sich.

So eine Frechheit, dachte Elysia, beschämt darüber, was die Magd von ihr denken mußte, dann aber biß sie hungrig in ein warmes, honigtriefendes Brötchen.

Sie war gerade fertig mit dem Frühstück, als der Marquis das Zimmer betrat, prächtig ganz in Schwarz gekleidet, bis auf eine Goldbrokatweste und eine schneeweiße Krawatte.

»Ihr könntet wenigstens die Höflichkeit haben anzuklopfen, bevor Ihr eintretet«, tadelte Elysia schlechtgelaunt, und kam sich in ihrem alten, verwaschenen Wollkleid ziemlich armselig vor. »Wir sind schließlich noch nicht verheiratet.«

»Nein, das sind wir noch nicht«, entgegnete er spöttisch, »aber zukünftige Bräute schlafen gemeinhin nicht im Zimmer ihres Bräutigams, und sie ziehen sich auch nicht dort an.« Er lachte, als sie feuerrot wurde vor Wut, weil sie ihm wieder Gelegenheit gegeben hatte, sie zu verspotten.

»Kommt jetzt, meine Liebe, Zeit für die Abreise.« Er nahm ihre Tasche, legte liebevoll den Umhang um ihre Schultern und flüsterte ihr mit einem höhnischen Lächeln ins Ohr: »Lächelt, Ihr seid jetzt eine Braut und keine Witwe.«

Als sie die Treppe hinunterschritten, sah sich Elysia besorgt um, weil sie befürchtete, Sir Jason wieder in die Hände zu laufen und seinen Spott und seine Unhöflichkeit ertragen zu müssen.

»Keine Angst, meine Liebe, Sir Jason ist schon lange fort, wahrscheinlich ist er schon bald in London«, bemerkte Lord Trevegne leise. »Er wäre jetzt schon eine Leiche, wenn er die Frechheit gehabt hätte, in Reichweite meiner Pistole zu bleiben«, fuhr er drohend fort, »aber er ist ein feiger Hund, der seine üblen Taten wie ein Dieb in der Nacht vollbringt und bei Tag den Schwanz einzieht und flüchtet.«

Sie gingen aus dem Haus in den Hof, wo eine große schwarzgoldene Kutsche, bespannt mit vier Rappen mit schwarzsilbernem Zaumzeug auf sie wartete. Ein livrierter Kutscher saß auf dem Bock, die Zügel lose in den behandschuhten Fäusten, neben ihm ein zweiter Mann, der sich in seinen Mantel verkrochen hatte, ein dritter stand vor den aufgeregten Pferden und hielt sie fest, während ein vierter den Schlag der Kutsche aufhielt. Alle waren schwarz gekleidet, mit goldenen Knöpfen und Strümpfen, goldenen Schuhschnallen und rotgefütterten Mänteln, die sie vor der Kälte schützten.

Man half Elysia in die Kutsche, die mit dem Wappen des Marquis verziert war. Sie nahm auf den weichen Samtkissen Platz. Die Tür schloß sich hinter ihr, und als sie aus dem Fenster blickte, sah sie mit Erleichterung, daß sich Lord Trevegne auf einen großen schwarzen Hengst schwang und nicht vorhatte, mit ihr in der Kutsche zu reisen. Sie schaute zu den tief hängenden Wolken hinauf, die sich offensichtlich wieder auf einen neuen Regenguß vorbereiteten, und überlegte, wie lange sie wohl das Alleinsein genießen könnte, ehe Lord Trevegne vor dem Regen Schutz suchen würde.

Der Himmel wurde dunkler, als sie auf dem festgestampften Sand der Straße dahinrollten, die kräftigen, gesunden Pferde fraßen die Meilen wie einen Sack Hafer. Ihre Hufe stampften ohne Anstrengung durch die Pfützen. Sie erinnerte sich an das ununterbrochene Geschaukel der Postkutsche, in der sie erst gestern unterwegs gewesen war. Welch ein Unterschied war es, in der gutgefederten Kutsche Seiner Lordschaft über die unbequemen Meilen voller Schlaglöcher zu fahren, dachte Elysia und lehnte sich dankbar in den weichen Sitz zurück.

Wahrscheinlich war sie ein wenig eingenickt, als plötzlich die Kutsche anhielt und sie den Regen hörte, der gegen die Scheiben klatschte. Die Tür wurde aufgerissen, und eine Gestalt sprang herein, ehe sich die Kutsche wieder in Bewegung setzte.

Lord Trevegne schüttelte sich die Regentropfen vom Mantel, lehnte sich in den Sitz zurück und betrachtete Elysia hochmütig. »Ich bin mir ganz sicher, daß es Euch lieber wäre, wenn ich draußen bliebe, aber der Not gehorchend war ich gezwungen, mich Euch aufzudrängen. Ihr wollt doch nicht, daß ich mich erkälte, oder?«

»Wie lange ist es noch bis zu Euch nach Hause, Mylord?« fragte Elysia, ohne auf seinen Spott zu reagieren. Ihre Stimme klang wie die eines kleinen Kindes.

»Irgendwann sehr früh am morgen, denke ich, werden wir ankommen. Wir müssen noch einmal die Pferde wechseln. Ich wohne in Cornwall, und außerdem glaube ich, daß es an der Zeit ist, daß du mich beim Vornamen nennst, Elysia. Ich heiße Alex.«

»So weit«, hauchte Elysia überrascht mit einem mulmigen Gefühl im Magen, als sie sich vorstellte, wie weit Cornwall von allem ihr Vertrauten entfernt war. Ihre Pläne, nach London zu fliehen, würden scheitern, wenn sie in Cornwall wohnte. Aber es sollte sie eigentlich nicht überraschen; es paßte zum Marquis, daß er an dieser felsigen Küste zu Hause war. »Ich habe nicht gewußt, daß Ihr dort wohnt...« meinte Elysia mit schwacher Stimme.

»Woher hättest du das auch wissen sollen, meine Liebe? Hättest du denn Fluchtpläne geschmiedet, wenn du geahnt hättest, daß wir in die Wildnis fahren?« Er wandte sich zu ihr, um ihr in die Augen sehen zu können. »Aha, du hast bereits daran gedacht, wie du mir entkommen kannst. Du hättest mein Haus als mein Gast und meine Verlobte betreten und wärst in der Nacht, wenn alles schläft, geflohen. Du bist ja wirklich ein kleiner Teufel.«

Er nahm eine dünne Zigarre aus einem schmalen goldenen Etui und zündete sie an. Ihr feines Aroma stieg Elysia in die Nase. »Es tut mir sehr leid, aber dein Plan wäre mißlungen. Weil wir in kurzer Zeit eine kleine Pause einlegen werden – eine sehr notwendige Pause –, wir werden heiraten!«

Elysia sah ihn mit vor Schreck weit aufgerissenen Augen an. »Heiraten? Heute abend? Aber wie ist das möglich? Ihr hattet ja keine Zeit, das Aufgebot zu bestellen oder eine Heiratserlaubnis zu bekommen. Wir können nicht so schnell heiraten«, endete sie mit zitternder Stimme, als sie sich der Endgültigkeit ihrer Lage bewußt wurde. Sie hatte das Gefühl, daß sie mit diesem Schritt jegliche Kontrolle über ihr eigenes Leben verlor. Elysia sah den Marquis mit einem unbewußten Flehen um Aufschub in den Augen an, aber er hatte sich dem Fenster zugewandt.

»Ich habe eine Sondergenehmigung, und wir werden in Kürze bei einem Bekannten von mir, einem Bischof, anhalten. Er wird uns trauen. Es wird wahrscheinlich die Krönung seines langen Lebens sein, wenn er mich persönlich vermählen kann. Dies sollte dich von der Gültigkeit überzeugen, meine Liebe. Also laß gar nicht den Gedanken aufkommen, daß du mich verlassen kannst, weil wir nicht ordnungsgemäß getraut sind, denn wir werden es sein – bis daß der Tod uns scheidet«, fügte er gleichgültig hinzu.

»Ihr habt an alles gedacht«, sagte Elysia widerwillig. »Ihr denkt wohl, Ihr habt mich verschnürt und verpackt? Na, wir werden ja sehen.«

»Meine liebe Elysia, du wirst lernen, daß ich ein sehr gründlicher Mann bin und auf das, was mir gehört, gut aufpasse«, stellte er ruhig, aber mit stählerner Stimme fest.

Die Kutsche blieb plötzlich stehen, und Lord Trevegne sprang heraus und breitete seine Arme aus, um Elysia das Aussteigen zu erleichtern. Ihre Augen wanderten zu dem Haus, aus dessen Fenstern blaßgelbes Licht schimmerte. Sie ergab sich ihrem Schicksal.

...ein Habicht ergriff mit seinen Klauen eine buntgefiederte Nachtigall und trug sie hinauf in die Wolken. Dort angelangt, klagte sie jämmerlich, verletzt von seinen Krallen. Der Habicht sagte hochmütig: »Ärmliche Kreatur! Warum klagst du? Einer, der stärker ist als du, hat dich in seiner Gewalt, und du mußt mir folgen, wohin ich dich auch führe, auch wenn dir Gesang gegeben ist.«

Hesiod

6. Kapitel

Sir Jason trieb seine Pferde in rasender Fahrt durch die vom Regen glitschigen Straßen Londons. Der Regen hatte vorübergehend aufgehört, und durch einen Spalt in den Wolken schien der Mond.

Er überlegte, was wohl Lord Trevegne in diesem Moment machte, und grinste voller Schadenfreude, als er sich die Möglichkeiten vorstellte. Er war in Hochstimmung wegen seines Sieges, den er über den unverwundbaren Lord Trevegne errungen hatte. Er hätte nur zu gern ganz London an seiner Erfahrung teilhaben lassen und allen gezeigt, wie er den großen Marquis überrumpelt hatte, aber diesen Teil der Geschichte konnte er natürlich niemandem erzählen. Er würde dabei seine gesellschaftliche Stellung riskieren.

Er war kein Narr, und er wußte, wenn Lord Trevegne je Verdacht schöpfte oder Beweise für das, was er getan hatte, in die Hand bekam, war sein Leben keinen Pfifferling mehr wert. Er schauderte bei dem Gedanken an Lord Trevegnes Treffsicherheit mit Pistolen. O nein, er durfte die Untat nie zugeben. Ihm schwebte jemand vor, dem er mit Genuß von den Eskapaden Trevegnes erzählen konnte. Er war mit dem Marquis noch lange nicht fertig.

Sir Jason dachte daran, daß bald jeder in White's und Watier's von ihm oder Twillington die Geschichte gehört hatte. Das war wirklich ein unerwarteter Glückstreffer gewesen, daß der alte Schwätzer Twillington im Gasthof genau zur richtigen Zeit aufgetaucht war. Er selbst hätte es wirklich nicht besser planen können.

Ihm war, während Miss Demarice zu Abend gegessen hatte, der Gedanke gekommen, sie zu benutzen, aber er hatte zu diesem Zeitpunkt noch keine Idee gehabt, wie. Sie war nicht besonders gut angezogen, also würde sie vielleicht Geld annehmen und ihm helfen, Lord Trevegne eine Falle zu stellen, aber unglücklicherweise schien sie nicht der Typ zu sein. Er hatte sogar daran gedacht, sie umzubringen und den Mord Seiner Lordschaft in die Schuhe zu schieben, aber das könnte gefährlich werden. Er hatte noch darüber gegrübelt, als Twillington anfing, eine dumme Geschichte über die Familie eines Generals zu erzählen, die in Geldverlegenheit war und Entschädigung von einem Herrn verlangte, der ihre Tochter geschändet hatte.

Da hatte sein Plan Gestalt angenommen. Irgendwie mußte er Lord Trevegne mit der tugendhaften Miss Demarice in Verbindung bringen. Es war eine Schande, daß sie eine solche Schönheit war, es wäre ihm lieber gewesen, wenn er Lord Trevegne mit einer häßlichen alten Jungfer in Verlegenheit hätte bringen können.

Den Rumpunsch zu präparieren war kein Kunststück gewesen. Er nahm einfach das Fläschchen Opium, das er immer bei sich hatte, falls er einmal nicht schlafen konnte, und nachdem er heißen Rumpunsch für alle bestellt hatte, hielt er Tibbitts auf, als er mit dem Tablett kam. Er schickte ihn zurück, um sich selbst auch einen zu holen und schüttete die Droge schnell in zwei der Becher. Einen davon gab er Tibbitts, um ihn Miss Demarice zu bringen, und die anderen verteilte er selbst.

Es war fast zu einfach. Lord Trevegne zog sich bald müde zurück. Sir Jason blieb vor dem Feuer sitzen, bis er sicher war, daß Lord Trevegne eingeschlafen war. Dann betrat Sir Jason das dunkle Zimmer von Miss Demarice und schlich sich zum Bett. Sie atmete tief und regelmäßig, die Droge hatte gewirkt. Dann zündete er eine Kerze an und zog die schlafende Gestalt vorsichtig aus. Er hielt kurz inne, um ihren nackten Körper zu bewundern. Dann hob er ihre leblose Gestalt auf, trug sie schnell den Gang entlang in das Zimmer von Lord Trevegne und legte sie dort neben den Marquis ins Bett. Dann zog er den schlafenden Mann aus. Er war beunruhigt von seinem bisherigen Erfolg, ignorierte aber dann die leichte Unsicherheit und fand sich ungeheuer brillant und einfallsreich.

Niemals würde er die Welle der Erregung vergessen, die er empfunden hatte, als er und Twillington ins Zimmer traten und die zwei Gestalten eng umschlungen überraschten. Das hatte er nicht erwartet, besonders nicht, nachdem er am Abend vorher erlebt hatte, wie Miss Demarice und der Marquis aufeinander reagierten. Aber der Marquis war ein Mann, und als solcher hatte er wohl die Gelegenheit wahrgenommen, als er eine schöne nackte Frau in seinem Bett fand. Miss Demarice würde viel zu erklären haben, und er beneidete sie nicht darum.

Sir Jason fragte sich plötzlich, wie sie über die Sache dachte. Sie hatte wirklich verwirrt und verlegen ausgesehen an diesem Morgen. Arme Miss Demarice, es war wirklich eine Ironie des Schicksals, daß sie sich in der Gewalt des Mannes befand, den sie mit Verachtung gestraft hatte.

Jason wäre nicht im geringsten überrascht, wenn der Marquis sie sitzenlassen und nicht heiraten würde... nein, der Marquis hatte ein Auge für schöne Frauen – wahrscheinlich würde er sie zu seiner Mätresse machen.

Na ja, es ging gar nicht darum, ob Lord Trevegne sie heiratete oder nicht, sein Ruf würde so unter dieser Episode leiden, daß es sich sogar die Mütter, die ihre Töchter reich verheiraten wollten, zweimal überlegen würden, ihn zum Schwiegersohn zu nehmen. Und Sir Jason bezweifelte sehr, daß Lord Trevegne unter diesen Umständen noch eine annehmbare und geeignete Frau finden würde. Besonders jetzt, da man ihn ja, wenn man den Gerüchten glauben durfte, aus Almack's verbannen wollte.

Aber Jasons schönster Triumph war, daß es ihm gelungen war, Lord Trevegne auszutricksen. Daß er ihn in seiner Gewalt gehabt hatte, daß er ihm ausgeliefert gewesen war. Er hätte ihm ohne weiteres ein Messer in die Brust stoßen können, während er schlief, wenn er das gewollt hätte. Aber es war viel besser zu sehen, wie er versuchte, seinem Schicksal zu entrinnen – entweder gegen seinen Willen zu heiraten oder in Schande zu leben. Sein Ruf war schon schlecht genug, aber nicht einmal der Marquis konnte so weit gehen, ohne Konsequenzen aus seinen Vergehen zu ziehen.

Sir Jason hoffte fast, daß der Marquis Miss Demarice hinauswerfen würde. Er würde sie dann suchen, ihr seinen Schutz anbieten und sie zu seiner Mätresse machen. Sie war entzückend, er sah ihren Körper vor sich, wie er im Kerzenlicht leuchtete. Ja, er mußte sich überlegen, wie er das anstellen sollte. Bei dem Gedanken daran, was Trevegne wohl jetzt gerade machte, mußte er wieder kichern.

Elysia starrte im Dunkeln auf ihre Hände, sie konnte den goldenen Ring, den Lord Trevegne von seinem kleinen Finger genommen und an ihren Ringfinger gesteckt hatte, nicht sehen, aber wenn sie die Hand darauf legte, fühlte sie seine seltsame Form. Er war schwer und fremd an ihrer Hand und kennzeichnete sie als sein Besitztum. Vor einer knappen Stunde hatte sie geschworen, diesen Fremden, der ihr schweigend in der Kutsche gegenübersaß, zu lieben und ihm zu gehorchen.

Was war das für ein Mann, den sie geheiratet hatte? rätselte sie, nachdem sie einen kurzen Blick auf sein scharfes Profil riskiert hatte – kurz angeleuchtet von einem Blitz, der das Innere der Kutsche erhellt hatte. Er hatte sich lässig in die Kissen zurückgelehnt und seine langen Beine auf der gegenüberliegenden Sitzbank ausgestreckt.

Sie war jetzt seine Frau – Lady Trevegne –, und sie konnte es nicht einmal ertragen, ihn mit seinem Vornamen anzusprechen. Sie hatte immer davon geträumt, sich einmal zu verlieben, zu heiraten und eine Familie zu haben, die sie lieben würde – eine närrische und naive Einstellung. Sie konnte es nicht fassen, in welche Lage sie sich gebracht hatte.

Elysia dachte voller Wehmut an ihre Eltern und daran, was sie jetzt denken würden. Sie hatten sich von der Gesellschaft insofern unterschieden, daß sie arrangierte Hochzeiten verurteilten. Ihre eigene Ehe war eine Liebesheirat gewesen und ein voller Erfolg, darum glaubten sie fest an Ehen der Liebe. Sie hätten sie nie einer Vernunftehe geopfert, um ihre gesellschaftliche Stellung zu verbessern, und nun war sie mit einem verrufenen Mitglied der feinen Gesellschaft verheiratet – er war reich, gutaussehend und völlig hemmungslos, wenn es um seine eigenen Wünsche ging – ein Mann, dem sie völlig gleichgültig war.

Warum hatte er darauf bestanden, sie zu heiraten? Er hatte unmißverständlich zugegeben, daß niemand ihn dazu zwingen könnte, etwas zu tun, was er nicht selbst wollte, und offensichtlich war sein Ruf ohnehin so schlecht, daß ein weiterer Akt von Zügellosigkeit nicht viel ausmachen würde. Er sagte, er wolle einen Erben. Aber es gab doch sicher viele Frauen, die es sich als Ehre anrechnen würden, ihm Kinder zu gebären. Sie jedoch gehörte dieser Gruppe nicht an, und wenn er glaubte, daß sie ihm Kinder zur Welt bringen würde, dann irrte er sich gewaltig. Er liebte sie genausowenig wie sie ihn, aber sie wußte, daß er sie begehrte. Und sie schwor sich, daß sie nie etwas mit ihm zu tun haben würde.

Sie konnte es immer noch nicht verstehen. Wenn er sie nur begehrt hätte, dann hätte er sich heute morgen nehmen können, was er wollte, als sie hilflos in seiner Gewalt gewesen und seiner Stärke wehrlos ausgeliefert war. Er hatte keinen Grund gehabt, sie zu heiraten – er war nicht der Typ, der sich um ihren guten Ruf Sorgen machen würde.

Elysia schauderte bei dem Gedanken, welchem Schicksal sie heute früh mit knapper Not entronnen war.

»Kalt?« fragte Lord Trevegne aus der Dunkelheit. Er wartete ihre Antwort nicht ab, sondern beugte sich zu ihr und zog sie auf seinen Schoß. Er wickelte seinen Mantel um ihren zitternden Körper und hielt sie fest an sich gedrückt.

»Ist es so besser?« murmelte er. Sein Atem blies warm gegen ihren Hals.

»Ja, danke, aber ich saß vorher ganz bequem«, entgegnete Elysia ein wenig atemlos und versuchte, sich zu befreien, aber er nahm sie nur fester in seine Arme.

»Halt still«, brummte er, und seine Lippen liebkosten ihr Ohr.

»Bitte«, flehte sie, als ein neuer Schauder bei der Berührung seiner Lippen durch ihren Körper lief.

»Bitte was, meine liebe... Frau?« Der Marquis lachte lautlos und drückte seine Lippen auf die ihren. Er küßte sie lange und leidenschaftlich, dann teilte sein Mund den ihren und bedeckte ihre weichen, widerstandslosen Lippen mit zahllosen Küssen. Sie spürte, wie seine Hände sie abtasteten, bis sie die kleinen Knöpfe ihres Mieders fanden, sie aufmachten und dann unter den Stoff glitten, um ihre weiche warme Haut zu streicheln. Seine Lippen wanderten von ihrem Mund zu ihrem Hals, seine Arme umschlossen sie fester, als er sein Gesicht gegen ihre Brüste preßte und ihren Duft tief einatmete.

»Du riechst wie ein Garten voller Rosen und Jasmin«, flüsterte Lord Trevegne heiser, als seine Lippen zu den ihren zurückfanden und sie wieder wild küßten, bis Elysia zu ersticken glaubte.

Endlich löste er seine Lippen von ihrem Mund und bedeckte ihr Gesicht mit leichten, sanften Küssen. Er drückte sie noch fester an sich und legte eine Hand besitzergreifend um eine ihrer Brüste. Er schloß die Augen, und ein triumphierendes Lächeln umspielte seinen entschlossenen, männlichen Mund.

Nach einer Weile spürte Elysia seinen gleichmäßigen Atem an ihrem Ohr. Ihr Kopf ruhte an seiner Brust. Er ist ein Dämon, dachte sie traurig, von den Gefühlen, die er in ihr erweckt hatte, völlig verwirrt. Sie sollte ihn verachten, aber ihr war so schwindelig und warm, daß sie sich selbst fremd vorkam. Dieses fremdartige Gefühl war unbegreiflich – sie verabscheute ihn doch... Elysia schloß die Augen, dachte an seine Küsse und schlief mit ihrer Wange an seinem Herzen ein.

Elysia erwachte, als die Kutsche mit einem Ruck stehenblieb. Sie blickte sich verschlafen um und setzte sich dann überrascht auf, sie war wieder auf ihrem alten Platz. Ihre Hände suchten nach ihrem offenen Mieder – alle Knöpfe waren wieder fest zugeknöpft.

War alles ein Traum gewesen? Hatte sie seine rauhen, begierigen Küsse gar nicht wirklich erlebt? Prüfend fuhr sie sich mit der Zunge über die Lippen und spürte, wie empfindlich sie waren. Elysia sah Lord Trevegne fragend an, der sie mit einem belustigten Funkeln in seinen goldenen Augen beobachtete. Nein, es war kein Traum gewesen, sie konnte es in seinen Augen lesen und errötete bis in die Haarspitzen.

»Komm, meine liebe Frau«, sagte der Marquis, sprang aus der Kutsche und hielt ihr seine Arme entgegen, »wir sind endlich daheim.«

Es regnete immer noch heftig, als Elysia und Lord Trevegne durch den Bogen zum aufwendig geschnitzten Portal eilten.

Elysia hörte, wie sich die Tür hinter ihr schloß, als sie in die lange, breite Halle traten, deren Decke bis zum Dach reichte. Die farbigen Glasfenster reflektierten die Blitze in leuchtenden blauen, grünen und roten Farbtönen. Eine Galerie aus Schmiedeeisen lief die Seiten der großen Halle entlang, von kräftigen, kannelierten Säulen getragen, die in dem mit spanischen Fliesen bedeckten Boden verankert waren.

Elysia verhielt sich ganz still, als Lord Trevegne nach der Haushälterin schickte, sein Gesicht von dem flackernden Licht der Wandfackeln, die man eilig angesteckt hatte, teilweise beleuchtet. Der größte Teil der Halle lag im Dunkeln, die Tische und Truhen erschienen in dem vagen Licht verzerrt wie fremde Wesen aus der Unterwelt.

Eine Tür in einer Ecke der Halle unter der Galerie ging auf, ein Lichtstrahl huschte näher, bis man ein faltiges Gesicht mit zwinkernden Augen im Schein der Kerze, die eine runzlige Hand hielt, erkennen konnte.

»Lord Alex«, sagte der alte Mann, die Überraschung ließ seine Stimme erzittern, »wir hatten ja keine Ahnung, daß Ihr kommen wolltet, bis Euer Vorreiter mit der Nachricht ankam.« Er musterte neugierig die in ihren Umhang eingehüllte Elysia und befahl den eilig auftauchenden Lakaien, von denen manche nur halb bekleidet waren, das Gepäck hinaufzubringen.

»Wir werden in der Herrschaftssuite wohnen«, verbesserte er den Butler, der befohlen hatte, Elysias Tasche in ein Gästezimmer zu bringen. Der Schock war deutlich auf dem pergamentenen Gesicht zu sehen, als der Marquis das sagte. Der Butler gab die Instruktionen an den Lakaien mit einem mißbilligenden Blick weiter.

»Mach nicht so ein Gesicht, Browne.« Lord Trevegne lachte. »Darf ich dir meine Frau vorstellen – Lady Trevegne.« Er zog Elysia an seine Seite und legte seinen Arm um ihre Schulter.

»Eure Frau«, krächzte Browne. Der Schock in seinem Gesicht wich eitler Freude. Er verbeugte sich und sagte: »Es ist mir eine Ehre, Lady Trevegne, Euch auf Westerley willkommen zu heißen.«

»Ich danke dir, Browne.« Lord Trevegne lächelte den alten Mann freundlich an und überraschte damit Elysia, die ihn nicht für fähig gehalten hatte, menschliche Wärme zu zeigen.

»Browne ist schon ein halbes Jahrhundert bei uns, eigentlich hat er das Sagen – oder er versucht es wenigstens«, fügte er mit einem geduldigen Blick auf den alten Mann hinzu.

»Und wann habt Ihr je auf mich gehört, Lord Alex?« entgegnete er mit der Keckheit eines alten, getreuen Dieners.

»Ich hab' mir doch jetzt eine Frau angeschafft, oder? Ich kann mich erinnern, wie du und –« Er wurde von einem lauten Schrei, der von irgendwo über ihnen kam, unterbrochen, und dann erschien eine kleine Gestalt, die eilig die große Freitreppe heruntereilte.

»Lord Alex«, rief sie, »wie könnt Ihr mitten in der Nacht so hereinschneien? Immer habt Ihr den ganzen Haushalt durcheinandergebracht, sogar schon als Junge«, kicherte sie hocherfreut, ihn zu sehen.

»Elysia, meine Liebe, das ist Mrs. Danfield, meine alte Kinderfrau und nun, da ich dem Kinderzimmer entwachsen bin, die Haushälterin von Westerley. Dany, das ist meine Frau, Lady Elysia Trevegne.«

Elysia blickte in ein Paar freundliche braune Augen und lächelte ein reizendes, schüchternes Lächeln, das in dieser fremden Umgebung nach Freunden Ausschau hielt.

»Lady Trevegne.« Mrs. Danfield knickste und schenkte Seiner Lordschaft einen vorwurfsvollen Blick. »Ihr habt es also fertiggebracht zu heiraten, ohne mir ein Wort davon zu sagen. Was wird sich Eure Braut denken – das Haus ist kalt und finster, kein Willkommensfest oder eine Begrüßung von der Dienerschaft arrangiert.« Sie nahm Elysias alten Mantel und die gestopften Handschuhe in Augenschein und bemerkte die Erschöpfung und die Nervosität in dem jungen Gesicht.

»Wir haben keinerlei Firlefanz erwartet«, erwiderte Lord Trevegne kurz. »Meine Braut und ich ziehen es vor, daß alles seinen normalen Gang geht«, erklärte er streng.

»Na gut«, sagte Mrs. Danfield gereizt und warf einen prüfenden Blick auf Elysia. »Ihr bringt schließlich nicht jeden Tag eine Braut ins Haus, und ich hatte schon Zweifel, ob es je geschehen würde. Wie habt Ihr es denn fertiggebracht, ein so junges, unverdorbenes

Kind zu finden?« wollte sie mit einem freundlichen Lächeln auf Elysia, das jene dankbar erwiderte, wissen. Keine eingebildete vorlaute Stadtmamsell, dachte Mrs. Danfield erleichtert. »Ich habe fest geglaubt, daß keine anständige Mutter Euch näher als eine Meile an Ihre Tochter heranläßt.« Sie warf ihm einen strengen Blick zu, da sie seinen schlechten Ruf nur zu gut kannte.

»Ach, es gab nichts auf der Welt, was uns hätte trennen können, Dany«, erklärte Lord Trevegne und hielt kurz inne, ehe er fortfuhr: »Man kann sagen, eines Morgens machten wir beide die Augen auf und entdeckten unsere Liebe füreinander. Es war wie eine Erleuchtung, fast als wären wir aus einer Betäubung erwacht.« Er grinste boshaft, als er Elysias schockierten Blick bemerkte und wartete, ob sie etwas hinzuzufügen hatte. »So, Dany, jetzt zeig Lady Trevegne ihr Zimmer. Ich glaube, sie ist zu müde, um deine Neugierde zu befriedigen.« Er drehte sich um und verschwand hinter einer der vielen Türen, die aus der Halle hinausführten, während Browne, der Lord Trevegnes Ausführungen aufmerksam verfolgt hatte, hinter ihm hereilte, so schnell ihn seine rheumatischen Beine tragen konnten.

Mrs. Danfield geleitete Elysia eilig die breite marmorne Freitreppe hinauf, während sie über ihre Schulter den Mägden unten Befehle zurief. Sie gingen die Galerie entlang, bis sie einen anderen Flügel des riesigen Hauses erreichten und durchquerten dann einen breiten Korridor. Ahnenporträts starrten im flackernden Licht der Kerze, die Mrs. Danfield trug, auf sie hinunter.

Am Ende des Korridors öffnete die alte Frau die feingeschnitzten Flügel einer Doppeltür. Sie ging vor Elysia her und zündete überall die langen Wachskerzen an, und die Einrichtung des Raumes enthüllte sich ihren Blicken.

Elysia schaute sich verwundert um. Alles in diesem Zimmer war rot, gold oder schwarz. Es gab ein rotgoldenes Satinsofa, schwarzgoldene Stühle mit goldfarbenen Samtkissen, schwarzlackierte

Kommoden und zierliche Bücherregale. Den Raum beherrschte ein großer rotschwarzer Seidenparavent, bemalt mit chinesischen Szenen, und auf dem Boden lag ein Orientteppich in leuchtenden Farben.

»Es ist wunderschön«, hauchte Elysia schließlich ergriffen.

»Ja, das ist ein reizendes Zimmer«, pflichtete Mrs. Danfield sichtlich erfreut über Elysias Anerkennung bei. »Das sind die Trevegnefarben, Schwarz für die Vergeltung, Rot für Blut und Gold für die Ehre. Die ersten Trevegnes waren ein wilder Haufen.«

Elysia lief ein Schauer über den Rücken – sie waren es immer noch, dachte sie.

»Hier drüben, das ist Euer Zimmer, Mylady«, sagte sie und deutete auf eine vergoldete Tür, »und das da ist das Seiner Lordschaft.«

Die zwei Türen waren durch eine breite Vitrine getrennt, in der zarte Porzellanvasen und exquisite Jadefiguren ausgestellt waren. Mrs. Danfield öffnete die Tür von Elysias neuem Zimmer und zündete weitere Kerzen an. Elysia folgte ihr. Ihre Blicke wurden von dem riesigen Himmelbett mit den roten Vorhängen angezogen, und ihr fiel ihr hartes, schmales Bett bei Tante Agatha mit der verwaschenen Decke ein. Verglichen damit war dies hier das Bett einer Königin.

»Nun, meine Liebe, möchtet Ihr jetzt ein heißes Bad, um Euch nach der langen Reise zu entspannen?« fragte Mrs. Danfield, nahm Elysia den Umhang ab und hängte ihn in den riesigen Schrank mit den vielen Türen und Schubladen, in denen man alles verstauen konnte, was eine Lady brauchte.

»Kommt Eure Zofe später?« wollte sie wissen, ein wenig ärgerlich ob der Unschicklichkeit, daß eine Lady Trevegne ohne Zofe und nur mit einer kleinen Strohtasche unterwegs war.

»Ich habe keine Zofe, Mrs. Danfield«, erwiderte Elysia zurückhaltend und erwartete einen entsetzten Blick von der Haushälterin. Es überraschte sie, daß die kleine Person zufrieden nickte.

»Das ist gar nicht schlecht, ich habe hier einen Haufen gescheiter junger Mädchen, die gute Zofen abgeben werden, viel besser als eine Neunmalkluge aus London«, meinte sie verächtlich. »Auf die ist kein Verlaß, die kommen und gehen, ohne es vorher anzukündigen. Ihr müßt Euch keine Sorgen machen, wir werden jemanden finden. Und Eure Kleider?« fragte sie und blickte etwas mißtrauisch auf Elysias Strohtasche und das abgetragene Kleid, das sie anhatte. »Die werden sicher bald nachkommen.«

»Nein, alles, was ich auf dieser Welt besitze, liegt hier vor Euch«, erwiderte Elysia und schob stolz ihr Kinn vor. »Ich bin eine Waise, aber wenigstens kann niemand Lord Trevegne nachsagen, er hätte mich wegen meines Vermögens geheiratet. Wahrscheinlich wird man eher mir diesen Vorwurf machen, fürchte ich. Man wird mir nachsagen, daß ich eine Abenteurerin bin.«

»Na, na, keiner, der seine fünf Sinne beisammen hat, wird das glauben, wenn er sieht, was für eine Lady Ihr seid – und wie hübsch noch dazu. Jeder kann sehen, warum Lord Alex Euch geheiratet hat!« sagte die alte Frau mitfühlend und mit einem mütterlichen Lächeln. Dieses tapfere Kind, das so stolz vor ihr stand, hatte ihr Herz gewonnen. »Ihr sollt Euren hübschen Kopf nicht mit solchem Unsinn belasten.«

»Danke, Mrs. Danfield«, sagte Elysia bescheiden. Tränen brannten in ihren Augen. Das war die erste aufrichtige Freundlichkeit, die sie seit Jahren erlebt hatte.

»Ihr nennt mich Dany wie Lord Alex, nicht Mrs. Danfield.« Die Haushälterin verstummte verlegen. »Ich würde mich sehr darüber freuen, Mylady.«

»Ich danke Euch vielmals, Dany. Es ist mir eine Ehre. Würdet Ihr mich Elysia nennen?« bat sie schüchtern.

Dany wurde vor Freude rot über diese Höflichkeit und rannte zur Tür, wo sie sich noch einmal umdrehte und kopfschüttelnd sagte: »Ich weiß nicht, wie er es anstellt, immer wieder den Sieg davonzutragen. So sehr ich Lord Alex liebe, muß ich doch zugeben, daß er eine Dame für sich gewonnen hat, die zu gut für ihn ist. Möge Gott uns helfen«, fügte sie hinzu, als sie das Zimmer verließ, um für Elysia alles Notwendige vorzubereiten.

Elysia ging mit einem Lächeln durch ihr Schlafzimmer. Sie hatte sich sehr davor gefürchtet, Lord Trevegnes Personal vorgestellt zu werden, und sich darauf gefaßt gemacht, daß man sie ablehnen würde, statt dessen hatte sie eine Freundin gefunden – eine, das wußte sie, die sie lieben und der sie vertrauen konnte.

Elysia sah sich in dem rotgoldenen Zimmer um, nirgends konnte sie etwas Schwarzes entdecken. An einer Wand stand ein vergoldeter Toilettentisch und daneben eine goldene, mit Satin überzogene Couch, die eine Muschel als Rückenlehne hatte. Am Fenster hingen scharlachrote Vorhänge. Ein kleiner Damensekretär und verschiedene gold- und rotgefaßte Bambusstühle und Tische vervollständigten die Einrichtung. Der Kamin war aus weißem, mit Gold abgesetztem Marmor.

Eine Tür stand halb offen, und Elysia sah, daß sie in ein anderes Schlafzimmer führte, welches nur in Schwarz und Gold gehalten war und sehr maskulin wirkte. Ihre Blicke wanderten über die langen, goldenen Vorhänge und das große Himmelbett, die schwarze Lackkommode und weiter zu dem schwarz- und goldgeblümten Teppich, der den Boden bedeckte. Eine ägyptische Liege, mit schwarzem Leder bezogen, stand vor dem Kamin aus schwarzgold meliertem Marmor. Durch die offenen Schranktüren sah Elysia Reihen von Samt- und Satinröcken und den Reisemantel mit den vielen Capes, den Lord Trevegne zuvor angehabt hatte. Sie schloß schnell die Verbindungstür zwischen ihren Schlafzimmern und entdeckte, daß sie kein Schloß hatte.

Eine reichverzierte Badewanne stand plötzlich vor dem Kamin, und zwei junge Mägde waren dabei, sie mit Kübeln dampfenden Wassers aufzufüllen. Sie musterten Elysia schüchtern, bevor sie das

Zimmer wieder verließen. Elysia legte sich dankbar in die Wanne. Sie seifte sich mit einem kleinen wohlriechenden Stück französischer Seife ein, streckte ein schlankes Bein aus und wusch ihre Schenkel, dann schöpfte sie das Wasser mit den Händen und ließ es über ihre Beine fließen, um die Seife wegzuspülen. Sie setzte sich auf und ließ ihre seifigen Hände über ihre Schultern und Brüste gleiten, als sie plötzlich Tabak roch – dieselbe Marke, die Lord Trevegne in der Kutsche geraucht hatte. Ihre Nasenflügel bebten. Sie drehte sich um und sah gerade noch, wie sich die Verbindungstür schloß. Wie lange war er schweigend dagestanden und hatte ihr beim Baden zugeschaut? Elysia war verlegen, als sie aufstand und ein großes warmes Badetuch um ihren nassen Körper schlang und sich schnell abtrocknete. Sie zog das Spitzennachthemd an, das Dany für sie bereitgelegt hatte. Der feine Batist schmiegte sich an ihre Haut, und sie überlegte mit weiblicher Neugierde, wem es wohl gehörte.

Elysia sprang erschrocken ins Bett, aber es war nur die große Tür zu ihrem Schlafzimmer, die sich öffnete. Dany kam mit einem Tablett in der Hand herein, auf dem eine kleine Kanne Tee und ein Teller mit dünn geschnittenen Butterbroten und kleinen delikaten Kuchen stand. Elysia seufzte erleichtert auf und wollte aufstehen. Aber Dany bedeutete ihr ohne viel Umschweife, im Bett zu bleiben.

»Ihr braucht eine Tasse Tee, die wird Euch beim Einschlafen helfen, meine Liebe, also bleibt schön im warmen Bett«, sagte sie, stellte das Tablett auf Elysias Schoß und musterte sie anerkennend.

»Es ist ein wunderschönes Nachthemd, Dany«, sagte Elysia und trank ihren Tee. Sie war glücklich, daß es diesmal kein Rumpunsch war. »Ich hoffe, niemand ist böse, daß ich es anhabe.«

»Ihr seht reizend darin aus, und kein Mensch wird böse sein, daß Ihr es tragt. Es gehörte der Mutter von Lord Alex. Sie hatte gern hübsche Sachen«, erwiderte Dany und fing an, Elysias Sachen auszupacken. Sie zog die sorgfältig eingepackte Puppe heraus, wickelte sie aus und stellte sie auf ein Tischchen neben dem Bett.

»Das ist die hübscheste kleine Porzellanpuppe, die ich je gesehen habe«, rief sie bewundernd aus und strich ihr den langen weiten Rock glatt.

»Mein Vater hat sie mir geschenkt, als ich ein kleines Kind war, aber ich habe immer gut auf sie aufgepaßt und sie nie mit schmutzigen Händen angefaßt. Ich glaube, ich habe damals schon gewußt, daß ich sie immer in Ehren halten würde. Und die gehörten meiner Mutter, ehe sie starb«, erklärte Elysia, als Dany die silberne Haarbürste und den Kamm auspackte und sie auf den Toilettentisch legte. Sie sahen aus, als würden sie dahin gehören.

»Ihr habt wenige Andenken an sie, meine Liebe«, stellte Dany mitleidig fest.

»Nein, keine materiellen Besitztümer, aber ich habe meine Erinnerungen, Dany, und die kann mir keiner wegnehmen, so wie sie mir meinen Besitz entrissen haben – das Haus, die Stallungen und mein Pferd. Eigentlich mußte alles verkauft werden. Meine alte Kinderfrau bewahrt einen Schrankkoffer mit ein paar Familienstükken auf. Sie sind sicher bei ihr, und nur weil sie nichts eingebracht hätten, durfte ich sie behalten. Sie gehörten meinem Bruder Ian, aber er ist auf See gestorben, irgendwo im Mittelmeer bei einer Schlacht gegen Napoleon. Einen Tag nachdem meine Eltern umgekommen waren, bekam ich einen Brief vom Marineministerium«, Elysia wandte den Blick ab und biß sich auf ihre zitternden Lippen.

»Ach, meine arme Kleine«, rief Dany leise aus und schlang ihre Arme schützend um Elysia. »Ihr habt es wirklich schwer gehabt. Jetzt müßt Ihr Euch aber keine Sorgen mehr machen. Jetzt seid Ihr zu Hause, und Dany wird für Euch sorgen. Ihr dürft nur noch an all die guten Zeiten denken, die Ihr mit Eurer Familie verbracht habt, und das Schlimme vergessen. Stellt Euch einfach vor, sie sind irgendwo auf Besuch und kommen bald wieder zurück.«

»Ich werd's versuchen, Dany. Ich weiß, ich bin dumm – aber ich bin auch so müde«, lächelte Elysia.

»Das ist wirklich kein Wunder ... die ganze Nacht durchgefahren ohne Pause, so etwas«, sagte Dany mißbilligend. »Jetzt legt Euch nieder, macht die Augen zu und schlaft«, befahl sie und deckte Elysia wie ein kleines Kind zu, »und brav sein. Das hab' ich meinen Jungs auch immer gesagt.«

Sie blies die Kerzen aus, hob das Tablett auf und wünschte Elysia eine gute Nacht, als sie das Zimmer verließ. Elysia legte sich auf die Seite und starrte in die Dunkelheit. Eine Uhr auf einem der Tische schlug die Stunde.

Würde er kommen? Er hatte jetzt das Recht, in ihrem Bett zu schlafen und mit ihr zu machen, was er wollte. Sie hoffte, daß er nicht kommen würde, aber sie konnte ihn nicht aufhalten, wenn er es wollte.

Jetzt hatte er sie in der Hand, ein Mann, gegen den sie im ersten Augenblick Abneigung empfunden hatte und den sie kaum einen Tag kannte. Sie wußte fast nichts über ihn oder seine Familie, außer den paar Dingen, die ihr Dany erzählt hatte. Sie wußte, daß seine Eltern beide tot waren, und Dany hatte von Jungs gesprochen, also hatte Lord Trevegne wahrscheinlich Brüder, das hoffte Elysia zumindest. Vielleicht gab es sogar eine Schwester in ihrem Alter, die sich mit ihr anfreunden würde. Aber sie könnte auch sein wie Lord Trevegne, groß, dunkel und eingebildet. Das wäre schlimm, dachte Elysia schlaftrunken und schloß die Augen.

Lord Trevegne saß sinnend vor dem großen Kamin in seinem Arbeitszimmer und starrte in die Flammen. Er schwenkte den Brandy in seinem Glas, wärmte ihn mit seiner Handfläche und dachte dabei an das Mädchen im oberen Stock, in der Herrschaftssuite – seine Frau! Er lachte laut auf, ein hartes, grausames Geräusch, das im Zimmer widerhallte. Heirat – er zog verächtlich die Mundwinkel herunter, als er an die Ehen seiner Freunde dachte. Ein unterschriebener Vertrag gab einem das Recht, eine Frau ins Bett zu nehmen und sie zu schwängern mit den besten Wünschen der Gesellschaft und der Kirche, und wenn man dabei noch ein Vermögen einheimsen konnte, gratulierten die anderen dem klugen Mann, besonders wenn er es fertiggebracht hat, sich noch nebenbei ein paar Mätressen zu halten.

Und die Braut, man durfte die reizende Braut nicht vergessen, die mußte einen Haushalt führen, hatte mehr Geld zum Ausgeben, einen Mann zum Herumkommandieren und die Sicherheit, nicht sitzenzubleiben. Wenn sie schon einen Liebhaber hatte, dann wurde sie wieder respektabel. Ja, alle Parteien gewannen dabei.

Na gut, er war jetzt auch ein verheirateter Mann, und niemand konnte ihm nachsagen, daß er seine Frau wegen ihres Vermögens geheiratet hatte. Sie war zu ihm gekommen mit einem einzigen Kleid, ja nicht einmal das, wenn man der Wahrheit die Ehre gab. Plötzlich erinnerte er sich daran, wie er zu Beckingham gesagt hatte, seine Frau könnte nackt, so wie sie auf die Welt gekommen war, zu ihm kommen – und bei Gott, genau das war passiert! Wenn er Beckingham nicht so hassen würde, müßte er ihn dafür loben, daß er ihn beim Wort genommen und sie nackt zu ihm ins Bett gelegt hatte. Er mußte zugeben, daß sich Beckingham diesmal selbst übertroffen hatte.

Es fiel ihm ein, wie Beckingham sie betäubt und ausgezogen hatte, wie ein Leichenschänder, der die Toten beraubt, und er fühlte eine plötzliche Wut in sich aufsteigen. Ja, er mußte einen passenden Weg finden, sich an Sir Jason Beckingham zu rächen, dachte er grimmig.

Der Marquis starrte in sein Brandyglas und sah lange, schlanke Beine vor sich, eins ausgestreckt und voll Seifenschaum, rotgoldenes hochgestecktes Haar, dessen Locken sich wild und ungebändigt vom Dampf des Badewassers um den Kopf schlängelten, weiße Schultern und feste, runde Brüste, zartrosa von der Hitze des Bades und des Feuers.

Sie war eine Schönheit, dachte er, als er sich an ihren weichen

Körper und ihren süßen Mund erinnerte. Wenigstens hatte Sir Jason ihm nicht eine heulende, langnasige Transuse ins Bett gelegt, die nach ihrer Mama schrie. Wenn er Beckingham wirklich bestrafen wollte, sollte er ihm eigentlich auch dafür danken, daß er eine so perfekte Frau für ihn gefunden hatte.

Auf einmal stieg unbändige Wut in ihm auf bei dem Gedanken daran, daß Beckingham Elysia nackt gesehen und sie beim Ausziehen berührt hatte. Er konnte es sich nicht erklären, aber mit einem Mal empfand er Beckingham gegenüber Mordgelüste. Elysia gehörte jetzt ihm, und keiner außer ihm hatte das Recht, sie zu berühren.

Elysia. Ja, sie gehörte ihm, und er begehrte sie. Er hatte sich schon von ihr angezogen gefühlt, als er sie das erste Mal gesehen hatte, wie sie vor dem Feuer im Gasthaus gestanden hatte, um sich aufzuwärmen. Sie war die erste Frau, die ihn abstoßend fand, und das war wirklich einmal etwas anderes. Die meisten Frauen, dachte er, ohne sich etwas darauf einzubilden, würden gerne mit ihm eine Liaison eingehen, aber nicht die reizende Miss Demarice, die ihn verächtlich angesehen, getadelt und später in seinem Bett bekämpft hatte wie eine Wildkatze. Er wollte sie gar nicht betören, auch nicht irgendeine andere Frau, seit dieser Szene mit Mariana. Seither war er eigentlich allen Frauen gegenüber entschieden feindlich eingestellt und hatte die erste, die ihm begegnet war, seine Verachtung und seinen Zynismus spüren lassen. Eine feuerrote, grünäugige Hexe, die ihn gegen seinen Willen eingefangen und seine weiberfeindlichen Absichten mit einem Schwung ihrer Hüften zunichte gemacht hatte.

Sie würde sicher eine starke Hand brauchen mit ihrem feurigen Temperament, aber lieber das als ein Mäuschen. Lieber eine kleine Füchsin, dachte er, und seine goldenen Augen glänzten vor Freude.

Er trank seinen Brandy aus, verließ das Zimmer und lief die Treppe hinauf. Er rannte durch den langen Korridor zur Herrschaftssuite, seine langen Beine brachten ihn in weniger als einer Minute vor die Tür.

Er betrat Elysias Zimmer, strebte zu ihrem Bett und blieb still davor stehen. Er musterte die schlafende Gestalt in dem großen Bett. Die Kerze in seiner Hand tauchte ihr Gesicht in goldenen Schein.

Elysias Haare lagen auf der Decke und leuchteten rot im Licht. Sie hatte ihre schmale Hand nicht zugedeckt, und sein goldener Ring sah auf der blassen Haut wie ein Fremdkörper aus – ein sichtbares Zeichen seiner Herrschaft und seiner Gewalt über sie.

Er beugte sich zu ihr hinunter, vorsichtig, damit das heiße Wachs nicht auf ihre Hand tropfte, und sah hungrig auf ihren Mund, der leicht geöffnet war. Ihre dichten, dunklen Wimpern verschlossen die Augen, in die er so gerne geschaut hätte, um sich darin zu verlieren. Er küßte sie sanft auf ihren Hals und wickelte eine lange, seidige Haarsträhne um seinen Finger.

Sie murmelte leise im Schlaf, und er sah, wie sich eine Träne aus einem Augenwinkel stahl und ihre Wange hinunterlief. Er fing sie mit seinem Finger auf und fühlte neugierig die Feuchtigkeit auf seinen Fingerspitzen.

Er spürte, wie die Hitze in seinem Körper verebbte, und drehte sich abrupt um und verließ das Zimmer. Er kam sich wie ein Hund vor, der hinter einer läufigen Hündin her war. Verdammt wollte er sein, wenn er sich wie ein Tier aufführte wegen dieser rothaarigen Hexe. Sie soll zur Hölle fahren, dachte er wütend, während er sich auszog und allein zu Bett ging.

Ihr Rock war von Seide, grün wie das Gras,
Ihr Mantel aus Sammet fein,
Und die Mähne des Pferdes
Geschmückt mit fünfzig Silberglöckchen und neun.
Ballade, 15. Jhdt.

7. Kapitel

Elysia saß vor den großen, bleigefaßten Fenstern und schaute hinunter auf das graue, aufgewühlte Meer, dessen zornige Wellen mit mächtigem Rauschen gegen die Klippe donnerten. Weiße Gischtfontänen schossen wie riesige, außer Kontrolle geratene Springbrunnen in die Luft. Der Dauerregen seit ihrer Ankunft vor über einer Woche hatte endlich aufgehört und war einem dumpfen, bedeckten Himmel gewichen.

Elysia erschauderte und stand auf. Sie zog ihren Schal fester um sich und setzte sich auf einen blaugrün gestreiften Satinsessel vor das zischende Feuer. Die Scheite sprühten orangefarbene Funken und brannten strahlend hell im Kamin.

Von Lord Trevegne hatte sie bislang wenig gesehen. Nur beim Abendessen genoß sie das Privileg seiner Gesellschaft – ein Privileg, auf das sie nur allzu gerne verzichtet hätte. Die wenigen Stunden mit ihm waren entweder unerträglich durch seinen beißenden Sarkasmus und seine grausamen Bemerkungen, oder sie war ein Nervenbündel, weil seine kalten Augen sie durchdringend anstarrten. Sie wußte nicht, was von beidem schlimmer war.

Unglücklicherweise waren sie immer die einzigen bei Tisch. Es gab keine Schwester oder ein anderes Familienmitglied, mit dem sie sich hätte anfreunden können. Es gab nur einen jüngeren Bruder in London, der wahrscheinlich genau wie Lord Trevegne war. Warum nur hatte er keine große, herzliche Familie? Sie hätte sich in ihrem belanglosen Geplauder verlieren und vor seinem ständigen Mißfallen Schutz finden können. Vor versammelter Familie hätte er sich sicher nicht so auf sie konzentriert wie jetzt, da sie beide allein an dem langen Bankettisch dinierten, der mit Kristall und Silber, das im Schein der Kandelaber funkelte, gedeckt war.

Wodurch hatte sie ihn bloß so verärgert? Sie sah ihn doch nie so lange, daß sie etwas hätte tun können, was ihm mißfiel. Er strich durchs Haus wie ein Bär im Käfig und knurrte jeden an, der den Fehler beging, ihn anzusprechen. Selbst Dany war gegen seine üble Laune nicht immun.

Elysia seufzte niedergeschlagen und betrachtete ihr altes wollenes Kleid. Sie haßte es wie die Pest, aber ihre beiden anderen waren in genauso schlechtem Zustand und hoffnungslos altmodisch. Kein Wunder, daß Lord Trevegne ihren Anblick kaum ertragen konnte und sich immer abwandte, als würde ihm übel, wenn sie ihm vor die Augen kam. Dennoch hatte sie ihn einige Male dabei ertappt, wie seine goldenen Augen sie abschätzend musterten, bis er ihren Blick bemerkte und sie grimmig anstarrte, als wolle er sagen: Wage ja nicht, etwas zu sagen!

Elysia wandt sich vor Angst bei dem Gedanken, ihn um neue Kleider oder um Geld für etwas Stoff zu bitten, damit sie sich selbst etwas nähen könnte. Jedesmal wenn sie sich ein Herz fassen wollte, ließ sie der Gedanke an seinen unberechenbaren Jähzorn verstummen.

Dany war sehr gütig gewesen und hatte taktvoll ihr armseliges Aussehen ignoriert. Sie spürte, daß Elysia weder Mitleid noch milde Gaben akzeptieren würde. Elysia bemerkte aber auch die neugierigen Blicke der Dienerschaft und wußte, was sie im Dienstbotentrakt über sie flüsterten und klatschten. Die meisten Bediensteten waren besser gekleidet als die Herrin von Westerley – konnte man ihnen da verdenken, daß sie nicht wußten, was sie von ihr, Lord Trevegnes mittelloser junger Frau, halten sollten?

Elysia stand auf und lief gelangweilt in dem großen Raum auf und ab. Immer wieder mußte sie sich an die langen Tage harter Arbeit bei Tante Agatha erinnern – zugegeben, sie hatte sich nie gelangweilt, dazu war sie viel zu beschäftigt gewesen. Anscheinend war es ihr nicht vergönnt, irgendwann glücklich zu sein. Was stimmte denn nicht mit ihr? Würde Sie nie einen Mittelweg finden? Entweder arbeitete sie sich zu Tode, oder sie langweilte sich zu Tode. Sie müßte doch zumindest fähig sein, ihre Freizeit zu genießen, – aber dabei fehlte etwas Entscheidendes, nur was? Gesellschaft?

Elysia hatte festgestellt, daß in Westerley alles tadellos funktionierte, wie das komplizierte Werk einer Uhr – und das wohl schon seit Jahrhunderten. Als Marquise wurde von ihr kaum mehr erwartet, als die Blumenarrangements auszusuchen und den Speiseplan abzusegnen, den Lord Trevegnes französischer Koch zusammenstellte. Und sie hatte noch nie Spaß daran gehabt, sich stundenlang der damenhaften Beschäftigung von Sticken und Handarbeiten hinzugeben. Dabei schwirrten ihre Gedanken in alle Richtungen, und ihre Stiche taten leider dasselbe. In Westerley hatte sie zwar keine körperlich anstrengende Arbeit zu erledigen, aber sie existierte immer noch in diesem Niemandsland. Sie war kein Teil von etwas und gehörte nirgendwo hin. Dany hatte sich mit ihr angefreundet, aber sie war mit ihren zahllosen Aufgaben beschäftigt, die ein so großer Haushalt erforderte, den sie nun schon seit fast zwanzig Jahren regierte. Und in einem Haus, das so groß war wie Westerley mit einer Armee von Bediensteten, überließ Elysia die Organisation nur allzu gern Dany – auch wenn die Haushälterin sie als neue Herrin akzeptierte und sie bei allen größeren Problemen oder Entscheidungen zu Rate zog. Elysia verstand, warum Lord Trevegne diese kleine Frau liebte; sie war wirklich ein Juwel.

Aber nein, sie würde keine trüben Gedanken dulden. Sie war hier glücklich. Und wer wäre das nicht in diesem wunderschönen Haus? Und das Meer – die seltsam verlockende, aber brutale See, die sie jede Nacht in den Schlaf wiegte mit dem monotonen Lied der Brandung. Jede Nacht, wenn sie wach im Bett lag und ihren Mann nebenan in seinem Zimmer hörte und sich fragte, ob er heute nacht zu ihr kommen und seine Rechte fordern würde. Das war der eigentliche Grund für ihre Unruhe, ihre größte Sorge. Wäre da nicht diese ständige Angst gewesen, dann hätte sie hier auf Westerley wirklich glücklich sein können.

Elysia nahm ein zartes kleines Väschen, das mit einem Blumenmuster aus kleinen weißen und rosa Muscheln beklebt war, in die Hand. Der ganze Salon erinnerte ans Meer mit den dominierenden Grün- und Blautönen verschiedenster Schattierung, die sich mit der Vergoldung der Möbel mischten. An schönen Sommertagen war das Zimmer sicher lichtdurchflutet, dank der vielen Fenster, die bis zum Boden reichten. Sie konnte sich genau vorstellen, wie das Zimmer aussehen würde, getaucht in die Strahlen der untergehenden Sonne, die das Rot und Blau und Gold der Orientteppiche glühen ließ. Die Gobelins an den Wänden würden zum Leben erwachen, an Tiefe gewinnen und die Illusion von Leben verbreiten. Aber heute in den düsteren Schatten des Winters, und verzweifelt wie sie war, erschien es kalt und streng.

Alle anderen Zimmer auf Westerley waren genauso prächtig eingerichtet. Der uralte Besitz war auf den Ruinen einer Normannenfestung erbaut, die einst das eroberte Land vor Eindringlingen schützte. Dany hatte Elysia überall herumgeführt, und sie war überrascht gewesen von der Größe und Pracht des Anwesens. Sie hatte nicht geahnt, daß Lord Trevegne so reich war. Sie hatte natürlich vermutet, daß er nicht gerade am Hungertuch nagte, das war schon an seinen feinen Kleidern, der eleganten Kutsche, den prächtigen Pferden und dem Hofstaat livrierter Diener zu erkennen gewesen. Außerdem war er so selbstsicher, daß er einfach reich sein mußte. Seine Arroganz und seine Eleganz waren die unmißverständlichen Attribute eines vermögenden Mannes.

Elysia hatte den goldenen Salon gesehen mit all seiner goldenen Pracht und den Queen-Anne-Möbeln, den roten Empfangsraum, der aussah wie eine verführerische Lady mit einer Rubinparure – die dunklen Rottöne setzten sich prachtvoll vom glänzend polierten alten Mahagoni ab. Es gab einen Speisesaal, der champagner- und roséfarben gehalten war, mit einem Tisch, an dem hundert Personen Platz fanden, der sich aber vergleichsweise bescheiden neben dem Bankettsaal ausnahm, in dem sicher bis zu fünfhundert hungrige Gäste Platz fanden, aber jetzt sehr selten, wenn überhaupt benutzt wurde.

Elysias Lieblingszimmer war der Morgensalon mit Fenstern nach Osten, damit man an klaren Tagen die aufgehende Sonne genießen konnte. Die sahnegelben Kissen und Vorhänge waren wie ein Spiegelbild der Sonnenstrahlen, die an schönen Tagen ins Zimmer fielen, und Elysia hatte manchmal das Gefühl, Butter und Honig würden von den Wänden strömen.

Sie wußte nicht mehr, wie viele Salons und Schlafzimmer es in den verschiedenen Flügeln des Hauses gab. Jedes Zimmer war sorgsam und elegant eingerichtet, so daß jeder Gast das Privileg hatte, in einem Bett mit Seidenhimmel oder unter einer zierlich bemalten Decke zu schlafen.

Sogar der Dienstbotentrakt war bestens in Schuß, gepflegt und anständig geheizt und belüftet, je nachdem, ob es Sommer oder Winter war, ein himmelweiter Unterschied zu den schäbigen, stikkigen Dienstbotenzimmern in Graystone Manor.

Aber ihre größte Entdeckung auf ihren Forschungsgängen vom Keller bis zum Speicher, vom Westflügel zum Ostflügel, nachdem sie alle prachtvollen Zimmer gesehen und zahllose Treppen in dem riesigen Haus erklommen hatte, das teilweise noch aus der Zeit vor

Königin Elizabeth stammte, war Lord Trevegnes gutbestückte Bibliothek mit den Wänden voller Bücherregale und der Wendeltreppe, die sich zu einem kleinen Raum mit großen, bequemen Stühlen hochwand. Ein breites Fenster erstreckte sich bis zum Boden, durch das reichlich Licht zum Lesen strömte. Elysia hatte diese Schatzkammer erst vor ein paar Tagen entdeckt, und jetzt verbrachte sie die meiste Zeit damit, die schön gebundenen Bände zu lesen, die sie aus den Regalen nahm. Morgens las sie im Bett, bis man ihr Frühstück brachte, denn sie wachte immer noch früh auf, da sie nach den Jahren bei Tante Agatha verlernt hatte, faul im Bett liegenzubleiben. Später am Tag saß sie dann still auf der kleinen Galerie über der Bibliothek, sehr darauf bedacht, außer Sichtweite zu scharfer Augen zu sein.

Elysia hatte der Luxus des Lesens fast so sehr gefehlt wie das Reiten. Lesen war die einzig ruhige Beschäftigung, die sie wirklich genoß. Agatha hätte es ihr sicher verboten, wenn sie dazu bei ihr Gelegenheit gehabt hätte. Agatha war überzeugt, daß Bücher ein Werk des Teufels waren und eine Zeitverschwendung – sie setzten den Leuten nur unnötige Flausen in den Kopf, die gar nicht schicklich waren.

Aber jetzt konnte Elysia nach Herzenslust alle Bücher, die sie wollte, lesen. Nie zuvor hatte sie eine so große Auswahl Bücher gesehen, und viele von ihnen würde man natürlich als sehr unschicklichen Lesestoff für junge Mädchen betrachten. Aber Elysia hatte zusammen mit ihrem Bruder Ian einen Hauslehrer geteilt, und deshalb war sie weit gebildeter als andere Frauen. Sie hatte nicht nur die griechischen Klassiker gelesen, sondern auch viele populäre Romane des achtzehnten Jahrhunderts, wie zum Beispiel Robinson Crusoe, Gullivers Reisen und sogar Fieldings Tom Jones.

In Lord Trevegnes Bibliothek fand sie all ihre Lieblingsbücher, einschließlich der gesammelten Werke Shakespeares und die jungen modernen Romantiker: Byron, Coleridge, Keats und Shelley, die gerade erst öffentliche Anerkennung fanden. Sie war überrascht und aufgeregt gewesen, als sie diese Romantiker in Lord Trevegnes Bibliothek entdeckte. Er war schließlich, wie er selbst zugab, ein Zyniker, aber wie Elysia annahm, mußte wohl auch er Zugeständnisse machen, um den Bestand seiner Bibliothek zu vervollkommnen. Außerdem kannte er sie alle persönlich und mußte sie schon um der Freundschaft willen hier aufstellen – besonders da die Bücher alle mit persönlichen Widmungen der Autoren für den Marquis versehen waren.

Elysia lehnte ihre Stirn an die kalte Scheibe und fragte sich, wo Lord Trevegne wohl heute morgen war. Mit einem Schulterzucken nahm sie den schmalen Band Liebessonnette von Shakespeare, setzte sich vor den Kamin und begann zu lesen. Die Tür ging auf, und Dany segelte herein, die Haushaltsschlüssel klimperten an ihrem molligen Bauch.

»Ach, da seid Ihr ja, Lady Elysia. Ihr habt Eurer Frühstück heute morgen gar nicht angerührt, und ich dachte, wir kriegen endlich wieder ein bißchen Fleisch auf diese Knochen.«

»Ich hatte heute früh keinen Appetit, Dany«, erwiderte Elysia und schloß ihr Buch, ohne einen einzigen Blick auf die gedruckten Worte geworfen zu haben.

»Na, dann werden wir Euch ein besonders gutes Lunch zubereiten müssen, was?« sagte Dany und musterte besorgt das blasse Gesicht ihrer jungen Herrin.

»Haben Sie Lord Trevegne gesehen?« fragte Elysia scheinbar desinteressiert und strich eine Falte in ihrem Kleid glatt, wodurch sie die Erleichterung in Danys Augen verpaßte, als dieser klar wurde, was Elysia bedrückte – zumindest war es nichts Körperliches.

»O ja, heute ganz früh am morgen, und geknurrt hat er wie ein Bär, der aus dem Käfig will«, sagte sie vorwurfsvoll und strich dabei mit dem Finger über den Kaminsims, um zu sehen, ob auch gut staubgewischt war. »Und froh bin ich, daß er fort ist.«

»Wohin ist er denn?« fragte Elysia überrascht.

»Reitet irgendwo auf seinem Besitz herum mit diesem großen, schwarzen Teufel von Pferd.«

»Er ist also ausgeritten?« fragte Elysia voller Neid und wünschte, sie könnte auch auf einem so kräftigen Pferd wie dem Rappen von Lord Trevegne durch die kühle Morgenluft reiten.

»So ein bösartiges Tier gibt's kein zweites Mal! Dank dem Herrn in seiner grenzenlosen Gnade, daß ihn dieses Teufelsroß noch nicht umgebracht hat!« schimpfte Dany.

»O Dany«, kicherte Elysia. »Es ist ein wunderschönes Pferd. Und dieses eine Mal wünschte ich, ich wäre bei Lord Trevegne, der jetzt gerade dieses Pferd reitet.« Sie wurde rot, als sie an Danys seltsamem Gesichtsausdruck merkte, wie unziemlich diese Worte waren.

Ein Diener öffnete die Tür zum Salon und verkündete, daß Lady Trevegnes Koffer und Gepäck aus London angekommen wären. Elysia war von dieser Nachricht sehr überrascht und sah Dany fragend an.

»Aber ich hab' doch gar kein Gepäck, Dany. Das muß ein Mißverständnis sein.«

»Wir sollten uns die Sachen aber auf jeden Fall einmal ansehen«, sagte die ältere Frau ganz ruhig und führte die protestierende Elysia aus dem Zimmer.

Drei riesige Schrankkoffer und mehrere Schachteln und Taschen stapelten sich in ihrem Zimmer, als sie und Dany es betraten.

»O Dany, das ist sicher ein Irrtum – die sind für Lord Trevegne – nicht für Lady Trevegne«, sagte Elysia nervös und versuchte, die Erregung zu unterdrücken, die sie angesichts dieser sehr feminin aussehenden Schrankkoffer in hellblau und der spitzenbesetzten Hutschachteln befallen hatte. Vielleicht waren sie tatsächlich für sie, aber wie war das möglich, da niemand Maß genommen hatte und keine Schneiderin eine Anprobe für neue Kleider gemacht hatte?

Lucy, die Zofe, die Dany für Elysia ausgesucht hatte, öffnete gerade die großen Schrankkoffer und kreischte aufgeregt, als eine Reihe wunderschöner, durchsichtiger Kleider in allen Regenbogenfarben zum Vorschein kam.

»Oooh! Euer Ladyschaft!« rief Lucy voller Ehrfurcht und zog ein spinnwebfeines weißes Spitzenkleid heraus, dessen Schleppe Lucy wie eine Wolke umhüllte, als sie es vorsichtig aus der Enge des Koffers zog.

»Exquisit«, hauchte Elysia und berührte das zarte Gewebe, »aber, kann das wirklich für mich sein?« Sie drehte sich mit geradezu flehendem Blick zu Dany um.

»Aye, sie sind für Euch, meine Liebe«, erklärte Dany und öffnete einen weiteren Koffer voller Samt und Satinkleider. Sie griff hinein und zog einen flaschengrünen Mantel heraus, hochtailliert und mit feurig rotem Fuchspelz verbrämt, mit passendem Hut und einer breitkrempigen Schute, ebenfalls pelzbesetzt.

»Aber, wie können diese Kleider für mich sein? Es hat doch nie jemand Maß genommen, wie können sie mir denn dann passen?« fragte Elysia und zog die geborgten Slipper aus, die Dany ihr besorgt hatte. Ihre alten Holzschuhe hatten Dany zutiefst erschüttert, als sie Elysia damit im Salon gesehen hatte. Elysia steckte ihren schmalen Fuß in einen jadegrünen Lederslipper, der ihr perfekt paßte. Lucy begann, die Kleider in den Schrank zu hängen. Ihre anderen beiden Kleider wurden von Lucy mit verächtlich gerümpftem Stupsnäschen aus dem Schrank verbannt.

»Sie werden alle perfekt passen«, behauptete Dany, während sie beobachtete, wie Elysia den grünen Slipper bewunderte, »weil ich die Maße von Euren alten Kleidern und Schuhen genommen habe.«

»Dany – Sie haben das getan? Sie haben all die Sachen besorgt, für mich?« Elysia rannte zu der kleinen Frau und umarmte sie impulsiv, wobei sie eine puderblaue Samtrobe ganz zerdrückte, die Dany gerade ausschüttelte.

»Nun, ich hab' nur die Maße dafür besorgt. Euer Gatte, Lord Alex, hat die Sachen bestellt – und er hat sehr genaue Anweisungen gegeben. ›Helle Farben‹, hatte er gesagt, ›viele Grün- und Goldtöne. Besorgt alles, was sie für eine komplette Garderobe braucht.‹ O ja, Lord Alex wußte genau, was er wollte. Und nur das Beste war gut genug.« Dany grinste die erstaunte Elysia stolz an, wie ein pausbäkkiger Zauberer, der sich über seine eigenen Kunststücke freut.

»Lord Trevegne hat sie für mich in London bestellt?« rief Elysia und ließ ein hauchdünnes weißes Nachthemd fallen, als hätte sie sich daran die Finger verbrannt. Er hatte all diese Kleider für sie bestellt, und das in so kurzer Zeit! Er hatte wohl alle Schneiderinnen Londons Tag und Nacht durcharbeiten lassen, damit die Garderobe fertig wurde – und wie teuer das alles gewesen sein muß, dachte Elysia, als sie die im Zimmer verstreuten Kleider betrachtete. Morgentoiletten, Kleider für den Nachmittag, Kleider für Spaziergänge, jeweils mit passenden Schuhen und Hüten, mit Umhängen und den feinsten Unterkleidern und außerdem Batistnachthemden und Wäsche. Dany öffnete einen weiteren Schrankkoffer, aus dem ein buntes Ballkleid mit einer Rüsche aus türkisfarbenem Satin und ein meergrünes Kleid, das über und über mit funkelnden Straßsternen bestickt war, zum Vorschein kam. Dahinter lugten die Röcke anderer Kleider hervor, ein Kaleidoskop von Farben und Stoffen.

Elysia sah sich all die wunderschönen Kleider an, die auf dem Bett ausgebreitet waren und konnte sich jetzt, da sie die Wahl hatte, nicht entscheiden, was sie anziehen sollte. Plötzlich entdeckte sie ein dunkelgrünes Samtkleid und nahm es aufgeregt an sich.

»Und, was werdet Ihr tragen, Lady Elysia?« fragte Dany und zeigte ihr ein herrliches violett gemustertes Musselinkleid für den Morgen mit langen schmalen Ärmeln und gestuften Rüschen am Saum. »Das ist doch ein bildschönes Kleid.«

»Nein, ich werde das hier anziehen«, sagte Elysia entschlossen und hielt das Reitkostüm hoch. »Ich werde ausreiten!«

»Lady Elysia!« Dany schien für einen Moment schockiert zu sein. »Ihr könnt doch nicht auf einem von Lord Alex' Pferden ausreiten. Er gestattet niemandem, außer Peter oder einigen seiner engsten Freunde, sie zu reiten«, rief sie entsetzt.

»Ich kann genausogut, wenn nicht besser als jeder Mann reiten, und ich bin Lady Trevegne, ich habe das Recht dazu«, versetzte Elysia bockig. Jetzt war sie zum ersten Mal dankbar dafür, daß sie Lady Trevegne war und zur Abwechslung mal etwas unternehmen konnte, was ihr Spaß machte. »Was kann mir Lord Trevegne denn schon antun? Ich bin schließlich seine Frau, oder etwa nicht?« fragte sie hochmütig die beiden stummen Frauen, die sie voller Ehrfurcht, aber auch etwas besorgt ansahen.

»Helft mir beim Anziehen, Dany«, befahl Elysia und knöpfte ihr altes Kleid auf. »Bitte«, fügte sie mit flehendem Blick hinzu, aber das Grübchen in ihrem Mundwinkel zuckte fröhlich.

»Sehr wohl, Lady Elysia. Ich kann Euch nichts abschlagen, wenn Ihr mich so anschaut. Den Teufel selbst könntet Ihr damit verführen, und vielleicht werdet Ihr das jetzt auch«, prophezeite sie ahnungsvoll und half Elysia in das hervorragend geschnittene Reitkostüm, das sich wie eine zweite Haut um ihre Schultern legte. Elysia quietschte vor Freude, als Dany ein Paar Reitstiefel aus den Tiefen eines Schrankkoffers zog. »Glauben Sie, die passen?« fragte sie und ließ sich in eine ziemlich würdelose Position aufs Bett fallen. Sie kämpfte sich in die Stiefel, dann stolzierte sie triumphierend im Zimmer auf und ab und sagte grinsend: »Perfekt!«

»Und hier ist Euer Hut.« Dany mußte wider Willen lächeln, als sie das lächerlich kleine Hütchen mit der lavendelblauen Feder keß auf Elysias Kopf setzte. »So, das hätten wir. Jetzt seid Ihr ausstaffiert, nur wofür, möchte ich lieber nicht wissen«, sagte sie resigniert. Sie war fest davon überzeugt, daß Elysia das Unheil herausforderte.

Elysia betrachtete sich kritisch in dem großen Toilettenspiegel, aber sie konnte keinen Makel an der großen, schlanken Gestalt mit dem dunkelgrünen Samtkleid, dem kleinen Zylinder mit der Feder und den grün geschnürten Stiefelchen finden. Sie erkannte sich selbst kaum wieder ohne ihre Lumpen. Elysia konnte sich ein befriedigtes Lächeln nicht verkneifen, als sie sich umdrehte und die bewundernden Blicke von Dany und Lucy sah, die mitten in den bunten Kleidern standen, die wie Frühlingsblumen auf einer Wiese im Zimmer verstreut waren.

»Ich werde jetzt aufbrechen«, verkündete sie und stolperte kichernd über die Kante eines Schrankkoffers, als sie nach einem Paar Handschuhe griff. Elysias glockenhelles Lachen hallte durch das Zimmer, und Lucy und Dany sahen sich besorgt an. Aber keine wagte es, ihre Ängste über das überstürzte Handeln ihrer Herrin in Worte zu fassen.

Elysia lief die große Treppe hinunter und stürmte frech durch die Flügeltür am Eingang, sehr zum Entsetzen von Browne, der gerade mit einem Tablett frischpolierter Kristallgläser durch die Halle humpelte. Elysia rief ihm einen fröhlichen Gruß zu, und ihre tanzende lavendelblaue Feder war das letzte, was Browne von ihr sah.

Sie holte tief Luft und sog die würzige Brise ein, die vom Meer her wehte. Elysia konnte die tobende Brandung sehen, als sie auf die Ställe zuging und das gedämpfte Wiehern der Pferde hinter den breiten Stalltüren hörte. Sie beschleunigte voller Vorfreude ihre Schritte.

Elysia betrat den Stall und beobachtete schweigend das geschäftige Treiben der Stalljungen und Pferdeknechte. Sie sah, wie makellos sauber der Stall trotz der vielen Boxen war. Da der Stall so groß war, würde sich doch sicher ein Pferd finden, das sie reiten konnte, ohne daß Lord Trevegne dagegen Einwände hatte. Sie schaute sich um, in der Hoffnung den Stallmeister zu sehen, und entdeckte einen kleinen, drahtigen Mann, der in der Mitte einer leeren Box stand. Er gab gerade einigen Stallburschen, die aufmerksam zuhörten, Befehle. Elysia ging entschlossen und mit energisch vorgeschobenem Kinn auf den Mann zu.

»Verzeihung, aber ich möchte ein Pferd«, sagte sie mit hochmütiger Stimme. Sie hatte beschlossen, daß es das Beste war, gleich autoritär aufzutreten, obwohl sie innerlich zitterte. Der kleine Mann drehte sich überrascht um.

Elysia trat erschrocken einen Schritt zurück, und sie klappte den Mund mehrmals auf und zu, ehe sie endlich kaum hörbar herausbrachte: »Jims!«

Der grauhaarige Mann rieb sich mit dem Handrücken über die Augen und starrte fassungslos die grünbekleidete Gestalt an. »Miss Elysia?«

»O Jims, bist du's wirklich?« fragte Elysia und starrte den kleinen Mann an, als hätte sie Angst, er könnte sich in Luft auflösen.

»Miss Elysia. Es ist eine Wohltat, Euch zu sehen«, sagte er mit erstickter Stimme und verdächtig glänzenden Augen. »Ich hab' schon gedacht, ich würde Euch nie wiedersehen.«

Elysias Lächeln war etwas zittrig. »Was machst du denn hier, Jims?«

»Aber ich arbeite hier, Miss Elysia. Ich bin der Stallmeister, und einen besseren Stall werdet Ihr in ganz England nicht finden«, sagte er stolz.

»Wenn du ihn führst, wäre das in der Tat ein Wunder«, sagte Elysia und sah sich erstaunt um.

»Na ja, Seine Lordschaft hat aber auch ein Auge für gute Zuchtlinien. So was hab' ich nie erlebt – außer vielleicht bei Eurem Papa, Miss Elysia«, sagte er ehrfurchtsvoll. Seinem ersten Arbeitgeber und Freund hielt er immer noch die Treue. »Aber wie kommt Ihr hierher? Seine Lordschaft hat erst vor kurzem geheiratet, was für uns alle eine große Überraschung war, wir haben gedacht, er bleibt sein Lebenlang Junggeselle. Seid Ihr hier auf Besuch?«

»Nein, Jims. Ich wohne jetzt hier – ich bin nämlich die neue Lady Trevegne.«

Jims starrte sie fassungslos an. »Ihr seid mit Seiner Lordschaft verheiratet, Miss Elysia?« Er runzelte seine wettergegerbte Stirn. Er kannte den Ruf seiner Lordschaft und war sich sicher, daß Miss Elysias Eltern mit dieser Heirat nicht einverstanden gewesen wären, obwohl er fand, daß seine Lordschaft das Herz am rechten Fleck hatte und immer fair spielte.

»Ja, Jims, das bin ich«, erwiderte Elysia etwas überrascht, daß Jims es anscheinend nicht weiter beunruhigend fand, daß sie mit dem Marquis verheiratet war.

»Ich bin richtig froh, daß Ihr aus dem Haus von diesem Weib weg seid«, sagte er, spuckte und schob das Stück Kautabak in die andere Backe. »Bei allem Respekt, Miss Elysia, aber der hab' ich nie über den Weg getraut. Sie hat Euch doch gut behandelt, oder?« fragte Jims mit bedrohlichem Gesicht bei dem Gedanken, daß jemand seine Miss Elysia schlecht behandeln könnte.

»Das ist jetzt alles vorbei, Jims, und ich werde sie nie wiedersehen«, erwiderte Elysia. Sie wollte nicht erklären, was sie alles hatte durchmachen müssen.

»Ich kann einfach nicht glauben, daß ich jetzt wieder für Euch arbeite. Das muß Schicksal sein, daß Ihr jetzt hier seid, Miss Elysia.« Er warf einen kurzen Blick auf die Burschen, die die Box schrubbten, und fügte dann zögernd hinzu: »Seine Lordschaft ist nicht direkt wie Euer Vater, Miss Elysia, aber tief in seinem Innersten ist er ein guter Mensch. Er behandelt seine Pferde gut und nimmt nie eine Peitsche. Alle Menschen, die Pferde lieben, sind gute Menschen«, sagte er, was einer Zustimmung zu ihrer Ehe gleichkam. »Manchmal ist er ein bißchen seltsam, aber er ist immer ehrlich.«

Elysia stimmte ihm insgeheim zu. Sie war wirklich mit einem seltsamen Mann verheiratet, aber, ob das nun Schicksal war oder einfach nur Pech, das wußte sie nicht. Jetzt war es ohnehin zu spät, etwas zu ändern, und allmählich begriff sie, daß sie jetzt wahrhaftig Lady Elysia Trevegne war, Lord Trevegnes Gattin. Vor dieser Tatsache gab es kein Entrinnen – sie würde damit leben müssen.

»Ihr wollt also ausreiten, was, Miss Elysia?« fragte Jims hocherfreut, daß sein liebstes Protegé wieder unter seinen Fittichen war. »Ja ja, ich sehe das Funkeln in Euren Augen«, sagte er kichernd.

»Wenn du wüßtest, wie lange ich darauf gewartet habe, wieder zu reiten, Jims«, sagte sie und folgte ihm zu den Boxen.

»Ihr seid also schon lange nicht mehr so richtig ausgeritten? Keine anständigen Pferde im Haus, was?« fragte Jims verständnisvoll. Er wußte, daß kein anderer Stall seinen Ansprüchen an Pferde gerecht werden konnte – genausowenig denen Miss Elysias.

Elysia lachte. »Ein anständiges Pferd zu finden, war die geringste meiner Sorgen, Jims. Um ehrlich zu sein, es gab gar keine Sattelpferde. Nur ein paar alte Schindmähren, die eine altmodische Kutsche gezogen haben.«

»Ihr seid überhaupt nicht geritten?« krächzte Jims entsetzt. »Der Himmel stehe der Frau bei – sie hat Euch nicht reiten lassen. Wohl, wohl, das ist ein richtig böses Weib«, schimpfte er.

Elysia lächelte. Wenn er auch nur die Hälfte von dem wüßte, was Agatha ihr angetan hatte...

»Und hat der Marquis gesagt, Ihr sollt ein bestimmtes Pferd reiten?« fragte er und ließ sie dabei nicht aus den Augen.

»Nein, um ehrlich zu sein – ich habe Seine Lordschaft nicht um Erlaubnis gebeten«, gestand Elysia wahrheitsgetreu.

»Das habt Ihr nicht, was?« fragte er und rieb sich das Kinn. »Ja, also ich weiß nicht, ob ich Euch dann lassen sollte, Miss, äh, Lady Elysia. Er ist sehr eigen, wenn's darum geht, wer seine Pferde reiten darf.«

»Jims!« rief Elysia vorwurfsvoll. »Du weißt doch wirklich am besten, daß ich besser reite als jeder Mann. Mit dir und Vater hatte ich die beiden besten Lehrer im Land.«

»Ja, das hattet Ihr wirklich«, stimmte ihr Jims voller Stolz zu. Er war sich ihrer Reitkünste sehr wohl bewußt, die sie zum Teil von ihm gelernt hatte.

»Ich will reiten, Jims. Ich kann einfach nicht mehr warten, und außerdem ist Lord Trevegne irgendwo auf seinem Besitz unterwegs. Es kann bis Mittag dauern, bis er zurückkommt, oder noch länger. O bitte, Jims. Ich reite auch irgendeine alte Stute, wenn nichts anderes verfügbar ist«, fügte Elysia verzweifelt hinzu.

Jims richtete sich zu seiner vollen Größe von einem Meter fünfzig auf. »Also wirklich, Miss – äh, Lady Elysia«, verbesserte er sich, er konnte sich noch nicht so recht an ihren neuen Titel gewöhnen, »Ihr solltet mich wirklich besser kennen. Ich würde Euch doch nie auf etwas anderes als das allerbeste, was der Stall zu bieten hat, setzen.«

»Ich weiß, daß du es nicht gern tust... aber wenn es sonst keine Möglichkeit gibt – du weißt doch, daß mir das immer noch lieber wäre, als dich in Schwierigkeiten zu bringen, Jims«, erwiderte Elysia beschwichtigend.

»Na, dann sehen wir doch mal, was wir für Euch finden können«, sagte er und musterte einige Pferde, deren Fell wie Seide glänzte. Elysia hätte nur zu gern eines von ihnen geritten, aber er blieb nicht stehen. Ihr Mann hatte wirklich einen ausgezeichneten Geschmack, was Pferde betraf, das mußte sie zugeben, als sie ein Spitzenpferd nach dem anderen passierten. Jims würde doch sicherlich ein Reitpferd für sie finden, dachte sie besorgt, als sie zur letzten Box kamen – eine, die abseits von den anderen stand.

»Also, ich weiß nicht, ob Euch der hier gefallen wird, aber Ihr könnt ihn ja mal versuchen, wenn Ihr wollt«, sagte Jims mit zweifelndem Gesichtsausdruck.

Elysia schaute in die Box voller Neugier, was Jims für sie ausgesucht hatte, und ihr stockte der Atem, als sie die geschmeidigen, muskulösen weißen Flanken sah.

»Ariel!« rief Elysia, riß die Tür auf und rannte auf das große Pferd zu, das sich beim Klang ihrer Stimme umgedreht hatte. Er erkannte sie, schmiegte leise wiehernd seinen Kopf an ihren Hals und schnaubte.

»O Ariel, Ariel«, murmelte Elysia, und Tränen liefen ihr übers Gesicht. Sie rieb seine samtige Nase und schlang die Arme um seinen muskulösen Hals.

»Wie ich sehe, habt Ihr beide Euch nicht vergessen«, unterbrach sie Jims schließlich mit verdächtig belegter Stimme.

Elysia ließ Ariel los und drehte sich zu dem kleinen Mann um. Tränen der Dankbarkeit schimmerten in ihren grünen Augen. Sie drückte ihn impulsiv an sich, küßte seine ledrige Wange, weil ihr die Worte fehlten, ihm zu danken. Ariel stupste sie in den Rücken und forderte mit leisem Wiehern ihre Aufmerksamkeit. Sie wandte sich ihm wieder zu und flüsterte ihm leise ein paar Worte ins Ohr.

»Wohl, Ihr beide gehört zusammen, und keinen anderen hat er auf seinen Rücken gelassen – nicht einmal Seine Lordschaft, und der kann wirklich gut mit Pferden umgehen, so wie ich's selten gesehn hab'. Aber der alte Ariel hat ihn nicht an sich herangelassen – zwei Jahre ist das jetzt her. Aber der Marquis hat trotzdem nicht zugelassen, daß er getötet oder verkauft wird. Er hat gesagt, er wäre ein zu schönes Tier, um ihn aus dieser Welt zu befördern, auch wenn er offensichtlich ein Pferd sei, das nur einen Herrn anerkennt. Und weil er gesehen hat, daß ich ihn kenne und für ihn sorgen kann, hat er dem Tier seinen Willen gelassen. Wir haben ihn als Deckhengst eingesetzt. Es gibt schon ein paar schöne Fohlen, und seine Lordschaft ist sehr stolz auf sie.«

»Ich kann es einfach nicht glauben«, stammelte Elysia unter Tränen, »daß es mir vergönnt ist, euch beide wiederzusehen, dabei hatte ich schon geglaubt, die Vergangenheit wäre wirklich tot und nur noch von den Geistern der Menschen und Dinge, die ich geliebt habe, bevölkert.« Elysia seufzte. »Wenn du nur wüßtest, wie oft ich an dich und an Ariel gedacht und mich gefragt habe, was wohl aus euch geworden ist und ob Ariels neuer Eigentümer gut zu ihm ist. Und jetzt ist er hier – mein Ariel. Es ist so phantastisch, daß ich es kaum fassen kann.«

»So phantastisch nun auch wieder nicht – der Marquis hat schließlich und endlich den besten Stall in ganz England, es ist also gar nicht so seltsam, daß er Ariel sehen wollte, wo er doch so ein wunderbares Pferd ist«, erklärte Jims. »Aber ich muß zugeben, daß ich mir ziemliche Sorgen gemacht hab' an dem Tag, an dem wir nach London abgereist sind. Oh, dorthin zu kommen war kein Problem, aber bei der Auktion hab' ich richtig Schmetterlinge im Bauch gehabt. Ich wollte nicht von ihm getrennt werden, und da waren so viele junge Schnösel, die schnell mit der Peitsche zur Hand sind und ihn ganz gierig angeschaut haben. Ich hab' ja gewußt, daß er keinen von denen auf seinen Rücken läßt. Aber dann ist Seine Lordschaft aufgetaucht und hat ihn sofort gekauft. Er hat gesehen, wie ich vor der Auktion mit Ariel gearbeitet habe, und ihm hat mein Stil gefallen, und bevor ich mich's versehen hab', hat er mich angestellt. Und dann hab' ich Ariel hierher auf seinen Besitz gebracht. Ich hab' ihm erzählt, daß ich keine Referenzen bringen kann, weil mein letzter Arbeitgeber gestorben ist, aber er hat gesagt, alles, was er wissen müßte, hätte er gesehen, als ich mit dem Pferd gearbeitet habe.«

»Also warst du mit Ariel die ganze Zeit hier – in Sicherheit. Ich bin ja so erleichtert.« Elysia drehte sich wieder zu dem großen Pferd um und küßte es auf die Nase. »Weiß Lord Trevegne, daß Ariel mein Pferd ist – war?« fragte Elysia Jims.

»Ja also, als Ariel sich nicht hat von ihm reiten lassen, hat er mich gefragt, wer der Vorbesitzer war. Ich hab' ihm gesagt, es wäre eine Frau gewesen, und da hat er schief gegrinst und irgendwie verächtlich dreingeschaut und gesagt: ›Dann überrascht es mich nicht, daß er so schwierig ist.‹ Aber ein bißchen war er schon überrascht, daß eine Frau mit einem so großen Hengst fertig wird. Ich weiß noch, daß er gesagt hat, das müßte ja eine gefährliche Amazone sein. Was immer das ist. Und dann hat er keine Fragen mehr gestellt.«

»Eine Amazone hat er gesagt?« fragte Elysia seltsam betroffen. Sie verdrängte das Gefühl – was scherte es sie, was er von ihr dachte?

»Wie wär's mit einem kleinen Ausflug, Ariel? Ich wette, du hast dich genauso danach gesehnt wie ich in meinem Exil. In Ordnung, Jims?« Elysia sah ihn fragend an.

»Wohl, Miss Elysia, wir werden ihn satteln.«

Sie blieben an einer geschlossenen Box stehen, Jims öffnete sie und zeigte Elysia ein neugeborenes Fohlen mit feuchtem Fell, das auf sehr wackligen Beinen stand. Ariel schnaubte hinter Elysias Schulter, und die Stute, die schützend neben ihrem neugeborenen Fohlen stand, antwortete mit einem leisen Wiehern.

»Ihr braucht eine strenge Hand bei Ariel. Er spielt hier nämlich den stolzen Vater«, kicherte Jims.

»Das ist also eins von Ariels Fohlen«, hauchte Elysia leise. Sie hatte sich sofort in die niedliche Kreatur mit den staksigen Beinen verliebt.

Mit gemischten Gefühlen führte Elysia den tänzelnden Ariel in den Stallhof. Äußerlich waren sie dieselben geblieben, aber mit der Zeit hatten sie sich verändert. Ariel und sie gehörten nicht mehr wie früher zusammen. Sorglos waren sie damals über die Felder galoppiert, aber jetzt hatte Ariel eine Gefährtin – und sie, Elysia, gehörte zum Marquis.

Jims sattelte den Hengst, während die Stalljungen und Knechte mit offenem Mund zuschauten, wie der große, weiße Hengst, dem keiner zu nahe kommen durfte, sanft seine Nüstern am Gesicht der schönen Dame in Grün rieb.

Jims half Elysia beim Aufsitzen und warnte sie: »Übertreibt nicht, Miss Elysia. Ihr habt noch so viel Zeit, alles wieder aufzuholen, also versucht nicht, dem Wind davonzulaufen.«

Elysia winkte, als sie mit Ariel in gesetztem Trab den Hof verließ. Aber Jims konnte sie nicht täuschen, er wußte, daß sie dahinfliegen würden, sobald sie auf den Wiesen waren.

Elysia ritt in Richtung Osten. Sie galoppierte die Straße entlang, die Westerley mit dem Dorf St. Fleur und der Hauptstraße verband.

Auf einer Anhöhe hielt sie kurz an und schaute zurück auf das Haus mit dem H-förmigen Grundriß, wobei die große Halle den Mittelbalken des H bildete. Westerley dräute hoch über dem Meer auf einem Felsvorsprung. Die Flagge des Marquis flatterte im Wind und verkündete, daß er augenblicklich hier residierte – das Scharlachrot, Schwarz und Gold des Wappens strahlte vor dem trüben Himmel.

Elysia warf einen letzten Blick aufs Meer, dann galoppierte sie ungehemmt landeinwärts über die Moorwege und ließ sich den kühlen Wind ins Gesicht blasen. Das Goldorange und die verschiedenen Gelbtöne der Herbstlandschaft verschwammen zu einem Farbsee, so schnell trugen Ariels flinke Hufe sie dahin.

Sie sprangen mit einer fließenden Bewegung über eine Steinmauer und sprengten über die wogende Weite der Landschaft, Schlamm spritzte unter Ariels schweren Hufen auf. Sie fühlte sich so frei, so sicher auf dem vertrauten Rücken des großen weißen Pferdes, und sie wußte, daß der liebe Jims im Stall auf sie wartete. Fast fühlte sie sich wieder wie zu Hause bei einem frühen Morgengalopp, verfolgt von ihrem Bruder, der wie ein Besessener ritt, um sie einzuholen und sie mit einem Lächeln für ihren Leichtsinn strafte.

Beinahe konnte Elysia die Hufe hören, die hinter ihr hämmerten, und sie schaute sich unwillkürlich um und sah, daß ein Reiter im Begriff war, sie einzuholen. Einen kurzen Augenblick dachte sie, ihr Traum wäre mit der Wirklichkeit verschmolzen, aber dann erkannte sie das große schwarze Pferd und wußte, daß nicht ihr Bruder hinter ihr herjagte, sondern der Marquis. In Elysia kam Trotz auf, und Erregung rauschte durch ihre Adern. Sie gab Ariel die Sporen, und er beschleunigte mit wehender Mähne. Aber der Abstand zwischen ihr und Lord Trevegne wurde immer kürzer, bis er sie schließlich eingeholt hatte. Er beugte sich zu ihr und packte Ariels Zügel, sie wurden langsamer und blieben schließlich nebeneinander stehen.

»Hölle und Verdammnis! Was zum Teufel –« begann Trevegne

und verstummte, als er sah, wer der Reiter war. »Elysia!« rief er fassungslos, und seine Augen funkelten in seinem blassen Gesicht. »Was, zum Teufel, machst du auf diesem Pferd? Keiner kann ihn reiten. Er ist zu gefährlich.« Er beugte sich zu ihr und versuchte, sie aus dem Sattel in seine Arme zu ziehen, aber sie riß die Zügel zurück, Ariel ging rückwärts außer Reichweite und stieg mit bedrohlich ausschlagenden Hufen in die Höhe.

»Offensichtlich irrt Ihr Euch, Mylord, denn wie Ihr seht, sitze ich auf seinem Rücken«, erwiderte sie.

»Ja, das sehe ich wohl, aber wie, zum Teufel, du das fertiggebracht hast, ist mir ein Rätsel. Du könntest mit gebrochenem Hals auf dem Boden liegen!« sagte er grimmig und versuchte mühsam, sich zu beherrschen. Sein schwarzes Pferd scharrte nervös mit den Hufen, es spürte den Zorn seines Herrn.

»Es ist kein Geheimnis, Lord Trevegne, Ihr habt mich schließlich schon einmal als Hexe beschimpft, wenn ich mich recht erinnere. Ich setze also nur meine Zauberkräfte ein.« Elysia konnte es sich nicht verkneifen, ihn noch mehr zu reizen.

»Ich habe nicht angenommen, daß du diesen Vorfall vergißt, Elysia«, konterte er, und beide waren sich sehr wohl bewußt, was er damit meinte. Er mußte doch immer das letzte Wort haben, dachte Elysia erbost.

»Wie hast du ihn aus dem Stall gekriegt? Ich habe strikte Order gegeben, daß ihm niemand zu nahe kommen darf«, sagte er streng. Ihre Leistung war ihm wirklich ein Rätsel.

»Ich habe die volle Verantwortung übernommen, als ich das Pferd meiner Wahl satteln ließ«, erklärte sie schnell, damit man Jims keine Schuld zuweisen konnte.

»Verdammt, du hast kein Recht, meine Autorität zu untergraben. Mein Wort ist Gesetz. Daß Jims dir erlaubt hat, Ariel aus dem Stall zu holen, obwohl er die Gefahr kennt und weiß, daß ich es verboten habe! Er muß verrückt geworden sein, und ich werde...«

»Es bestand keinerlei Gefahr, und Jims hat das gewußt.«

»Keine Gefahr! Gütiger Himmel, wenn einer dieses Pferd kennt, dann Jims. Ich muß zugeben, daß du einen guten Sitz hast, aber der Hengst ist wirklich gefährlich. Jims ist ein Narr, daß er dich hat aufsitzen lassen. Mein Gott, er hat das Miststück trainiert und...«

»...und ich war seine Besitzerin«, gab Elysia leise zu und beobachtete die Überraschung in seinen goldenen Augen, die er jetzt für einen Augenblick direkt auf sie richtete.

»Er hat dir gehört?« fragte er ungläubig.

Der Marquis sah sie an, als wären ihr gerade Hörner gewachsen, dachte Elysia amüsiert. »Ja, Ariel hat mir gehört, bis ich gezwungen war, ihn versteigern zu lassen, zusammen mit allem anderen, was meine Familie besessen hatte. Nach dem Tod meiner Eltern mußte ich unsere Schulden bezahlen.«

Der Marquis musterte Elysias trotziges Gesicht aus nachdenklich zusammengekniffenen Augen. »Du warst also Ariels Besitzer. Jetzt weiß ich, warum er sich so stur und widerborstig aufführt. Er schlägt nach seiner Herrin, wenn er sich nicht reiten lassen will«, fügte er leise hinzu.

Elysia verschlug es den Atem bei diesem unverschämten Vergleich, und sie erwiderte giftig: »Wir sind eben beide sehr eigen, was unsere Vorlieben betrifft.«

»Wirklich tragisch für Euch, Lady Trevegne, nachdem ausgerechnet ich zufällig Euer liebender Ehegatte bin«, sagte er bedrohlich, beugte sich blitzschnell zu ihr und hob sie mit einer raschen Bewegung aus dem Sattel. Er drückte sie fest an sich und ließ sie schmerzlich seine Kraft spüren.

Elysia wehrte sich vergeblich und starrte ängstlich in sein zorniges Gesicht. Sie fürchtete, daß sie diesmal zu weit gegangen war.

»Dir liegt also nichts an meinen Zärtlichkeiten und meinen Küssen«, flüsterte er, und dann bemächtigte sich sein Mund ihrer Lippen und ließ sie spüren, wer hier der Herr war. Anfänglich schmerzte es, doch dann wurden seine Lippen nachgiebiger, drängten sich an die ihren, teilten sie und eroberten ihre Weichheit. Dieser sanfte, völlig andere Angriff war viel erschütternder als seine vorherige Brutalität. Er preßte sie an seine muskulöse Brust und küßte sie, bis er spürte, wie sich ihr Körper in seinen Armen entspannte und Elysia mit einem leisen Seufzer kapitulierte.

»Bist du sicher, daß du dich nicht nach meinen Küssen sehnst, Elysia?« hauchte er an ihrem zitternden Mund. Sie hielt die Augen fest geschlossen und weigerte sich, in seine goldenen Augen zu schauen, aus Angst vor dem Spott in ihnen. »Schau mich an, Elysia«, forderte er hartnäckig und schüttelte sie kurz.

Endlich öffnete Elysia die Augen und starrte in die seinen, in deren goldenen Abgründen sich ihr Haß auf ihn spiegelte.

»Eines Tages wirst du deine wahren Gefühle eingestehen, Elysia – ich werde dich dazu zwingen«, erklärte er arrogant.

Er ritt zu der Stelle, an der Ariel friedlich graste, hob Elysia zurück in den Sattel und lachte boshaft, weil sie so offensichtlich erleichtert war, endlich seinen Armen entronnen zu sein. Elysia warf ihm einen mörderischen Blick zu, wendete Ariel und galoppierte in Richtung Haus davon. Der Marquis folgte ihr und hielt mühelos Schritt.

»Ariel ist schnell, Elysia, aber Sheik ist schneller.« Er grinste über ihr grimmig vorgeschobenes Kinn, aber die Warnung in seiner Stimme war unmißverständlich.

Es gelang ihr trotzdem, ihm ganz gelassen zu antworten. »Sheik ist ein schönes Pferd, und höchstwahrscheinlich ist er auch schneller als Ariel. Aber Ariel hat Ausdauer, könnt Ihr das von ihm auch behaupten?«

»Ich kann ihn hart fordern. Er kommt nur selten ins Schwitzen, und die Luft geht ihm auch nicht so schnell aus. Wie ich sehe, hast du einen guten Reitlehrer gehabt. Jims war sicher schon seit deiner Kindheit bei euch im Stall. Ich muß wirklich zugeben, daß ich selten einen besseren Sitz als deinen gesehen habe, meine Liebe«, gestand er, als er Elysia beim Reiten beobachtete.

»Ja, Jims war ein wunderbarer Lehrer, genau wie mein Vater. Aber ich danke Euch für das Kompliment, Mylord«, erwiderte Elysia verwirrt von diesem Lob. Dann fügte sie zögernd hinzu: »Ich habe auch bemerkt, daß Ihr Sheik wunderbar unter Kontrolle habt.«

Der Marquis lachte lauthals, es schien ihn wirklich zu amüsieren. »Das ist das erste Kompliment, das mir meine Frau gemacht hat. Ein wirklich historischer Augenblick. Ich muß nicht nur feststellen, daß meine Frau fast besser reitet als ich und das auf einem Pferd, das kein anderer besteigen kann, sondern auch noch erfahren, daß ihre giftige Zunge Süßholz raspeln kann, wenn sie will.«

Elysia warf ihm einen grimmigen Blick zu, aber er lachte weiter und ignorierte ihre bitterböse Miene. Sie ritten weiter auf das große Haus zu, in dessen bleigefaßten Fenstern sich in der Ferne das Licht der blassen Morgensonne spiegelte, die sich tapfer bemühte, den bewölkten Himmel zu erobern.

Elysia seufzte vor Ehrfurcht beim Anblick von Westerley und merkte nicht, wie genau Lord Trevegne sie beobachtete, bis er interessiert fragte: »Findet mein Zuhause wirklich Gefallen in deinen Augen? Die meisten sagen, es wäre zu abgeschieden und trist, und man könnte hier keinen längeren Aufenthalt schadlos überstehen.«

»Es ist abgeschieden, aber ich habe immer auf dem Land gelebt und in noch weniger bevölkerten Gebieten als hier. Ich mag das weite, offene Land viel lieber als das beengte, laute Leben in der Stadt.«

»Das hat auch gewisse Vorteile, wie zum Beispiel die vielen Möglichkeiten, sich zu amüsieren, die nur das Leben in London bieten kann.«

»Ja, ich bin mir sicher, daß Ihr alle Möglichkeiten dazu ausgeschöpft habt, Mylord«, versetzte Elysia spitz. »Aber wenn man sich nur eine Art von Leben leisten kann ... würde ich das Leben auf dem Land dem in London jederzeit vorziehen. Diejenigen, die sich beides leisten können, können zwischen den beiden Welten hin- und herpendeln, wenn sie die Langeweile packt. Wirklich beneidenswert, denn so kann man das beste beider Lebensarten genießen.«

»Meine Frau muß niemanden beneiden«, sagte Lord Trevegne hochmütig, »denn ich besitze mehrere Ländereien und ein Stadtpalais in London, das wir während des Jahres bewohnen werden.«

»Westerley wird mir fehlen«, gab Elysia etwas widerwillig zu. Es widerstrebte ihr einzugestehen, daß sie etwas mochte, was ihm gehörte. »Es ist ein sehr interessantes Haus, besonders die große Halle mit ihren spanischen Kacheln und Kunstgegenständen.«

Lord Trevegne lächelte über ihr Lob. »Man könnte sie fast als unseren Trophäenraum bezeichnen. Meine Ahnen haben diese *objets d'art* sehr geschätzt, mit der zusätzlichen Würze, daß es Kriegsbeute aus dem sechzehnten Jahrhundert war. Außerdem war es sehr gewagt, in einer Zeit, in der sich England mit Spanien im Krieg befand, seine Halle im spanischen Stil auszustatten. Einer meiner Ahnen sagte zu Königin Elizabeth, daß er den Anblick der Reichtümer der Besiegten genießen würde – die Belohnung eines erfolgreichen Freibeuters. Ich glaube, er hat diese spanischen Trophäen wirklich bewundert und sehr geschätzt. Er wußte, daß einige von ihnen unbezahlbare Kunstwerke waren«, sagte der Marquis genüßlich, als er merkte, wie angewidert Elysia ihn anschaute, wenn er von seinen Ahnen sprach. »Ich frage mich, wie mein Vorfahre wohl mit einer so temperamentvollen Frau wie dir umgegangen wäre, meine Liebe. Obwohl meine Vorfahren, wie man berichtet, so charmant bei Hofe waren, daß sie sogar Sir Walter Raleigh fast übertroffen hätten, was die Manieren eines Gentleman betraf.«

»Offensichtlich habt Ihr davon nur wenig mitbekommen und vielleicht etwas zuviel von ihrem Piratengeist«, sagte Elysia sarkastisch.

»Ich wußte, daß diese Liebenswürdigkeit zu schön war, um wahr zu sein. Ich werde darauf bestehen müssen, daß du jeden Morgen einen Löffel Honig nimmst, der deine Bitterkeit etwas versüßt«, sagte Lord Trevegne warnend, »denn ich bin es nicht gewohnt, daß man mich so respektlos behandelt. Du wirst etwas mehr Zuneigung zur Schau stellen müssen, wenn wir in Gesellschaft sind, meine Liebe. Versuch, die liebende Gattin zu spielen, und ich werde den ergebenen Sklaven mimen.«

Elysia blieb ihm eine wütende Antwort schuldig, da sie gerade in den Stallhof einritten, wo Lord Trevegne rasch vom Pferd sprang und Elysia aus dem Sattel half, ehe sie protestieren konnte. Seine Hände preßten sich hart und grausam an ihre schmale Taille, und sie starrten sich in die Augen wie Duellanten. Er berührte ihre lavendelblaue Feder mit einem Finger und wandte sich dann mit grimmigem Blick Jims zu, der ängstlich an der Tür zu den Stallungen wartete.

»Würde ich nicht wissen, wie betörend meine Frau sein kann, Jims, wärst du jetzt bereits aus Westerley und Cornwall verbannt, weil du dich meinen Befehlen widersetzt hast. Elysia beherrscht die Kunst, einen Mann um den kleinen Finger zu wickeln, und ich kann mir vorstellen, daß sie bei dir darin schon jahrelange Erfahrung hat. Aber ich erwarte, daß meine Wünsche von jetzt an Vorrang haben. Du bist mir verantwortlich, Jims.«

Jims kam erleichtert auf die beiden zu. »Sehr wohl, Euer Lordschaft, aber ich dachte, Ihr habt nichts dagegen, wenn sie Ariel reitet, weil Miss Elysia ihn doch aufgezogen hat. Und die beiden sahen aus, als könnten sie ein bißchen Bewegung brauchen«, erwiderte er und lächelte Elysia zu. »Habt Ihr den Ausritt genossen?«

»Das kann ich dir beantworten«, sagte Lord Trevegne grimmig. »Ich habe gesehen, wie sie und dieses verdammte Pferd über das Moor gefegt sind. Ich habe meinen Augen kaum getraut und verdammte Schwierigkeiten gehabt, die beiden einzuholen. In Zukunft wirst du mit einem Diener oder mit mir ausreiten, aber niemals mehr allein. Jims, warum war sie allein?« Er drehte sich mit gerunzelter Stirn zu Jims.

»Es hätte sowieso keinen Sinn gehabt, Euer Lordschaft, Miss Elysia wäre jedem Begleiter davongeritten«, erwiderte Jims.

»Du denkst immer praktisch, Jims, aber Lady Elysia ist jetzt meine Frau, und in Zukunft wird sie einen Diener mitnehmen oder zu Hause bleiben«, warnte er.

Jims lachte leise und sah den beiden nach, wie sie auf das Haus zugingen. Als Paar waren sie wirklich beeindruckend. Die Demarices wären vielleicht nicht mit dem Marquis als Ehemann einverstanden gewesen, aber allmählich kam er zu der Überzeugung, daß Seine Lordschaft genau das hatte, was Miss Elysia brauchte – eine gute, strenge Hand am Zügel. Er war vielleicht ein bißchen wild und hatte einen schlechten Ruf, aber er war doch etwas Besonderes, dachte Jims, auch wenn er kein jovialer Kerl war, der gerne Scherze machte. Er war überrascht gewesen, als er von der Hochzeit Seiner Lordschaft gehört hatte, aber seit er wußte, daß Miss Elysia seine Frau war, konnte er verstehen, daß Seine Lordschaft sein Junggesellendasein aufgegeben hatte. Es war sicher Liebe auf den ersten Blick gewesen, denn er wußte besser als jeder andere, daß Miss Elysia kein Geld besaß. Seine Lordschaft war sehr reich – außerdem konnte ein Blinder mit dem Krückstock sehen, daß er verrückt nach ihr war. Miss Elysia durfte sich wirklich glücklich schätzen, dachte er und ging fröhlich pfeifend in den Stall.

Elysia erschauderte, als sie die Halle betraten und sie an die blutbefleckten Erinnerungen von Krieg und Gewalt dachte. Die Schönheit, die sie zuvor bewundert hatte, verblaßte vor ihren Augen.

Lord Trevegne konnte anscheinend Gedanken lesen. »Es ist schon lange her, und in diesen Mauern spuken keine Geister.«

»Ich weiß, aber es macht mich trotzdem traurig, daß man diese

Sachen anderen Leuten weggenommen hat«, bemerkte sie und zeigte auf eine Reihe juwelenbesetzter Goldpokale, die auf einem Marmortisch vor einer Wand funkelten.

»In jeder Auseinandersetzung gibt es einen Sieger und einen Besiegten. Du solltest das am besten wissen«, sagte er, nahm ihren Ellbogen und führte sie sanft, aber bestimmt die breite Treppe hinauf.

Beim Betreten des Salons erinnerte sich Elysia, daß sie ihm noch nicht für ihre neue Garderobe aus London gedankt hatte, und sie drehte sich mit schüchternem Lächeln zu ihm.

»Ich hatte in meiner Aufregung, wieder auf Ariel sitzen zu können, ganz vergessen, Euch für die Kleider zu danken, die Ihr mir so schnell in London habt machen lassen. Es war sehr gütig von Euch«, fügte sie zögernd hinzu.

»Gütig? Wohl kaum, meine Liebe. Ich wollte nur nicht, daß du mich blamierst mit deinen Kleidern, die selbst für einen Diener zu armselig waren. Mein Personal war ja besser gekleidet als du, und sie haben ohnehin genug zu klatschen«, sagte er gelangweilt.

»Oh, Ihr seid ein unerträglicher Rohling, ich glaube, ich hasse Euch mehr denn je!« rief Elysia mit hochrotem Kopf. »Ihr werdet nie wieder erleben, daß ich Euch für irgend etwas danke, Eure Lordschaft«, fauchte sie, rannte aus dem Zimmer und schlug die Tür hinter sich zu. Zurück blieb ein sprachloser Lord Trevegne.

Elysia riß sich den Hut vom Kopf, warf sich aufs Bett und bedeckte den Kopf mit ihren verschränkten Armen. Dieser gemeine Kerl, dachte sie wütend. In einem Moment scherzte er mit ihr, im nächsten küßte er sie, und zwei Sekunden später biß er ihr den Kopf ab. Das Leben war wirklich nicht einfach, dachte sie betroffen, eingedenk seiner leidenschaftlichen Küsse auf dem Moor. Er hat recht, dachte Elysia angewidert. Sie wollte tatsächlich von ihm geküßt werden – zumindest hatte sie manchmal dieses seltsame Bedürfnis nach ihm. Aber meistens hatte sie das Gefühl, sie könnte ihn kaltblütig und ohne jede Reue ermorden.

Elysia rieb sich erschöpft die Stirn und stand auf. Wie konnte sie sich nur danach sehnen, von einem so grausamen Menschen geküßt zu werden? dachte sie erbost. Sie verachtete sich selbst für diese Schwäche. Eigentlich sollte sie eins ihrer alten Wollkleider anziehen und sehen, was Seine Lordschaft dann sagen würde, dachte sie trotzig. Elysia schaute die Reihen von Kleidern durch, aber sie konnte sie nicht finden, genausowenig wie ihre alten Schuhe und ihren alten Umhang. Dany hatte sie wahrscheinlich weggeworfen, als sie die neuen Kleider aufgeräumt hatte.

Na ja, um ehrlich zu sein, sie hatte keine Lust, sie wirklich anzuziehen, auch wenn ihn das geärgert hätte. Sie kämpfte gerade mit ihren Stiefeln, als Lucy mit zwei Hausmägden erschien, die eine Wanne und Eimer mit heißem Wasser ins Zimmer schleppten.

»Mrs. Danfield hat gemeint, Ihr wollt Euch vielleicht nach dem Ausritt frischmachen, Lady Elysia«, sagte Lucy schüchtern und starrte Elysia an, als würde sie einem Geist gegenüberstehen.

»Danke, und würdest du mir helfen, die Stiefel auszuziehen?« fragte sie Lucy, die langsam und sehr ängstlich auf sie zuging.

»Was ist denn los?« fragte Elysia, als sie die verschreckten Blicke der beiden Hausmägde sah.

»Ach nichts, Lady Elysia«, murmelte Lucy und half ihr mit zittrigen Fingern, die Stiefel aufzuschnüren.

»Erzähl's mir, Lucy«, drängte Elysia, als sie sah, wie das Mädchen zusammenzuckte, als sie ihren Knöchel berührte.

»Oh, Mylady! Ihr habt das Pferd geritten, das nicht mal Seine Lordschaft reiten kann, und der ist doch fast wie der Leibhaftige!« Sie rollte ängstlich die Augen.

»Hör gut zu, Lucy, und ihr beide auch. Ich werde nicht dulden, daß ihr hier im Haus Ammenmärchen verbreitet«, sagte Elysia streng. »Das Pferd hat mir gehört, bevor es hierherkam. Ich habe Ariel schon als Fohlen mit wackligen Beinen und weichem Fell gekannt und selbst aufgezogen. Früher hat ihn niemand außer mir geritten, und er läßt sich auch jetzt nur von mir reiten«, erklärte sie geduldig und sah die Erleichterung auf den drei Gesichtern. »Ihr kennt doch Jims und vertraut ihm auch, oder?« Drei Häubchen nickten im Takt. »Nun, er kennt mich, seit ich in den Windeln gelegen habe, und kann beschwören, daß ich keine geheimnisvollen Kräfte besitze.«

Danach bereiteten die drei Mädchen kichernd und fröhlich das Bad vor, und Lucy half Elysia hinterher beim Anziehen.

Es wäre zu schön gewesen, wenn sie wirklich geheimnisvolle Kräfte besessen und einen Weg aus ihrer mißlichen Lage gefunden hätte und dabei Seine Lordschaft ein für allemal loswerden könnte, dachte Elysia genüßlich, als sie langsam nach unten ging. Sie trug ein weißes Musselinkleid, das mit grünen und blauen Blumen bestickt und unter dem Busen mit grünen Samtbändern gebunden war. Die Enden fielen am Rücken bis zum Saum, und ähnliche Bänder säumten die gerüschten Manschetten der langen Ärmel und den hochgeschlossenen Ausschnitt. Ihr Haar war *à la Grecque* hochgesteckt, und die dicken rotgoldenen Locken fielen ihr bis auf die Schultern. Seltsam, wie selbstsicher einen neue Kleider machen konnten. Jetzt mußte sie sich wegen ihres Aussehens nicht mehr schämen.

Elysias grüne Ziegenlederslipper huschten lautlos durch die große Halle. Ein Diener öffnete die Tür zum Salon, und beim Eintreten sah Elysia, daß der Marquis in ein Gespräch mit einem untersetzten Herrn vertieft war, der es sich in einem der Stühle vor dem Kamin bequem gemacht hatte. Die beiden erhoben sich, und Lord Trevegne musterte wohlwollend ihre Gestalt, als sie auf sie zukam.

»Meine Gemahlin, Lady Trevegne«, sagte der Marquis mit stolzer Stimme. Aber da hatte sie sich sicher verhört. »Elysia, darf ich dir unseren nächsten Nachbarn vorstellen. Squire Blackmore.«

Der Squire nahm Elysias Hand und machte eine ungelenke Verbeugung. »Es ist mir eine Freude, Lady Trevegne, und darf ich Euch, Lord Trevegne, zur Schönheit Eurer Frau gratulieren?«

Der Marquis akzeptierte dieses Kompliment mit einem arroganten Kopfnicken, während Elysia sich fragte, was er mit ihrem Aussehen zu tun hatte. Sie setzte sich demütig und lauschte mit einem heiteren Lächeln den Ausführungen des geschwätzigen Squire.

»Ich habe meinen Ohren kaum getraut, als ich in London gehört habe, daß es Euch endlich erwischt hat, Trevegne. Louisa wird es das Herz brechen«, tönte er laut. Anscheinend konnte er es immer noch nicht fassen.

»Und wie habt Ihr die Neuigkeit erfahren?« fragte Lord Trevegne neugierig.

»Na ja, es war in der Gazette, aber zuerst habe ich davon in den Geschäften erfahren«, sagte er offen.

»In den Geschäften!« wiederholte Lord Trevegne erstaunt und lachte dann.

»Na ja, Ihr habt ja eine stattliche Aussteuer für Eure Frau bestellt und wolltet die Sachen ganz ungewohnt schnell geliefert haben, wie ich hörte. So etwas spricht sich immer rum«, entschuldigte er sich bei Elysia, die den amüsierten Marquis grimmig fixierte.

»Ihr habt sonst nichts gehört – nur daß ich geheiratet habe?« fragte Alex leise nach.

Squire Blackmore wirkte einen Augenblick ziemlich verlegen, und seine eng zusammenstehenden Augen huschten nervös durchs Zimmer. »Na ja, nicht direkt viel. Ihr wißt ja, daß immer irgendwelche Gerüchte um Euer Lordschaft kursieren.« Er lachte übermäßig laut und lange und warf Elysia einen reumütigen Blick zu.

»Ich kann's immer noch nicht glauben«, sagte er zu Elysia, »hatte gehofft, Seine Lordschaft und meine Tochter Louisa würden ein Paar. Ganz verrückt ist sie nach ihm. Natürlich verstehe ich nur zu gut, daß er Euch den Vorzug gegeben hat, o ja.«

Er erhob sich plötzlich, als hätte er sich gerade an etwas erinnert. »Ja nun, ich muß mich verabschieden, aber ich wollte es nicht versäumen, Euch meine Glückwünsche auszusprechen und Euch zu bitten, uns die Ehre bei einem Dinner zu geben. Ich bin erst vor ein paar Stunden aus London eingetroffen zusammen mit ein paar Gästen, die sich jetzt von der langen Reise ausruhen. Bitte beehrt uns, obwohl wir natürlich verstehen, wenn Ihr es vorzieht, allein zu sein«, sagte er in schmeichelndem Ton. »Lady Trevegne, es war mir ein Vergnügen – Lord Trevegne.«

Sie beobachteten, wie er hastig das Zimmer verließ, noch ehe der Diener, nach dem Lord Trevegne geklingelt hatte, ihn zur Tür bringen konnte.

»Es hat wirklich nicht sehr lange gedauert, bis die Nachricht London erreicht hat«, bemerkte er und zündete sich ein Zigarillo an. »Trotzdem hatte ich den guten Squire eigentlich schon eher erwartet. Ich bin ziemlich enttäuscht.«

»Warum habt Ihr Squire Blackmore erwartet?«

»Weil, meine Liebe, der Squire schon seit einigen Jahren die Hoffnung hegt, mich an seine Tochter – ich glaube, Louisa hat er sie genannt – zu verheiraten. Ehrlich gesagt, wenn du mir nicht so unerwartet begegnet wärest, dann hätte ich das Mädchen vielleicht sogar in Betracht gezogen. Sie hat ein paar unbestreitbare Vorzüge, wenn ich mich recht an sie erinnere. Sehr still und bescheiden, man merkte eigentlich kaum, daß sie im Zimmer war. Das krasse Gegenteil von dir, meine Liebe. Natürlich wäre es ein Nachteil gewesen, plötzlich mit diesem Squire verwandt zu sein – das wäre vermutlich zuviel gewesen.«

»Wie schade, daß ich nicht vorhabe, Euch den Gefallen zu tun und unterwürfig zu werden«, sagte Elysia mit zuckersüßem Lächeln, das aber nicht bis zu ihren grünen Augen vordrang.

»Keine Angst, meine Liebe, du hast mich nicht enttäuscht. Ich spiele nur selten, wenn die Chancen so gering sind, und dann nur, wenn es eine sichere Sache ist. Bei dir, meine Liebe, weiß ich nie, woran ich bin.« Er grinste. »Obwohl ich sagen muß, daß der Squire sehr geschickt kaschiert hat, wie groß die Enttäuschung für ihn war.

Man darf nicht vergessen, daß all seine Pläne durch dich ruiniert worden sind.«

»Ich glaube, Ihr genießt es, die Hoffnungen anderer zu zerstören.«

»Nein, eigentlich nicht. Aber der Squire war in letzter Zeit ziemlich lästig. Er hat ständig versucht, mir seine Tochter zuzuschieben, nur um seinen Ehrgeiz, einen adligen Schwiegersohn zu haben, zu befriedigen und mein Geld und meinen Besitz seinem eigenen einzuverleiben. Unglücklicherweise sind meine Besitzungen für meinen Erben bestimmt – er hätte sie nie in die Finger bekommen.«

»Ich verstehe Euch einfach nicht. Ihr seid reich, seht gut aus und seid gesund. Trotzdem verachtet Ihr jeden. Warum nur? Vielleicht verachtet Ihr in Wahrheit Euch selbst und das, was aus Euch geworden ist«, behauptete Elysia frech und schaute ihm direkt in seine flammend goldenen Augen.

Er packte sie an den Armen und fauchte: »Treib's nicht zu weit, Elysia, denn du bist schließlich und endlich mit dem Mann, der aus mir geworden ist, verheiratet.« Er schob sie beiseite und stolzierte aus dem Zimmer. Sie blieb zitternd zurück.

Ein grausam Mann und gottlos seid Ihr:
Süße Dame, laßt sie beten und schlafen und träumen,
Allein mit ihren guten Engeln, weit entfernt
Von solch bösen Männern wie Euch. Geh, geh! – sag' ich

Keats

8. Kapitel

Elysia lief nervös vor einem großen grauen Felsblock auf und ab und stieß einen kleinen Stein beiseite, der ihr im Weg lag. Der schwachen Sonne war es nicht gelungen, sich durchzusetzen, und sie zog sich langsam hinter die fernen Hügel zurück und nahm ihr blasses Licht mit sich fort. Der Wind peitschte den Saum von Elysias Kleid hoch und kühlte wie Balsam ihre hochroten Wangen und angespannten Nerven.

Das Mittagessen war eine Katastrophe gewesen. Lord Trevegne hatte sie ständig provoziert, da er schlechter Laune war, seit sie ihre Meinung über seinen Charakter kundgetan hatte. Schließlich hatte sie seine Beleidigungen nicht mehr ertragen können und war aus dem Speisezimmer gestürmt, ohne etwas zu essen. Lord Trevegnes erbostes Gesicht und die überraschten Gesichter der Diener ignorierte sie einfach. Elysia hatte sich in ihr Zimmer geflüchtet, aber schon nach kürzester Zeit hatte sie das Gefühl, daß ihr die Decke auf den Kopf fiel, während sie dort saß und sich in Selbstmitleid badete. Schließlich zog sie sich ihr Reitkostüm an und verschwand schnell und ungesehen aus der gespannten Atmosphäre des Hauses, ohne jemandem ein Wort zu sagen. Sie sattelte Ariel selbst, da Jims glücklicherweise nicht im Stall war, und ritt triumphierend in den Nachmittag, dessen verhangener Himmel einen drohenden Sturm ankündigte!

Elysia hatte keine Ahnung, wie lange sie schon auf diesem Felsvorsprung herumwanderte und Ariel zusah, wie er friedlich graste, als sie plötzlich sich nähernde Hufschläge hörte. Sie drehte sich um, in Erwartung, das zornesrote Gesicht Seiner Lordschaft zu sehen. Statt dessen sah sie eine zierliche kastanienbraune Stute mit einer blaugekleideten Reiterin auf sich zutraben.

»Guten Tag«, sagte das Mädchen zu Elysia, die stehengeblieben war und die Reiterin neugierig musterte. Das Mädchen war sehr zierlich, hatte hellbraunes Haar und rauchig graue Augen. Ihre Wangen waren vom Reiten in der kühlen Luft gerötet.

»Ich bin Louisa Blackmore«, flötete sie mit zarter, süßer Stimme. »Und ich lebe in Blackmore Hall – ein paar Meilen von hier. Es ist zwar sehr unhöflich, sich selbst vorzustellen, aber hier in dieser Gegend sieht man so selten Fremde. Also konnte ich doch nicht einfach hier vorbeireiten, ohne zu fragen, wer Ihr seid und ob Ihr Euch vielleicht verirrt habt.« Sie warf Elysia einen besorgten Blick zu.

»Nein, ich habe mich nicht verirrt, ich wollte nur noch ein bißchen reiten, bevor das Unwetter über uns ist, was, wie ich fürchte, bald passieren wird. Ich bin Elysia Trevegne«, erwiderte Elysia und lächelte das andere Mädchen an.

»Trevegne!« Einen Augenblick lang schien Louisa Blackmore etwas verwirrt, dann fing sie sich und rief: »Dann seid Ihr Lady Trevegne, Lord Trevegnes Frau?«

»Ja, die bin ich, und Ihr seid Squire Blackmores Tochter. Ich habe heute vormittag seine Bekanntschaft gemacht.«

»Oh, es ist wirklich ein Vergnügen, Euch kennenzulernen, Lady Trevegne«, versicherte Louisa und reichte ihr begeistert eine behandschuhte Hand. »Jetzt habe ich nicht mehr das Gefühl, ich hätte einen *faux pas* begangen und wäre zu unverschämt gewesen – ich werde deswegen dauernd getadelt –, aber nachdem Ihr schon von mir gehört habt und ich keine völlig Fremde für Euch bin, ist ja alles gut.«

Sie lächelte Elysia hocherfreut an. Das Herz ist wohl nicht gebrochen, dachte Elysia, als sie das Lächeln erwiderte, eingedenk dessen, was Squire Blackmore von seiner Tochter behauptet hatte.

»Danke«, erwiderte Elysia höflich, »und mir ist es auch eine Freude, Eure Bekanntschaft zu machen.« Sie verstand aber nicht ganz, wieso Louisa Blackmore so entzückt war, zu erfahren, daß sie die neue Lady Trevegne war.

Ein lauter Donner rumpelte über ihren Köpfen und ließ die Pferde unruhig herumtänzeln.

»Ich glaube, ich sollte besser aufsteigen, bevor uns das Gewitter überrascht und bis auf die Haut durchnäßt«, sagte Elysia besorgt und führte Ariel zu einem Stein, von dem aus sie aufsteigen konnte.

»Wir können uns auf dem Weg zurück zur Straße unterhalten«, schlug Louisa vor, als sie Seite an Seite losgaloppierten. »Dort muß ich dann in die entgegengesetzte Richtung. Ich kann nicht glauben, daß Ihr tatsächlich dieses Pferd reitet«, sagte sie bewundernd. »Ich würde vor Angst sterben, wenn ich ihn nur anfassen müßte. Das ist doch das Pferd, das niemand aufsteigen läßt, und Ihr reitet es so einfach und auch noch ohne einen Diener, der Euch begleitet. Mein Diener wartet an der Straße, mein ständiger Schatten, aber ich fühle mich dadurch sicherer. Und Ihr reitet allein und dann noch auf diesem wilden Pferd.« Sie erschauderte kurz.

Elysia lachte zum ersten Mal seit Jahren wirklich wieder von Herzen vergnügt. »Anscheinend schaffe ich mir selbst einen ziemlich verwegenen Ruf. Ich muß plötzlich feststellen, daß man mir Zauberkräfte nachsagt, weil ich dieses Pferd reite, das angeblich nicht zu reiten ist. Die schlichte Wahrheit ist, daß ich dieses Pferd aufgezogen und trainiert habe, bis ich gezwungen war, es zu verkaufen. Wie Ihr seht, bin ich nur eine ganz gewöhnliche Sterbliche ohne magische Kräfte.«

»Nun, das ist wirklich eine Erleichterung, ich war überzeugt, Ihr seid eine Hexe«, scherzte Louisa. »Aber Ihr reitet so gut, und ich kann die kleine Dove kaum halten, wenn sie frech wird, so daß ich mich direkt schäme, neben Euch zu reiten«, lobte sie Elysia und tätschelte liebevoll Doves glänzenden Hals.

»Ihr reitet sehr gut, wenn man bedenkt, wie zierlich Ihr seid. Es wäre wirklich leichtsinnig und gefährlich, Euch auf ein so großes, unberechenbares Pferd zu setzen«, sagte Elysia. Sie beobachtete, wie die kleinen, fast kindlichen Hände in die Zügel griffen: »Neben Euch fühle ich mich ja wie eine muskulöse Amazone – mit Speer und Schild in der Hand, um jeden Angriff abzuwehren.«

Louisa kicherte und warf Elysia einen ungläubigen Blick zu. »Aber das kann doch nicht wahr sein, Ihr seid so schön. Ich hätte zu gern so rotgoldenes Haar wie Ihr. Es ist so eine wunderbare Farbe im Vergleich zu meinen schlichten braunen Locken«, seufzte sie. »Papa nennt mich eine kleine Maus, und ich fürchte, er hat gar nicht so unrecht damit, denn mir fehlt es in erschreckendem Maß an Mut und Kraft.«

»Das hört sich ja an, als solltet Ihr Schmied oder Müller werden«, sagte Elysia lachend. »Ihr seid nur zart und klein, und ich beneide Euch. Sollen wir tauschen?«

»Du meine Güte, nein! Ich könnte nie und nimmer die Frau des Marquis sein. Ich habe schreckliche Angst vor ihm«, gestand sie, und ihre Augen wurden ganz rund. Dann hielt sie sich beschämt den Mund zu. »O je, was werdet Ihr nur von mir denken, wenn ich solche Sachen über Euren Mann sage? Ihr seid nur so nett, daß ich ganz vergessen habe, daß Ihr eine Marquise seid.«

»Ich denke mir, daß Ihr absolut ehrlich seid und auch guten Grund für Eure Angst habt. Der Marquis kann manchmal wirklich ekelhaft sein«, erwiderte Elysia sachlich.

Louisa war voller Bewunderung. »Ich bin so froh, daß ich Euch begegnet bin. Ihr seid ja so nett und ganz anders, als ich Euch mir vorgestellt habe. Ich dachte, Ihr wärt versnobt und herablassend wie diese Damen aus London, die gelegentlich nach Blackmore auf Besuch kommen. Ich komme mir dann immer so linkisch vor, als wäre ich noch ein Schulmädchen«, sagte sie erbost.

»Von mir braucht Ihr das nicht zu befürchten, ich war nie eine feine Londoner Dame. Ich ziehe das einfache Landleben vor«, sagte Elysia im Brustton der Überzeugung, obwohl Westerley ja nicht gerade als schlicht zu bezeichnen war.

»Heißt das, daß Ihr viel Zeit hier verbringen werdet?« fragte Louisa aufgeregt. »Ich hoffe, daß Ihr das tut. Ich bin immer so einsam. Hier gibt es niemanden, mit dem man reden kann, und Papa und Mama sind oft in London. Da ich noch zu jung für meine Ballsaison bin, muß ich hierbleiben und meine Studien zu Ende bringen. Ich habe mir so oft eine Freundin gewünscht – ich hoffe, Ihr werdet meine Freundin, Lady Trevegne.«

»Bitte, wir sollten uns duzen. Mein Name ist Elysia. Ich habe mich auch nach einer Freundin gesehnt, mit der ich reden kann.« Elysia warf einen Blick auf Louisas grazile Gestalt und lachte. »Ich brauche eine starke Schulter, an die ich mich gelegentlich lehnen kann.«

Louisa lachte begeistert. »Das ist wirklich wunderbar. Ich glaube, wir beiden werden ganz dicke Freunde. Du bist so nett und amüsant, und jetzt kann Papa mich nicht mehr beschimpfen, weil ich Lord Trevegnes Bewunderung nicht für mich gewinnen konnte. Wenn du wüßtest, welche Ängste ich bei dem Gedanken ausgestanden habe, daß Lord Trevegne mich doch bemerken könnte«, sagte sie und wurde sichtlich blasser.

»Dein Vater wollte dich tatsächlich mit Lord Trevegne verheiraten?« Elysia konnte nicht glauben, daß irgend jemand seine Tochter einem solchen Mann zur Frau geben wollte.

»Ja, er war wild entschlossen, und heute morgen war er sehr bestürzt, als er uns erzählt hat, daß der Marquis geheiratet hätte. Ich fürchte, er hat wirklich geglaubt, Seine Lordschaft würde mich zu seiner Frau machen – was wirklich lächerlich ist. Ich bin doch gar nicht sein Typ.«

Sie hatten jetzt fast die Straße erreicht, und ein leichter Regen setzte ein, so daß sie die Pferde zu schnellerem Tempo anspornten.

»Ich hoffe, du hast nicht weit zu reiten, Louisa. Warum bleibst du nicht in Westerley, und wir lassen eine Kutsche anspannen, die dich nach Hause bringt?«

»Nein, es ist wirklich nicht weit. Und wenn ich mich beeile, schaffe ich es noch rechtzeitig. Sehe ich dich bald wieder?« fragte Louisa hoffnungsvoll.

»Möglicherweise morgen abend. Wir sind zum Dinner geladen.«

»Oh, ich hoffe, ihr kommt. Ich fühle mich so fehl am Platz mit Papas Freunden«, sagte Louisa besorgt. »Heute morgen sind einige Kutschen voll mit ihnen eingetroffen, anscheinend bleiben sie länger.« Louisa lächelte etwas gequält und winkte ihr kurz zu, dann wendete sie ihre Stute in die andere Richtung und galoppierte los, dicht gefolgt von ihrem Diener.

Elysia winkte auch und ritt schnell auf das Haus zu, das durch den Regen in der Ferne schimmerte. Sie war glücklich. Jetzt hatte sie tatsächlich eine Freundin gefunden, jemanden, mit dem sie sich unterhalten und dem sie sich anvertrauen konnte. Elysia ritt lächelnd und summend in den Sattelhof ein. Sie war froh, daß sie sich entschlossen hatte auszureiten. Sie war zwar nur ein kurzes Stück geritten, ehe sie gezwungen war, umzukehren, aber sie hatte es sehr genossen, Ariel die Zügel zu lassen. Außerdem hatte es die Spinnweben aus ihrem Kopf und etwas von der Rastlosigkeit vertrieben, die sie quälte. Aber Elysias Lächeln verblaßte schlagartig, und ihr Lied blieb ihr im Hals stecken, als sie sah, daß Lord Trevegne sich gerade anschickte, Sheik zu besteigen und Jims erleichtert den Kopf hob, als er die nahenden Hufe hörte.

Jims half Elysia aus dem Sattel. Lord Trevegne machte keinerlei

Anstalten, ihr die Hand zu reichen. Sie riskierte einen Blick auf sein grimmiges Gesicht. Er sah tatsächlich aus, als würde er ihr am liebsten den Hals umdrehen.

»Ihr hättet nicht wegreiten sollen, ohne Bescheid zu sagen, Miss Elysia«, schimpfte Jims.

»Es tut mir leid, Jims, aber es war niemand hier, und mir war nach einem Ausritt zumute«, erklärte Elysia nervös, als Lord Trevegnes harte Hand ihren Arm sehr unsanft umschloß.

»Gehen wir ins Haus, Elysia. Ich bin sicher, du möchtest dich umziehen«, sagte er mit sehr leiser, ruhiger Stimme. Elysia sah ihn überrascht an. Er klang gar nicht wütend, obwohl sie sich seinen Anweisungen widersetzt hatte.

»Ja, genau das hatte ich vor«, sagte Elysia und winkte Jims zu, der ihre unbekümmerte Miene unbegreiflich fand. Seine Lordschaft kochte vor Wut, und Miss Elysia stand eine äußerst unangenehme Gardinenpredigt bevor, wenn nicht noch mehr. So zornig hatte er Lord Trevegne noch nie erlebt, wie in dem Augenblick, als er erfuhr, daß Miss Elysia allein ausgeritten war. Aber jetzt war davon kaum etwas zu bemerken, außer seinen geballten Fäusten. Lord Trevegne war es nicht gewohnt, daß man sich seinen Wünschen widersetzte, und da Miss Elysia eine so temperamentvolle kleine Stute war, würde sie sicher eine Menge Ärger bekommen. Er fragte sich, ob der Marquis wohl mit ihr fertig werden konnte. Miss Elysia ließ sich nichts gefallen. Ach, ja... die beiden würden das schon irgendwie aushandeln.

Elysia versuchte, ihren Arm aus dem Griff des Marquis zu befreien, als sie rasch auf die Flügeltüren zugingen, aber er packte noch fester zu.

»Ihr tut mir weh«, keuchte Elysia, aber er ignorierte ihren Protest und zerrte sie hinter sich her in sein Arbeitszimmer, in dem sie bis jetzt noch nicht gewesen war, aus Angst, den Löwen in seiner Höhle zu stören.

Es war ein sehr warmer, einladender Raum, mit weinroten Vorhängen, Orientteppichen und großen roten Ledersesseln. Ein riesiger Mahagonischreibtisch stand vor den hohen Fenstern. Auf seiner glatten polierten Platte stand ein goldener Habicht mit scharfem Schnabel, der als Beschwerer für einen Stapel Papiere diente. Ein fröhliches Feuer prasselte im Kamin.

Ohne jede Warnung packte Lord Trevegne Elysias anderen Arm und schüttelte sie, bis sie dachte, der Kopf würde ihr abfallen. Als seine Wut verebbt war, wandte Elysia ihm ihr tränenüberströmtes Gesicht zu. Ihr Mund zitterte erbärmlich.

»Solltest du dich je wieder einem meiner Befehle widersetzen, Elysia, prügle ich dich windelweich«, knurrte er mit heiserer Stimme.

»Ihr würdet es nicht wagen!« quiekte Elysia schockiert. Ihr Herz klopfte bis zum Hals.

»Es gibt nichts, was ich nicht wage. Treib es nicht zu bunt, denn ich bin am Ende meines Lateins. Ich habe ausdrücklich befohlen, daß du nicht ohne Begleitung ausreiten sollst. Das war keine Laune oder eine Schikane. Du kennst diese Gegend nicht, das Moor kann sehr gefährlich sein, und hier können auch noch andere unerwartete Gefahren lauern. Wir leben an der Küste, und wir befinden uns im Krieg mit Frankreich. Schmuggler und Spione und Gott weiß was noch für Gesindel können in den Buchten und Flußmündungen lauern.«

Elysia starrte ihn entsetzt und voller Schuldgefühle an. Er hatte ihr nur zu ihrem eigenen Schutz verboten, allein zu reiten. »Es tut mir leid, Lord… äh, Mylord«, stammelte Elysia verwirrt. Sie brachte seinen Vornamen einfach nicht über die Lippen.

»Mein Name ist Alex. A-L-E-X, und bei Gott, du wirst ihn gebrauchen. Sag ihn. Sag jetzt meinen Namen.« Er schüttelte sie noch einmal bedrohlich.

»A-Alex«, murmelte Elysia leise und starrte ins Feuer.

»Ja, Alex, das war doch nicht so schwer, oder?« Er nahm seine Hände von ihren Schultern und wandte sich ab.

»Es tut mir wirklich leid, aber ich bin immer allein ausgeritten, und ich bin es nicht gewohnt, daß ein Diener hinter mir herzokkelt«, versuchte sie, sich zu rechtfertigen.

»Hier wirst du nicht allein reiten. Du wirst tun, was ich sage, und meine Wünsche nicht in Frage stellen.«

»Wenn du mir den Grund gesagt hättest, warum ich nicht allein reiten soll, hätte ich deinen Rat befolgt«, erwiderte Elysia erbost. Ihre vorherige Unterwürfigkeit war bereits wieder vergessen.

»Ich habe es nicht nötig, dir Erklärungen abzugeben, meine Liebe. Du wirst meinen Befehlen gehorchen, egal warum ich sie gebe«, sagte der Marquis hochmütig und mit herausforderndem Blick.

»Mit anderen Worten, ich bin deine Sklavin, dein Besitz. Das werde ich nicht dulden! Ich habe auch einen Verstand und Gefühle, die mir wichtiger als deine Befehle sind!« verkündete Elysia wutentbrannt.

Lord Trevegne musterte sie aus zusammengekniffenen Augen und ballte die Hände zu Fäusten. »Wenn ich kein Gentleman wäre, meine Liebe, würde ich dir jetzt eine Ohrfeige geben, aber ich will dein hübsches Gesicht nicht verunstalten.«

»O nein, tu dir keinen Zwang an, schlag mich. Das machst du doch immer – du drohst mir mit Gewalt. Seit wir uns zum ersten Mal begegnet sind, hast du nur eins im Sinn, mir körperliche Gewalt anzutun«, entgegnete sie herausfordernd.

»Meine Liebe, wenn du wüßtest, wonach mir der Sinn steht, seit wir uns zum ersten Mal begegnet sind, würdest du mich nicht dazu provozieren, meine Männlichkeit mit körperlicher Gewalt zu beweisen. Die Methoden, mit denen ich dich zähmen möchte, würden dir nicht gefallen«, sagte er voller Verachtung. Seine goldenen Augen musterten ihren Körper, und das Feuer spiegelte sich in ihnen.

Elysia wich erschrocken einen Schritt zurück. Plötzlich wurde ihr Angst vor dem, was er andeutete. »Ich will dich nicht provozieren, aber du wirst feststellen müssen, daß ich keine Frau ohne Rückgrat bin, die den Befehlen ihres Gatten blind und ohne Rücksicht auf ihre eigenen Wünsche gehorcht. Und ich werde auch weiterhin so bleiben, gleichgültig wie sehr du auch versuchst, mich herumzukommandieren.«

»Ach wirklich, meine Liebe? Ich habe ja nicht geahnt, daß ich eine Anhängerin der Lehre von der Willensfreiheit geheiratet habe. Ein wirklich sehr aufschlußreiches Gespräch, das wir da führen. Ich bin erschüttert. Was werden bloß meine Freunde denken?« spottete er und setzte sich in einen der roten Ohrensessel. »Und ich war der irrigen Annahme, du wärst ein fügsames und gelehriges Frauenzimmer, das mich als ihren Herrn und Meister willkommen heißt.«

»Für dich gibt es nur Hohn«, konterte Elysia wütend. Sie schritt zur Tür, drehte sich um und warf ihm einen giftigen Blick aus ihren strahlendgrünen Augen zu. »Dann soll dieser Hohn von Ehe auch so bleiben, wie er ist, und keiner von uns fordert oder erwartet irgend etwas vom anderen!«

Elysia stürmte aus dem Zimmer und achtete nicht darauf, daß er zornig und herrisch ihren Namen rief.

Elysia rollte sich auf den Rücken und starrte in die Schwärze des Himmels über ihrem Bett. Seit Stunden wälzte sie sich schon hin und her. Es hatte keinen Sinn, sie konnte nicht einschlafen. Sie setzte sich auf und schlang die Arme um ihre Knie. Sie dachte an das endlose Abendessen, das sie über sich hatte ergehen lassen, ohne zu wissen, was sie aß, während Gang für Gang, Gericht für Gericht serviert und wieder abgedeckt wurde. Sie war froh, daß die riesige Tafel sie vom Marquis trennte, der sie mit grimmiger Miene vom anderen Ende des Tisches anstarrte. Sie bezweifelte, ob sie je gemeinsam ein Mahl genießen würden. Der arme Antoine, der temperamentvolle französische Meisterkoch Seiner Lordschaft, war sicher den Tränen nahe bei dem Gedanken, daß seine kulinarischen Köstlichkeiten ungekostet dem Personal serviert wurden.

Wie lange würden sie beide diese ständige Kriegsstimmung noch aushalten? In Elysias erschöpften Augen sah es fast so aus, als würde Seine Lordschaft dabei aufblühen. Sie dagegen war ständig angespannt und nervös, weil sie auf die nächste Bemerkung wartete, die sie kontern mußte. Ihre geistigen Fähigkeiten waren bis an die Grenzen gefordert.

Sie war beunruhigt und fühlte sich wie am Rande eines Abgrunds, wo jeder falsche Schritt sie in Tiefen stürzen konnte, aus denen es kein Entrinnen gab. Obwohl sie den Charakter Seiner Lordschaft nicht sonderlich gut kannte, wußte Elysia doch instinktiv, daß er vor Wut kochte und mit jeder Stunde noch dämonischer wurde. Sie hatte anscheinend die Fähigkeit, ihn bis aufs Blut zu reizen. Nun ja, der arrogante Marquis hatte in der Tat seinen Meister in ihr gefunden, dachte Elysia zufrieden grinsend. Sie genoß es, ein Dorn in seinem Fleisch zu sein. Wenn sie ihre Trümpfe richtig ausspielte, würde der Marquis schon sehen, wer die besseren Karten in diesem Spiel des Geistes hatte. Aber sie dachte natürlich nicht im Traum daran, ihre Position zu gefährden, indem sie zu weit ging und ihn einmal zu oft reizte. Heute hatte sie sein Blut sicher zum Kochen gebracht, und sie hatte einen kurzen Einblick unter sein beherrschtes Äußeres bekommen, unter dem leidenschaftliche Gefühle brodelten. Ja, sie hatte allen Grund, sich zu fürchten. Von jetzt an würde sie ganz vorsichtig sein. Sie wollte sich nicht in Gefahr bringen, indem sie leichtsinnig mit dem Marquis spielte.

Elysia warf die Decke zurück und glitt aus dem Bett. Sie tastete nach den zierlichen türkisfarbenen Pantoffeln, die genau zu ihrem Samtmorgenmantel paßten. Seine Wärme war sehr willkommen, als sie ihn über das dünne Batistnachthemd mit der hohen Taille, die von zwei Samtbändern gehalten wurde, streifte.

Sie band den Gürtel fest um ihre Taille und zündete sich an der Glut im Kamin eine Kerze an. Dann ging sie den stillen Korridor entlang, wo man nur in der Ferne das gedämpfte Rauschen des Meeres hörte. Elysia ging langsam und versuchte, nicht in die dunklen Nischen und Ecken zu schauen, in die das flackernde Licht ihrer Kerze nicht vordrang. Sie schützte die Flamme mit ihrer Hand, damit kein plötzlicher Luftzug sie löschen konnte.

Als sie am Ende der Treppe angelangt war, hörte sie, wie die Standuhr in der Halle zwei Uhr schlug. Elysia warf einen hastigen Blick auf die Tür von Lord Trevegnes Arbeitszimmer. Kein Licht schien unter der Tür durch, er mußte wohl endlich zu Bett gegangen sein. Er hatte sich nach dem Hauptgericht eine Flasche Portwein von der Anrichte genommen und war, ohne auf den Nachtisch zu warten, gegangen. Dann hatte er sich in seinem Arbeitszimmer eingeschlossen und war immer noch dort gewesen, als sie sich ein paar Stunden später zurückzog.

Elysia hielt ihre Kerze hoch und studierte die Titel der Bücherreihe in einem der Regale der Bibliothek. Eines davon würde ihr doch sicher helfen einzuschlafen. Elysia wollte sich gerade einen dicken lateinischen Band herausnehmen, als sie plötzlich das Gefühl hatte, nicht allein zu sein. Sie drehte sich rasch um.

Lord Trevegne stand in der Tür, die sein Arbeitszimmer mit der Bibliothek verband. Er lehnte ohne Jacke und Krawatte am Türpfosten, und der Feuerschein erleuchtete seine Hand mit dem halbleeren Glas.

»Was haben wir denn da?« sagte er und kam ins Zimmer. »Ein mitternächtlicher Einbrecher in meiner Bibliothek?«

»Ich dachte, du wärst schon zu Bett gegangen«, sagte Elysia und hielt sich das dicke Buch schützend vor die Brust. Das seltsame Funkeln in seinen Augen machte ihr angst.

Er nahm ihr die zitternde Kerze aus der Hand und hielt sie vor ihr Gesicht. Sein Blick wanderte langsam zu ihrem offenen Haar, das im Schein der Flamme schimmerte. »Die Tür war offen, und ich dachte, ich hätte ein Geräusch gehört, also habe ich nachgeschaut – und was finde ich? Meinen Blaustrumpf von Eheweib«, sagte er verächtlich. »Konntest du nicht schlafen? Zu schade, aber bei diesem Hohn von Ehe hast du eben nur deine Bücher, die dich in den frühen Morgenstunden trösten können.«

»Die genügen mir vollkommen. Glaubst du, Männer sind die einzigen, denen Bildung zuteil wird? Frauen haben genauso das Recht, ihren Verstand zu gebrauchen.«

»Sie brauchen ihren Verstand nicht zu kultivieren, meine Liebe«, unterbrach er sie, »denn alles, was sie brauchen, um das zu kriegen, was sie wollen, sind ihre Körper.«

Elysia keuchte vor Wut und lief rot an. »Das ist eine Lüge!« zischte sie und ging wutentbrannt auf ihn zu. »Ihr Männer wollt, daß wir dumm und unwissend bleiben und nur für euer Vergnügen da sind. Frauen sollen euren Befehlen gehorchen, eure Kinder kriegen und den Haushalt führen, und die Mätresse soll gehorchen und eure Wollust befriedigen. O ja, ihr wollt, daß wir dumm bleiben, denn wenn wir eine Ausbildung und eigene Rechte hätten, bräuchten wir euch gar nicht mehr.«

Lord Trevegne starrte stumm Elysias weißes Gesicht an. Ihre Augen sprühten grüne Funken vor Zorn, und ihre Brüste bebten vor Erregung. Er warf sein inzwischen leeres Glas in den Kamin, wo es in tausend Scherben zersprang.

Elysia zuckte bei dem Geräusch zusammen, die Heftigkeit der Geste war ein Spiegel seiner Gefühle. Er löschte die Kerze, die er ihr abgenommen hatte, ließ sie auf den Boden fallen und packte Elysias Schultern mit seinen großen Händen.

»Du brauchst also keinen Mann?« fragte er bedrohlich, und sein Blick brannte sich in ihr verängstigtes Gesicht. »Es ist höchste Zeit, daß ich dir beibringe, wie sehr du uns brauchst, mich, um genau zu sein, denn du wirst nie einen anderen Mann kennenlernen, jetzt wo du mir gehörst. Ich habe viel zu lange darauf gewartet, dir ein paar Lektionen zu erteilen, und dich kleines Luder gewähren lassen, deine Beleidigungen ungestraft über mich ergehen lassen, für die ich jeden anderen getötet hätte.« Sein Lachen war brutal. »Einen Hohn von Ehe hättest du gerne! Ich werde dir zeigen, meine Schneekönigin, wie die Wirklichkeit aussieht.«

Der Marquis riß sie an sich, ehe Elysia sich bewegen oder protestieren konnte. Er preßte ihren weichen Körper an sich, seine muskulösen Schenkel drückten sich gegen ihre Beine, und seine Hände strichen zärtlich über ihren Rücken und zogen sie noch näher an sich. Elysia versuchte, sich aus seinem eisenharten Griff zu befreien, aber er hielt sie nur noch fester, bis sie das Gefühl hatte, ein Teil von ihm zu sein. Sein geöffneter Mund teilte fordernd ihre Lippen, eine seiner Hände wanderte über ihre Schulter zum Ausschnitt ihrer Robe, glitt unter die Kante ihres Nachthemds, dessen hauchdünnes Material nur wenig Schutz vor seinen suchenden Fingern bot, und fand schließlich das warme weiche Fleisch ihrer Brüste.

Er hörte abrupt auf, hob Elysia in seine Arme und marschierte aus der Bibliothek, quer durch die große Halle und die breite Treppe hinauf. Elysia wehrte sich wie eine Besessene. Ihr war inzwischen klargeworden, was er vorhatte, und sie wußte, daß ihn diesmal nichts und niemand daran hindern würde.

»Laß mich runter! Sonst schreie ich das ganze Haus zusammen«, drohte Elysia, als sie sich dem oberen Treppenabsatz näherten.

»Nur zu! Keiner wird es wagen einzugreifen. Ich bin hier der Herr – und dein Meister, meine Liebe. Ich habe das legale und moralische Recht, alles mit dir zu machen, was mir gefällt.« Sein Lachen klang teuflisch in den Ohren der verängstigten Elysia.

Sie trommelte mit den Fäusten gegen seine Brust und seine Schultern und verpaßte ihm eine schallende Ohrfeige. Schließlich gelang es ihm, ihre wild fuchtelnden Arme unter seinen festzuklemmen, und sie mußte hilflos erdulden, daß er sie weiter trug.

Die abenteuerlustigen Ahnen des Marquis schienen ihm wohlwollend zuzuzwinkern, als er mit dem strampelnden Mädchen in seinen Armen an ihren Bildern vorbeiging.

»Du Untier! Willst du mich vergewaltigen? Denn etwas anderes wird es nicht sein«, rief sie mit schriller Stimme. »Würdest du dich einer unwilligen Frau aufzwingen, die dich widerlich findet?«

»Nein, es wird keine Vergewaltigung sein, Elysia«, prophezeite er finster, als er seine Schlafzimmertür öffnete. »Ich werde die Sehnsucht nach meinen Küssen und Zärtlichkeiten in dir wecken, bis du mich auf Knien anflehst, dich zu nehmen und dich zu meiner Frau zu machen. Bei Gott, du wirst es wollen!«

Das letzte, was Elysia sah, bevor er die Tür schloß, war der chinesische Paravent. Die Lackgesichter grinsten grotesk. Die schmalen roten Lippen waren für immer in leerem Lächeln erstarrt, die schwarzen, schrägen Augen wirkten kalt und ausdruckslos, und die prächtig bunten orientalischen Kleider waren ein Hohn für die Totenmaskengesichter.

Der Marquis warf Elysia aufs Bett und streifte sich seine Hose und sein Hemd ab. »Tu's nicht, Elysia«, warnte er, als sie versuchte aufzustehen, »jetzt gibt es kein Entrinnen mehr für dich.«

Elysia starrte in Panik seinen nackten Körper an. Ihre Angst war so groß, daß ihr Körper unwillkürlich zu zittern begann. Sie rollte sich vom Bett und versuchte, in ihr Schlafzimmer zu fliehen, aber Lord Trevegne war zu schnell für sie und hielt sie an ihren langen wehenden Haaren zurück. Mit einem schmerzlichen Ruck riß er sie wieder in seine Umarmung. »Angst, meine Liebe? Kannst du die Herausforderung nicht annehmen? Hast du Angst, daß ich recht habe?« fragte er leise, als er sie aus ihrem Morgenmantel schälte und das halb durchsichtige Nachthemd mit einer heftigen Bewegung von ihrem Körper riß.

Er hob sie hoch und warf sie erneut aufs Bett, ehe er sich auf sie legte. Sein langer, schlanker Körper drückte ihren in die weiche Matratze. Elysia wich seinen suchenden Lippen aus und drehte den Kopf hin und her, bis er ihn schließlich festhielt und sein Mund sich besitzergreifend auf ihren senkte.

Schwärze umfing Elysias Bewußtsein, und sie spürte die Nässe von Tränen auf ihren Wangen. Sie hatte mit schmerzenden, brutalen Küssen gerechnet, aber sie hatte sich geirrt. Er knabberte zärtlich und sanft an ihren verletzlichen Lippen, die noch geschwollen waren von seinen zornigen Küssen vorher. Der Druck wurde stärker, aber nicht schmerzlich. Ihr Atem wurde eins mit seinem, und er küßte sie weiter, erforschte langsam ihren Mund, der sich seiner suchenden Zunge öffnete.

Sie spürte, wie seine Hände über ihren Körper wanderten, fast hypnotisierend liebkosten sie ihre Haut – berührten sie und ließen ihren Körper zum Verräter an ihrem Verstand werden. Seltsame Gefühle durchströmten sie, als er sein Gesicht in ihrem weichen Haar vergrub, es um seinen Hals und seine Schultern wandt und sie aneinander fesselte. Alex setzte seinen langsamen, aber entschlossenen Angriff auf ihre Sinne fort, bis sie leise zu stöhnen anfing. Elysia war nicht mehr sie selbst. Sie hatte keine Kontrolle mehr über ihre Gefühle. Er war wie ein meisterlicher Puppenspieler, der mit seinen Schnüren jede ihrer Bewegungen kontrollierte, während sie unwillkürlich ihre kraftlosen Arme um seinen Hals schlug, ihn enger an sich zog und sich einladend unter ihm bewegte, instinktiv auf der Suche nach dem Gipfel von Wonne und Befriedigung durch sein Liebesspiel.

Der Marquis lachte triumphierend, und seine Lippen schlossen sich gierig um ihren geöffneten Mund, als sie endlich seine Küsse erwiderte und ihm bereitwillig die ganze Süße ihres Mundes darbot.

»Begehrst du mich, Elysia?« fragte er mit rauchiger Stimme und übersäte ihr Gesicht mit Küssen, bevor er mit angehaltenem Atem auf ihre Antwort wartete.

Elysia drehte ihren Kopf, und dieses Mal suchte sie seine Lippen, um ihm mit der Hingabe ihres Mundes auf seinen Kuß zu antworten, der immer intensiver wurde, bis sich Alex schließlich losriß und heiser fragte: »Sag mir, daß du mich begehrst und mich willst. Soll ich dich verlassen?«

»Nein«, stammelte Elysia. »Ich will dich... Alex.«

Ihre Worte schienen ihn zu elektrisieren. »Ah, bald wirst du mir gehören, wirklich mir gehören, Mylady. Auch körperlich, nicht nur dem Namen nach. Ich habe diese eisige Fassade niedergerissen, hinter der du dich versteckst. Hast du geglaubt, du könntest mich täuschen, wenn dein Haar wie Flammen lodert und deine Augen mich herausfordern, dich zu unterwerfen? O Mylady, du wirst bald den Lohn deiner Schönheit ernten.«

»Du bist ein Teufel!« flüsterte Elysia, wohl wissend, daß sie die Schlacht verloren hatte.

»Jawohl, Mylady, und mich treibt die Begierde des Teufels an.«

Jetzt bewegte er sich, drückte sie in die Kissen, öffnete ihre Schenkel und drang sanft und vorsichtig in sie, bis sie plötzlich einen stechenden Schmerz und steigenden Druck in sich spürte. Anscheinend hatte er keine Kontrolle mehr über seinen Körper, nachdem er mit dem ihren verschmolzen war, hatte nur noch den unstillbaren Drang, sich zu befriedigen.

Elysia blieb reglos liegen. Sie atmete im Takt mit ihm. Sein Arm umfing sie und zog sie wieder unter sich. Sie versuchte, sich halbherzig zu wehren, aber er duldete keinen Widerstand.

»Diesmal, Mylady, wirst du meine Lust mit mir teilen.«

Sie fühlte wieder den schon vertrauteren Druck in sich und spürte seine harte Männlichkeit. Aber als er sich diesmal bewegte, löste er Gefühle aus, die sich wie ein Buschfeuer in ihrem Körper ausbreiteten, bis sie laut keuchte und etwas tief in ihrem Innersten explodierte. Sie versank in einer Welt des Entzückens und der Freude, so daß sie vor Erregung fast die Besinnung verloren hätte. Er schien wie von Dämonen getrieben und liebte sie während der ganzen

Nacht, bis er mehr von ihrem Körper und ihrer Seele besaß als sie selbst. Elysia hatte das Gefühl, daß alle Energie und alle Gefühle aus ihrem Körper geflossen wären. Alex hatte ihre Lebenskraft in seinem Körper aufgesogen. Sie glaubte, sterben zu müssen, als er sich aus ihr zurückzog.

Sie blieb schwer atmend und mit tränenüberströmtem Gesicht liegen. Elysia drehte ihren Kopf und legte ihn schüchtern auf seine Brust. Alex sah sie an und zog sie näher zu sich, dann strich er ihr das zerzauste Haar mit sanfter Hand aus dem Gesicht. Elysia schloß ihre schweren Augenlider und seufzte, sie fühlte sich geborgen. Eine Hand stahl sich um seinen Nacken, und sie schlief ein.

Die ganze Welt ist Bühne.
Und alle Frauen und Männer bloße Spieler:
Sie treten auf und gehen wieder ab;
Shakespeare

9. Kapitel

Elysia hörte das Klappern von Geschirr und Besteck und grub ihren Kopf noch tiefer in die weichen Federkissen, um ihr Gähnen zu verbergen.

Die Kammerzofe öffnete die schweren Vorhänge, und ein Bündel Sonnenstrahlen drang in den schattenverhangenen Raum ein. »Es ist elf vorbei, Mylady«, sagte Lucy und nahm dem Mädchen das Frühstückstablett ab.

Elysia setzte sich bestürzt auf. Elf vorbei! Das konnte nicht sein. Sie schaute auf die kleine Uhr, die auf dem Kaminsims tickte und schüttelte ungläubig den Kopf. Sie mußte wie eine Tote geschlafen haben. Sie wollte aufstehen, schlüpfte aber schnell wieder unter die Decke, als sie sich ihrer Nacktheit bewußt wurde. Sie wurde rot bis unter die Haarspitzen, als sie ihr Hemd über einem kleinen vergoldeten Stuhl hängen sah. Ihr Morgenmantel lag auf dem Teppich, wohin ihn eine achtlose Hand geworfen hatte.

Lucy sah ihren beschämten Blick, setzte das Tablett ab und griff nach einem gerüschten weißen Bettjäckchen. Sie reichte es ihr mit der taktvollen Bemerkung, es wäre doch sehr kühl, und sie könnte vielleicht die extra Wärme brauchen. Elysia streifte dankbar die Jacke über und beschäftigte sich im Gegensatz zu sonst sehr eindringlich mit ihrem Frühstück. Sie zwang sich, ein paar Gabeln von dem duftigen Omelett zu essen, bis sie hörte, daß Lucy gegangen war. Sie warf einen Blick auf die geschlossene Tür zu Alex' Zimmer. War sie wirklich gestern nacht in seinem Zimmer gewesen? Alex – jetzt konnte sie seinen Namen ohne jede Schwierigkeit aussprechen.

Elysia spürte, wie ihr ganz heiß wurde bei dem Gedanken an das, was zwischen ihnen beiden passiert war, in dieser verzauberten Mitternachtsstunde, die sich endlos hingezogen hatte. Eigentlich sollte sie ihn hassen, aber das konnte sie nicht. Er hatte gesagt, daß er sie nicht zwingen würde, sich ihm hinzugeben, und er hatte sein Versprechen auch gehalten. Sie hatte sich seinen Begierden willig unterworfen, und ihre waren den seinen fast ebenbürtig gewesen. Sie konnte ihm wirklich keinen Vorwurf daraus machen, daß es passiert war. Er hätte sie gehen lassen, wenn sie es von ihm verlangt hätte, aber das hatte sie nicht. Sie hatte sich gewünscht, bei ihm zu sein. Er hatte geschworen, daß er sie dazu bringen würde, ihn zu begehren, und das hatte sie getan – so sehr, daß sie Schmerzen empfunden hatte. Sie hätte nie gedacht, daß eine Frau solcher Gefühle fähig war. Vielleicht war dieses Begehren, das sie so tief in ihrem Innersten spürte, nicht richtig. Liebe konnte es nicht sein – Liebe war anders. Dazu gehörte Kameradschaft und Wärme und Freundschaft. Wenn sie ineinander verliebt wären, hätten sie miteinander gelacht und geredet, bis jeder alles über den anderen wußte. Was wußte sie schon von ihrem Mann? Eigentlich nichts. Er war reich, er hatte einen Bruder, war Waise und gab zu, daß er einen miserablen Ruf hatte. Er konnte grausam, sarkastisch, zynisch sein und war ungeheuer jähzornig. Das war nicht der Mann, von dem sie immer geträumt hatte. Diese neuen, widersprüchlichen Gefühle verwirrten sie.

Elysia nahm die zarte Porzellantasse und nippte daran. Sie schnitt eine Grimasse und stellte die inzwischen kalte Schokolade zurück aufs Tablett, ehe sie aus dem Bett stieg, das Bettjäckchen auszog und ihren schlanken, nackten Körper im Spiegel betrachtete. Sie hatte sich nicht verändert – abgesehen von ein paar bläulich violetten Flecken auf ihren Schultern und Brüsten. Sie spürte Muskeln, von deren Existenz sie nichts geahnt hatte, als sie durchs Zimmer ging. Ihr Blick wanderte immer wieder unwillkürlich zu der geschlossenen Tür. Sie erinnerte sich vage daran, wie er sie in den kühlen Morgenstunden hochgehoben und sie leise vor sich hingeschimpft hatte, weil sie von einem herrlich warmen Bett in ein nur halb so warmes gelegt wurde. Jetzt war sie dankbar, daß Alex sie in ihr eigenes Bett gebracht hatte.

Sie läutete Lucy, wickelte sich fest in ihren Morgenmantel, ging zum Fenster und schaute auf die See, die immer noch aufgewühlt war vom gestrigen Sturm. Riesige Wellen schleuderten die kleinen Fischerboote aus dem Dorf wie Spielzeug herum.

Wie konnte sie Alex in die Augen sehen? Was würde er denken... nach allem? Sie verdrängte die intimen Details von gestern nacht. Sie konnte sich nur allzu gut sein spöttisches Lächeln und dieses triumphierende Funkeln in seinen Augen vorstellen. Sie würde es nicht ertragen können, wenn er etwas sagte, was das, was zwischen ihnen passiert war, in den Schmutz zog.

Elysias Blick schweifte besorgt in die Ferne, und sie fragte sich, wie sie ihr nächstes Treffen erfolgreich gestalten konnte. Sollte sie Gleichgültigkeit vortäuschen – kühle Verachtung – und so tun, als würde sie das kalt lassen, was ihr ganzes Leben aus den Angeln gehoben hatte? Sie war jetzt kein unschuldiges Mädchen mehr. Sie war eine Frau – Alex' Frau –, und er war ein sehr anspruchsvoller Liebhaber.

Etwas bewegte sich in der Ferne auf der Straße und erregte Elysias Aufmerksamkeit. Eine rotgelbe Kutsche raste die Straße entlang. Die beiden temperamentvollen Braunen wurden von einem sehr beschäftigten Gentleman gelenkt, der versuchte, sie zu zügeln, als sie in den Hof jagten. Weiter weg sah Elysia ein weiteres Gefährt, das langsam die zerfurchte Straße entlangrollte. Dem ersten Gentleman mit der auffälligen Kutsche war es gelungen, sein Gespann mit Hilfe zweier Stallburschen zum Stehen zu bringen. Er sah sich jetzt nervös um und lief unentschlossen hin und her.

Elysia ging schnell zu ihrem Schrank, riß das erstbeste Kleid heraus und zog sich rasch an, weil sie unbedingt erfahren wollte, was da draußen vorging. Mit Lucys fähiger Hilfe war Elysia in zehn Minuten angezogen und auf dem Weg nach unten. Das Haar hatte sie mit einem gelben Band zu einem Lockenpferdeschwanz gebunden, und sie trug ein gelbes Musselinkleid mit passenden Schuhen, dazu einen geblümten Schal, den sie locker über die Schulter geworfen hatte.

In der großen Halle herrschte hektisches Treiben. Elysia rief Browne etwas zu. Aber Browne hatte scheinbar seine übliche Gelassenheit verloren. Er rannte einfach an ihr vorbei, mit zerzausten weißen Haaren, die in Büscheln vom Kopf abstanden, und murmelte Unverständliches vor sich hin.

Etwas Furchtbares mußte passiert sein, wenn Browne so die Beherrschung verlor. Das war ihm wahrscheinlich in den letzten fünfzig Jahren nicht passiert. Der einzig mögliche Grund dafür war, daß dem Marquis etwas zugestoßen war. Alex war sicher verletzt oder in Schwierigkeiten. Elysia wurde von Panik erfaßt. Sie stürmte zu der großen Flügeltür. Vergessen war ihr Entschluß, sich gleichgültig zu zeigen, und wie ein kleiner Wirbelwind mit wehenden Schalfransen rannte sie nach draußen.

Als Charles Lackton die nahenden Schritte hörte, drehte er sich um und starrte fassungslos die auf ihn zustürmende Gestalt an. Er hatte mit Lord Trevegne gerechnet, aber nicht mit dieser unglaublichen, gelb gekleideten Erscheinung, die ihn anscheinend angreifen wollte. Er wich hastig ein paar Schritte zurück.

Die Gestalt blieb vor ihm stehen, und zwei zitternde Hände krallten sich in seinen Ärmel. Er starrte ungläubig in das weiße Gesicht mit den strahlenden grünen Augen.

»Was ist passiert? Ist es Alex – er ist doch nicht verletzt?« keuchte Elysia und sah flehend den jungen Gentleman mit dem roten Haar und dem ängstlichen Gesicht an.

»Lord Trevegne?« fragte Charles verwirrt. War er etwa auch krank? Und wer war diese Frau? dachte er verwundert. Jetzt bemerkte er erst, wie schön sie war, da er keinen Angriff mehr fürchtete. »So viel ich weiß, geht es ihm –«

»Gut«, sagte eine tiefe Stimme hinter ihr. Elysia drehte sich um und sah, daß ihr Mann neben ihnen stand und sie fragend und überrascht ansah.

»Ich hatte keine Ahnung, daß Euch das etwas bedeutet, Mylady«, flüsterte er ihr zu, und seine goldenen Augen verloren ihre Strenge, als er in ihre besorgten sah. »Charles, was bringt dich hierher?« fragte Lord Trevegne nicht sehr erfreut über diesen ungelegenen Gast.

»Es ist –« begann er, wurde aber unterbrochen von der Ankunft der anderen Kutsche im Hof, die neben ihnen zum Stehen kam.

»Was, zum Teufel, hat das zu bedeuten?« rief Alex, als er seine eigene Kutsche erkannte. »Antworten, wenn ich bitten darf, Charles«, fügte er bedrohlich hinzu. Dann sah er voller Bestürzung, wie sich die Tür der Kutsche öffnete und ein schwarzer Lockenkopf mit verhärmtem weißen Gesicht und fiebrigen blauen Augen herauskam. »Peter!« rief Alex überrascht, registrierte aber sofort die ungesunde Blässe und den leeren Ärmel seines Bruders. Er fing die taumelnde Gestalt auf, ehe sie fallen konnte, und brüllte Lackton zu, ihm zu helfen. Dann trugen die beiden Peters schlaffen Körper in die große Halle.

Elysia folgte den drei Männern. Das war also Alex' Bruder Peter. Er sah gar nicht gut aus. Sie eilte in die große Halle und sah zu, wie zwei Lakaien und Lord Trevegne Peter die lange Treppe nach oben trugen. Charles Lackton blieb hilflos am Fuß der Treppe stehen.

»Kann ich irgendwie helfen?« fragte Elysia, als Dany mit einem Tablett voller Binden und dunkler Medizinflaschen vorbeieilte.

»Ach nein. Ich hab' mich immer um die beiden gekümmert, und oft sah's viel schlimmer aus, aber sie sind zäh wie Leder«, sagte sie zuversichtlich, aber ihre braunen Augen wirkten doch ziemlich besorgt. »Ihr könnt dem jungen Gentleman hier helfen, Lady Elysia. Ich glaube, er kippt gleich um«, fügte sie hinzu, als sie Charles' aschfahles Gesicht und die Schweißtropfen auf seiner Oberlippe sah. Dann lief sie die Treppe hinauf, um Peter zu verarzten.

»Würdet Ihr bitte in den Salon kommen, ich lasse Euch eine Tasse Tee oder einen Drink bringen«, sagte Elysia und lächelte den verwirrten jungen Mann an. »Ich bin mir sicher, Ihr könntet eine Stärkung gebrauchen.«

Er trabte wie ein verirrter Welpe hinter ihr in den Salon, wo sie schweigend dasaßen, jeder in seine eigenen Gedanken vertieft. Charles kippte den Brandy hinunter, den Elysia für ihn geordert hatte, während sie selbst eine Tasse aromatischen Tee trank.

»Wie schwer ist seine Verletzung?« fragte Elysia schließlich, als der junge Mann sich allmählich gefangen hatte.

»Ziemlich schlimm. Ich wette, das Loch ist mindestens so groß«, erwiderte er und formte seine Hände zu einem kleinen Kreis.

»Ein Loch?« fragte Elysia verwirrt. Sie verstand diesen rotschöpfigen jungen Mann mit seiner kanariengelb und türkis gestreiften Weste und dem pflaumenfarbenen Jackett nicht. Sie starrte wie hypnotisiert auf die üppigen Quasten seiner Schaftstiefel.

»In seiner Schulter. Hat knapp das Herz verpaßt. Er hat Glück, daß er überhaupt noch am Leben ist. Ein Arzt mußte die Kugel rausschneiden – hat verdammt lange dazu gebraucht.« Er verstummte plötzlich errötend und entschuldigte sich: »Bitte verzeiht mir. Ich wollte nicht fluchen.« Er starrte sie verwundert an und sagte dann: »Verzeiht bitte, aber wer seid Ihr?«

Elysia lächelte amüsiert. »Ich bin Lady Trevegne, und ich fürchte, daß ich auch nicht weiß, wer Ihr seid, also braucht Ihr Euch nicht zu entschuldigen.«

Er erhob sich rasch, wie ein beschämter Schuljunge. »Verzeiht, Lady Trevegne«, sagte er erstaunt. »Ich bin Charles Lackton, ein Freund der Familie, und es ist mir eine Ehre, Eure Bekanntschaft zu machen.« Er beugte sich formvollendet über ihre Hand, wobei eine rote Locke in seine Stirn rutschte.

»Hab's ganz vergessen. Es war ein echter Schock, von der Heirat Seiner Lordschaft zu hören. Das hat ganz London überrascht. Konnt's nicht glauben.«

»Ja, es war für alle eine ziemliche Überraschung«, stimmte Elysia zu, verriet aber nicht, daß auch sie zu den Überraschten gehörte. »Wie hat Peter sich denn verletzt? War es ein Jagdunfall?«

»Kein Unfall – ein Duell.«

»Ein Duell!« wiederholte Elysia entsetzt.

»Ja, Peter hat sich und Lord Trevegne alle Ehre gemacht. Ich bin stolz, sein Freund zu sein«, erklärte Charles begeistert.

»Aber warum? Was war der Anlaß für dieses Duell?« fragte Elysia neugierig.

»Ja, also... äh«, stammelte Charles verlegen. »Das kann man eigentlich einer Lady nicht erzählen. Aber es war eine Ehrenverletzung, die Satisfaktion verlangte. Ich war Peters Sekundant.«

»Und was ist mit dem Mann passiert, den er herausgefordert hat?«

»Tot.«

»Peter hat ihn getötet?« fragte Elysia ungläubig.

»Er mußte. Beckingham hat ihn betrogen. Er hat geschossen, bevor zu Ende gezählt war«, berichtete Charles angewidert.

»Beckingham? Habt Ihr Beckingham gesagt?« fragte Elysia leise. »Doch nicht etwa Sir Jason Beckingham.«

»Ja, genau der – ein echter Außenseiter und ein Feigling. Es ist nicht schade um ihn, sag' ich!« sagte Charles voller Ekel.

Elysia stellte ihre Teetasse vorsichtig auf dem Tablett ab. Ihre Hand zitterte heftig. Sir Jason war also tot. Sie hatte ihn gehaßt, aber den Tod hatte sie ihm nicht gewünscht. Sie war wirklich besorgt darüber gewesen, daß er die Umstände ihrer Hochzeit kannte. Ein skrupelloser Mensch wie Sir Jason konnte alles Mögliche mit einer solchen Information anrichten. Sie war dennoch überzeugt gewesen, daß Alex das alles geregelt hätte, oder etwa nicht? Schließlich und endlich hatte dieser junge Mann, Charles Lackton, gesagt, Sir Jason hätte betrogen und verfrüht geschossen. Alex hätte sehr leicht getötet werden können – oder verwundet, wie sein Bruder. Ja, es war wirklich das Beste – Gott möge ihr verzeihen –, daß Sir Jason keine Gefahr mehr für sie war.

»Wenn Sir Jason geschossen hat, bevor zu Ende gezählt worden war, wie Ihr, glaube ich, sagtet, wie ist es dann Peter gelungen, ihn zu erschießen?« fragte Elysia den stumm dasitzenden Charles, der sie mit offenem Mund anstarrte und puterrot anlief, als sie ihn dabei ertappte.

»Ja, also, Sir Jason hatte einen etwas unguten Ruf, was die Duelle betrifft, die er unter sehr merkwürdigen Umständen gewonnen hat. Wir haben also mit Betrug gerechnet, und ich riet Peter, mich zu beobachten. Ich wollte ihm ein Zeichen geben, falls ich etwas Unreelles bemerkte. Als sich Beckingham dann vor dem Ende des Zählens umdrehte, konnte ich es nicht fassen, obwohl ich damit gerechnet hatte!« Charles warf Elysia einen verschämten Blick zu. »Deshalb ... war ich etwas langsam, und Beckingham konnte abdrücken. Aber Peter hatte sich dank meiner Warnung schon gedreht, und so hat ihn die Kugel nur in die Schulter getroffen und nicht ins Herz, wie Beckingham es beabsichtigt hatte. Peter konnte trotzdem noch schießen. Beckingham war sofort tot. Aber wißt Ihr, es war ganz seltsam. Er hat sogar im Tod noch gelächelt.« Charles erschauderte.

Peter unterdrückte den Schrei, als ihn der Schmerz wie ein Pfeil durchbohrte. Alex und der Lakai legten ihn vorsichtig aufs Bett.

»Ist alles in Ordnung, Peter?« fragte Alex besorgt und musterte das Hemd seines Bruders, das sich grellrot färbte, da die Wunde wieder aufgebrochen war.

Peter machte einen armseligen Versuch zu lächeln, was in einer Grimasse endete. »Ich bin noch nicht tot – da gehört mehr dazu als ein Feigling und diese grobschlächtigen Lakaien.«

Er stöhnte, während Dany sein Hemd und den Verband aufschnitt. Die Wunde sah gefährlich aus, aber es war ein glatter Durchschuß.

»Dany, was stocherst du denn da rum?« fragte er, als Dany seine Wunde abtastete. »Der Arzt hat das schon alles gemacht. Ich muß es ja wissen – es hat reichlich weh getan«, beklagte er sich.

»Ich werde nicht dulden, daß einer meiner Schützlinge nicht anständig versorgt ist. Diese Londoner Ärzte haben doch keinen Funken Verstand. Nur ruhig, Dany wird sich um alles kümmern, und wir werden schon sehen, was das beste für Euch ist«, erwiderte sie brüsk, strich einen übelriechenden Brei auf die Wunde und legte dann einen sauberen Verband an.

»Du solltest wirklich wissen, daß es keinen Sinn hat, mit Dany zu streiten, Peter.« Alex lachte und rümpfte die Nase, als er ihre hausgemachte Salbe roch. »Erinnere mich dran, daß ich dir nicht zu nahe komme, wenn ich dich das nächste Mal besuche«, sagte er und schüttelte sich.

»Und wie, glaubst du, fühle ich mich, mit diesem widerlichen Zeug auf der Schulter?« fragte Peter indigniert.

»So, jetzt legt Euch schön hin, und ich bringe Euch eine kräftige Suppe«, versprach Dany. Seine Frage nach einem großen Schluck Brandy ignorierte sie einfach, schüttelte geschäftig die Kissen auf, strich die Laken zurecht und ermahnte ihn, brav zu sein, während sie die Brühe zubereitete.

Nachdem sie gegangen war, setzte sich Alex auf einen kleinen Stuhl und sah seinem Bruder streng in die Augen. »Tut teuflisch weh, was?« erkundigte er sich mit zornigem Unterton. Der Zustand seines Bruders hatte ihn ziemlich erschreckt. »Wenn du keine Lust hast zu reden, gehe ich, aber mich würde schon interessieren, was, zum Teufel, dir passiert ist. Das ist doch eine Schußwunde, wenn ich mich nicht irre.«

»Bitte geh nicht, ich muß mit dir reden, Alex.« Peter zögerte, und dann gestand er verzweifelt: »Ich habe einen Mann getötet!«

»Ach wirklich?« fragte Alex ungerührt. Er ließ sich nichts von seiner Überraschung anmerken und fuhr beiläufig fort: »Ich bin sicher, du hattest einen Grund dafür.«

»O ja, ich bin kein Mörder! Es war eine Ehrensache, Alex, aber...« Er sah seinen Bruder mit gequältem Blick an. »Ich bin nicht stolz darauf. Ich hab' immer davon geträumt, unsere Ehre und unseren Namen in einem Duell zu verteidigen, aber jetzt, nachdem ich einen Menschen getötet habe, widert mich das alles nur an.« Er ließ niedergeschlagen den Kopf hängen.

Alex beugte sich vor und hob Peters Kinn an, damit er ihm direkt in die Augen schauen konnte.

»Jetzt hör mal zu, Peter. Kein Gentleman freut sich darüber, daß er einen anderen getötet hat – gleichgültig wie groß die Beleidigung oder das Verbrechen war. Es wäre unnatürlich, wenn du dich darüber freuen würdest, daß du ein menschliches Wesen getötet hast. Wärst du nicht der Sieger gewesen – dann hätte dich der andere Mann erschossen. Einer muß verlieren, und in einer Situation wie dieser – wenn es für dich keine andere Möglichkeit gibt –, kämpfst du, um zu gewinnen und zu überleben, Peter«, sagte Alex streng. »Kämpfe immer, um zu gewinnen.«

»Du hast wahrscheinlich recht, Alex, aber ich hätte nie gedacht, daß ich mich so furchtbar dabei fühle – wie eine Frau. Am liebsten würde ich heulen«, gab er betreten zu. »Du warst doch immer so stark und siegesbewußt nach deinen Duellen. Du hast es nie bereut oder bedauert. Deshalb dachte ich, meine Gefühle wären falsch und die eines Feiglings.«

»Nein, Peter. Du hast das Herz eines ehrlichen und mitfühlenden Mannes, und das sind großartige Gefühle.« Er schaute seinen Bruder neugierig an. »Hast du wirklich geglaubt, ich hätte nie Reue empfunden, wenn ich einen Mann besiegt habe? Ich empfinde sie, Peter, und glaube mir, auch mich belastet so etwas. Ich bin es gewohnt, meine Gedanken und Gefühle zu verbergen, um der Welt ein unbekümmertes Gesicht zu zeigen. Aber tief drinnen tut es weh – es reißt mich manchmal in Stücke.

Gelegentlich muß man feststellen, daß man in gesellschaftlichen Konventionen gefangen ist und daß es keine andere Möglichkeit gibt, um eine Sache zu regeln. Es wird immer andere geben, die dich zu etwas zwingen, und bei solchen Gelegenheiten ist es notwendig, daß du deinen Namen und deine Ehre durch ein Duell verteidigst. Bedauerlich, ja – aber notwendig, fürchte ich. Ich möchte dich nur davor warnen, dein Leben von solchen Handlungen regieren zu lassen. Sei Herr deines Schicksals, nicht das Opfer.«

»Da fällt mir wirklich ein Stein vom Herzen«, sagte Peter erleichtert. »Trotzdem hab' ich ein Wörtchen mit dir zu reden. Du hast mich zum Gespött von London gemacht, Alex! Ich habe nämlich als allerletzter erfahren, daß du geheiratet hast! Jeder Kaminkehrer und jeder Diener in London wußte es vor mir«, sagte Peter beleidigt. »Ich mußte es aus der Gazette erfahren. Zuerst waren da diese verdammten Gerüchte über dich und irgendein Weibsstück in einem Gasthof. Sie haben sich die Mäuler darüber zerrissen, und dann die Neuigkeit, daß du geheiratet hast. Das hat mich wie eine Breitseite getroffen, das kann ich dir sagen.« Er warf Alex einen zweifelnden Blick zu. »Du bist doch verheiratet?«

»Ja, und wie«, erwiderte Alex, und die freudige Erinnerung an die letzte Nacht erhellte sein düsteres Gesicht.

»Ich kann es immer noch nicht glauben. Ausgerechnet du! Und du hast es mir nicht einmal erzählt, Alex. Du hast nur davon geredet, daß du London verlassen willst, weil du die Nase von allem voll hättest. Ich wußte, daß das nicht stimmen kann. Du hast die ganze Zeit schon vorgehabt, das Mädchen zu heiraten, stimmt's? Kenne ich sie?«

»Nein, du kennst sie nicht, aber du wirst schon bald das Vergnügen haben«, versprach Alex.

»Wie ich höre, ist sie eine Schönheit. Aber das überrascht mich nicht, ich kenne ja deinen Geschmack.«

»Ja, Elysia ist auf eine recht ungewöhnliche Art sehr schön, aber sie entspricht nicht den Schönheitsnormen, die jetzt in London Mode sind. Sie ist keine süße, blauäugige, engelsgleiche Blondine. Ich habe mir eine richtige Hexe eingefangen mit smaragdgrünen Augen und wildem rotgoldenen Haar, passendem Temperament und spitzer Zunge«, sagte er, offensichtlich sehr zufrieden mit dieser Kombination.

»Du wirst schon mit ihr fertig werden, da wett' ich drauf«, sagte Peter zuversichtlich. Er kannte die tyrannische Art seines Bruders, der glaubte, alles müsse nach seinem Kopf gehen. Aber ganz hatte er die Geschichte immer noch nicht begriffen.

»Manchmal hab' ich meine Zweifel«, bekannte Alex nachdenklich und schüttelte den dunklen Kopf.

»Ich weiß immer noch nicht, wie das alles gekommen ist. Ich weiß nicht, wie ihr euch begegnet seid, aber wenn ihr schon Heiratspläne geschmiedet habt, bevor du London verlassen hast... dann können doch all die Gerüchte gar nicht wahr sein – trotz allem, was der Joker behauptet hat«, sagte Peter überzeugt. Er hatte zwar immer noch gewisse Zweifel, wollte aber nur ungern mit Alex darüber reden. Es war schließlich eine sehr delikate Angelegenheit. Eins rutschte ihm aber dennoch heraus: »Aber die Haarfarbe ist doch dieselbe wie bei diesem anderen Mädchen...«

»Beckingham? Was hat dieses Schwein dir erzählt?« fragte Alex und kräuselte verächtlich die Lippen, als ob der Name allein schon einen widerlichen Nachgeschmack erzeugen würde.

»Ich wollte es dir ja eigentlich nicht erzählen, weil ich nicht wußte, ob es wahr ist. Außerdem stellt man einfach bei so etwas keine Fragen. Ich sah keinen anderen Ausweg, als ihn zu fordern. Wenn das, was er erzählte, wahr ist, hat er den Tod für diese infame List verdient, und wenn es nur ein Gerücht ist, dann dafür, daß er verleumderische Anklagen gegen dich geäußert hat.«

»Du hast dich mit Beckingham duelliert?« Dieses eine Mal war es Peter gelungen, Alex aus seiner kühlen Reserviertheit zu locken.

»Ja, mit wem denn sonst? Ich habe doch keinen Grund, jemand anderen zu erschießen, oder?« fragte Peter zweifelnd.

»Du... du hast also Beckingham getötet!«

»Ja, das versuche ich dir doch schon die ganze Zeit zu erklären. Er hat ein paar so provozierende Sachen mir gegenüber geäußert – unter vier Augen –, daß ich es als meine Pflicht betrachtete, ihm eine Lektion zu erteilen. Weißt du, ich glaube, er hat es darauf angelegt, von mir gefordert zu werden. Ich war ja praktisch dazu verpflichtet, nach allem, was er mir erzählt hat. Aus irgendeinem Grund wollte er meinen Tod«, sagte Peter verwundert. »Ich hab' nie was gegen den Kerl gehabt, deshalb verstehe ich nicht, warum er es auf mich abgesehen hatte.«

»Er hat mich gehaßt, Peter, und hat wahrscheinlich gehofft, daß er dich töten kann. Er wußte, wie nah wir uns stehen und wie sehr mich dein Tod treffen würde«, erklärte Alex. »Sein Pech, daß er versagt hat.« Jetzt erst begriff er, wie sehr ihn Sir Jason gehaßt haben mußte.

»Na ja, fast wär's ihm ja gelungen – er hat falsch gespielt und zu früh geschossen. Ich hatte Glück und den Verdacht, daß er etwas plant, sonst hätte er mir eine Kugel ins Herz gejagt. Ich verdanke Charles mein Leben. Wenn er mich nicht gewarnt hätte, wäre ich nicht mehr am Leben«, sagte Peter grimmig.

Alex sah seinen Bruder liebevoll an. Ihm war klargeworden, wie knapp er dem Tod entronnen war. »Du hast es tatsächlich geschafft, meine Rechnung mit Beckingham zu begleichen, Peter. Ich bin dir sehr dankbar, es tut mir nur leid, daß deine Schulter darunter gelitten hat.«

»Immer eine Freude, dir einen Dienst erweisen zu können, Alex«, erwiderte Peter stolz. Das Lob seines Bruders linderte den pochenden Schmerz in seiner Schulter beträchtlich. »Wann lerne ich denn die frischgebackene Lady Trevegne kennen?«

»Früh genug. Du mußt dich jetzt ausruhen, sonst zieht Dany mir die Haut ab«, sagte Alex, als er ihre Röcke hinter sich rascheln hörte. Sie kam mit einem Tablett zur Tür herein.

»Aber ich habe noch tausend Fragen an dich, Alex! Bitte geh nicht«, jammerte Peter, als Alex zur Tür ging.

»Ihr lehnt Euch jetzt schön zurück, Master Peter, und Ihr macht, daß Ihr wegkommt, Lord Alex. Ihr wart schon viel zu lange hier – raus mit Euch«, befahl Dany streng.

»Gegen diese Herrschsucht ist kein Kraut gewachsen, Peter«, sagte Alex und überließ seinen Bruder der unwillkommenen Pflege Danys.

Alex ging langsam die Treppe hinunter und dachte an Peters blasses Gesicht. Seine Hände ballten sich zu Fäusten bei dem Gedanken an Beckinghams doppelten Verrat. Fast wünschte er, er würde wieder auferstehen, damit er das Vergnügen hätte, ihn noch einmal unter die Erde zu bringen.

Er schüttelte fassungslos den Kopf. Er hätte nie geahnt, daß Beckingham ihn so abgrundtief haßte. Der Mann mußte wahnsinnig gewesen sein. Er zuckte mit den Schultern und versuchte, die Gedanken an Beckingham zu verdrängen.

Alex ging in den Salon, aus dem Stimmen zu hören waren. Er blieb unbemerkt an der Tür stehen und beobachtete schweigend seine Frau, die an Lacktons Lippen hing, der aufgeregt seine abenteuerliche Geschichte erzählte. Alex grinste, während er bemerkte, wie schockiert und entsetzt sie über Charles' lebhafte Schilderung war, und zog amüsiert eine Braue hoch, als er entdeckte, wie bewundernd der Mann Elysia anstarrte. Sie sah aus, als wäre sie völlig unangreifbar – sicher eingehüllt in den Kokon ihrer Gedanken, zu denen keiner Zugang hatte.

Alex betrat den Raum und unterbrach das Gespräch der beiden. »Wie es scheint, verdankt Peter dir sein Leben, und ich stehe tief in deiner Schuld, Charles«, sagte Alex und schüttelte dem jungen Mann die Hand.

»War doch nicht der Rede wert«, wehrte Charles ab, der durch die ungewohnte Herzlichkeit in Lord Trevegnes Stimme fast einen Meter gewachsen war. »Hab' nur getan, was man einem Freund schuldig ist.«

»Wir sind stolz und glücklich, dich als Freund zu haben, Charles, und ich glaube, das gilt für uns alle. Wir sind wirklich sehr dankbar für das, was du getan hast. Nicht wahr, Elysia?« Er sah sie unschuldig fragend an, und sie erwiderte ruhig seinen Blick, ihr Gesicht zeigte keinerlei Regung.

»Das sind wir in der Tat, Alex. Aber erzähl mir von Peter. Wie geht es ihm?«

Alex goß sich einen Brandy ein, ging zum Kamin und stützte lässig einen Arm auf den Sims.

»Er wird es überleben«, erwiderte er düster, »aber er wird viel Ruhe brauchen, und hier ist der beste Ort für seine Genesung. Wenn ihn diese Irrsinnsfahrt von London hierher nicht umgebracht hat, dann hab' ich ernsthafte Zweifel, daß ihm sonst noch etwas schaden könnte.« Er schüttelte den Kopf, eingedenk der sicher schmerzvollen Reise in der Kutsche, die Peter hatte erdulden müssen.

Elysia machte Anstalten, den Raum zu verlassen, und sagte: »Ich werde uns bei den Blackmores für heute abend entschuldigen lassen und –«

»Nein, wir können ruhig hingehen, da wir ohnehin nichts für Peter tun können. Dany wird sich um alles kümmern. Sie hat mich praktisch aus dem Zimmer geworfen, und er schläft wahrscheinlich schon wie ein Baby. Dany hat ihm ihre Spezialbrühe zubereitet und ihn gerade damit gefüttert, als ich das Zimmer verließ. Ich bezweifle, daß wir heute auch nur einen Seufzer von ihm hören.« Er warf einen Blick auf Charles, der jetzt anscheinend die Erschöpfung von seiner anstrengenden Reise spürte. »Charles, du wirst einige Zeit bei uns bleiben«, bestimmte Alex – es klang mehr wie ein Befehl als wie eine Frage.

»Danke, Euer Lordschaft, es wird mir ein Vergnügen sein. Wenn Ihr mich jetzt bitte entschuldigen würdet, ich muß mich umziehen. Ich muß ja eine Beleidigung fürs Auge sein, so über und über mit Schlamm bespritzt.« Er verließ eilig das Zimmer. Er konnte es gar nicht erwarten, sich umzuziehen und etwas auszuruhen und dann sofort Lord Trevegnes neue Art, die Krawatte zu falten, nachzuahmen.

Elysia zögerte unentschlossen. Es war das erste Mal seit heute nacht, daß sie mit ihrem Mann allein war. Sie beschloß, einen würdigen Abgang zu inszenieren und strebte zur Tür.

»Mylady«, sagte er leise und ging auf sie zu.

Elysia drehte sich zu ihm. »Ja, Mylord«, erwiderte sie schüchtern.

»Ich hätte gern einen Gutenmorgenkuß«, sagte Alex, nahm Elysia in die Arme und küßte ihren zitternden Mund. Sein Kuß wurde intensiver, und die Feuer ihrer Leidenschaft loderten sofort wieder auf. Sie erwiderte seine Zärtlichkeit. »Siehst du, du hättest keine Angst vor mir zu haben brauchen. Ich bin gar nicht der Unhold, für den du mich hältst, Mylady.« Er lächelte in ihre grünen Augen.

»Nein, Mylord, das seid Ihr wohl nicht«, stimmte Elysia zu und gab sich seinen gierigen Küssen hin, bis ein Klopfen an der Tür und ein Diener, der verkündete, daß das Essen serviert wäre, den Zauber zerstörte.

»Mich gelüstet nicht nach dem zarten Fleisch eines Fasans, Mylady«, gestand Alex leise, als sie zusammen zur Tür gingen. Was er damit meinte, war deutlich in seinen leidenschaftlich glühenden goldenen Augen zu lesen.

In Xanadu schuf Kubla Khan
Den Freuden-Dom auf Eis und Schnee
Wo Alph das heilige Wasser rann
Durch Höhlen, die kein Mensch ersann,
Zur sonnenlosen See.

Coleridge

10. Kapitel

Die Kutsche, in der Elysia, Lord Trevegne und Charles Lackton saßen, rollte die baumbestandene Einfahrt zur Residenz von Squire Blackmore entlang. Blackmore Hall stand prunkvoll und prächtig am Ende der kiesbestreuten Straße. Das Haus war eine wilde Mischung aller nur erdenklichen architektonischen Stilrichtungen. Gotische Türme dräuten über chinesisch anmutenden Kuppeltürmen, die dem Prince of Wales' Pavillon in Brighton nachempfunden waren, und kämpften mit indischen Fassaden und griechischen Säulen um die Vorherrschaft. Die ganze Pracht war von scheinbar Tausenden von Fackeln erleuchtet, so daß der Eingang aussah, als stünde er im grellen Sonnenlicht.

Elysia entfuhr ein erstickter Schrei angesichts dieses Prunks.

»Ja, es ist überwältigend«, stimmte Alex trocken zu. »Eigentlich eine Tragödie – bei Tag sieht es noch schlimmer aus. Das originale Gebäude war ein kleines Herrenhaus, das der Squire vor Jahren gekauft und dann ausgebaut hat. Wie du siehst, spielte Geld keine Rolle – und Geschmack auch nicht. Aber warte, der *coup de grace* kommt noch, Mylady.«

Charles Lackton verrenkte sich den Hals, als er aus dem Fenster spähte. Er drehte sich mit offenem Mund zu ihnen um. »Das ist ja unglaublich! Das ist phantastisch. Ich habe den Palast des Prinzen in Brighton gesehen, aber das, das ist ja, als ob man in China wäre!« rief Charles aufgeregt.

Alex warf Elysia einen verzweifelten Blick zu. »Der Herr möge uns vor dem Ungestüm der Jugend bewahren und nicht noch mehr von diesen...« Er verstummte. Anscheinend fand er kein passendes Wort für Blackmore Hall, »...Schandflecken auf Englands heiligem Boden entstehen lassen.«

Elysia lachte verständnisvoll. »Es sollte wirklich gesetzlich verboten werden, Mylord, und teuer bestraft. Ihr werdet es doch hoffentlich im House of Lords erwähnen, wenn Ihr das nächste Mal anwesend seid?« fragte Elysia mit unschuldiger Miene, aber der Schalk blitzte in ihren Augen.

»Ihr könnt Euch darauf verlassen, Mylady, denn wie kann ich, ein Fürst des Reiches, dulden, daß so ein Ding vor meiner eigenen Nase existiert?« spottete er. Charles schaute die beiden verwirrt an. Er hatte gar nichts begriffen.

Die Kutsche hielt an, und die Lakaien des Squire stürzten sich wie ein Schwarm Bienen auf sie und eskortierten sie in die Halle, aus der lautes Getöse dröhnte. In der Mitte thronte ein überschwenglich geschmückter blubbernder Brunnen mit wasserspeienden Delphinen und Seejungfrauen, die graziös um den Beckenrand lagerten, mit lauschigen Steinbänken in Muschel- oder Seerosenform. Der ganze Brunnen war anscheinend vergoldet, und Elysia sah, wie Alex grinsend ihre Reaktion beobachtete.

»Eine ziemliche *tour de force*, Mylord«, sagte sie.

»Ziemlich, Mylady. Soll ich Euch einen bauen?« fragte der Marquis mit unschuldiger Miene und boshaft blitzenden Augen.

»Wie habt Ihr das nur erraten, Mylord? Er wird sicher fabelhaft in Eurer Bibliothek aussehen«, erwiderte Elysia ernst.

»Ihr verletzt mich zutiefst, Mylady«, murmelte er, als ihr Gastgeber auf sie zukam.

Squire Blackmore begrüßte sie strahlend und dankte ihnen überschwenglich für ihr Kommen. Er war ein sehr leutseliger Gastgeber und darauf bedacht, seinen Gästen jeden Wunsch zu erfüllen. Er hielt es für seine persönliche Verantwortung, jeden einzelnen zu unterhalten. Seine quittengelbe Hose, das rote Satinjackett und die grellgrüne Weste leuchteten aus der Menge heraus – selbst die aufwendigen Kostümierungen der Gäste aus der Londoner Dandyszene verblaßten angesichts dieser Pracht.

Was Mrs. Blackmore, die unauffällige kleine Frau des Squire, dachte, erfuhr niemand. Sie sagte nur wenig und war ziemlich unscheinbar. Die Frau war klein und nicht sonderlich schön, in einem mauvefarbenen Kleid und mit einer kleinen Perlenbrosche als einzigem Schmuck. Sie war der krasse Gegensatz zu ihrem Mann, der wie ein Pfau herumstolzierte und die funkelnden Diamanten und Rubine an seinen feisten Fingern zur Schau stellte.

Elysia betrachtete sich und Alex kurz in einem der Spiegel, die von der Decke bis zum Boden reichten. Sie waren wirklich ein sehr attraktives Paar, wie sie zugeben mußte, als ihr stolzer Blick über Alex' dunkelrotes Jackett, die weiße Satinhose und seine silberne Brokatweste wanderte. Ein großer, blutroter Rubin funkelte dunkel aus den Falten seiner schneeweißen Krawatte.

Ihre eigenen grünen Augen starrten sie aus dem Spiegel an und schienen mit dem meergrünen Kleid zu konkurrieren, das wie Nebelfetzen bei jedem Schritt wogte. Die eingewirkten Goldfäden sahen aus, als hätte eine verspielte Elfe mit großzügiger Hand Sternenstaub darüber gestreut. Goldbänder rafften das Kleid unter ihrem Busen und verschwanden unter der spinnwebfeinen Schleppe, die von ihren Schultern zum Boden fiel. Ihre Hand stahl sich zu den funkelnden grünen Steinen, die um ihren Hals lagen.

Die Trevegne-Smaragde, die wie ein Ring grünen Feuers um ihren Hals hingen und sich schlangengleich um ihre Arme wanden und wie Katzenaugen an ihren Ohren und im Haar blitzten.

Alex hatte die Juwelen in einem goldverzierten Etui in ihr Schlafzimmer gebracht, als sie sich für den Abend vorbereitet hatte, und ihr das Etui behutsam in die Hand gedrückt. Alex war hocherfreut gewesen, als er ihr Erstaunen und ihre Begeisterung sah, während sie den Deckel geöffnet und sprachlos die glitzernden Juwelen auf ihrem Bett aus weißem Samt betrachtet hatte. Ganz besonders hatte ihm gefallen, daß sie ihre Fassung bewundert und seinen Vorschlag abgelehnt hatte, die Steine nach neuester Mode fassen zu lassen. Ihr gefielen die alten Goldverzierungen, weil sie zu den Juwelen, die sich schon seit Generationen im Besitz seiner Familie befanden, viel besser paßten.

Der Marquis hatte seltsam gelächelt, als sie das sagte. Sie ahnte ja nichts von der Trevegne-Legende, die den Männern von Generation zu Generation überliefert wurde. Sie prophezeite eine fruchtbare und gesegnete Ehe für den Lord und seine Braut, wenn die Smaragde nicht verändert würden und ihre originale Fassung behielten, wie sie im Porträt der ersten Lady Trevegne zu sehen war.

Jetzt entdeckte Elysia Charles Lacktons strahlendblaues Jackett in einer Gruppe von Leuten im Spiegel. Sie sah sich in der Menge plaudernder Menschen nach Louisa Blackmore um. Aber Elysia konnte sie in dem farbenfrohen Gedränge von Menschen, die dem Marquis gratulieren und einen Blick auf seine junge Frau erhaschen wollten, nicht finden.

Sie ließ die neugierigen Blicke über sich ergehen. Die Frauen musterten sie hinterlistig und mit einem Hauch von Eifersucht und Bosheit, während die Männer ihre Bewunderung kaum verhehlen konnten. Sie flirteten frech mit ihr, wenn Alex außer Hörweite war. Ihre Blicke verschlangen die weichen Schultern und die Rundung der Brüste, die das Dekolleté ihres Kleides enthüllte. Elysia fühlte sich halbnackt in ihrem durchsichtigen Kleid, bis sie die Gewänder der anderen Damen sah. Die Stoffe ihrer Kleider waren so dünn, daß jede Kurve ihrer parfümierten Körper sichtbar war.

Elysia suchte den Raum nach Alex ab. Schließlich entdeckte sie ihn im Gespräch mit einigen Herrn und einer schönen Frau in einem glitzernden goldfarbenen Kleid. Diamanten funkelten an ihrem Hals und ihren Armen, und eine Diamantentiara steckte in ihrem dunklen Haar. Sie war unglaublich attraktiv, und Elysia fragte sich, wer sie wohl sein mochte, während sie beobachtete, wie ihr Mann über eine ihrer Bemerkungen lachte und sich zu ihr beugte, als sie ihm etwas ins Ohr flüsterte und ihre Finger zärtlich über seinen Ärmel strichen.

Elysia wandte sich abrupt ab und ließ sich von einem Diener ein Glas geeisten Champagner reichen. Ein merkwürdig beunruhigendes Gefühl hatte sich ihrer bemächtigt, als sie Alex mit dieser Frau gesehen hatte. Sie nippte an der perlenden Flüssigkeit und nickte den aufmerksamen jungen Schnöseln zu, die versuchten, sie in ein Gespräch zu verwickeln, während ihr Blick ständig zu den beiden Leuten wanderte, die sich in der Ecke unterhielten.

Der ganze Raum schien vergoldet, ja, das ganze Haus glitzerte vor Gold und Kristall. Blackmore Hall war nicht zu vergleichen mit dem sanft gealterten Charme von Westerley, den verwitterten Wänden, dem alten Holz und den Erinnerungen an vergangene Generationen, die das Haus geprägt hatten. Dort war die Vergangenheit ein Teil der Gegenwart. Elysia schaute sich die grell bemalten Tapeten an. Auf jedem noch so kleinen freien Stück Raum standen Tische mit Vasen und Büsten und unbezahlbaren *objets d'art*, Vitrinen und Stühle in den aberwitzigsten Formen. Blackmore war wie eine falsch angezogene Mätresse, die all ihren Schmuck zur Schau stellte, um ihre Unsicherheit zu verbergen.

Elysia fühlte eine Hand auf ihrem Arm, drehte sich um und sah Louisa Blackmore hinter sich stehen. Sie trug ein züchtiges weißes Musselinkleid und eine einreihige Perlenkette. Sie sah unglaublich zerbrechlich und engelsgleich aus – wie eine Taube, die sich in diese Menagerie von bunten exotischen Paradiesvögeln verirrt hatte.

»Ich bin so froh, daß du gekommen bist«, sagte Louisa ganz außer Atem, nahm Elysias Arm und führte sie aus der Menschenmenge.

»Und ich bin froh, dich zu sehen. Dein Gesicht ist das erste bekannte hier«, erwiderte Elysia. »Ich werde sicher bald einen *faux pas* begehen, denn man hat mich so vielen Lord Soundsos und Sir Sowiesos vorgestellt, daß mir der Kopf schwirrt vor lauter Namen und Gesichtern.«

»Ich weiß nie, mit wem ich gerade rede, aber sie wissen ja die meiste Zeit auch nicht, wer ich bin«, sagte Louisa, schien das aber nicht sonderlich zu bedauern.

»Ah, Lady Trevegne«, unterbrach Squire Blackmore. »Ihr seht wirklich ganz exquisit aus, wenn Ihr mir dieses Kompliment gestattet. Louisa«, sagte er mit einem strengen Blick auf seine Tochter, »du darfst unseren Ehrengast nicht für dich beanspruchen. Ich habe dich wiederholt davor gewarnt. Sie interessiert sich nicht für dich. Jetzt geh deinen Pflichten nach.«

»Ja, Papa«, murmelte Louisa betroffen und verschwand, ehe Elysia sie aufhalten konnte.

»Eure Tochter hat mich sehr nett unterhalten, Squire Blackmore«, verteidigte Elysia ihre Freundin. Das herrische Gehabe des Squire gefiel ihr überhaupt nicht.

»Ja, ja, aber manchmal kann einem das Kind sehr auf die Nerven gehen«, erklärte er, den Blick starr auf Elysias Smaragde gerichtet. »Das sind doch die Trevegne-Smaragde, nicht wahr?« fragte er eifrig.

»Schatz, willst du mich etwa der neuen Lady Trevegne nicht vorstellen?« sagte eine gelangweilte weibliche Stimme hinter ihnen.

Elysia drehte sich um und fand sich der dunkelhaarigen Frau mit dem goldenen Kleid gegenüber, die vorhin Alex so gut unterhalten hatte.

»Natürlich, ich ahnte ja nicht, daß die Damen noch nicht vorgestellt wurden. Lady Trevegne, darf ich Euch Lady Mariana Woodley, den Liebling Londons, vorstellen?« sagte er in schmeichlerischem Ton.

»Nur Londons?« neckte Lady Mariana den Squire, aber ihr Lächeln wurde etwas gequält, als sie sah, wie schön Elysia war – und noch dazu trug sie die Smaragde, die ihrer Meinung nach eigentlich ihr zustanden.

Elysia strahlte die schöne Lady Woodley an und bekam dafür ein recht dürftiges Lächeln zurück. Plötzlich erstarrte ihre Miene, als sie des offensichtlichen Hasses und der Eifersucht in den funkelnden braunen Augen, deren mörderische Botschaft unmißverständlich war, gewahr wurde. Elysia schaute sich verzweifelt nach Alex um, und Kälteschauer liefen ihr über den Rücken, als Lady Woodley hektisch mit dem Fächer zu wedeln begann.

»Wir waren alle sehr überrascht, als wir hörten, daß Alex sich eine Frau genommen hat«, sagte Lady Mariana, und aus ihrem Munde hörte sich das an, als wäre er eine Mesalliance eingegangen. »Alex ist – oder war – ein solcher Draufgänger. Ich frage mich, ob er sich ändern wird, oder habt Ihr ihn erfolgreich an Euer Bett gekettet?« fragte sie frech.

Elysia richtete sich langsam auf und spürte, wie sie langsam vor Wut über die Unverschämtheiten dieser Frau zu kochen begann.

»Alex ist ein beachtlicher Mann. Es werden wohl einige Betten in London kalt bleiben, jetzt da er nicht mehr die Runde macht«, fügte Lady Woodley mit einem boshaften Seitenblick hinzu.

»Und wird das Ihre eines der leeren sein, Lady Woodley?« fragte Elysia zuckersüß. Sie konnte sich einfach nicht mehr länger beherrschen.

Lady Woodley verschlug es die Sprache bei dieser wohlplazierten Spitze, und sie hob den Fächer, als wollte sie zuschlagen. In diesem Moment erschien Alex und stellte sich nonchalant zwischen die beiden.

»Wie ich sehe, habt ihr euch schon bekannt gemacht«, sagte er ruhig. Er hatte sowohl Elysias gerötete Wangen und das Blitzen in ihren Augen als auch Marianas schmollendes Gesicht bemerkt. »Ich möchte dir jemanden vorstellen, meine Liebe«, sagte er und steuerte Elysia geschickt aus der Gefahrenzone. »Lady Woodley, wenn Ihr uns bitte entschuldigt.«

»Eine Eurer Amouren, Mylord?« fragte Elysia neugierig und versuchte, möglichst gelassen zu klingen.

»Möglicherweise. Ihr seid doch nicht etwa eifersüchtig, Mylady?«

»Mitnichten, Mylord, obwohl mir versichert wurde, daß eine ganze Reihe von Frauen dieses Problem haben wird.«

Lord Trevegne lachte lauthals und überraschte mehrere Leute, die nicht fassen konnten, daß der hochmütige Marquis so herzlich lachte. »Da fällt mir eine Zeile eines unbekannten Poeten ein, der meine Gefühle exakt schildert. Warte... wie war das noch?« Er überlegte kurz. »Ah, ja, es beginnt: ›Du mußt dich setzen, sagt die Liebe, und mein Fleisch kosten.‹ Stimmst du mir zu?« Sein Blick war die reine Provokation. »Eine Einladung zum Essen schlage ich nur selten aus – besonders nicht, wenn es gut vorbereitet ist.«

»Seid Ihr sicher, Mylord, daß Ihr Euch den Vers nicht selbst eines Abends in Eurem Club ausgedacht habt, nachdem die Langeweile und der Wein schon Euren Geist umnachtet hatten?«

»Ah, Ihr seid wirklich ein Genie, wenn es darum geht, meine besseren Fähigkeiten schlechtzumachen.« Er grinste.

»Ich war mir nicht bewußt, daß Ihr welche hättet, Mylord.«

»Ich brauche nicht zu befürchten, daß Ihr mir je Honig ums Maul streichen werdet, Mylady – aber erinnert mich daran, daß ich Euch nie bitte, eine Totenrede für mich zu halten, sonst schicken sie mich wirklich direkt in die Hölle.«

Mit dieser boshaften Bemerkung überließ er sie dem Squire, der sie zum Dinner führte. Elysia saß zur Rechten ihres Gastgebers und

Alex ihr gegenüber zur Linken des Squire. Die einzigen beiden Menschen, mit denen Elysia das Essen vielleicht genossen hätte, waren außer Sichtweite am anderen Ende der ewig langen Tafel. Charles und Louisa saßen dort zwischen den weniger wichtigen Gästen.

Elysia vermied es, über den Tisch zu schauen, wo Alex neben Lady Woodley saß, deren schönes Gesicht sehr selbstzufrieden aussah. Wie die Katze, die den Kanarienvogel verschluckt hatte – und daran ersticken würde, dachte Elysia, während sie beobachtete, wie Lady Woodley spielerisch mit Alex flirtete. Elysia musterte die dunkelhaarige Frau aus nachdenklich zusammengekniffenen Augen. Sie war also Witwe. Der Squire war eine unerschöpfliche Quelle von Informationen gewesen, insbesondere was die schöne Witwe anging, die er besonders schätzte und die in London den Ruf einer *nonpareille* hatte. Selbst ein uninteressierter Beobachter hätte festgestellt, daß die Witwe an Alex interessiert war und ihn ziemlich gut kannte.

»Bitte gestattet mir, mit Euch zu sprechen. Dieses Roastbeef, *c'est magnifique, n'est-ce pas?*« sagte der Franzose neben Elysia mit kaum verständlichem Akzent. »*Voilà*, Lady Trevegne!« verkündete er mit dramatischer Geste, als er ihr das Salz reichte.

»Merci, Monsieur, mais je ne sais pas votre nom.« Elysia entschuldigte sich in perfektem Französisch, weil sie seinen Namen nicht kannte.

Das dunkle Gesicht des jungen Franzosen strahlte vor Freude. *»Ah, Madame, je suis enchanté«*, hauchte er. *»Je suis Jean Claude d'Aubergere, Comte de Cantere.* Es ist mir eine so große Freude, Euch in meiner Sprache reden zu hören. Ich fühle mich nicht mehr wie eine Ausländer in diesem kalten Land – es wärmt mich, als wäre ich wieder im sonnigen Frankreich. Für diese Geste, Madame, bin ich *votre servant devoué*. Ihr seid die wunderschöne Lady Trevegne, natürlich. Man hat uns vorgestellt, aber an einen so unbedeutenden Franzosen erinnert Ihr Euch sicher nicht«, sagte er traurig.

»Und ob ich mich an Euch erinnere, Comte. Ihr habt mich gerade rechtzeitig vor einem ermüdenden Monolog über Stickerei von der Frau des Vikars bewahrt.«

»Dann war es mir ein Vergnügen, Euch vor dieser formidablen Dame zu retten«, er grinste entwaffnend. »Es ist wirklich sehr liebenswürdig, Lady Trevegne, daß Ihr Erbarmen mit diesem traurigen Franzosen habt, der Heimweh nach den Klängen seiner Heimat hat. Eure bezaubernde Stimme erinnert mich an die anderen Mademoiselles, die immer so fröhlich schwatzen und lachen. Aber leider ist das alles vorbei«, sagte er. *»C'est une tragédie, et maintenant, je suis un* Bettler.«

»Ihr seid Emigrant, Comte. Es muß sehr schwer für Euch sein, hier in England. Aber als Bettler dürft Ihr Euch nicht betrachten. Wurden Eure Besitzungen konfisziert?«

»Vraiment.« Er seufzte. »Das ist leider die traurige Wahrheit. Und jetzt hat Le Petit Corporal alle Hoffnungen zerschlagen, daß ich je wieder in meine Heimat zurückkehren kann.«

»Napoleon!« kreischte eine schrille Stimme neben dem Comte. »Monsieur le Comte, glaubt Ihr, er wird London angreifen?«

Die anderen Gäste in ihrer Nähe unterbrachen ihre belanglosen Gespräche, um zu hören, was der Comte auf die Frage des nervösen Herrn antworten würde, dessen Kragen so hoch war, daß er trotz aller Bemühungen den Kopf nicht mehr drehen konnte.

»Nein, das glaube ich nicht. Ich halte es für ein Gerücht. Er ist nicht stark genug, dieser *bourgeois Général*, um die tapferen Engländer zu besiegen, *non*?«

Das wurde mit lauten Bravorufen und zahlreichen Trinksprüchen auf England und den König quittiert.

»Ich bezweifle, daß Napoleon das ernsthaft im Sinn hat. Wir haben die stärkste Marine der Welt, und man darf nicht vergessen, daß er an vielen Fronten kämpfen muß. Für uns ist nur der Kanal eine ernsthafte Bedrohung. Er würde es nicht wagen, von der Nordsee aus anzugreifen, wenn er alle Sinne beisammen hat. Der Winter steht vor der Tür. Ehrlich gesagt, bezweifle ich manchmal, daß er noch bei Verstand ist«, sagte Lord Trevegne gelangweilt und nahm sich ein kleines Stück Fasan von einer Platte, die ein Diener hielt.

»Aber hier an der Küste sind wir so schutzlos. Diese Franzosen könnten über den Kanal kommen und uns im Schlaf ermorden, bevor wir die Augen aufmachen!« fügte die Frau des Vikars mit hysterischer Stimme hinzu, und mehrere beifällige Stimmen wurden laut.

»Unsinn!« erklärte Squire Blackmore erbost. »Die Marine würde das nicht zulassen. Lauter prächtige Männer.« Er wurde rot und schaute sich schuldbewußt um. »Verzeihung, meine Damen, aber mir kocht das Blut, wenn ich dieses Angstgeschwätz höre.«

»Die Marine ist so sehr damit beschäftigt, Schmuggler zu verfolgen, daß sie es nicht mal merken würde, wenn ein paar Froschfressermatrosen über die Themse segeln. Die würden sie wahrscheinlich für Schauspieler aus Covent Garden halten, die eine Vorstellung geben«, behauptete jemand am unteren Tisch. Gelächter brandete auf.

Elysia warf einen Blick auf den Comte, dessen Mund ganz schmal geworden war bei der abfälligen Bezeichnung über sein Volk.

»Ihr dürft Euch nicht von ihnen provozieren lassen, Comte«, sagte Elysia mitfühlend und legte eine Hand auf seinen starken Arm. »Ich glaube, sie versuchen, ihre Angst mit Spott zu kaschieren.«

Er blickte in ihre großen grünen Augen, die ihn so freundlich ansahen, und führte ihre Hand an seine Lippen, mit glühenden dunklen Augen.

»Danke. *Vous êtes un ange, et je vous adore*«, hauchte er leidenschaftlich und drückte ihre Hand.

Elysia entzog ihm behutsam ihre Hand, wandte sich verlegen von seinem glühenden Blick ab und sah direkt in Alex' wütende Augen, die sie drohend anstarrten.

»Wenn die Schmuggler nicht wären, würdet Ihr nicht den ausgezeichneten Brandy trinken, den Ihr in Euren Kellern lagert«, bemerkte der Marquis sarkastisch, ohne jemanden direkt anzureden, »oder den feinen Tee, den Ihre Damen so elegant in ihrem Salon zu sich nehmen.«

»Ich wette, Ihr habt auch ein paar Flaschen versteckt«, sagte ein Mann, der aussah, als hätte er selbst reichlich davon genossen.

»Wohl kaum. Ihr beleidigt mich, Lord Tanvil, denn ich trinke nur, was mein Vater eingelagert hat und mein Großvater vor ihm. Könnt Ihr Euch vorstellen, daß ich etwas Jüngeres trinke? Ihr verletzt mich zutiefst«, erwiderte Alex scheinbar beleidigt.

»Trevegne wäre wahrscheinlich so unverschämt, Napoleon zu einer Kostprobe des besten Cognacs von Ludwig XVI. einzuladen. Hat Eure Familie nicht eine Kiste aus Versailles bekommen?«

»Aber laßt es Prinny ja nicht wissen, sonst wird ihn Seine Königliche Hoheit für sich selbst beanspruchen«, sagte Lord Trevegne und fügte noch hinzu: »Und an dem Tag, an dem Napoleon zum Dinner in Carlton House Platz nimmt, werde ich jedem hier eine Flasche von diesem ausgezeichneten Cognac schenken.« Das wurde mit lautem Beifall begrüßt.

»Also, meiner Meinung nach ist dieses ganze Gerede von Invasion und Schmugglern sowieso nur ein Sturm im Wasserglas«, tönte der Squire in das Schweigen, nachdem das Gelächter verstummt war. »Es kann ja gar nicht so viele Schmuggler geben, wie die Leute behaupten – Ammenmärchen sind das. So wie die Leute reden, möchte man ja meinen, jeder ist ein Schmuggler. Da könnte ja sogar ich einer sein.« Er lachte über diese absurde Vorstellung.

»Bei Eurem Orientierungssinn würdet Ihr wahrscheinlich in Marseilles landen statt in Dover«, warf jemand ein, und der ganze Tisch lachte.

Danach wechselten die Gesprächsthemen so schnell wie die vielen Gerichte, die aufgetragen wurden. Elysia bezweifelte, daß sie überhaupt etwas probiert hätte, wenn der Comte und Alex sie nicht so eifrig versorgt hätten, so rasch wurden die riesigen Platten mit Rindfleisch, Kalbfleisch und Fisch mit den verschiedensten Saucen und Gelees herumgereicht, kaum daß die cremigen Suppen gegessen und die Teller abgeräumt waren. Es gab Beigerichte von Wild und Geflügel, Dutzende von Gemüsesorten und Salate wurden aufgetragen, und die Mahlzeit wurde mit saftigem Genueser Kuchen mit Mokkafüllung und kleinen Schokoladesoufflés beendet. Zu jedem Gang wurde der passende Wein gereicht. Die Kristallkelche waren immer randvoll, trotz der eifrigen Bemühungen der Gäste, sie immer wieder zu leeren.

Schließlich zog sich Elysia äußerst gesättigt mit den anderen Damen aus dem Bankettsaal zurück. Sie überließen die Herren ihrem Portwein und den Zigarren.

Elysia ließ sich ein kleines Glas Madeira reichen und lauschte schweigend dem frivolen Geplapper der Frauen, die sich kichernd schlüpfrige Geschichten von ihren Freunden und sicher auch über sie, das neueste heiße Thema, erzählten. Sie fühlte sich von den anderen isoliert. Es waren wirklich nicht die Art von Leuten, die bei ihren Eltern verkehrt hatten. Es war ein recht gewöhnlicher Haufen – nicht die gesellschaftliche Elite von London, stellte sie fest. Sie wußte, daß Alex mit ihr hergekommen war, damit sie diese Leute aus London kennenlernte. Er wollte sicherstellen, daß alles über sie auf dem schnellsten Weg nach London getragen würde, diesmal wahrheitsgemäß, und daß alle falschen Gerüchte, die man über sie verbreitet hatte, im Keim erstickt würden. Der Marquis verkehrte gesellschaftlich selten, wenn überhaupt, mit dem Squire und seinen Mitläufern.

Elysia schaute sich nach Louisa um und sah, daß sie in die Fänge einer massigen, matronenhaft aussehenden Frau am hinteren Ende des Zimmers geraten war. Louisa bemerkte Elysias Blick und lächelte ihr zu. Dann schnitt sie eine Grimasse und wandte sich wieder der Frau zu, die ihr Lorgnon wie einen Degen schwang. Elysia wanderte zu einer Vitrine mit Porzellan und betrachtete sie scheinbar interessiert, während sie einem Gespräch zwischen zwei sehr auffällig angezogenen jungen Frauen aus London lauschte.

»Kannst du dir das vorstellen – eine Rothaarige! Ist doch gar nicht in Mode«, sagte die junge Dame mit den blonden Locken und dem Puppengesicht und warf einen zufriedenen Blick in den Spiegel.

»Ich weiß, und dann noch so überraschend«, erwiderte ihre mollige Freundin in vertraulichem Ton. »Und uns hat man gesagt, wir könnten täglich mit der Verlobung von Lady Woodley und dem Marquis rechnen. John hat sogar behauptet, kein Mann könnte ihr widerstehen, nicht mal Lord Trevegne.«

»Sie muß ja vor Wut kochen.« Die Blonde kicherte schadenfroh. »Ich meine, schließlich hat sie dauernd von diesen Smaragden geredet, und wie gut sie ihr stehen würden.« Sie warf Elysia einen Blick zu, die scheinbar von den Porzellanfiguren gefesselt war, und flüsterte widerwillig: »Ich muß ja sagen, sie stehen ihr sehr gut, mit ihrer Haarfarbe und so.«

»Lady Woodley muß vor Neid so grün sein wie die Smaragde«, sagte die andere frech. Beide lachten und schielten hinter ihren flatternden Fächern zu besagter Lady hinüber.

Elysia ging weiter und unterdrückte ein Lächeln. London hatte also eine Heirat zwischen Alex und Lady Woodley erwartet? Jetzt wußte sie, warum die Witwe ihr so mörderische Blicke zugeworfen hatte – sie hatte damit gerechnet, die nächste Marquise zu werden. Was war nur passiert, daß Alex sie verlassen hatte? Sie würde es wahrscheinlich nie erfahren, trotzdem hatte sie ein ungutes Gefühl. Lady Woodley war sicher keine gute Verliererin und würde sich auch nicht so leicht geschlagen geben. Die dunkeläugige Witwe war ihr Feind.

»Es tut mir so leid, daß ich bis jetzt nicht mit dir reden konnte, Elysia«, sagte Louisa, die ihr leise gefolgt war.

»Das ist doch vollkommen in Ordnung. Du mußt deine Gäste unterhalten, und ich habe dieses Porzellan bewundert. Eine beachtliche Sammlung.«

»Ja, Mama ist eine leidenschaftliche Sammlerin. Es macht mir wirklich nichts aus, mit den Gästen zu reden – ich weiß nur nicht, wie ich mich höflich entschuldigen kann, wenn ich weg will. – Bitte.« Louisa ergriff Elysias Hand und zog sie hinter sich her. »Komm, ich zeig' dir noch eine Vitrine von Mama – in der Bibliothek können wir uns ungestört unterhalten.«

Keiner merkte, wie sie das Zimmer verließen, und Louisa führte Elysia in die Bibliothek, in der ein großer Glasschrank mit hübsch arrangierten orientalischen Vasen und Tellern stand. Der Raum war nicht so groß wie die Bibliothek in Westerley und bot auch nur herzlich wenig Lesematerial. Ein Großteil des Raumes diente der Ausstellung verschiedener Sammlungen, eine davon bestand aus reich geschnitzten Messern und Schwertern. Elysia wandte sich schaudernd ab.

»Ich bin ja so froh, daß du heute abend gekommen bist. Ich habe mit Bestürzung erfahren, daß Peter Trevegne einen Unfall hatte. Ich hoffe doch, er wird wieder ganz gesund.«

»Ja, sicher wird er bald wieder hergestellt sein. Dany, unsere Haushälterin, ist besser als jeder Arzt. Ansonsten hätte Alex ihn heute abend sicher nicht allein gelassen.«

»Ja, also...« Louisa verstummte verunsichert. Sie zögerte, das zu sagen, was ihr auf der Zunge lag, und ihr kleines Gesicht wirkte verschüchtert und besorgt.

»Was ist denn?« versuchte Elysia, ihr zu helfen.

»Woher weiß man, daß man verliebt ist?« platzte sie atemlos heraus. Elysia war vollkommen überrumpelt – eine solche Frage hätte sie von Louisa nie erwartet.

»J-ja nun, so richtig weiß ich das auch nicht«, mußte Elysia zugeben.

»Aber du mußt es doch wissen. Ich meine, du hast doch Lord Trevegne geheiratet. Wann hast du gemerkt, daß du in ihn verliebt bist?« fragte Louisa, und dann wurde ihr Blick richtig verträumt. »Es muß wunderbar sein zu wissen, daß man wiedergeliebt wird. Ich habe beobachtet, wie der Marquis dich ansieht – er war fast verrückt vor Eifersucht beim Dinner, als der französische Comte deine Hand gehalten und mit dir geflirtet hat. Er beobachtet dich ständig, wenn er meint, daß du es nicht siehst.«

»Wirklich?« fragte Elysia überrascht. Sie war sich sicher gewesen, daß er voll und ganz mit Lady Woodley beschäftigt war, die anscheinend keinen Bissen in den Mund nahm, ohne ihn zuerst um Rat zu fragen, und ständig ihre beringte Hand auf seinen Arm legte.

»Und?« fragte Louisa hartnäckig.

»Und was?« erwiderte Elysia, die in Gedanken ganz woanders war.

»Und wann hast du gemerkt, daß du den Marquis liebst? Oder woher hast du gewußt, daß es die wahre Liebe ist?«

Elysia betrachtete nachdenklich Louisas erwartungsvolles Gesicht. Wie sollte sie ihr sagen, daß sie Alex gar nicht liebte und daß sie nichts von der Liebe wußte? Durfte sie Louisas romantische Träume zerstören? Hatte sie das Recht, sie mit ihrer eigenen Bitterkeit zu belasten? Offensichtlich war Louisa sehr verliebt – und das zum ersten Mal. Einst hatte sie genau solche Träume wie Louisa gehabt, doch jetzt wußte sie, daß es nur die Träume eines naiven, unschuldigen Schulmädchens gewesen waren.

»Für mich ist es Liebe, wenn man an nichts anderes mehr denken kann als an die Person, in die man verliebt ist. Man fühlt sich verloren, wenn er nicht da ist, und ist übermütig und nervös, wenn er sich in der Nähe aufhält. Man will dieser Person gefallen, ihn glücklich machen. Du bist eifersüchtig auf andere, mit denen er zusammen ist.

Aber das wichtigste ist, daß seine Gesundheit, sein Glück und sein Wohlbefinden dir mehr am Herzen liegen als deins – für ihn ist kein Opfer zu groß. Du sorgst dich um ihn, hast Angst um ihn«, fuhr Elysia hastig fort, verwirrt von der Erkenntnis ihrer Gefühle für Alex, die bis jetzt verborgen gewesen waren und die sie sich jetzt zögernd eingestehen mußte.

»Nichts darf ihm passieren, was ihn dir entreißen würde, sonst kannst du nicht mehr weiterleben.«

Elysia verstummte schockiert von der Wahrheit, die ihr verwirrter und geplagter Geist ihr unwillkürlich preisgegeben hatte. Sie liebte Alex, wiederholte sie fassungslos in Gedanken. Wie war das nur passiert? Sie hatte ihn verachtet und gehaßt. Sie wäre ihm entflohen, wenn sie die Gelegenheit gehabt hätte. Jetzt würde sie mit Freuden die Tür ihres Gefängnisses abschließen und den Schlüssel wegwerfen. Als sie ihn verletzt glaubte, hatte sie sich wie eine Besessene oder wie eine sehr verliebte Frau aufgeführt. Da war ihr die Wahrheit enthüllt worden, aber sie war zu blind gewesen, sie zu erkennen. Sie hatte gedacht, es wäre Begierde, nicht Liebe. Sie hatte geglaubt, Liebe würde es für sie nicht geben.

Bei dem Gedanken an Alex wurde sie blaß. Was nutzten diese Gefühle ihr schon? Sie würden sie nur quälen, denn ihre Liebe wurde nicht erwidert. Er begehrte sie, ja, aber sie bedeutete ihm nichts – zumindest nicht so viel, wie sie sich wünschte. Während ihrer gemeinsamen Nacht hatte er ihr kein einziges Mal seine Liebe gestanden. Er hatte Koseworte geflüstert, die sie erregt hatten, aber nie von Liebe gesprochen. Sie war nur eine seiner vielen Frauen, diejenige, die ihn gerade im Augenblick faszinierte. Er würde ihrer bald überdrüssig werden, genau wie es bei Lady Woodley und vielen anderen schönen Frauen geschehen war. Würde sie es ertragen können, wenn er sich einer anderen Frau zuwandte, nach London ging und sie in Westerley allein zurückließ? Nein, das könnte sie nicht ertragen, und es wäre noch viel schlimmer, wenn er wüßte, daß sie ihn liebte. Wie amüsant für ihn – noch ein gebrochenes Herz! Elysia fragte sich, ob es ihre Verachtung und ihr offensichtlicher Haß auf ihn gewesen waren, die ihn gereizt hatten. Ihn, der Bewunderung immer erwartet und bekommen hatte. Wenn Sie sich weiter gegen ihn sträubte, würde er ihrer nicht müde werden, zumindest nicht so schnell. Und vielleicht würde es ihr gelingen, seine Liebe zu gewinnen. Aber wie sollte sie sich verstellen, nachdem sie ihm gegenüber total kapituliert hatte und jetzt wußte, daß sie ihn wider jede Vernunft liebte? Seinen goldenen Augen entging nichts. Zwar war ein Teil der Feindseligkeit aus ihrer Beziehung verschwunden, aber sie stand immer noch auf sehr wackligem Boden. Bewaffnete Neutralität wäre wohl die beste Bezeichnung dafür. Sie neckten sich und übten sarkastischen Schlagabtausch, aber mit einer gewissen Freundlichkeit. Eine neue Phase ihrer Beziehung hatte begonnen, aber die konnte nur allzu leicht zerschmettert werden.

Alex durfte nie erfahren, daß sie ihn liebte, das schwor sich Elysia – niemals, außer er erwiderte ihre Liebe. Sie durfte sich keine Blößen geben und sich verletzen lassen. Sie würde das Spiel nach ihren eigenen Regeln zu Ende spielen, gleichgültig wie es ausging.

»Elysia, Elysia«, rief Louisa besorgt. »Dir fehlt doch nichts, du bist so blaß. Bist du etwa krank?«

»Nein, mir geht es gut«, erwiderte Elysia mit dumpfer Stimme. So gut, wie es einem eben mit gebrochenem Herzen geht, dachte sie niedergeschlagen.

»Weißt du, genauso wie du es gesagt hast, hab' ich mir die Liebe vorgestellt. Oh, genauso fühle ich mich!« Louisa vergewisserte sich mit einem kurzen Blick über die Schulter, daß sie allein waren, und fuhr dann in vertraulichem Ton fort. »Ich habe den wunderbarsten aller Männer kennengelernt, Elysia. Er ist groß und sieht gut aus – und er hat die schönsten blauen Augen und rostrote Haare.« Ihre Augen strahlten bei dem Gedanken an ihn, und ihre Wangen röteten sich.

»Er heißt David Friday, und er ist der gütigste, sanfteste Mensch auf der Welt. Ich habe ihn vor zwei Wochen kennengelernt. Ich war reiten, und Dove fing an zu lahmen. Wir waren nicht weit vom Stall, also ist der Diener zurückgeritten, um ein anderes Pferd zu holen, und da ist plötzlich dieser junge Mann aus dem Nichts aufgetaucht und hat den Kieselstein aus Doves Huf geholt. Er hat sich mit mir unterhalten, wie ein richtiger Herr, ich bin mir ganz sicher, daß er ein Gentleman ist – auch wenn er wie ein Seemann angezogen war. Bei ihm war ich gar nicht schüchtern und habe nicht gestottert wie sonst bei diesen Londoner Gentlemen.«

»Ein Seemann?« fragte Elysia zweifelnd, überzeugt, daß ihre Freundin sich ein gebrochenes Herz einhandeln würde. »Deine Eltern würden doch sicher nicht...«

»Genau«, unterbrach sie Louisa. »Das würde ihnen überhaupt nicht gefallen. Wenn Papa erfahren würde, daß es ein Seemann gewagt hat, mich anzusprechen – ich darf gar nicht daran denken, wozu er in seinem Zorn fähig wäre. Sie haben große Hoffnungen, daß ich eine gute Partie mache, auch wenn der Marquis nicht mehr verfügbar ist.« Sie kicherte, dann wurden ihre grauen Augen feucht, und sie nagte an ihrer Unterlippe. »O Elysia, ich bin mir sicher, wenn du ihn kennenlernen würdest, wärst du auch überzeugt, daß er ein Gentleman und meiner Liebe würdig ist. Ich bezweifle nur, daß ich seiner würdig bin.«

»Was haben wir denn da?« fragte Lady Woodley amüsiert. Sie stand in der Tür. »Schulmädchengeheimnisse? Ihr solltet besser in den Salon zurückkehren, denn Eure Mama macht sich Sorgen. Lauft schnell zu Eurer Mama und sagt, daß wir gleich kommen, bevor sie Euch ins Kinderzimmer schickt, weil Ihr unartig wart und einen Gast entführt habt. Glücklicherweise habe ich Euch beide gesehen und mußte Eurer Mama erzählen, daß Ihr die Gesellschaft verlassen habt«, sagte sie boshaft und lachte schadenfroh, als Louisa mit einem haßerfüllten Blick an ihr vorbeieilte.

»O bitte, geht noch nicht, Lady Trevegne«, rief Lady Woodley und ging auf Elysia zu, wobei sie wie in Trance die Trevegne-Smaragde anstarrte. »Ich freue mich über die Gelegenheit, mit Euch sprechen zu können.«

»Ach, wirklich?« erwiderte Elysia. Sie traute der jungen Witwe nicht über den Weg. »Ich dachte, wir hätten uns nicht sonderlich viel zu sagen.«

»Da irrt Ihr Euch, denn es gibt da einige Einzelheiten, die Ihr unbedingt wissen solltet. Ich möchte Euch die Wahrheit nicht vorenthalten, meine liebe Lady Trevegne«, erwiderte sie und wandte den Blick mit einiger Mühe von den grünen Steinen ab, mußte aber zu ihrem Leidwesen feststellen, daß sie jetzt direkt in ein Paar genauso grüne Augen schaute. »Ich würde die Fassung gegen etwas Moderneres tauschen«, sagte sie mehr zu sich selbst. Dann wurden ihre Augen schmal, und ihre Lippen kräuselten sich zu einem gequälten Lächeln. »Ihr wißt doch, daß Ihr einen hohlen Titel besitzt? Es ist ein Titel, den Ihr nicht durch Eure raffinierten Bemühungen, Alex einzufangen, erlangt habt. Ihr seid nur die Marquise geworden, weil ich Alex' Heiratsantrag abgelehnt habe. Er hat Euch aus Wut geheiratet, um seinen verletzten Stolz wieder aufzurichten. Alex weiß, daß ich in Kürze einen Herzog heiraten werde, und nach all den Spekulationen über ihn und mich... na ja, Ihr könnt Euch denken, was die Leute reden. Alex würde nie zulassen, daß er zum Gespött von London wird, also mußte er natürlich etwas Außergewöhnliches tun, um zu zeigen, daß sein Herz nicht gebrochen ist. Und was gibt es da besseres, als sich eine Frau zu nehmen und den verliebten Ehemann zu spielen? Dann kann niemand auf den Gedanken kommen, daß er durch mein Nein verletzt wurde. Aber er liebt mich immer noch – und ich liebe ihn. Denkt dran: Alex und ich werden weiterleben wie bisher, natürlich erst, wenn er die Kränkung überwunden hat. Aber er wird sich immer meinen Wünschen fügen.« Sie fixierte Elysia mit giftigem Blick. »Ihr habt doch nicht etwa geglaubt, er wäre wirklich in Euch verliebt? Ich war über ein Jahr seine Mätresse. Ich kenne ihn. Und Ihr... Ihr kennt ihn doch erst zwei Wochen. Wie wollt Ihr da gegen mich bestehen?«

»Vielleicht kennt Ihr ihn schon zu lange – möglicherweise ist er Eurer, äh... Reize überdrüssig geworden«, konterte Elysia schlagfertig trotz ihrer innerlichen Verzweiflung. Aber dieser Kreatur würde sie unter keinen Umständen zeigen, wie verletzt sie war.

»Überdrüssig! Meiner überdrüssig?« zischte Mariana fassungslos. Ihr Zorn war um so größer, weil sie wußte, daß das der Wahrheit entsprach. Aber diese Bemerkung konnte sie von dieser schönen, jüngeren Frau nicht hinnehmen. »Wie kannst du es wagen... du kleine Schlampe. Glaubst du wirklich, du könntest einen Mann wie Alex halten?« Sie musterte Elysia unverschämt von Kopf bis Fuß und lachte dann verächtlich. »Er wird zu mir zurückkommen – das tut er immer. Er begehrt mich, nicht dich! Du hast nur seinen Namen, aber seine Liebe hast du nicht!«

Lady Woodley wandte sich mit einem boshaften Lächeln zum Gehen, da es ihr sicher gelungen war, Zweifel bei Elysia zu säen.

»Ja, ich besitze den Titel. Ich trage Alex' Namen, und ich werde auch die Mutter seiner Kinder. Ihr sagt, ich hätte nur den Titel. Aber dank dieser Position habe ich die Juwelen, die Ihr schon so lange begehrt, und die Besitzungen und Westerley und einen Platz in der Gesellschaft, der auf Dauer ist. Ja, all das habe ich«, erklärte Elysia. Die andere Frau blieb erschrocken stehen. »Und Ihr täuscht Euch, wenn Ihr glaubt, ich könnte Alex nicht halten. Das werde ich, und nicht nur dem Namen nach. Ihr, Lady Woodley, seid diejenige, die nichts besitzt. Ihr besitzt keins der Dinge, die Ihr so zuversichtlich als Eure bezeichnet – weder Alex noch den Titel, den Ihr begehrt. Ich warne Euch, zählt Eure Küken nicht, ehe sie geschlüpft sind. Guten Abend, Lady Woodley«, schloß Elysia hochmütig und rauschte an der sprachlosen Witwe vorbei, zurück in den Salon, wo die gemischten Stimmen von Frauen und Männern zu hören waren.

Auf dem Heimweg von *Blackmore Hall* machte die Kutsche einen Satz, als sie in ein tiefes Loch fuhr, und Elysia wurde unsanft gegen den Marquis geschleudert. Sie wich wie von der Natter gebissen zurück und rutschte noch weiter in ihre Ecke der Kutsche. Sie wandte ihr Gesicht vor seinen neugierigen Blicken ab und starrte angestrengt in die Dunkelheit vor dem Kutschenfenster. Immer wieder mußte sie an Lady Woodleys boshafte Worte denken, und das grausame Gelächter verfolgte ihre sorgenvollen Gedanken. Würde Alex zu der Witwe zurückkehren? Hatte er sie tatsächlich gebeten, ihn zu heiraten, – und war er zurückgewiesen worden? Dem Klatsch nach zu schließen, hatte er die Witwe nicht gebeten, seine Frau zu werden. Aber wenn das, was sie sagte, wahr war, wäre sein Stolz wie geplant gerettet gewesen, indem er heiratete, um nicht wie ein Narr dazustehen. Sie durfte Alex nie wissen lassen, daß sie sich in ihn verliebt hatte, besonders nicht, wenn er Lady Woodley immer noch liebte.

Sie hatte gelogen, als sie der Witwe erzählte, daß die Besitzungen und Reichtümer ihr etwas bedeuteten. Sie hätte mit Freuden die schlimmste Armut ertragen, wenn sie nur einen Teil seiner Liebe gewinnen könnte. Was war schon so wunderbar an einem prächtigen Haus, wenn sie allein durch seine Säle und Räume wandern mußte? Wer würde sie schon sehen in ihren feinen Seiden- und Samtkleidern? Sie besaß keinen leeren Titel, sondern ein leeres Herz.

Sie hatte in ihrer Einfalt geglaubt, sie könnte Alex dazu bringen, sich in sie zu verlieben – vielleicht hätte er das im Lauf der Zeit auch getan, aber sie hatte nicht gewußt, daß er aus Enttäuschung geheiratet hatte. Sie hatte ihm geglaubt, als er sagte, er wäre in der Stimmung, sich eine Frau zu nehmen – es diente seinen Zwecken und rettete ihren Ruf. »Lügen, Lügen, Lügen!« schrie ihr Herz. Jetzt war alles kaputt – jetzt, da sie wußte, daß es eine andere Frau in seinem Leben gab. Er würde sich wohl kaum in sie verlieben, wenn er sich nach Lady Woodley verzehrte.

Elysia seufzte traurig und lauschte mit einem Ohr dem Gespräch zwischen Alex und Charles, ihre Stimmen wurden ein monotones Dröhnen, während sie weiter in die tiefschwarze Nacht starrte. Sie kniff die Augen zusammen, als sie glaubte, auf dem Meer ein Licht aufblitzen zu sehen, das schnell wieder verschwand – wahrscheinlich nur eine Reflexion der Kutschenlampen auf der Glasscheibe. Sie sah das blasse Spiegelbild ihres Gesichtes im Glas, die Augen verzerrt, bis sie wie glühende Kohlen aus ihrem Gesicht schimmerten. Elysia zog den warmen, pelzgefütterten Umhang um ihren Körper und genoß die Liebkosung des weichen Pelzes auf ihren nackten Schultern und Wangen. Sie schloß die Augen und träumte von dem, was hätte sein können.

Ein länglicher Fels löste sich von den übrigen und schlich aus seinem schattenverhangenen Versteck auf die Straße. Der Mann stand wie eine Statue da und schaute der großen schwarzen Kutsche nach, die langsam in der Finsternis verschwand.

Er wandte den Blick aufs Meer – mit wachen Augen suchte er den Horizont ab, bis seine Mühe schließlich belohnt wurde. Ein Licht blitzte dreimal auf. Dann verschwand es. Er schaute kurz zu den Klippen, wußte aber, daß er das antwortende Blitzen der geschützten Laterne nicht sehen würde, die dem Schiff aus einem Versteck signalisierte. Das Schiff würde in eine der zahlreichen Buchten der Küste segeln. Hätte er die Gegend nicht einigermaßen gekannt, wären seine Chancen, ein solches Schiff, das unauffällig seine Schmuggelfracht löschen wollte, zu orten, gleich Null gewesen. Die gesamte Küste von Cornwall war von kleinen verschwiegenen Buchten und tief ins Land vorgeschobenen Schluchten durchbrochen, in denen ein Schiff unentdeckt vor Anker gehen und seine heimlichen Geschäfte erledigen konnte.

David Friday überquerte die Straße, band sein Pferd los, das er hinter einem Felsen gelassen hatte, und stieg schnell auf. Er ritt die

Straße entlang und folgte ihr mehrere Meilen, bis sich die Küstenlinie abrupt nach außen wölbte und einen natürlichen Hafen, fast wie ein Fjord formte. Ein Fluß aus dem Moor ergoß sich dort ins Meer.

David stieg ab und ließ sein Pferd im Schutz einiger Kiefern zurück, dann arbeitete er sich langsam zum Rand der Schlucht vor und ließ sich vorsichtig von der Kante herunter. Plötzlich rutschte er ab und machte einen gefährlichen Satz nach vorn. Er landete auf einem Felsvorsprung, einem schmalen Grat, der ihn gerade noch davor bewahrt hatte, in den Tod zu stürzen.

Er blieb keuchend liegen, rang nach Luft und horchte auf alarmierte Stimmen. Aber es waren keine Anzeichen von Panik zu hören – nur das Rauschen des Meeres. David atmete erleichtert auf. Sie waren sicher noch an der Mündung der Schlucht und luden die Fracht auf. Das Dröhnen der Brandung hatte das Geräusch seines Falles verschluckt, und der Ausguck, der oben an der Straße postiert war, um Ausschau nach Zollbeamten zu halten, war sicher zu weit weg, um etwas zu hören und Alarm zu geben.

David sah sich um. Er konnte den kleinen Hafen und die Silhouette des kleinen Luggers, der vor der Brandungslinie ankerte, deutlich sehen. Ein kleines Boot ruderte in Richtung Land, wo ein paar Gestalten auf dem Sandstrand bereitstanden.

David hatte Einblick auf den Pfad, der direkt unter der Felsnase lag. Er machte es sich bequem. Es würde sicher noch einige Zeit dauern, bis alles abgeladen war und sie mit ihrem Aufstieg durch die Schlucht zur Straße beginnen würden. Ungeduld kannte er nicht. Er wollte dieses Schmugglernest um jeden Preis ausheben. Die Schmuggler selbst interessierten ihn nicht besonders. Die Männer, die ihren Hals riskierten, um über den Kanal zu segeln, der von der Marine Seiner Majestät und der Küstenwache patrouilliert wurde, waren nur die Arme und Beine des Unternehmens. Er wollte den Kopf – den Mann, der sicher auf englischem Boden saß und alles dirigierte, ohne sich je seine weißen Hände schmutzig zu machen.

Jeder größere Hafen, jedes Fischerdorf und jeder Weiler hatte eine Bande Schmuggler. Von Romney Marsh bis in den Norden nach Yorkshire blühte der Schwarzhandel. Es war offensichtlich ein allgemein akzeptierter Zeitvertreib. In jeder Taverne gab es nach dem Essen einen guten französischen Cognac, und nachmittags wurde duftender, importierter Tee in den Salons feiner und von allen respektierter Damen gereicht.

Die Steuern waren hoch, und wegen des Krieges gab es bei allen importierten Waren Engpässe. Die Menschen hatten sich aber an diese Luxusgüter gewöhnt und wollten sie nur ungern aufgeben. Diese Leute mit ihren kleinen illegalen Vorräten von Cognac, Seide, Tee und Schokolade interessierten ihn nicht. Die Dorfbewohner und Bauern, die sich einmal im Monat zusammentaten, über den Kanal ruderten und einen Vorrat Schwarzmarktgüter zurückbrachten, waren harmlos.

Er war hinter dem Schmuggler her, der »menschliche Fracht« hereinbrachte und Waren in großem Stil verhökerte – nicht nur einen Ballen Seide und ein paar Fässer Cognac, sondern ein paar tausend Fässer Weinbrand, mehrere hundert Pfund chinesischen Tee und ein Lagerhaus voll feinster Seidenstoffe, Samt und Spitzen. Der Verkauf an die modischen Läden in der Bond Street und an die Herren-Clubs von St. James brachte erheblichen Profit. Aber der größte Gewinn wurde gemacht beim Transport von Passagieren über den Kanal von Frankreich nach England. Ein Mann, der in England bei Nacht und Nebel einreisen wollte, mußte Unsummen bezahlen, damit die schweigende Mannschaft sich nicht an sein Gesicht erinnerte und er hier an Land gehen und kurze Zeit später in den überfüllten Straßen im Herzen Londons wieder auftauchen konnte.

David Friday wollte um jeden Preis den Mann festnageln, der sein Land verriet, indem er französische Spione einschleuste. Napoleon hatte Augen und Ohren in London dank der Habgier dieser verräterischen Männer, die es wagten, sich Engländer zu nennen. Sie gestatteten dem Feind, in England einzudringen, um zu intrigieren und zu täuschen, und halfen ihm, sich mit geheimen Dokumenten und Informationen wieder davonzustehlen. Aber die Verräter waren weit tödlicher als die Spione, die auf Befehl ihres Landes handelten und wenigstens ihrer Heimat gegenüber loyal waren. Der englische Hund, der die Feinde einschleuste, hatte keinerlei Loyalität seinem Land gegenüber – sein einziger Verbündeter war die Gier nach Geld.

Eine Eule schrie, und sofort antworteten vier weitere Eulen von der Spitze der Klippe. Der Ausguck hatte freie Bahn signalisiert, und kurz darauf würden sich die bepackten dunklen Pferde und die robusten Wagen in Bewegung setzen und die Waren in die sicheren Verstecke bringen: Höhlen und Scheunen, verschwiegene Gruften in Friedhöfen, doppelte Böden und Geheimschränke in den Bauernhäusern.

David lag flach auf dem Felsvorsprung, als die Lastenkarawane sich langsam den Pfad hinaufbewegte. Er hörte unterdrücktes Fluchen, wenn Füße abrutschten und Arme an den rauhen Klippenwänden aufgescheuert wurden.

David beobachtete die Männer und Tiere, die vorbeizogen, genau. Er hielt Ausschau nach einer einsamen Gestalt in Cape und Hut. Aber die Männer waren alle gleich angezogen, mit Kitteln und grobgewirkten Mänteln. Die meisten der Männer kannte er von früheren Beobachtungen. Es waren größtenteils hart arbeitende Männer aus dem Dorf. Die anderen waren aus den verschiedensten Gegenden angeheuert – bösartige, gefährliche Männer mit geladenen Pistolen in ihren breiten Gürteln. Er konnte keine neuen Gesichter erkennen. Seine Wache heute nacht war umsonst gewesen. Heute nacht war nur Fracht an Land gebracht worden – kein einzelner Mann, der sich von den anderen absonderte und allein in der Nacht verschwand oder mit dem leeren Schiff wieder in See stach.

Er wartete, bis die Schmuggler auf der Straße und schon ein gutes Stück weiter waren, bevor er über die Klippe nach oben kletterte. Er bestieg sein Pferd und ritt in Richtung Moor, quer über die Straße und weg von der Karawane der Schmuggler. Er brauchte ihnen nicht zu folgen, denn er wußte bereits, wo sie die Ware versteckten. Er hatte sie bereits siebenmal beim Löschen der Fracht und Beladen der Pferde beobachtet und war ihnen dann über die schmalen Hohlwege gefolgt. Der Großteil der Ladung wurde von dem Rest getrennt – er sollte nach London gehen und wurde in einem unschuldig aussehenden Sommerhaus untergebracht. David hatte erstaunt beobachtet, wie Fracht um Fracht abgeladen und in das kleine pagodenähnliche Gebäude geschafft wurde. Er hatte das Haus vergeblich durchsucht, nachdem die Schmuggler abgezogen waren, aber keinen Beweis dafür gefunden, daß das Schmuggelgut dort gelagert war. Er wußte, daß es irgendwo eine Geheimtür zu einer Höhle oder einem Gang geben mußte, hatte jedoch nichts finden können. Die Höhle war wahrscheinlich durch einen unterirdischen Gang mit dem Haus des Gehirns der Operation verbunden, denn das Sommerhaus stand hinter den Klippen an einer Stelle, wo es keinen natürlichen Hafen gab, in dem Schiffe vor Anker gehen konnten. Außerdem hatte er auch keine Höhle an der Küste gefunden, als er die Gegend abgesucht hatte. Also blieb nur eine Möglichkeit – Blackmore Hall.

Squire Blackmore war der Mann, den er entlarven mußte. Den Mann, der so heimtückisch war, daß er die Dorfbewohner und Bauern zwang, für ihn zu schmuggeln, indem er ihre Ländereien und den Dorfanger einzäunte, damit ihnen kein Platz blieb, um Nahrungsmittel anzubauen oder Vieh zu halten. Er hatte die Zinnminen geschlossen, wodurch zahllose Menschen arbeitslos wurden. Das Dorf wurde von ihm kontrolliert, und da die Fischerei nichts einbrachte – nur wenige Männer kamen mit vollen Netzen nach Hause –, schmuggelten die Leute für ihn, um nicht zu verhungern.

Ja, David Friday wollte Squire Blackmore überführen. Er würde es genießen, wenn die Mauern von Blackmore Hall über dem Kopf des Squire zusammenkrachten. Aber dann dachte er wieder an zwei rauchig graue Augen, die ihn so vertrauensselig angesehen hatten. Wie konnte er Louisa Blackmores Welt zerstören? Sie war so unschuldig und ahnte nichts von den schändlichen Verbrechen ihres Vaters. David hatte nie zuvor eine so bescheidene und schöne junge Frau kennengelernt. Eigentlich war sie ja noch ein junges Mädchen, sie war wohl höchstens sechzehn oder siebzehn.

Er würde nicht zulassen, daß sie durch diese Affäre Schaden nahm. Irgendwie mußte es ihm gelingen, sie zu beschützen. Aber wie sollte er das schaffen? Es war seine Aufgabe – seine Pflicht, ihren Vater als Verräter bloßzustellen und zu verhaften. Und wenn das passierte, konnte sie sich nur beschämt und erniedrigt fühlen. Was würde sie dem Mann gegenüber empfinden, der den Untergang ihres Vaters besiegelt hatte? Haß? Ekel? Eine verworrene Angelegenheit, dachte er verzweifelt, als direkt vor ihm die kleine Moorhütte in Sicht kam.

David vergewisserte sich mit einem kurzen Blick über die Schulter, daß ihm niemand gefolgt war, obwohl er einen großen Umweg gemacht hatte. Er wollte nicht riskieren, entdeckt zu werden. Er stieg ab, klopfte zweimal an die Tür und betrat die Hütte.

Es gab nur einen kleinen Raum, der von einer flackernden Laterne erleuchtet wurde. Ein einzelner Mann saß an dem grob gezimmerten Tisch in der Mitte des Raums.

»Guten Abend, Sir.« David salutierte zackig.

»Wohl kaum ein guter Abend, Lieutenant«, erwiderte der Mann erbost und zog sich die Jacke fester um die breiten Schultern. Nur seine buschigen eisengrauen Augenbrauen und die tiefliegenden Augen waren hinter dem hohen Kragen sichtbar. »Kommt und setzt Euch, Lieutenant, und ruht Euch aus. Ihr seht ziemlich mitgenommen aus. Irgendwelche Schwierigkeiten gehabt?«

»Nein, Sir. Ich bin nur am Rand einer Klippe abgerutscht«, erklärte David mit einem reumütigen Grinsen.

Der andere Mann stutzte, dann lächelte er. »Ich möchte Euch nur ungern verlieren, junger Mann. Immer noch Schwierigkeiten mit dem festen Boden? Ich komm' mir auch vor, als würde ich total schief gehen.«

»Ich glaube, ich werde nie wieder normal gehen können. Ich spüre immer noch das Schiffsdeck unter meinen Füßen.«

Sein Commander lachte – ein herzliches Lachen, das zahllose Lachfältchen um seine Augen zauberte. Sein Gesicht war sonnengebräunt und verwittert von der See und dem Wind. Er schaute den jungen Mann, der ihm gegenübersaß, mit einem durchdringenden Blick an.

»Nachdem Ihr so früh zurück seid, darf ich wohl annehmen, daß unser Freund nicht aufgetaucht ist.«

»Richtig, Sir. Es war nur eine Ladung Cognac und andere Güter. Keine Spur von irgendwelchen Fremden«, erwiderte David niedergeschlagen.

»Irgendwann wird schon einer auftauchen – oder unser Freund wird sich entschließen, selbst die Reise über den Kanal anzutreten. Wir werden in jedem Fall bereit sein. Jetzt ist es von entscheidender Wichtigkeit, daß wir sie erwischen. Ich habe Nachricht aus London, daß gewisse streng geheime Informationen weitergegeben wurden und Geheimdokumente verschwunden sind. Diese Informationen müssen unter allen Umständen abgefangen werden. Der Spionagering wird zerschlagen«, sagte er.

»Aber wie sind sie an solche Informationen herangekommen?«

»Wir hatten das Glück, den Verräter im Ministerium zu entlarven – ein unwichtiger Unterstaatssekretär, dessen Position ihm aber ermöglichte, an wichtige Informationen heranzukommen. Er wird vor Gericht gestellt. Seine Nützlichkeit hat sich erübrigt. Trotzdem haben wir es geheimgehalten, damit unsere Opfer nicht in Panik geraten. Wir wollen doch nicht, daß sie fliehen und die Informationen mitnehmen, für die Napoleon seine Seele verkaufen würde, wenn er sie nicht ohnehin schon dem Teufel verschrieben hat.«

»Wissen wir, wer die Informationen hat?« fragte David. Ein Muskel zuckte in seiner Wange. »Ist es Blackmore?«

»Nein. Bis jetzt hat der gute Squire nur französische Spione nach England transportiert, zusammen mit seiner anderen Schmuggelware. Er hat sich noch nicht die Hände schmutzig gemacht, indem er selbst spionierte«, entgegnete Davids Vorgesetzter angewidert. »Obwohl das die Sache auch nicht mehr verschlimmert hätte. Gutes englisches Gold für diese Waren zu bezahlen ist praktisch dasselbe, wie es Napoleon direkt in die Tasche zu stecken.«

»Wer ist der Spion?«

»Glücklicherweise hat der Ex-Unterstaatssekretär ein volles Geständnis abgelegt. Seltsam, wie wenig Mut diese Spione haben, wenn sie einem Feind aus Fleisch und Blut gegenüberstehen. Sie arbeiten am liebsten im Dunklen, wenn sie sich wie räudige Hunde davonschleichen können«, spottete er verächtlich. »Man hat uns informiert, daß die Information an einen Franzosen weitergeleitet wurde, der sich als Emigrant ausgibt und augenblicklich Gast in unserem Land ist. In Wirklichkeit ist er einer der Topagenten Napoleons. Sein Name ist d'Aubergere, er behauptet, ein Comte zu sein, um Zugang zur Gesellschaft zu haben. Er ist momentan Gast des guten Squire«, sagte er mit einem bedeutungsvollen Blick. »Ihr wißt doch, was das heißt?«

»Ja, er wird zweifelsohne einen Freund von der anderen Seite des Kanals erwarten, damit er die Information weitergeben und neue Instruktionen erhalten kann. Oder er wird die Information Napoleon persönlich überbringen, um die volle Anerkennung für seinen Wagemut auszukosten.« David schlug wütend mit der Faust auf den Tisch. »Und, worauf warten wir? Gehen wir rein und verhaften ihn.«

»Das können wir unglücklicherweise nicht tun. Glaubt mir, ich würde es nur allzugern hinter mich bringen. Doch ich bezweifle, daß er das Beweismaterial bei sich hat – es ist sicher gut versteckt. Und wir haben keinen Beweis, außer dem Geständnis des verängstigten Verräters. Selbst wenn wir d'Aubergere verhaften würden, wären diese Dokumente noch in Blackmore Hall. Könntet Ihr Euch vorstellen, daß der Squire das nicht ausnutzen würde? Man würde einfach einen anderen Spion kommen lassen, dem man sie übergibt – zu einem astronomischen Preis, wie ich mir vorstellen könnte. Ich bin mir sicher, daß der Squire den Wert dessen, was er in Händen hat, sehr wohl kennt.«

Der Commander starrte nachdenklich in die flackernde Laterne, und David ließ betrübt den Kopf hängen.

»Nein, wir müssen sehr vorsichtig sein. Sie wissen noch nicht, daß die Hunde die Witterung des Fuchses aufgenommen haben«, murmelte der ältere Mann mit funkelnden Augen. »Sie fühlen sich sicher hinter ihrer Fassade der Täuschung. Sie haben nichts zu fürchten, und sie würden es nicht riskieren, jetzt irgendwelche Spekulationen in Gang zu setzen, indem sie unüberlegt oder riskant handeln. Sie werden auf Nummer Sicher gehen. Der Comte wird entweder auf einen Kontaktmann warten oder selbst mit der Information nach Frankreich reisen. Ich vermute, daß er letzteres vorhat. Ehrgeiz hat schon manchen Mann den Kopf gekostet, und dieser Franzose ist keine Ausnahme. Ich fürchte jedoch, daß sie bei etwas so Wichtigem ein französisches Kriegsschiff schicken, um ihn abzuholen. Sie würden nicht riskieren, daß er von der Küstenwache aufgebracht wird. Also müssen wir abwarten, genau wie d'Aubergere. Und unter keinen Umständen darf d'Aubergere Gelegenheit haben, die Papiere weiterzugeben. Wir werden ihm genug Spielraum lassen, daß er aus der Versenkung kommt, und dann wird er sich selbst an den Galgen liefern, wenn wir ihn zusammen mit Blackmore und seinen Schmugglern auf frischer Tat ertappen. Obwohl ich mir sicher bin, daß der Squire jeden Eid schwören wird, daß er keine Ahnung von den heimlichen Aktivitäten d'Aubergeres hatte. Er wird behaupten, er wäre schändlich hintergangen worden, aber am Ende werden wir ihn überführen«, verkündete der Commander mit drohender Stimme. »Es wird schwierig sein, zu erklären, wieso eine Ladung ausgerechnet in seinem Sommerhaus versteckt ist. Dank Euch wissen wir von diesem Schmuggelunternehmen. Schlicht und einfach Glück, daß Ihr den Hinweis in Frankreich entdeckt habt. Jetzt ist es noch ein größeres Glück, daß wir über Blackmore Bescheid wissen. Ich glaube, wir werden diesen Ring bald sprengen.«

»Die Dorfbewohner sind gegen ihren Willen daran beteiligt, müßt Ihr wissen«, erklärte David. »Sie kriegen nicht einmal einen anständigen Lohn. Dieser Schurke Blackmore hat sie gezwungen, für ihn zu arbeiten, ansonsten würden sie verhungern. Es ist wirklich eine Schande, daß ein Mann wie Blackmore so mächtig werden konnte. Und da gibt es tatsächlich einen stinkreichen Marquis, der nur ein paar Meilen westlich von hier wohnt, und er rührt keinen Finger, um dem Dorf zu helfen, für das er die Verantwortung trägt. Es würde mich nicht einmal überraschen, wenn er selbst an der Sache beteiligt ist!«

»Ich werde auf jeden Fall ein gutes Wort für die Dorfbewohner einlegen«, versprach der Commander. »Ich kenne den Marquis von St. Fleur, er ist zwar ein ziemlich wilder Geselle, aber ich weiß, daß er ein Ehrenmann ist – er hat sicher nicht die leiseste Ahnung, was hier vor sich geht.«

»O Sir, ich muß Euch warnen. Es arbeiten ein paar recht dubiose Gestalten für Blackmore, denen ich nicht ohne Waffe in die Quere kommen möchte. Sie sind wahrscheinlich aus London, von hier jedenfalls nicht, und ich hab' selten einen bösartigeren Haufen gesehen«, sagte David. »Es könnte ziemlich übel werden, wenn es zum Kampf kommt.«

»Ich habe meine Männer. Wir werden kurzen Prozeß mit diesem Pöbel machen. Jetzt muß ich aber aufbrechen. Das Boot wird schon auf mich warten«, sagte er und schaute sich noch einmal in der wenig einladenden Hütte um. »Tut mir leid, daß Ihr hier Quartier beziehen müßt. Hättet Ihr denn nicht im Dorf ein anständiges Haus finden können?«

»Nein, ich fürchte nicht. Ihr wißt ja, wie mißtrauisch die Leute Fremden gegenüber sind. Ich bin in einem Dorf im Norden geboren und aufgewachsen. Ich wurde immer als Außenseiter betrachtet, weil meine Eltern nicht aus dem Distrikt stammten. Hier würde ich auffallen wie ein Stalljunge bei Almack's. Ich hab' schon schlechter gewohnt, Sir, und diese Unbequemlichkeit ertrage ich gern, wenn ich das Rattennest ausheben kann.«

»Guter Junge. Ich vertraue ganz auf Euch. Sollte etwas Unvorgesehenes passieren, signalisiert mir. Seid auf der Hut, ich brauche ja die Wichtigkeit dieser Angelegenheit nicht noch einmal zu betonen.«

Der Commander knöpfte sich seinen Kragen zu und winkte dem jungen Mann, der in diesen ungastlichen Wänden bleiben mußte, noch einmal kurz zu.

Ja, jetzt nimmt die Geschichte ihren trüben Lauf.
George Villiers

11. Kapitel

Das kleine Dorf St. Fleur kauerte in der Mündung der Bucht. Die schiefergedeckten Dächer hoben sich kaum von den roten Klippen ab.

Elysia ritt mit Ariel den steinigen Pfad am Gipfel der Klippe entlang und beobachtete, wie ein Boot aufs Meer hinausfuhr. Die Männer hofften auf einen großen Fang, damit sie ihre Familien über den langen, harten Winter ernähren konnten. Rauchfäden aus zahllosen Kaminen schlängelten sich in den blauen Himmel. Das erste Mal war der Himmel klar, frei von Gewitterwolken und Regen, und die frische Brise kündigte Frost an. Elysia atmete die perlende Luft tief ein und schnupperte den würzigen Duft der hohen Kiefern und den zarten Geruch der Holzfeuer, die im Dorf brannten.

»Ich muß schon sagen, dieser Teil des Landes hat wirklich den passenden Namen – Land's End. Es kommt einem vor wie das Ende der Welt«, sagte Charles Lackton, der sich verwundert umsah. »Es ist so desolat! Warum kommt überhaupt irgend jemand auf die Idee, hier zu leben?« Er schüttelte fassungslos den Kopf.

»Ich glaube, in den letzten fünfhundert Jahren hat sich hier auch kein Fremder angesiedelt, abgesehen vom Squire. Diese Dorfbewohner können wahrscheinlich ihre Ahnen zurückverfolgen bis zu den frühesten Siedlern, die sogenannten Kelten – oder zumindest bis zu den Normannen«, erklärte die belesene Elysia dem blaß erstaunten Charles.

»Aber woher wißt Ihr denn das alles?«

»Ich bin eine Intellektuelle«, gestand sie voller Bedauern, aber ihre Augen blinzelten fröhlich, als sie sein schockiertes Gesicht sah. »Habt Ihr das nicht gewußt?« Elysia kam sich vor, als würde sie ein furchtbares Verbrechen bekennen, aber sie dachte gar nicht daran, Dummheit vorzutäuschen.

»Aber das kann doch nicht sein! Ihr seid doch viel zu schön, um intelligent zu sein«, rief Charles verwirrt.

»Ich nehme an, ich soll wohl nur ein hübsches Gesicht, aber einen leeren Kopf haben und die Spreu nicht vom Weizen unterscheiden können?«

»Na ja, ich bin auch nicht klug. Ich weiß nur, was ich wissen muß. Wäre nicht gut, wenn ich mehr wüßte. Ich denke, ich weiß gerade genug, um mich Tag für Tag durchzuschlagen«, überlegte Charles.

»Möchtet Ihr nichts über Geschichte und Literatur wissen? Schaut Ihr denn nie in ein Buch?« fragte Elysia ungläubig.

Charles machte ein nachdenkliches Gesicht. »Nein, ich glaube nicht. Das letzte Mal hab' ich in Eton ein Buch angeschaut. Tut mir nicht gut. Ich bin nicht der Typ, der den Damen Gedichte zitiert wie einige, die ich kenne. Und was hat es schon für einen Sinn, etwas über Leute zu erfahren, die vor Jahrhunderten gestorben sind? Können die mir sagen, welche Karte ich ausspielen soll oder welche Weste zu meinem violetten Rock paßt? Hab' noch nie gehört, daß einer in Newhall auf einen Tip von Caesar oder von einem der griechischen Philosophen gewonnen hat.«

»Ja, Charles, ich denke, Ihr habt recht – wahrscheinlich würde es Euch nichts nützen«, stimmte ihm Elysia resigniert zu, war aber doch etwas pikiert. Charles waren alle Türen zu höheren Bildungsanstalten offengestanden, aber er hatte alle Chancen ausgeschlagen, während sie und zahllose andere Frauen sich nach einer Gelegenheit sehnten, diese heiligen und doch verbotenen Pforten des Wissens zu durchschreiten.

Sie lächelte Charles an. Man mußte ihn einfach mögen mit seinem unschuldigen Knabengesicht und dem bereitwilligen Lächeln. Bei ihm hatte sie nicht das Gefühl, ständig auf der Hut sein zu müssen. Er erinnerte sie ein bißchen an Ian. Ian hatte dieselbe jungenhafte Art wie Charles. Der liebe Ian, wenn er doch nur hier wäre, dachte Elysia traurig und starrte auf die weite See, die sich bis zum Horizont erstreckte, wo sie eins mit dem Himmel wurde.

Charles saß schweigend da. Sie war so schön, dachte er und spürte, wie ihn eine Woge primitiver Eifersucht auf Lord Trevegne erfaßte. Sie war die schönste Frau, der er je begegnet war. Ihre Gegenwart genügte, um ihm die Zunge zu lähmen, dabei war sie jünger als er. Sein verliebter Blick verweilte am Schwung ihres Mundes und den langen, dunklen Wimpern, die ihre grünen Augen verhüllten. Er hatte doch tatsächlich den Drang verspürt, ein Gedicht auf ihre Schönheit zu schreiben! Er, der sich immer über die Bemühungen anderer verliebter Romantiker lustig gemacht hatte. Er sah sie unverwandt an, während er in Gedanken ein Gedicht komponierte – wie von Zauberhand tauchten die Zeilen aus dieser großen Leere auf. Ja, ja! Das war phantastisch, dachte er stolz. Byron würde wahnsinnig neidisch darauf sein. Es war eigentlich gar nicht so schwer. Er konnte nicht verstehen, warum man so viel Aufhebens um so eine Nichtigkeit machte – jeder Narr konnte sich etwas Aufregendes ausdenken. Wenn er es jetzt nur nicht vergaß, bis er in seinem Zimmer war und es aufschreiben konnte. Er mußte sich auch etwas Papier besorgen und eine Feder und Tinte, dann...

»Charles, Charles...« sagte Elysia und wedelte mit der Hand vor seinen etwas glasigen Augen herum. »Ist etwas nicht in Ordnung?«

»Oh, verzeiht«, murmelte Charles beschämt.

»Sollen wir weiterreiten?« fragte Elysia und verkniff sich ein Lächeln, als sie Ariel wendete und wieder in Richtung Straße ritt. Sie warf einen Blick über die Schulter und sah, wie Charles sein Pferd anspornte, um sie einzuholen. Sie lachte vor Freude. Es war ein wunderbares Gefühl, zu leben und keine Sorgen zu haben. Einen Augenblick lang würde sie nur an den klaren, blauen Himmel denken und den Spaß, daß ein präsentabler junger Mann in sie vernarrt war. Sie würde nicht an die Hoffnungslosigkeit ihrer Ehe denken oder daran, was sie dagegen unternehmen konnte.

Elysia setzte mit Ariel über eine niedrige Steinmauer und ritt auf ein Dickicht zu. Sie hörte, daß Charles ihr dicht auf den Fersen war. Sie verschwand unter den Bäumen, und die Schatten tanzten über den schmalen Pfad, während sie sich ständig ducken und ausweichen mußte, um nicht von niedrigen Ästen gestreift zu werden.

Plötzlich hörte Elysia einen Schuß. Der Knall durchbrach die Stille des Waldes, und dann spürte sie einen sengenden Schmerz in ihrer Seite und keuchte vor Entsetzen, als sie sah, daß Blut den grünen Samt ihres Reitkostüms durchtränkte. Ein Ast, der über dem Weg hing, erfaßte sie und fegte sie von Ariels Rücken. Sie landete unsanft auf dem weichen Waldboden. Zum Glück dämpfte das Laub ihren Aufprall.

Elysia blieb reglos liegen, und ein Wirbel von Schwärze erfaßte sie, während sie versuchte, Luft zu holen. Die Erde schien ohrenbetäubend zu vibrieren, und sie hatte das Gefühl, man würde sie in Stücke schütteln.

Charles sprang in Sekundenschnelle vom Pferd und lief zu der benommenen Gestalt am Boden. Mit aschfahlem Gesicht kniete er sich neben Elysia und sah, daß Blut aus ihrer Seite tropfte. »O mein Gott, man hat sie angeschossen!« hauchte er und wagte nicht, sie anzufassen. Sie liegt da wie tot, dachte er verzweifelt und fragte sich, was in aller Welt er jetzt tun sollte, als ihre Augenlider langsam flatterten und sie ihm verwirrt in die Augen sah.

»Charles?« keuchte Elysia atemlos.

»Ja, ich bin da.« Er ergriff ihre schlaffe Hand – eiskalt war sie – und rieb sie tröstend in seinen großen, warmen Händen. Sie durfte einfach nicht sterben, sie darf es nicht, dachte er verzweifelt, und sein Magen verkrampfte sich zu einem schmerzlichen Knoten.

Elysia sah in Charles' verängstigte blaue Augen. Jetzt fiel ihr das Atmen etwas leichter. Sie mußte Charles zu Alex schicken. Alex würde wissen, was zu tun war. Alex, ja, Alex würde es wissen.

»Charles, Ihr müßt losreiten und Alex holen«, sagte sie ruhig und war überzeugt, daß sie die richtige Entscheidung getroffen hatte.

»Aber ich kann Euch doch hier nicht allein lassen!« rief Charles entsetzt.

»Ihr müßt es aber. Ihr habt keine andere Wahl, und ich kann unmöglich zurückreiten, Charles.«

Charles betrachtete sie unentschlossen. Er erhob sich widerwillig. »Also gut, ich reite los, aber unter Protest. Es widerstrebt mir zutiefst, Euch hier allein zu lassen. Was wird Lord Trevegne von mir halten, wenn ich mich einfach davonmache und Euch hier allein und verletzt zurücklasse?« Er schüttelte verwirrt den Kopf. »Ich werde wie der Wind reiten, Lady Elysia. Es wird nicht lange dauern, das verspreche ich Euch.« Er warf ihr einen gequälten Blick zu. »Gibt es noch etwas, was ich für Euch tun kann, bevor ich losreite?«

»Nein, ich komme schon zurecht«, flüsterte Elysia, obwohl sie am ganzen Körper zitterte. Der Boden war kalt und feucht, und hier unter den Bäumen war es kühl.

Charles zog rasch seine Jacke aus und wickelte sie um Elysias bebende Schultern. Dann lief er zu seinem Pferd, sprang auf und sprengte wie von Höllenhunden gehetzt davon.

Elysia mußte wider Willen lächeln und hoffte, daß ihr Retter nicht auch noch gerettet werden mußte. Sie schloß die Augen. Die Sonne, die durch die Äste schimmerte, fand eine Lücke und ergoß ihr blendendes Licht auf ihr Gesicht und ihre Augen. Sie bewegte vorsichtig ihre Beine und biß sich auf die Zunge, als sie einen stechenden Schmerz in ihrem Knöchel spürte. Er hatte sich sicher im Steigbügel verfangen, als sie von Ariel gestürzt war. Ariel? Wo war er?

Elysia drehte besorgt den Kopf und beruhigte sich wieder, als sie ihn unruhig tänzelnd ein paar Meter weit weg stehen sah. Er beobachtete leise wiehernd seine Herrin, die reglos am Boden lag. »Ruhig, mein Junge, es ist alles in Ordnung«, beschwichtigte Elysia ihn mit leiser Stimme. Das große Tier schien beruhigt zu sein, es senkte den Kopf und begann zufrieden zu grasen.

Elysia hatte keine Ahnung, wieviel Zeit schon vergangen war, während die warme Sonne auf ihr Gesicht schien, bis die Helligkeit unter ihren Lidern verschwand, als hätte sich ein Schatten vor die Sonne gelegt. Elysia öffnete langsam die Augen und schaute in das Gesicht, das sich über sie beugte – ein vertrautes Gesicht.

Es war seltsam, daß sie sich nicht anders fühlte. Sie hatte immer geglaubt, wenn man starb, würde man in eine Finsternis versinken und keinen Schmerz mehr empfinden. Man würde einfach davontreiben – aber sie hatte immer noch Schmerzen, und sie spürte den harten, unbequemen Boden unter ihrem Rücken. Aber wie konnte sie am Leben sein und das sehen, was sie jetzt vor Augen hatte? Elysia stöhnte fassungslos und flüsterte: »Ich fühle mich noch nicht tot, und trotzdem muß ich es sein, denn ich sehe dich noch einmal.« Sie schluchzte. »Oh, Ian, mein lieber Ian. Im Tod begegnen wir uns wieder.«

»Mein lieber, süßer Schatz«, murmelte eine tröstliche Stimme, »du bist genausowenig tot wie ich. Hier, faß mich an. Ich bin warm – ich lebe.« Er nahm eine ihrer kalten, zitternden Hände und drückte sie an seinen sonnengebräunten Hals, wo sie seinen starken Puls fühlen konnte.

Elysias Augen füllten sich mit Tränen, und sie flossen über ihre blassen Wangen. »Ian?« hauchte sie zögernd, aus Angst er könnte verschwinden, wenn sie zu laut redete.

»Ja, ich bin hier, Elysia, meine süße Schwester. Aber wie kommst du hierher – und was noch wichtiger ist, wie schwer bist du verletzt?« Sein Blick streifte suchend über ihren Körper, und seine blauen Augen verdüsterten sich, als er ihre blutdurchtränkte Seite sah. Sein Mund wurde schmal vor Wut, als Elysia leise stöhnte, während er ihre Wunde abtastete.

»Ich glaube nicht, daß die Kugel noch drin ist – es ist nur eine Fleischwunde. Glücklicherweise sind keine inneren Organe verletzt, aber du hast ziemlich viel Blut verloren. Du bist von Ariel gestürzt, nicht wahr? Das hat auch nicht gerade geholfen. Ich werde versuchen, die Blutung zu stoppen, und dann muß ich dich zu einem Arzt bringen, Elysia, ich kann dich nicht hierlassen«, sagte er in befehlsgewohntem Ton. Elysia bemerkte benommen die ungewohnte Autorität in der Stimme ihres Bruders und zuckte zusammen, als er sein Taschentuch gegen ihre Wunde preßte. Er war während der letzten paar Jahre zum Mann herangewachsen, dachte sie stolz in einem Nebel von Schmerz, als sie seine breiten Schultern und das gereifte Gesicht mit den Falten der Erfahrung sah. »Ian, jemand ist schon um Hilfe geritten«, sagte sie, als er mit seinem Verband fertig war.

»Losgeritten! Man hat dich hier allein gelassen? Allein und verwundet?« rief er wütend, nicht ahnend, daß Charles genau seiner Meinung gewesen war.

»Wir hatten keine andere Wahl. Charles konnte mich nicht allein zum Haus zurückbringen. Jemand wird sicher in Kürze die Kutsche für mich bringen.«

»Gut und schön, Elysia, aber jetzt mußt du mir erzählen, was passiert ist. Was machst du hier in Cornwall? Sind Mama und Vater auch hier?« fragte er freudig, in der Hoffnung sie zu sehen.

Elysia seufzte, schaute ihm direkt in die Augen und rüstete sich für die Aufgabe, die ihr wesentlich schmerzlicher war als ihre Wunde.

»Ian.«

»Ja«, er runzelte die Stirn. Ihr Tonfall gefiel ihm nicht.

»Mama und Papa sind tot.« Elysia nahm seine große Hand zwischen ihre kleinen und fuhr mit tränenerstickter Stimme fort. »Sie sind bei einem Unfall ums Leben gekommen. Papas neues Phaeton hat sich überschlagen – nein, Ian, bitte«, sagte sie, als sie sein entsetztes Gesicht sah, »sie waren sofort tot. Sie haben nicht gelitten, und sie sind gemeinsam gestorben. Sie hätten es so gewollt. Und, Ian«, fügte Elysia hinzu, »sie haben nicht mehr erlebt, daß du als vermißt gemeldet und dann für tot erklärt wurdest. Sie dachten, du kämpfst immer noch tapfer auf See. Wenigstens dafür können wir dankbar sein.«

Elysias Hände schmerzten, so fest umklammerte sie die von Ian. Sein rostroter Kopf war gebeugt, und sie fühlte die Tränen, die auf ihre vereinten Hände tropften.

»Wann?« brachte er schließlich heraus.

»Vor über zwei Jahren«, erwiderte Elysia und beobachtete, wie er sich allmählich von dem Schock erholte.

»Du solltest still liegenbleiben«, sagte er, als sie versuchte, sich auf die Ellenbogen zu stützen. Seine brütende Miene zeigte ihr, daß er etwas vor ihr verbergen wollte. Sie durfte nicht zulassen, daß er seine Trauer in sich hineinfraß, wie sie es getan hatte.

»Es hilft mir, wenn ich reden kann, das lenkt mich von dem hier ab.«

Ian sah Elysia neugierig an. »Wie kommt es, daß du hier bist? Ich kann mich nicht erinnern, daß wir hier in Cornwall irgendwelche Bekannten haben. Bist du zu Besuch?«

Elysia fragte sich, wie in aller Welt sie ihm ihre jetzige Lage auf Westerley und alles, was in den zwei Jahren passiert war, erklären konnte.

»Du kommst doch zurecht, oder?« fuhr er fort. Er hatte ihr Schweigen gar nicht bemerkt. Dann sagte er plötzlich in scharfem

Ton: »Eine Anstandsdame. Wer ist denn deine Anstandsdame in Rose Arbor? Wir haben doch kaum Verwandte, wenn ich mich recht erinnere. Du hast doch eine Anstandsdame, nicht wahr, Elysia?« fragte er mißtrauisch. Er kannte ihren Hang zur Unabhängigkeit und Aufsässigkeit.

»Rose Arbor mußte verkauft werden, Ian«, sagte sie ohne Umschweife, obwohl sie es verabscheute, ihm noch einmal weh tun zu müssen. »Alles ist weg. Alles, was wir hatten, existiert nicht mehr – wir besitzen nichts.«

»Weg?« rief Ian ungläubig. »Aber wie? Was ist passiert?«

»Wir waren verschuldet. Alles mußte verkauft werden, um die Gläubiger zu bezahlen.«

»Und du, Elysia? Was ist mit dir geschehen? Du mußtest dir doch nicht etwa eine Stellung suchen?« fragte er außer sich, daß sich seine Schwester womöglich ohne einen Penny hatte durchschlagen müssen. Dann schien er plötzlich zu bemerken, wie elegant und modisch sie gekleidet war. Er sagte grimmig: »Du hast doch nicht etwa einen Mann als Beschützer?«

Elysia begriff zuerst nicht, was er meinte, und als es ihr dämmerte, wurde sie dunkelrot vor Scham und sagte vorwurfsvoll: »Ian, wie kannst du nur annehmen, daß ich so tief sinken würde?« Elysia sah ihn an wie ein verwundetes Tier, das einen grausamen Schlag versetzt bekommen hatte.

Ian beugte sich zu ihr, küßte eine hochrote Wange und rechtfertigte sich dann traurig. »Seit ich von zu Hause wegging, habe ich so viele herzzerreißende und quälende Dinge gesehen, daß mich nichts mehr schockiert oder überrascht. Die Menschheit hat diese Welt zur Hölle gemacht. Krieg, Tod, Zerstörung. Ich hätte nie gedacht, daß es solche Grausamkeit gibt, wie ich sie gesehen habe«, murmelte er, und die Erinnerung verdüsterte seine Augen.

»Ian, das mag sich vielleicht verrückt anhören, aber warum bist du nicht tot? Wir haben einen Brief vom Ministerium erhalten, in dem steht, daß du getötet wurdest. Er kam am Tag nach dem Unfall von Mama und Papa.«

»O mein armer Schatz. Was du durchgemacht haben mußt, und niemand war da, der dich tröstet. Aber weißt du, sie dachten wirklich, ich wäre tot. Wir waren in eine Schlacht mit einigen der großen Kriegsschiffe Napoleons verwickelt. Mein Schiff hatte keine Chance, es war zu klein und hatte zu wenig Munition und eine zu kleine Besatzung. Wir haben uns aber tapfer gewehrt, bis uns eine Breitseite von Kanonen, wie ich sie nie wieder sehen will, getroffen hat. Wir sind wie ein Stein gesunken. Der ganze Bug hat gebrannt. Ein paar von der Mannschaft wurden von den Franzosen aufgefischt – die kamen ins Gefängnis. Andere, die verwundet waren, hatten überhaupt keine Chance und sind ertrunken. Ich hatte Glück, ich hab' ein Stück vom Rumpf erwischt, es hat mich verdeckt, und ich bin damit abgetrieben. Ich wollte unter keinen Umständen in einem französischen Gefängnis enden. Die verläßt nur selten einer lebend. Ich bin tagelang dahingetrieben – ich weiß nicht mehr wie lange. Ich konnte es nicht fassen, als ich in der Ferne plötzlich einen Punkt entdeckte. Ich dachte, es wäre eine Fata Morgana oder daß ich meinen Verstand verloren hätte, bis ich die Insel sah. Es war irgendwo im Mittelmeer, und ich habe fast zwei Jahre gebraucht, bis ich durch Europa wieder hierher nach England gekommen bin. Ich war monatelang krank, dadurch ging alles noch langsamer. Und außerdem mußte ich wegen Bonapartes Truppen untertauchen. Ich bin nur nachts gereist, damit ich seinen Soldaten nicht in die Hände fiel. Mein Französisch hat mir gute Dienste geleistet – ich war unserem alten Jacques, der uns ständig die Verben eingebläut hat, ziemlich dankbar«, sagte er lachend. »Bis ich in London ankam, hatte ich ausgezeichnete Informationen über Napoleons gesamte Truppenbewegungen und Stellungen auf dem Kontinent. Das Ministerium war überrascht und erfreut über die Unterhaltung mit mir. Ich bin erst seit etwa drei Monaten zurück, und aufgrund einiger wichtiger Informationen, zu denen ich Zugang hatte, bekam ich einen Auftrag, den ich erledigen soll. Ich hielt es für das beste, das erst zu Ende zu führen und dann zu dir und Mama und Vater zu kommen. Ich wußte, daß sie ein Lebenszeichen von mir nach so langer Zeit nur aufregen würde, wenn ich mich nicht persönlich zeigen konnte. Also wollte ich warten, bis ich selbst reisen kann. Die Sorgen hätte ich mir sparen können, denn die Botschaft hätten Fremde bekommen«, schloß er verbittert.

»O Ian«, flüsterte Elysia leise.

»Wo, zum Teufel, bleiben die denn«, knurrte Ian und warf einen Blick über seine Schulter, aber da war nichts zu sehen außer Landschaft. »Wohin ist er denn geritten, dieser – wie war noch sein Name?«

»Charles?«

»Wohin ist dieser Charles geritten?« schimpfte Ian und fluchte. »Er hätte längst aus dem Dorf zurück sein müssen.«

»Er ist nicht ins Dorf…« Elysia holte tief Luft. »Er ist nach Westerley geritten.«

»Nach Westerley? Warum, zum Teufel, ist er denn dorthin? Das ist ja ein meilenweiter Umweg. Wohnst du dort?«

»Irgendwie ja.«

»Wie irgendwie? Bist du eine Gouvernante oder so etwas – nein, das kann es nicht sein. Der Marquis hat keine Kinder. Er ist ja noch nicht einmal verheiratet. Du solltest da nicht wohnen, Elysia. Er hat einen schlechten Ruf. Ich würde dich ihm nicht anvertrauen, meine Liebe. Wir müssen dir eine andere Unterkunft suchen«, bestimmte er und sah sie verwirrt an. »Wie kommt es, daß du dich dort aufhältst? Du bist doch nicht allein dort?«

»Ian, ich fürchte, du mußt mich ihm anvertrauen. Ich bin mit dem Marquis verheiratet«, sagte Elysia ernst.

Das verschlug Ian für einen Moment die Sprache. »Verheiratet?« wiederholte er, als traue er seinen Ohren nicht. »Mein Gott, Elysia, wie konnte das passieren? Ich komme mir vor, als wäre ich in einen Wirbelwind geraten. Es gibt so vieles, was ich nicht weiß... Ich –«

Ian legte den Kopf zur Seite, dann nahm er Elysias Hand und sagte. »Hör zu, Elysia. Da kommen Reiter, und in der Ferne höre ich eine Kutsche. Sie werden in Kürze hier sein, um dich zu holen. Ich will dich nicht verlassen, so wahr Gott mein Zeuge ist, aber ich muß... sag nichts, ich muß mich beeilen. Du darfst mit niemandem über mich reden, das ist sehr wichtig. Ich habe hier eine Mission zu erfüllen, und es wäre katastrophal, wenn man mich entdeckt. Du mußt vergessen, daß du mit mir gesprochen hast. Ich möchte aber erfahren, wie es dir geht. Gibt es eine Möglichkeit, dir eine Botschaft zu schicken oder dich zu sehen?«

»Jims ist Stallmeister auf Westerley!« rief Elysia plötzlich.

»Jims! Hier?« fragte Ian aufgeregt. »Das ist ja wunderbar. Ich werde mit ihm Kontakt aufnehmen. Aber jetzt muß ich gehen, die Zeit drängt. Wenn du nur wüßtest, wie weh es mir tut, dich im Stich lassen zu müssen«, sagte er mit einem besorgten Blick auf ihr blasses Gesicht. »Ich würde viel lieber bleiben.«

»Nein, du mußt gehen! Ich bin versorgt, wenn Alex kommt. Bitte, du mußt gehen, Ian«, flehte Elysia.

»Also gut, mein Schatz, aber ich komme mir vor wie ein Schurke. Ich verspreche dir, daß ich die Person finden werde, die dir das angetan hat. Wahrscheinlich irgendein Wilderer oder anderes Gesindel, das sich hier in der Gegend rumtreibt.« Er küßte sie auf die Wange, und als er sich bewegte, schien Elysia die Sonne voll ins Gesicht und blendete sie für einen Moment. Als sie wieder sehen konnte, war er fort, als wäre er nie dagewesen.

Elysia hörte die hektischen Hufschläge eines scharf gerittenen Pferdes, und dann fühlte sie, wie zwei warme, starke Arme sie hochhoben und sicher und seltsam zärtlich hielten. Ein warmer Atemzug streifte ihre Wange, und sie öffnete die Augen und sah direkt in Alex' sorgenvolle Augen.

»Mylady, wie es scheint, habt Ihr Pech gehabt«, sagte er in scherzhaftem Ton, aber sein Blick war grimmig.

»Mylord, ich bereite Euch Unannehmlichkeiten«, erwiderte Elysia frech und verlor prompt das Bewußtsein.

Elysia mußte die nächsten paar Tage unter dem gestrengen Auge von Dany im Bett verbringen. Dany war ein wahrer Traum und genoß ihre Rolle als Pflegerin sehr. Jetzt hatte sie gleich zwei Patienten, die sie bemuttern konnte. Peter war immer noch schwach, aber er erholte sich schnell und versetzte bereits jeden mit seiner Ungeduld und Langeweile in Aufruhr, der sein Schlafzimmer betrat – besonders die jungen Kammerzofen.

Elysia bekam Blumensträuße und Obstkörbe aus Blackmore Hall mit Briefen von den Gästen, mit denen sie diniert hatte. Alle waren sehr um ihre Gesundheit besorgt, mit Ausnahme von Lady Woodley.

Elysia langweilte sich bereits im Bett, in dem die Zeit einfach nicht vergehen wollte. Sie hatte nur eine Fleischwunde, die rasch heilte, und ihr Knöchel schmerzte auch nicht mehr so stark, aber sie war immer noch ziemlich steif und mit Blutergüssen von ihrem Sturz übersät. Außerdem machte sie sich Sorgen um Ian. Es war wie ein Wunder, daß er noch am Leben war! Sie war nicht mehr allein – sie hatte ihren Bruder wieder. Aber ihn jetzt nicht sehen oder mit ihm reden zu können, war eine Qual. Elysia hatte von Jims die Nachricht erhalten, daß er Ian gesehen hätte und alles in Ordnung wäre.

Alex teilte seine Zeit gerecht zwischen den beiden Krankenzimmern auf. Er las Elysia vor, unterhielt sich mit ihr, brachte sie zum Lachen und vertrieb ihr die Langeweile wie ein liebevoller, treuer Ehemann. Alex konnte sehr charmant sein, wenn er wollte, und er war wirklich ein bemerkenswerter Schauspieler, dachte sie leicht verbittert. Wenn sie nur wüßte, was wirklich in ihm vorging. Seine

Sorge um sie hatte echt ausgesehen, als er sie verletzt im Moor gefunden hatte, das mußte sie zugeben. Auf der Fahrt zurück nach Westerley hatte er sie in den Armen gehalten und niemandem gestattet, sie anzufassen, ehe Dany sie verarztet hatte. Er war außer sich vor Wut und hatte alles darauf gesetzt, den Schurken zu fangen, der sie angeschossen hatte, aber es gab keine Spur. Elysia hatte ziemliche Angst ausgestanden, daß sie Ian finden und ihn verdächtigen könnten, der Wilderer zu sein.

Elysia zupfte gelangweilt am Spitzenbesatz ihres Morgenmantels und schnitt den Gesichtern auf dem Lackparavent eine Grimasse.

»Der kann sich nicht wehren, aber ich kann es«, sagte eine amüsierte Stimme von der Tür.

Erschrocken drehte Elysia sich zu dem lachenden jungen Mann um, dessen Gesicht noch von seiner Krankheit gezeichnet war. Jetzt verzerrte es sich zu einer grotesken Fratze.

»Die gemalten Gesichter werden vor Schreck abfallen, wenn Ihr so weitermacht«, sagte Elysia.

»Ich habe den unbestimmten Verdacht, daß Ihr Euch genauso langweilt wie ich«, erklärte er und ließ sich erleichtert in einen Sessel vor dem warmen Feuer fallen.

»Dürft Ihr denn überhaupt schon aufstehen?«

»Noch eine Minute länger in diesem verfluchten Bett, dann wäre ich wahrscheinlich drin festgewachsen«, sagte er erbost. »Ich bin übrigens Euer Schwager, Peter Trevegne.«

»Das hatte ich mir fast gedacht. Ich bin es nicht gewohnt, Fremde in meinen Salon zu bitten.« Selbst wenn sie nicht gesehen hätte, wie man ihn verwundet aus der Kutsche getragen hatte, hätte sie sofort gewußt, wer er war. Er sah Alex sehr ähnlich, mit seinem rabenschwarzen Haar und dem Adlergesicht. Nur waren seine Augen sanft blau und freundlich.

»Das hoffe ich doch sehr! Und ich hoffe, daß ich kein Fremder für Euch bleibe«, sagte er und zwinkerte ihr bewundernd zu.

»Das wird wohl nicht weiter schwierig sein – dazu seid Ihr viel zu frech«, konterte Elysia bissig.

»Bei Gott! Alex hat recht. Ihr seid keine schüchterne kleine Maus.« Er lachte begeistert.

»Das will ich meinen! Ich muß mich entschuldigen. Das ist zwar Euer Zuhause, aber als Gastgeberin sollte ich Euch unterhalten und mich um Euch kümmern – und nicht umgekehrt.«

»Bloß nicht! Man kümmert sich bis zum Erbrechen um mich. Dany gießt mir ständig irgendwelches Hexengebräu in den Hals, und die Zofen kichern und schnattern wie eine Brut Spatzen um mich herum. Außerdem mußte ich meine Neugier bezähmen«, sagte Peter in beleidigtem Ton.

»Meinetwegen? Aber wie Ihr seht, gibt es da keinen Grund zur Neugier.«

»Es ist allein schon verwunderlich, daß Ihr meine Schwägerin seid. Wenn mir jemand vor einem Monat erzählt hätte, daß Alex heiraten würde, hätte ich geglaubt, er hätte den Verstand verloren. Wenn ich meinen Bruder nicht so gut kennen würde, würde ich vermuten, daß Ihr den Coup des Jahrhunderts gelandet habt. Aber jetzt, da ich Euch gesehen habe, bin ich geneigt zu glauben, daß Ihr nie eine Chance hattet, Alex zu entkommen. Er nimmt sich, was er will. Ich würde Euch ja davor warnen, Euch mit Alex anzulegen, wenn ich das Gefühl hätte, es würde etwas nützen«, meinte Peter, »aber so wie Ihr ausseht, ist das wohl verlorene Liebesmüh. Ich müßte es eigentlich wissen – ich habe schon zu oft mein Fett bei Konfrontationen mit Alex weggekriegt.«

»Eure Warnung kommt zu spät, ich habe mir bereits die Finger verbrannt, aber ich lasse mich trotzdem nicht tyrannisieren«, verkündete sie mit kriegerisch funkelnden grünen Augen.

»Alex hat nicht übertrieben. Ihr habt Temperament. Er wird alle Hände voll zu tun haben.« Er lachte hocherfreut bei dem Gedanken, daß Alex Schwierigkeiten haben könnte.

Aber Elysia lachte nicht. Alex würde seine Zeit nicht mit ihr verschwenden wollen. Er hatte genug mit der schönen Witwe zu tun. Sie hatte vom Fenster aus gesehen, wie er mit Lady Woodley, die so zuversichtlich verkündet hatte, daß er zu ihr zurückkehren würde, weggeritten war.

»Seltsam, daß wir uns nie in London begegnet sind«, sagte Peter gerade, als im Salon Stimmen ertönten. Die Tür ging auf, und Charles und Jean-Claude d'Aubergere traten ein. Der Comte trug einen großen Strauß gelber Rosen, die er Elysia mit einer tiefen Verbeugung und einem sehnsüchtigen Handkuß überreichte.

»Es ist schrecklich, Euch so leiden zu sehen. Ich wollte, ich könnte den Unhold töten, der Euch das angetan hat, *mon petit ange*,« sagte er mit leidenschaftlicher Stimme. Seine dunkelbraunen Augen betrachteten genüßlich ihre weißen Schultern, die sich so verlockend aus der Spitze ihres grünen Seidenmantels erhoben.

»Wie reizend von Euch, mich zu besuchen, Comte, und herzlichen Dank für die wunderschönen Rosen.« Elysia hob die Blumen an die Nase und sog ihren Duft ein.

»Wie geht's dir, Peter«, fragte Charles, als er sich endlich von Elysias Anblick losreißen konnte.

»Ich hätte tot umfallen können, du hättest es gar nicht gemerkt«, beklagte sich Peter resigniert angesichts seines offensichtlich rettungslos verliebten Freundes.

Charles errötete und warf ihm einen giftigen Blick zu. »Du bist nur eingeschnappt, weil der Comte dir keine Blumen mitgebracht hat.«

Der Comte schien ein bißchen verwirrt. »Das tut mir aber leid. Ich wußte nicht, daß es Brauch ist – bitte verzeiht mir.«

Peter warf Charles einen bösen Blick zu, als dieser lauthals lachte. Elysia verkniff sich ein Lächeln und erklärte dem verblüfften Comte, daß die beiden nur scherzten.

Der Comte richtete sich auf, schaute hochmütig auf die beiden jungen englischen Gentlemen herab, die mit lässig ausgestreckten langen Beinen in den eleganten Brokatsesseln saßen, und sagte spitz: »In meinem Land ist es unhöflich, Scherze über einen Gast zu machen.«

Peter hatte zumindest den Anstand, etwas Scham zu zeigen. »Verzeiht, Comte, wir wollten Euch nicht beleidigen.« Er warf Charles, der verlegen auf seinem Stuhl herumrutschte, einen vorwurfsvollen Blick zu. »Er spricht öfter, ohne nachzudenken.«

»Das scheint mir etwas zu sein, was ihr beide gemeinsam habt«, sagte Alex, der im Reitdreß zur Tür hereinkam. Er schaute sich lächelnd um. »Ich lasse meine Frau allein, in der Hoffnung, daß sie sich ein bißchen ausruht, und was finde ich bei meiner Rückkehr? Meine Frau hält Hof. Ich muß sagen, du hast schon einige Bewunderer in deinen Bann gezogen.«

»Nicht so viele wie Ihr, Mylord, könnte ich mir denken«, erwiderte Elysia. Er schien verärgert zu sein, daß sie Gäste empfing. Fast hätte man glauben können, er wäre eifersüchtig, aber das war absurd. War er denn nicht gerade mit dieser schönen jungen Witwe ausgeritten? Wenn *er* sich mit anderen vergnügen konnte, dann konnte *sie* das auch!

Elysia musterte ihn verstohlen aus dem Augenwinkel. Er sah so gut aus in seiner Reithose und den hohen Stiefeln, wie er jetzt aufmerksam dem Comte zuhörte. Der Comte sah zwar auch blendend aus – dunkel, mit einem Profil wie ein griechischer Gott, glühenden Augen, wenn er sie ansah, und einem sinnlichen Mund, aber sie fand Alex' kühle Schönheit wesentlich attraktiver. Jede Bewegung seines muskulösen Körpers strahlte Kraft und Macht aus. Neben ihm verblaßte der Comte, sah richtig weibisch aus, mit seinen weichen, weißen Händen und den theatralischen Gesten.

»Ja, jetzt hab' ich wohl verloren. Heute wäre der Wettkampf gewesen, und ich hätte mit meinem Vogel gewonnen, was Charles?« fragte Peter enttäuscht.

»Der größte und bösartigste Hahn, den ich je gesehen habe! Hätte mein ganzes Jahreseinkommen drauf verwettet.«

»Ich habe mein ganzes Leben noch nie so viel Zeit auf etwas verwendet«, beklagte sich Peter, »und alles umsonst. Wir hatten den Kampf arrangiert, um diesem Parvenu Peterson ein für allemal den Mund zu stopfen. Seine Prahlerei ist nicht auszuhalten.«

»Ich wußte gar nicht, daß Leute Hähne für Kämpfe trainieren«, sagte Elysia. »Ich dachte, man nimmt einfach irgendeinen und läßt ihn im Ring los.«

Peter warf ihr einen indignierten Blick zu. »Gut, daß Ihr keine Wetten abschließt, sonst wärt Ihr schnell ruiniert. Es ist eine Wissenschaft, eine Kunst, einen guten Kämpfer aufzuziehen und zu trainieren«, erklärte er gönnerhaft. »Er sollte im besten Alter sein, etwa zwei Jahre. Dann beginnt man mit einem harten Training, damit er in Form kommt. Ich hab' meinen Hahn etwa sechs Wochen trainiert und ihn mit ein paar anderen Vögeln kämpfen lassen.«

»Kann er sich dabei nicht verletzen?«

»Nein, die Sporen werden natürlich eingebunden«, antwortete Peter ungeduldig. »Wißt Ihr denn gar nichts, Elysia? Die richtigen Gaffel tragen sie nur bei einem echten Kampf.«

»Was sind denn Gaffel?« wollte Elysia lachend wissen. »Ich fürchte, für mich sind das alles böhmische Dörfer.«

»Ein Gaffel, meine Liebe«, erklärte Alex amüsiert, »ist ein Sporn. Er wird aus Silber gemacht, ist etwa fünf Zentimeter lang, gebogen wie eine Chirurgennadel und ziemlich tödlich.«

»Wie grauenhaft!« protestierte Elysia. »Das ist grausam und unmenschlich! Und euch gefällt natürlich dieser... dieser Sport, obwohl mir eine passendere Bezeichnung dafür einfallen würde.«

»Nein, um ehrlich zu sein, ich finde es ziemlich geschmacklos«, entgegnete Alex gelangweilt.

»Also ich finde es entsetzlich und verachtenswert, obwohl ich Hähne nicht besonders mag.«

»Ich würde nie einen Vogel einsetzen, der sich nicht zu wehren weiß«, verteidigte Peter seinen Sport. »Es hat sehr viel Mühe und Zeit gekostet, ihn in Form zu bringen. Ich habe ihn selbst gepflegt, bin sogar früh aufgestanden, um ihn zu füttern. Nach dem Fressen mußte er in einem Korb mit Stroh schwitzen. Und am Abend muß man ihn dann aus dem Korb nehmen und ihm den Kopf und die Augen mit der Zunge ablecken«, fuhr er fort, bis entsetzte Zwischenrufe ihn verstummen ließen.

»Großer Gott! Du hast doch nicht etwa wirklich den verdammten Vogel abgeleckt?« fragte Alex erstaunt.

»Natürlich nicht!« rief Peter empört. »Wofür hältst du mich denn? Ich bin doch nicht verrückt! Hab's einen der Stallburschen machen lassen.«

»Dieses Mal falle ich nicht darauf rein«, sagte der Comte. »Ihr macht Witze.«

»Nein, ich fürchte, Comte, daß Peter es ernst meint. Er scherzt mitnichten. Und ich bin immer wieder erstaunt, mit welcher Leidenschaft er sich in Dinge stürzt, wenn er einmal etwas anfängt«, sagte Alex resigniert.

»*Mon Dieu*«, rief der Comte und schüttelte verständnislos seinen braunen Lockenkopf. »Ah, Ihr Engländer. Aber ich muß mich jetzt verabschieden«, sagte er mit einem reumütigen Blick auf Elysia. »Ich hoffe, ich werde bald wieder das Vergnügen Eurer Gesellschaft haben, wenn Ihr wieder ganz genesen seid.« Er küßte ihre Hand, aber seine dunklen Augen waren auf ihren Mund gerichtet. »*Je suis enchanté*.«

»Danke für die wunderbaren Rosen, Monsieur le Comte«, dankte ihm Elysia liebenswürdig und entzog ihm ihre Hand, da sie Alex' wütenden Blick bemerkt hatte.

»Komischer Kerl ist das«, stellte Peter fest, nachdem sich die Tür hinter Alex und dem Franzosen geschlossen hatte. »Ich verstehe dieses französische Kauderwelsch nicht. Außerdem hat der Bursche keinen Sinn für Humor.« Peter erhob sich widerwillig und ging zur Tür. »Ich werde besser auch gehen. Ich fühle mich noch nicht ganz wohl.« Er schaute Charles an. »Kommst du?«

»Gleich.« Charles zögerte und sah verlegen zu Boden.

Peter blieb an der Tür stehen. »Wißt Ihr, Elysia, Ihr seid in Ordnung. Hätte nie gedacht, daß ich mit jemandem zurechtkomme, den Alex heiratet. Allein bei dem Gedanken, wer das sein könnte, wurde mir ganz zweierlei. Ich kannte keine Frau, die ich Schwägerin nennen wollte, bei Gott. Aber Ihr seid ein Vollblut«, murmelte er schüchtern. Er war es nicht gewohnt, Gefühle zu zeigen, und verließ hastig den Raum.

Charles räusperte sich und trat nervös von einem Fuß auf den anderen. Er zog ein kleines Stück Papier aus seinem Rock und ließ es in Elysias Schoß fallen. Dann sagte er mit hochrotem Kopf: »Ich beuge mich nicht vor Poeten und so weiter. Bin kein Gelehrter, das kann mir keiner vorwerfen, aber... Ich mußte das einfach für Euch schreiben. Fragt mich bitte nicht, wie ich das fertiggebracht habe, das weiß ich selbst nicht. Ist mir noch nie passiert.« Die neue Erfahrung schien ihm zu denken zu geben.

Elysia entfaltete das Papier und las das hastig hingekritzelte Gedicht:

Grüne, grüne Augen, grün wie das Gras
Rotgoldenes Haar, hell wie die Sonne
Weiche, weiche Haut, weich wie ein Has'
Unsere singenden Herzen eins, welche Wonne.

Sie schaute zu dem jungen Mann auf, der verlegen vor ihr stand und ängstlich auf ihre Reaktion wartete. »Charles... das ist das Netteste, was je jemand für mich getan hat. Ich werde es mir immer bewahren. Danke, lieber Charles.« Elysia stand auf und gab Charles spontan einen Kuß auf seine puterrote Wange. In diesem Augenblick öffnete sich die Tür zum Salon, und Alex kam herein. Er blieb wie angewurzelt stehen, als er die scheinbare Umarmung von Charles und Elysia sah.

Charles verbeugte sich und entfernte sich hastig angesichts der grimmigen Haltung des Marquis. Sein Herz sang tatsächlich, als er strahlend die Tür schloß und im Glücksrausch den Gang entlang stolzierte. Die kichernden Hausmädchen, die ihm erstaunt nachsahen, bemerkte er gar nicht.

»So, so. Ich hatte ja keine Ahnung, daß du deine Küsse so freigiebig verteilst. Oder liegt es einfach daran, daß du sie mir nicht gönnst?« fragte Alex sarkastisch. »Ich war der Annahme, du hättest einmal gesagt, du wärst sehr wählerisch. Ich wußte nicht, daß dir der Sinn nach Knaben steht, die noch grün hinter den Ohren sind.«

Er ging rasch zu ihr und baute sich vor ihr auf. »Ich hatte den Eindruck, offensichtlich fälschlicherweise, daß du die Küsse und Zärtlichkeiten eines echten Mannes vorziehst.« Alex riß sie an sich. »Daß du sie erwidert hast, als er dich das Feuer in deinem Blut spüren ließ, und dein Atem ins Stocken geriet. Hat deine Haut nicht geglüht, als er deinen milchig weißen Körper mit seinen Küssen übersät hat?« murmelte er in ihr Ohr und knabberte an ihrem Hals. Alex umarmte Elysia noch fester, drückte sie an sich, bis ihre verletzte Seite schmerzte.

Elysia erschauderte, als seine Lippen die ihren teilten und er sie tief und leidenschaftlich küßte, sein Mund verschlang den ihren, als wolle er sie nie wieder loslassen. Dann hob er sie plötzlich auf, trug sie durch die Tür in sein Zimmer und legte sie auf das Bett, auf dem sie schon einmal gelegen hatte. Elysia schloß die Augen und wartete. Sie wollte es, selbst wenn es seinerseits nur Begierde und nicht Liebe war. Sie würde nehmen, was sie kriegen konnte, und ihren Stolz vergessen.

Elysia spürte seine harten Hände auf ihrem Körper. Er streifte ihr ungeduldig Morgenmantel und Nachthemd ab, bis sie nackt Haut an Haut lagen. Alex bedeckte ihren hingebungsvollen Mund mit weichen Küssen und murmelte leise Worte in ihr Ohr. »Brauchst du wirklich die Küsse eines anderen? Kann Charles oder dieser schleimige Franzose dir das geben?« fragte er, und dann wurden seine Lippen fordernder, seine Hand grub sich in ihr Haar, und er drückte ihre Lippen fester an die seinen. Sie rang nach Luft.

»Das war nur Dankbarkeit«, hauchte Elysia atemlos. »Er hat ein wunderschönes Gedicht für mich geschrieben. Es war süß, und ich wollte mich bedanken.«

»Charles hat ein Gedicht geschrieben? Du mußt wirklich eine Hexe sein. Du lockst ahnungslose Sterbliche in dein tödliches Netz. Ich werde dir mehr geben als Worte auf Papier.«

Elysia gab sich genüßlich seinen glühenden Zärtlichkeiten hin. Sie erwiderte Kuß um Kuß, liebkoste ihn, bis er vor Wonne stöhnte und sie schnell und heftig nahm. Sie blieben Arm in Arm liegen, bis ihr Atem und ihr Herzschlag sich beruhigt hatten.

»Man sagt, ich wäre der Satan persönlich, aber du, kleine Lady, bist nach dem Paradies benannt. Die alten Griechen suchten Elysium, aber ich habe es gefunden und halte es hier in meinen Armen«, flüsterte Alex und küßte sie erneut voller Begierde. »Bring mich noch einmal dahin, Elysia«, forderte er.

Elysia lächelte traurig. Himmel und Hölle – sie hatten jeder etwas von beidem.

Grausamkeit hat ein menschliches Herz
Und Eifersucht hat ein menschliches Gesicht,
Grauen die unsterbliche menschliche Gestalt,
Und Heimlichkeit das menschliche Gewand.
Blake

12. Kapitel

»Bitte, Lady Trevegne, wacht auf. Lady Trevegne!«

Elysia murmelte widerwillig, kroch tiefer unter die Decke und zog sie über ihre Schultern. Aber die Stimme war wie ein hartnäckiges Summen in den Ohren.

»O bitte, Mylady, Ihr müßt kommen«, bettelte die krächzende Stimme weinerlich, bis Elysia endlich den Schlaf abgeschüttelt hatte. Sie drehte sich auf den Rücken, blickte angestrengt in die von Schatten belebte Dunkelheit. »Was ist los«, fragte sie verschlafen.

»Ich bin's, Mylady«, piepste eine Stimme neben dem Bett.

Elysia zog die Bettvorhänge zurück und sah vor sich eine im Schein des Feuers kaum erkennbare zitternde Gestalt. »Wer ist da?«

»Ich bin das Zimmermädchen Annie, ich – ich helfe Lucy manchmal.«

»Annie?« Elysia gähnte schläfrig. »Ja, gut...« Sie gähnte wieder und seufzte. »Was ist los, daß du mich um diese Zeit aufweckst? Es muß doch schon nach Mitternacht sein?«

»Nach zwei, Mylady«, antwortete Annie schnell.

»Nach zwei?« Elysia setzte sich auf und schüttelte sich den Schlaf aus dem Kopf. »Was ist denn passiert?«

»Ich habe eine Nachricht für Euch. Es geht um Leben und Tod, soll ich Euch sagen«, flüsterte sie und hielt ihr das knisternde Papier hin.

Elysia griff vorsichtig danach und sah die junge Magd mißtrauisch an. »Von wem ist es denn?«

»Das darf ich nicht sagen. Weil es geheim ist. Ich hab' mein Ehrenwort gegeben, ja, das hab' ich.«

Elysia warf die schweren Decken zurück und trennte sich widerstrebend von ihrem warmen Bett. Sobald ihre Füße den kalten Boden berührten, schlüpfte sie in ihre Pantoffeln. Sie ging zum Feuer und entfaltete schnell die Nachricht. Ihre Augen überflogen im Licht des Feuers eilig den Inhalt. »Hol mir schnell das Cape aus dem Schrank, Annie. Das dunkle, mit der Pelzkapuze – schnell. Wir müssen uns beeilen.«

Elysia wickelte sich in den dicken Umhang und zog die Kapuze über den Kopf. »Gibt es eine Hintertreppe, die in die Nähe der Stallungen führt, Annie?« wollte Elysia von dem Mädchen wissen.

»O ja. Die Dienstbotentreppe.«

»Zeig sie mir schnell, aber sei leise. Niemand darf erfahren, daß wir weg sind«, warnte sie, als sie aus dem Zimmer stürmte. Der Saum ihres Umhangs streifte die Tischecke, so daß das dünne Blatt Papier hochflog und mitten auf dem Boden landete.

Elysia folgte der kleinen Magd durch die endlosen Korridore, bis Annie endlich vor einer einfachen schmalen Tür stehenblieb. Ihr einziges Licht war die flackernde Kerze, die Annie in ihrer zitternden Hand hielt.

»Da wären wir, Mylady. Seid bloß vorsichtig, sie ist sehr steil. Die Stallungen sind rechts.«

»Ich danke dir, Annie. Ich werde zweimal klopfen«, erklärte sie ihr, »dann wirst du mich hereinlassen. Ich weiß nicht, wie lange es dauern wird.«

»Oh, Mylady!« rief Annie ängstlich aus. »Ich bleib' nicht gern allein hier im Dunklen.«

»Im Haus kann dir gar nichts geschehen, Annie.«

»Aber man weiß ja nie, wer sich in der Nacht herumtreibt. Vielleicht einer dieser Franzosen, der einem die Kehle durchschneidet«, sie hielt furchtsam inne. »Nachdem er vorher noch schlimmeres angestellt hat. Ihr wißt schon, was ich meine.« Sie wackelte mit dem Kopf, zog ihre Schultern ein und umschlang mit ihren dünnen Ärmchen schutzsuchend ihren Oberkörper.

»Solange du dich still wie ein Mäuschen verhältst und keinen Lärm machst, bist du völlig sicher. Setz dich dahin und warte auf mich«, befahl Elysia, die keine Zeit mehr versäumen wollte. Sie setzte das ängstliche Mädchen energisch auf einen Stuhl neben der Tür.

Elysia erreichte die Stallungen ohne Zwischenfall. Sie trat durch eine Seitentür an der dem Haus abgewandten Seite ein. Der starke Geruch von Pferden und Heu stieg ihr in die Nase, als sie leise durch die Stallgasse ging, nur hin und wieder wieherte ein Pferd als Antwort auf das Schleifen ihres Umhangs auf dem Boden, während Elysia auf ein schwach glimmendes Licht in einer Stallecke zuging.

»Ian!«

»Schschsch!« warnte sie Jims und hielt seinen Finger an den Mund. »Wir wollen doch nicht den ganzen Stall aufwecken.«

»Ian, was ist denn mit dir passiert?« wollte Elysia wissen. Sie kniete sich neben ihm ins Stroh und nahm sein böse zugerichtetes Gesicht zwischen ihre Hände.

»Du wirst mir wahrscheinlich nicht glauben, wenn ich dir sage, daß ich in einen Baum gelaufen bin?« scherzte er schwach.

»Nein, das würde ich wirklich nicht – so wie es aussieht und wie du riechst, war es wohl eine Wirtshausrauferei«, erklärte Elysia ungehalten und zog angeekelt ihre Nase kraus. Sie feuchtete einen Baumwollfetzen mit Wasser an und drückte ihn vorsichtig auf sein geschwollenes Auge. Obwohl er bei der Berührung zusammenzuckte, ließ sie nicht locker.

»Ich weiß nicht, warum Jims dich da hineinziehen mußte. Du solltest noch gar nicht aufstehen. Mit dir rechne ich später ab, Jims«, zischte er mit zusammengebissenen Zähnen.

»Ruhig Blut, Master Ian«, beschwichtigte ihn Jims. Er war von Ians Versprechen, mit ihm abzurechnen, nicht sonderlich eingeschüchtert. »Wie sollte ich wissen, ob Ihr nicht schwer verletzt seid? So voller Blut habt Ihr wirklich halbtot ausgesehen. Miss Elysia hätte es mir nie verziehen, wenn ich sie nicht gerufen hätte.« Er schüttelte besorgt den Kopf und spitzte die Lippen. »Diese Gegend hier ist für die Demarices nicht besonders sicher.«

»Jims hat ganz recht gehabt, mich zu holen. Aber jetzt will ich wissen, wie das passiert ist, Ian. Ich kann mir nicht vorstellen, daß ein Baum dir einen solchen hervorragenden linken Haken aufs Auge geben konnte«, sagte sie trocken und wischte ihm den Dreck und das Blut aus dem Gesicht.

»Das wird ein tolles Veilchen, Master Ian«, kommentierte Jims.

»Das spür' ich schon selber«, brummte er.

»Wenigstens siehst du jetzt wieder wie ein Mensch aus.« Elysia hockte sich hin und gab Jims die schmutzigen Lappen. »Tut dir noch irgendwo was weh?«

»Nur mein verletzter Stolz hat einen tödlichen Knacks bekommen, sonst hat nur noch mein Magen ein paar wohlgezielte Hiebe abgekriegt«, sagte er und befühlte vorsichtig seinen Magen.

»Ich wette, Ihr habt ziemlichen Schaden angerichtet, bevor sie Euch niedergeschlagen haben«, kicherte Jims und stellte sich dabei ein paar gebrochene Nasenbeine und herausgeschlagene Zähne vor.

»Nicht so viel, wie ich mir gewünscht hätte, aber ich garantiere dir, die werden meine Fäuste so schnell nicht vergessen«, fügte er grimmig hinzu.

»Ihr habt immer schon gut hinlangen können, wenn es notwendig war«, meinte Jims und wusch die schmutzigen Lappen in einem Eimer Wasser aus.

»Na ja, sie haben heute nacht ganze Arbeit geleistet«, bedauerte Ian. »Die haben mich ganz schön verdroschen.«

»War da mehr als einer?« wollte Elysia wissen, voller Zorn, daß eine Bande von Halsabschneidern ihren Bruder überfallen hatte.

»Es war eine Bande von grobschlächtigen Kerlen, die ich nicht zum Nachmittagstee einladen würde, liebes Schwesterlein.«

»O Ian, kannst du nicht mal ernst sein? Man hat dir beinahe den Kopf eingeschlagen und dein Gesicht in Brei verwandelt, und du sitzt da und machst Witze«, schimpfte Elysia den Tränen nahe.

»Tut mir leid, meine Liebe. Ich habe nur versucht, die Spannung zu mildern. Manchmal hilft ein Witz ganz gut dabei.«

»Nein, mir tut es leid, daß ich dich geschimpft habe«, sagte Elysia reumütig, »aber wenn du wüßtest, welche Sorgen ich mir gemacht habe. Ich kann dich meinem Mann und meinen Freunden nicht vorstellen. Du schleichst nachts mit unerfreulichen Gestalten in der Gegend herum, die dich umbringen könnten – verkleidet, weiß der Himmel als was? Ich weiß, daß du in irgendwas verwickelt bist. Kann ich dir helfen?«

»Es steht viel zuviel auf dem Spiel, ich kann nichts riskieren«, entgegnete Ian und blickte Elysia und Jims fest an. »Die Zukunft Englands liegt auf der Waagschale.«

»Oh«, murmelte Elysia erschrocken.

»Das ist im Moment viel wichtiger als einer von uns«, erklärte er, »und außerdem bin ich unter falschem Namen hier. Man kennt mich als David Friday.«

»David Friday!« rief Elysia aus. »Aber das gibt es nicht – du bist der, von dem mir Louisa erzählt hat.«

»Louisa Blackmore ... sie hat von mir gesprochen?« fragte Ian zögernd.

»Ja, das hat sie«, entgegnete Elysia und blickte mit verständnisvollen Augen in sein gerötetes Gesicht. »Um die Wahrheit zu sagen, sie ist in dich verliebt.«

»Ist sie das? Louisa mag mich ein wenig?« fragte er mit leuchtenden Augen.

»Nicht nur ein wenig. Du hast einen ziemlichen Eindruck auf sie gemacht, glaube ich.« Elysia sah ihn erstaunt an. »Warum mußtest du einen falschen Namen annehmen?«

»Wenn man den Feind nicht kennt und man nicht weiß, welche Informationen er hat, dann muß man alle Mittel ergreifen, um sich und seinen Auftrag zu schützen. Mein Name wurde vielleicht im Ministerium erwähnt, und wie man so sagt: Wände haben Ohren. Vielleicht reagieren wir auch zu heftig, aber keine Vorsichtsmaßnahme ist zu groß, wenn wir dadurch den Erfolg sichern können.«

»Ich verstehe. Es klingt sehr gefährlich«, meinte Elysia nachdenklich und sah Ians zerschlagenes Gesicht an.

»Ja, diese Männer fassen Eindringlinge nicht mit Samthandschuhen an. Ich möchte dich nicht in ihrer Nähe wissen, Elysia. Deswegen will ich dich auch nicht im entferntesten in meine Angelegenheiten verwickeln.«

»Wie haben sie deine Identität entdeckt?«

»Sie wissen immer noch nicht, wer ich wirklich bin, sonst hätten sie schon die Fische mit mir gefüttert.«

Elysia lief ein Schauer über den Rücken, als sie daran dachte, was hätte geschehen können. Sie hielt seine großen Hände fest, als wolle sie ihn nie wieder gehen lassen. Ian lächelte, er wußte, daß sie sich um ihn ängstigte und drückte beruhigend ihre Hand.

»Sie glauben, ich bin ein Tunichtgut von einem Matrosen, den sie unehrenhaft aus der Königlichen Marine rausgeschmissen haben und der gern ein wenig zu tief ins Glas schaut.« Ian roch widerwillig an seinen Kleidern, die nach billigem Whisky stanken. »Ich habe mich ordentlich mit dem schrecklichen Zeug einparfümiert, bevor ich ihnen zu nahe kam, für den Fall, daß sie mich entdecken. Das ist ja dann auch geschehen«, fügte er mit Selbstverachtung hinzu.

»Zu nahe an was?« wollte Elysia ängstlich wissen.

»Zu nahe an einen Schmugglerring.«

»Hier? Aber ich dachte, diese Geschichten wären nur Übertreibung – welche Bedeutung können schon ein paar Fässer Brandy und einige Meter Samt für dich, einen Offizier der Marine, haben?«

»Diese Schmuggler beschäftigen sich nicht nur mit verbotenen Waren, sie schmuggeln französische Spione ein, die sich geheime Informationen beschaffen und damit unser Land gefährden.«

»Verrat!« flüsterte Elysia. »Aber kein Engländer würde es wagen, sein Land zu verraten. Bist du ganz sicher?«

»Ja«, antwortete Ian grimmig. »Es gibt Männer, die vor nichts zurückschrecken, wenn es zu ihrem Vorteil ist. Sie würden für ein paar Goldstücke ihre Seelen verkaufen.«

Wer könnte so tief gesunken sein und sein Vaterland verraten wollen? überlegte Elysia mit gerunzelter Stirn.

»Squire Blackmore«, beantwortete Ian ihren Gedanken.

»Der Squire? O nein! Das ist doch unmöglich. Der ist doch... nur... ein aufgeblasener Pfau«, rief Elysia ungläubig aus.

»Ein Pfau ja, aber unter diesem prächtigen Federschmuck verbirgt sich ein gieriger, machthungriger Mann – der nur darauf wartet, wie eine Schlange zuzustoßen, wenn sich ihm jemand in den Weg stellt. Er spielt den großzügigen Gastgeber, während er seine Pächter verhungern läßt. Er zeigt seinen Gästen ein gutmütiges und liebenswürdiges Gesicht, und tyrannisiert nebenbei die ganze Gegend mit seinen grausamen Drohungen und Ultimaten.«

Elysia saß völlig erschlagen da. Squire Blackmore? Ein Schmuggler – ein Verräter? Aber er spielte immer den Clown und den Angeber. Ein Kriecher, der sich bei seinen reichen Freunden einschmeichelte. Nie wäre sie auf den Gedanken gekommen, daß er gefährlich sein könnte. Elysia fiel aber ein, wie er Louisa schikanierte. Er erinnerte sie an ein Kaninchen, das mit schnuppernder Nase alles auskundschaftete und lauernd alles beobachtete, gerade so, als würde ihm von überall Gefahr drohen.

Er hatte sie getäuscht und sie mit seiner auffallenden Kleidung geblendet.

»Wir müssen diesen verräterischen Haufen von Schmugglern dingfest machen, ehe sie ihre Pläne ausführen können«, fuhr Ian fort. Elysia beobachtete ihn, während er sprach. Er hatte sich viel mehr geändert, als ihr bewußt geworden war. Er war jetzt ein Mann mit einer Aufgabe – ein entschlossener Mann, der ein unerbittlicher Feind sein würde.

»Ich möchte dich da nicht hineinziehen, Elysia, aber du könntest mir Informationen zukommen lassen. Du kannst in Blackmore Hall aus und ein gehen, was mir nicht möglich ist. Du mußt dich nach Neuankömmlingen umsehen – jeden, den du noch nicht kennst. Ich möchte auch, daß du den Squire beobachtest und die, mit denen er sich unterhält, obwohl ich bezweifle, daß er dabei so offensichtlich zu Werke geht. Aber man darf nichts übersehen, weil das Offensichtliche manchmal eine Form des Versteckens ist. An einer Person bin ich ganz besonders interessiert, dem Comte d'Aubergere.«

»Was hat der damit zu tun?« fragte Elysia überrascht.

»Er ist der Spion.«

»O nein!«

»Hast du ihn kennengelernt?« fragte Ian interessiert. Sein linkes Auge war inzwischen fast zugeschwollen.

»Ja, das habe ich«, antwortete Elysia traurig. »Ich kann es nicht glauben, daß er darin verwickelt ist. Er ist Franzose, aber er haßt Napoleon. Seine Güter wurden beschlagnahmt, und er ist wegen Napoleon bettelarm. Wie ist es möglich, daß er ein Agent ist?«

»Er ist einer«, erwiderte Ian streng. »Er hat im Moment geheime Regierungspapiere in seinem Besitz, die er im Ministerium gestohlen hat. Er wird versuchen, sie nach Frankreich zu schmuggeln. Wir haben Beweise dafür, daß er mit Napoleon verbündet ist. Er lügt, wenn er sagt, daß seine Güter beschlagnahmt sind, wenn er überhaupt je welche besessen hat. Wahrscheinlich ist er auch kein

Comte. Und wenn er wirklich das ist, wofür er sich ausgibt, was ich stark bezweifle, ist er nur einer von vielen, die versuchen, Ihre Besitztümer wiederzubekommen, indem sie sich mit Napoleon verbünden.«

Elysia seufzte. War denn niemand das, was er zu sein vorgab? Spielten alle nur Theater – eine endlose Scharade? Sogar sie verbarg ihre wahren Gefühle vor den anderen. Wie leicht fiel es ihr jetzt zu lügen.

»Der Comte hat die Dokumente sehr gut versteckt. Wenn dir etwas auffällt, mußt du es sofort Jims sagen, der wird es an mich weitergeben. Unsere Schiffe beobachten die Überfahrten nach Frankreich, aber wir können nicht riskieren, daß sie uns sehen und entkommen. Wir haben Grund zu der Annahme, daß sie auf ein französisches Kriegsschiff warten, das die Papiere übernehmen soll. Es muß in den nächsten Tagen geschehen. Samstag ist der erste Tag ohne Mond, und bis jetzt waren die Nächte zu hell.«

Ian stand auf und zog Elysia mit sich hoch. Er umarmte sie liebevoll. »Du wirst deine Aktivitäten nur auf Zuhören und Beobachten beschränken – kein Herumspionieren. Ich will nicht, daß du dich in Gefahr begibst. Jims wird mich über deine Genesung auf dem laufenden halten...«

»Aber ich bin eigentlich schon wieder ganz gesund, Ian«, unterbrach ihn Elysia.

»Du bist immer noch schwach, und ich will nicht, daß du deine Sicherheit aufs Spiel setzt. Ich kenne dein Temperament, Elysia, darum warne ich dich. Diese Leute sind gefährlich, und sie würden keinen Augenblick zögern, dich verschwinden zu lassen, wenn du ihnen im Weg stehst. Darum mußt du Jims alles, was du herausfindest, berichten, verstehst du mich, Elysia?«

»Ja, Ian«, versprach Elysia zögernd. »Ich werde vorsichtig sein.«

Ian schien ihre Antwort zu beruhigen. »Nun verstehst du besser als vorher, warum meine Identität geheim bleiben muß. Niemand darf etwas über mich und meinen Auftrag erfahren, weil wir nicht sicher wissen, wer unsere Freunde sind. Du mußt jetzt gehen, bevor du dich erkältest. Es ist schrecklich für mich, daß du auch nur die leiseste Ahnung von dieser Geschichte hast. Gott weiß, um wieviel wohler mir wäre, wenn du sicher oben im Norden wärst und nichts mit der ganzen Sache zu tun hättest«, fügte Ian besorgt hinzu.

»Mach dir um mich keine Sorgen, Ian. Mir wird nichts geschehen, du hast viel zuviel andere Probleme, um dir auch noch Gedanken über meine Sicherheit zu machen«, sagte Elysia mit Nachdruck. »Außerdem würden sie davor zurückschrecken, einer Marquise was anzutun. Ich bin nicht in Gefahr. Aber was ist mit Louisa? Ich habe sie liebgewonnen, und ich bin sicher, daß sie nichts mit der Sache zu tun hat.«

»Natürlich nicht – sie ist so unschuldig wie ein neugeborenes Kind!« Ian wirkte bedrückt. »Ich mache mir um sie auch Sorgen, aber was kann ich tun?« Er schüttelte niedergeschlagen den Kopf. »Sie wird auf jeden Fall darunter leiden müssen, es gibt bei dieser Sache nur eine Lösung, und dabei wird ihr Name in den Dreck gezogen.« Ian blickte Elysia an, die unbeweglich neben ihm stand. »Paß auf sie auf, bitte. Sie wird jemanden brauchen, dem sie vertraut, der sie aufnimmt und ...« Er hielt inne, angeekelt von der Rolle, die er spielen mußte, »... meine Anwesenheit wird ihr dann wohl zuwider sein.«

»Ich werde auf sie aufpassen, Ian, aber ich glaube, du tust Louisa unrecht. Wenn sie die ganze Wahrheit erfährt, wird sie dich nicht hassen.«

»Geh jetzt, meine Liebe«, flüsterte Ian. Er hatte sich mit dem Kurs, dem er folgen mußte, abgefunden.

Sie küßte ihn schnell, zog ihre Kapuze hoch und verließ leise die Stallungen. Jims bestand darauf, sie sicher zum Haus zu geleiten.

»Jims«, bat Elysia ihn, als sie an der Seitentür standen, »paß auf ihn auf. Er wird deine Hilfe notwendiger brauchen als ich.«

»Nur die Ruhe, Miss Elysia. Ihr sagt, ich soll auf Master Ian aufpassen, und er will, daß ich auf Euch aufpasse. Ihr beide wißt, daß Ihr sowieso nie das tut, was ich Euch sage. Ihr macht immer, was Ihr wollt. Ihr seid ja beide so dickköpfig, und nichts, was ich sagen kann, würde Euch von etwas abhalten«, beschwerte er sich.

»Armer Jims, wir haben dich immer sehr geärgert, oder?« fragte Elysia reumütig.

»Das kann ich wirklich nicht leugnen.« Jims grinste. Er hatte es ja nie anders gewollt. »Ihr wißt, ich kann die Zahmen nicht leiden, ich mag die Aufsässigen, die mit dem Teufel im Leib.«

»Auch wenn's schwer ist, Jims, achte auf Ian, bitte«, flüsterte sie, ehe sie hinter der schmalen Tür verschwand.

Elysia fröstelte, sie legte ihr Cape ab, warf es aufs Bett und ging dann zum Kamin, um sich aufzuwärmen. Im Schein des Feuers zeichnete sich ihr schlanker Körper unter dem dünnen Batistnachthemd ab, als sie davorstand und sich die Hände rieb.

Annie hatte sie auf ihr Klopfen eingelassen. Die Magd hatte ihre Erleichterung nicht verbergen können, als sie Elysia sah.

Elysia versuchte, ihres Fröstelns Herr zu werden, das, wie sie vermutete, mehr von Nervosität als von der Kälte herrührte, während sie grübelnd in die Flammen starrte. Sie hatte keine Ahnung, wie sie Ian helfen konnte. Sie wußte nicht, wo sie anfangen sollte – oder wo sie etwas beobachten oder erlauschen konnte. Jetzt, da sie die Wahrheit kannte, würde ihr jede Handlung, so unschuldig sie auch sein mochte, verdächtig vorkommen. Und Louisa? Wie würde es ihr ergehen, wenn Ian alles ans Tageslicht gebracht hatte? Sie wollte nicht daran glauben, daß Ian recht hatte mit seiner Annahme, Louisa würde ihn verachten.

Elysia drehte sich um. Ein Geräusch wie von einem quietschenden Stuhl hatte sie aus ihren Gedanken geschreckt. Alex saß bewegungslos in der dunklen Zimmerecke. Sie hatte ihn bei ihrem Eintritt nicht bemerkt. Wie lange saß er schon hier?

»Wo bist du gewesen?« fragte er sie endlich mit eiskalter Stimme.

Sie konnte nicht sprechen. Ihre Stimme war eingefroren, und sie konnte ihre Augen nicht von dem goldenen Blick abwenden, der sich in ihr Gehirn bohrte und ihre Gedanken las.

»Hast du denn keine Ausrede für mich vorbereitet? Ich glaube wirklich, daß ich ein Recht habe, es zu erfahren. Schließlich bin ich dein Mann. Oder hast du das schon wieder vergessen? Vielleicht meinst du, ich sollte nicht erfahren, wo sich meine Frau mitten in der Nacht herumtreibt. Das Rendezvous muß ziemlich wichtig gewesen sein, wenn du dich bei dieser Kälte hinausschleichst, um deine Verabredung einzuhalten.«

Er stand auf und kam auf sie zu wie ein Panther, der sein Opfer anschleicht. Elysia spürte seinen Zorn, als er vor ihr stehen blieb und ihr den Fluchtweg versperrte. Er blickte sie mit kaum verborgener Verachtung an.

»War es das wirklich wert?« Er kräuselte verächtlich seine Lippen, als sein Blick beleidigend an ihr herunter glitt. »Hat dich dein Liebhaber in die Arme geschlossen und deinen fröstelnden Körper mit der Hitze des seinen erwärmt?«

Er drehte sich zornig um, als könne er ihren Anblick nicht mehr ertragen, und marschierte vor dem hell brennenden Feuer, das seine Wut noch zu steigern schien, auf und ab. Plötzlich blieb er stehen und sah Elysia an. »Und? Hast du keine Ausreden, keine süßen Lügen, um mich zu täuschen?« stieß er hervor. »Oder willst du hier stehen und frech zugeben, daß du bei einem Liebhaber warst?«

»Ich habe weder Lügen noch Ausreden. Ich habe nichts zu sagen. Du kannst glauben, was du willst. Ich möchte dich nur warnen, daß der Schein manchmal trügt. Und die Wahrheit ist nicht immer das, was wir sehen«, erwiderte Elysia ruhig. Es war ihr unmöglich, ihm die Wahrheit zu sagen, ohne das Versprechen, das sie Ian gegeben hatte, zu brechen. Alex mußte ihr entweder vertrauen oder sie der Untreue bezichtigen.

»Du warnst mich?« wiederholte er ungläubig. »Ihr sagt die Wahrheit, Madame – Ihr seid wirklich nicht das, wofür Euch die Leute halten. Ihr seid keine unschuldige junge Maid, die zu süß und fein ist, um ein Wässerchen trüben zu können.« Er lachte grausam. »Täuschung und Intrige fallen Euch sehr leicht. Ihr seid wie alle Frauen. Ihr sucht das Abenteuer gestohlener Küsse und betrügt Euren Ehemann. Ihr verspottet alle echten Gefühle. Eure Falschheit und Eure Schauspielerei hat meine Augen mit Blindheit geschlagen.« Er wandte sich von ihr ab. Seine Miene drückte die Selbstverachtung aus, die er wegen seiner Gutgläubigkeit empfand. Er warf ihr plötzlich ein dünnes Blatt Papier vor die Füße. »Ich glaube nicht, daß ich diesen Ian kenne – einer Eurer Liebhaber aus dem Norden vielleicht? Oder seid Ihr damals nur nach London gefahren, um ihn zu treffen? Die Geschichte von der grausamen Tante und der Anstellung, die Ihr in London suchen wolltet, war das auch eine Erfindung? Vielleicht habt Ihr das ganze Theater mit Sir Jason geplant. War ich wirklich so ein Gimpel, der so leicht in die Falle gegangen ist? Madame, ich muß Euch gratulieren, Ihr spielt die Rolle des unschuldigen Mädchens, als wärt Ihr dazu geboren.«

»Ihr solltet es besser wissen als jeder andere, daß Ihr der erste und einzige Mann wart, der mich je besessen hat«, sagte Elysia endlich zu ihrer Verteidigung.

Alex' Hände ballten sich zu Fäusten. In seiner Wange zuckte ein Muskel, so als wäre er nicht mehr imstande, die brennende Wut, die sich in ihm angestaut hatte, zu bremsen. Er wandte sich von Elysia ab, deren grüne Augen ihn eines Verbrechens bezichtigten. An seinem Hals traten die Sehnen hervor, als er sich im Zimmer umsah und sein Blick auf die kleine Porzellanpuppe fiel, die ihn mit ihrem aufgemalten Lächeln zu verspotten schien und an weibliche Tücken und Treulosigkeit erinnerte, die er nie hätte vergessen dürfen. Er wollte sie zu einem Nichts zerschlagen. Seine Hand griff nach ihr, und trotz des verzweifelten Schreis hinter ihm ergriff er die kleine

Figur, die alles vorstellte, was ihn anekelte. Er schmiß sie auf den Boden, wo sie in tausend Scherben liegenblieb.

Elysia drängte sich an ihm vorbei und sank auf die Knie, ohne auf die Scherben zu achten. Sie bückte sich über ihre Puppe und hob ein Stück des Kopfes auf, es war noch eine blonde Haarlocke daran, an dem eingedrückten Schädel hingen noch ein paar Teile des Gesichts. Sie sank noch tiefer zu Boden und hielt ihren Körper schützend vor die zerbrochene Puppe, als wolle sie sie vor weiterer Zerstörung schützen, ihr Körper wurde von hemmungslosem Schluchzen erschüttert.

Alex blieb verwirrt stehen, bis ihn das Geräusch von Elysias Weinen aus seiner Starrheit aufschreckte. Er sah auf die kleine Gestalt, die von herzzerreißendem Schluchzen geschüttelt wurde. Er bückte sich, um ihre Schultern zu umfassen und sie hochzuheben, aber sie entriß sich seinem Griff, als wolle man sie verbrennen, und kroch wie ein geprügelter Hund von ihm weg.

Alex fluchte leise, bis er sie energisch in seine Arme nahm, hochhob und trotz ihrer Versuche, ihm zu entkommen, festhielt.

»Halt still, Elysia. Mein Gott, ich will dich doch nicht schlagen. Du hast keinen Grund, vor mir wegzulaufen.«

Elysia gab ihren Widerstand auf und lag auf einmal ganz still in seinen Armen, die sie immer noch fest an seine Brust drückten. Er legte sie vorsichtig auf die Satinbettdecke und strich mit merkwürdig steifen Fingern ihre Haare glatt.

»Elysia, schau mich an«, befahl er, aber ihre Augen starrten ins Leere. Ihr Gesicht war totenblaß, ihre Augen rot vom Weinen, als er die Scherben, die sie noch krampfhaft in der Hand hielt, aus ihrem Griff löste.

»Ich hasse dich«, flüsterte Elysia mit zitternder Stimme, während er die Schnitte an ihren Händen mit seinem Taschentuch, das er mit dem Wasser der Karaffe auf ihrem Nachttisch befeuchtet hatte, abwusch.

Alex stand, als er fertig war, auf und sagte kühl: »Dieses Gefühl wird erwidert, Madame.« Damit verließ er ihr Zimmer. Elysia hörte, wie sich die Tür zwischen ihren Schlafzimmern schloß. Sie setzte sich auf und starrte auf das Durcheinander am Boden. Dort lagen, zerbrochen von einer herrischen Hand, ihre ganzen Hoffnungen und Träume, all ihre Illusionen. Ihr Glaube war kaltblütig zerstört worden in einem Augenblick sinnloser Wut.

Warum sollte sie sich darüber Sorgen machen? Wenn sie ehrlich war, mußte sie zugeben, daß sie schon gespürt hatte, wie ihre Ideale langsam zerbröckelten. Sie hatte es sich nur nicht eingestanden, wahrscheinlich weil es das einzige gewesen war, an dem sie sich noch festhalten konnte. Sogar Irrglauben stirbt schwer. Alles was sie wollte, war, geliebt, gebraucht und behütet zu werden, und im Schoße ihrer Familie zu leben. Wenn sie nicht mehr an diese Träume glaubte, dann gab es nichts mehr für sie. Sie wollte lieber sterben als ihre Träume aufgeben.

Was hatte sie nur getan, um das zu verdienen? Elysia lachte verzweifelt. Sie hatte sich in diesen Teufel verliebt, und darum verdiente sie jeden Schlag, den das Schicksal für sie noch aufgespart hatte.

Eine Schlange lauert im Gras!
Vergil

13. Kapitel

Elysia ließ ihre Finger über den feinen Ledereinband des Buches gleiten, das auf ihrem Schoß lag. Alex war schon wieder ausgeritten – mit Lady Woodley. Es war kein Geheimnis. Alex sagte ihr immer genau, wohin und mit wem er ausritt. Es schien beinahe, als würde er es genießen, es ihr mitzuteilen. Dem Anschein nach machte ihr kaltes Schweigen und ihre Gleichgültigkeit seinen Anspielungen gegenüber keinen Eindruck auf ihn.

Sie rätselte insgeheim, wie oft er sich mit der Witwe schon getroffen hatte. Hatten sie ihre Rendezvous an einem verborgenen Platz, den nur sie kannten? Er war zu ihr zurückgekehrt, genau wie Lady Woodley es prophezeit hatte. Elysia konnte es nicht ertragen, wenn sie an das triumphierende Lächeln dachte, mit dem die Witwe verführerisch in Alex' goldene Augen blickte. Na gut, sie konnte ihn haben. Elysia verachtete und haßte Alex für das, was er getan hatte. Nein, das war eine Lüge. Sie konnte sich nicht selbst täuschen. Er hielt sie immer noch gefangen. Gegen ihren Willen war sie immer noch in Alex verliebt. Es schmerzte sie tief, von dem Mann, den sie liebte, mit Verachtung gestraft und mit weniger Respekt behandelt zu werden als die niedrigste Küchenmagd.

Aber konnte sie wirklich Alex dafür die Schuld geben? Die Beweise gegen sie waren erdrückend gewesen. Aber was hätte sie tun sollen? Sie hatte ihr Ehrenwort gegeben und konnte es nicht brechen. Wenn sie es gebrochen hätte, könnte das tragische Folgen für alle, besonders für Ian haben.

Nein, ihr Problem würde sich von selbst lösen, und vielleicht würde Alex eines Tages die Wahrheit erfahren. Aber bis dahin waren ihr die Hände gebunden. Jedoch der Schmerz und das ewige Warten in diesen Tagen erschienen ihr unerträglich. Nichts geschah, was das Mißverständnis zwischen ihnen aufklären konnte, und Elysia wartete hilflos und sah die Kluft zwischen sich und Alex immer tiefer werden.

Wenn nur etwas geschehen würde! Aber ihre ganze Wachsamkeit hatte ihr bis jetzt nur wenige Informationen eingebracht, die Jims an Ian weitergeben konnte. Der Squire hatte keine Zwiegespräche mit dem Comte, wenigstens nicht, während sie dabei war. Solange die beiden in Gesellschaft waren, benahmen sie sich höflich, aber gleichgültig zueinander.

Elysia konnte es noch immer kaum glauben, daß der Squire ein Schmuggler und ein Verräter war, wenn sie ihn beobachtete, wie er seine Gäste mit witzigen Geschichten unterhielt und wohlmeinend lächelte wie ein gütiger Heiliger. Und der Comte... wie schnell war sie auf seine Schmeicheleien und seine traurige Lebensgeschichte hereingefallen. Er gab ihr immer noch den Vorzug und überhäufte sie mit Aufmerksamkeiten. Alex sorgte inzwischen mit seinem Flirt mit Lady Woodley für Klatsch und verschwendete keinen Blick an den Franzosen.

Sie lebten alle am Rande eines Abgrunds, dachte sie an einem Abend, als der Speisesaal von lautem Gelächter widerhallte. Der Squire hatte einen Witz gemacht und lachte selbst am lautesten. Elysia kam es vor wie die letzten Tage von Pompeji – die Nichtsahnenden, die der Zerstörung geweiht waren. Nur sie allein ahnte ihren Untergang.

Und was würde am Ende dabei herauskommen? Der Squire und der Comte des Verrats angeklagt, Louisas und Mrs. Blackmores Ruf vernichtet – was würde mit ihnen geschehen? Wohin konnten sie gehen, wo man ihre Namen nicht kannte?

Mrs. Blackmore. Wie konnte sie so einen Schicksalsschlag überleben? Jeder konnte sehen, daß sie sich in allem auf den Squire stützte und an jedem Wort und jeder Geste hing. Sie saß in der Ecke ihres opulenten Salons wie eine schüchterne kleine Maus in einem Zimmer voller Katzen und blickte alle scheu an. So oft sie es auch versuchte, es gelang Elysia nie, sie in ein Gespräch zu verwickeln, nicht einmal mit ein paar liebenswürdigen Floskeln, aber auch niemand sonst konnte es. Darum ignorierten alle die schmächtige Frau nach einer Weile und vergaßen, daß sie überhaupt existierte.

Es schien wie ein Omen, daß sich ein Sturm zusammenbraute, dachte Elysia, als sie die schwarzen Wolken beobachtete, die sich im Westen zusammenzogen. Die letzten paar Tage war der Himmel klar und das Meer ruhig gewesen.

»Da zieht ein ziemliches Unwetter auf«, bemerkte Peter lakonisch und stellte sich hinter Elysia, deren Zuneigung er rasch gewonnen hatte. Ein fernes Donnergrollen klang wie eine Warnung, als sie einen Augenblick schweigend die schweren Regenwolken mit ihren schwarzen Rändern beobachteten.

»Darum bin ich im Winter lieber in London«, sagte Peter und zuckte erschrocken zusammen, als in der Ferne ein Blitz aufleuchtete. »Es wird aber noch eine Weile dauern, bevor es losgeht. Allerdings«, fügte er hinzu und sah dabei in Elysias trotziges Gesicht, »ist dieser Sturm wie ein sanftes Lüftchen gegen den, der sich hier zusammenbraut. Man kann die Luft ja förmlich mit dem Messer schneiden, so dick ist sie. Was hast du denn mit Alex angestellt, daß er sich so aufführt? So unhöflich und zurückweisend habe ich ihn überhaupt noch nie erlebt.«

»Wir hatten ein Mißverständnis«, sagte Elysia leichthin.

»Ein Mißverständnis! Ich möchte ja nicht in der Nähe sein, wenn ihr einmal ernstlich miteinander böse seid«, wandte Peter ein. »Wenn du in ein Zimmer kommst, in dem er sich gerade aufhält, ist es, als ob man einem Bullen mit einer roten Fahne zuwedelt. Alex läuft herum mit einem Gesicht wie eine Donnerwolke. Ich wage es nicht einmal zu blinzeln, wenn ich mit ihm zusammen bin, aus Angst, daß er mir den Kopf abreißt. Und du – du führst dich auf, als ob du über alles erhaben wärst, wie eine Nonne im Kloster. Es geht mich ja nichts an, das weiß ich«, fuhr er trotz Elysias bösem Blick fort, »und ich werde nicht ins Hornissennest stechen und Alex fragen. Aber du kannst mir doch sagen, was passiert ist, daß ihr euch so haßt?«

»Ein Mißverständnis«, wiederholte Elysia, als würde sie ein Selbstgespräch führen. »Ich kann es nicht aufklären, und bis es soweit ist, daß ich es kann, gibt es keine Hoffnung auf Versöhnung«, erklärte Elysia.

Peter legte seinen Arm um ihre Schulter und lächelte mitfühlend. Das war wirklich eine neue Rolle für ihn, die des gelehrten und weisen Ratgebers. Er fühlte sich plötzlich um Jahrzehnte älter als Elysia, und dabei war er nur zwei Jahre älter als sie. »Alex ist ein stolzer Teufel und daran gewöhnt, daß immer alles nach seinem Willen läuft. Er hat immer das letzte Wort, und er ist nicht bereit, den Widerspruch einer Frau zu dulden.« Er lachte. »Du hast dir nichts gefallen lassen, wie? Er ist so dickköpfig, daß es ihm gegen den Strich gegangen sein muß, deine Unabhängigkeit zu akzeptieren. Ich habe meinen Augen nicht getraut, was du dir alles erlaubt hast!«

»Ich bin auch daran gewöhnt, das alles so geht, wie ich es möchte, und ich nehme es ihm übel, daß er mich mit seiner arroganten Autorität gängeln möchte.«

»Na ja, du hast dir Sachen geleistet, die ich mich nie getraut hätte! Und ich habe sicher schon mehr als genug Auseinandersetzungen mit dem großen Bruder gehabt. Das ist sicher das Grundproblem.

Er ist so in der Rolle des großen Bruders aufgegangen und darin, Vater und Mutter bei mir zu spielen, daß er wie selbstverständlich überall sofort das Kommando übernimmt. Er hat ein bißchen etwas von einem Diktator, und darum hat es mich überrascht, was er dir alles hat durchgehen lassen. Bei mir hätte es Ohrfeigen gesetzt!«

»Ich glaube, er kümmert sich nicht mehr darum, was ich mache – wenn es ihm überhaupt je etwas ausgemacht hat. Wahrscheinlich habe ich nur seinen Egoismus mit meiner Eigenwilligkeit verletzt, es war nicht die Sorge um meine Sicherheit oder um mein Wohlergehen«, versuchte Elysia ruhig zu entgegnen, während ihr eine Träne über die Wange rann.

»Das ist absurd«, protestierte Peter. »Er ist verrückt nach dir. Er hat eine feurige Natur, und irgendwie hast du es wie keine andere Frau vor dir geschafft, die Funken sprühen zu lassen. Du darfst mir glauben, da hat sich etwas Großes entzündet. Das Feuer ist da, Elysia, glaub mir, es glüht unter dem kalten Äußeren. Er hat seinen Ruf als...« Er hielt schüchtern inne, während ihm die Röte in die Wangen stieg, »...dämonischer Liebhaber nicht bekommen, weil er ein kalter Fisch ist.«

»Wenn er brennt, dann für Lady Woodley, nicht meinetwegen.«

»Hölle!« fluchte Peter.

»Was hast du gesagt?« fragte Elysia überrascht.

»Ich habe ›Hölle‹ gesagt, und genau das habe ich gemeint«, erwiderte Peter. »Du bist nicht beleidigt. Ich kenne dich zu gut, um zu erwarten, daß du deswegen in Ohnmacht fällst, wenn sich alles in gewissen Grenzen hält, natürlich«, fügte er verlegen hinzu.

»Und warum glaubst du nicht, daß Alex in die Witwe verliebt ist? Er hat die letzten Tage fast nur an ihrer Seite verbracht.«

»Das ist nur ein Trick, um dich eifersüchtig zu machen. Er will sich an dir rächen, das ist alles. Alex kann die Blackmores nicht ausstehen oder diesen Palast, den sie Hall nennen. Er geht da nur hin, um zu vermeiden, mit dir allein zu sein. Er ist zu wütend und hat

Angst, die Beherrschung zu verlieren. Er benützt Mariana nur. Wenn er sie gewollt hätte, hätte er sie in London heiraten können – sie hat ihm mehr als genügend Gelegenheiten gegeben, ihr einen Antrag zu machen. Er war froh, als er mit ihr Schluß gemacht hat. Er mag nicht, wenn die Frauen zu besitzergreifend werden, weißt du.«

»Vielleicht hat er seine Meinung geändert und eingesehen, daß es ein Fehler war, mich zu heiraten«, überlegte Elysia. Sie wußte, warum er ihr jetzt so ablehnend gegenüberstand und daß seine Vermutungen nicht der Wahrheit entsprachen.

»Aber nein. Unmöglich. Solche Fehler macht Alex nicht. Er weiß, was er will«, behauptete Peter bestimmt. »Und überhaupt, niemand würde je auf den Gedanken kommen, daß er einen Fehler begangen hat, wenn man dich anschaut. Alle guten Trevegne-Ehen sind stürmisch, das kommt von dem Araberblut, das in unseren Adern fließt, wird behauptet.«

»Araberblut? Du machst doch Spaß, Peter? Ein Engländer mit Araberblut in den Adern?« fragte Elysia skeptisch. »Und einer, der es auch noch zugibt? Ich könnte mir vorstellen, daß man so was als Familiengeheimnis hütet und nur hinter vorgehaltener Hand weitergibt. Bei den meisten Familien gibt es ein oder zwei solcher Geheimnisse. Es ist natürlich wunderbar, wenn man seine Ahnen Hunderte von Jahren zurückverfolgen kann, aber es ist doch nicht sehr vorteilhaft, wenn man dann auf einen Araber trifft. So zivilisiert diese alte Rasse auch sein mag, in London hält man sie für Heiden. Die feine Gesellschaft findet ja jeden Fremden heutzutage bedrohlich.«

»Ja, aber du vergißt, wie sehr die gute Gesellschaft Geheimnisse und Romanzen liebt. Wir sind, oder wenigstens Alex ist berüchtigt, und man redet über uns. Kannst du dir nicht vorstellen, wie es die Gerüchteküche anheizen würde, wenn eine arabische Prinzessin als Ahnfrau auftauchte?«

»Ist es nur ein Gerücht?« wollte Elysia wissen.

»Nein, es ist wirklich wahr. Und das, meine liebe Schwägerin, würde die gute Gesellschaft in den Grundfesten erschüttern, wenn die Leute erführen, daß es wahr ist. Es würde zu der Legende um die Trevegnes beitragen. Sie wären vor Angst sprachlos, wenn sie die Geschichte unserer etwas abenteuerlichen Familie genau kennen würden.«

»Jetzt hast du meine Neugierde angestachelt, und es ist nur fair, wenn du mir die Geschichte erzählst. Du kannst mir vertrauen. Ich bin schließlich auch eine Trevegne, oder?«

»Ja, das ist wahr, aber du mußt dein Ehrenwort geben, nie ein Wort über den Makel in unserer Blutlinie verlauten zu lassen«, flüsterte er.

»Ich verspreche es«, sagte Elysia mit einem Augenzwinkern, das die Tränen aus ihren Augen verscheuchte.

Peter lächelte anerkennend, führte sie zu einem Stuhl, setzte sich auf den Teppich vor dem Kamin und streckte seine langen Beine der Wärme entgegen. Er lächelte gewinnend. »Wir haben eine sehr unfeine Vergangenheit, mußt du wissen.«

»Ja, ich habe von dem Freibeuter gehört.«

»O ja, das war ein toller Kerl«, meinte Peter stolz. »Ich hätte gar nichts dagegen, in diese abenteuerliche Zeit zurückzukehren – voller Fechtkämpfe und kühner Rettungen schöner Jungfrauen«, sagte er verträumt und sah sich im Geiste mit Degen und Dreispitz. »Dieser Vorfahre war ein richtiger Abenteurer. Er muß die Welt einige Male umsegelt haben während seiner Reisen, und er hat für die nachfolgenden Generationen den Weg gewiesen.«

»Einschließlich des Freibeuters, der die große Halle mit seinen Trophäen ausgeschmückt hat?« hänselte ihn Elysia.

»Er war doch ein gutes Vorbild, oder?«

»Vorbild für wen, muß man sich da fragen?«

»Nun, man kann sagen, er hat neue Horizonte erschlossen, uns dazu ermutigt, unser Wissen über Land und Leute zu erweitern und fremde Länder zu besuchen«, fuhr Peter dramatisch fort und genoß die Rolle des Geschichtenerzählers. »Also, zurück zum ersten Alexander, von dem natürlich mein Bruder seinen Namen hat«, grinste er.

»Natürlich. Ich habe nichts anderes erwartet«, stimmte Elysia ein.

»Während er entdeckenderweise unterwegs war, wurde er in ein Gefecht mit einem arabischen Sklavenschiff verwickelt, das schwerbeladen mit dem Erlös vom Verkauf der armen Teufel war und einen ganz besonderen Passagier, um den noch gefeilscht werden mußte, an Bord hatte. Das war eine besonders wertvolle Ladung – die Tochter eines Scheichs aus einem der vermögenden Wüstenreiche. Ich habe gehört, die leben dort wie Könige in ihren Zelten. Der Prinz of Wales könnte nicht einmal mithalten mit dem vielen Gold und den Juwelen, die sie besitzen. Diese Sklavenhändler hatten die Tochter eines Wüstenkönigs entführt, um Lösegelder zu erpressen, und sie dann wahrscheinlich an den Meistbietenden versteigern lassen. Ihr Schicksal war besiegelt, bis mein säbelrasselnder Vorfahre auftauchte und sie für sich beanspruchte. Ihre dunklen Haare und goldenen Wüstenaugen haben ihn dann so verzaubert, daß er sie als seine Braut mit nach Hause brachte. Deswegen tauchen die Goldaugen in jeder zweiten Generation wieder auf«, schloß Peter befriedigt und kam sich wie ein Märchenerzähler aus dem alten Bagdad vor.

»Das ist ja eine wunderbare Geschichte, Peter, aber ich bezweifle, ob es in Wirklichkeit so romantisch zuging, wie du sie erzählt hast. Dein Vorfahr war ein Pirat, der sich genommen hat, was ihm gefiel, ohne auf die Gefühle des armen Mädchens Rücksicht zu nehmen. Sie hatte wahrscheinlich Todesangst. Erst von Sklavenhändlern entführt zu werden und dann von einem Piraten, der aus einem Land stammte, von dem sie nie etwas gehört hatte, dazu verurteilt, ihre Familie nie wiederzusehen.«

»Das ist auch möglich. Er soll ein ziemlicher Schuft gewesen sein. Besagte Dame gebar ihm jedoch acht Söhne und drei Töchter und lebte hier in Westerley bis ins hohe Alter, umgeben von einem Haufen Enkelkinder, Ihr Gatte war ergebener Diener, und seine Vagabundenjahre waren wohl vergessen.«

»Wie's aussieht, gibt's in dieser Familie häufiger Schufte«, kommentierte Elysia säuerlich.

»Entdeckst du gerade, was für ein böser Bube mein Bruder sein kann?« fragte Peter, der ihre gemurmelten Worte gehört hatte.

»Das habe ich gewußt, seit ich ihn kennengelernt habe«, erklärte Elysia gereizt.

»Ach ja? Und warum hast du ihn dann nicht gemieden wie die Pest?« fragte er und überlegte, ob das, was der Joker gesagt hatte, nicht vielleicht doch die Wahrheit gewesen war. Was für ein wilder Auftritt das gewesen sein muß, dachte er belustigt, als sich die beiden Hitzköpfe an die Kehle gingen.

Er wußte nicht, welches Spiel Alex spielte, aber wenn er nicht vorsichtig war, würde er Elysia verlieren, und das wäre wirklich schade. Zum Teufel mit ihm, warum spielte er den Liebhaber bei Mariana? In London war er sehr froh gewesen, sie loszuwerden. Alex versuchte, Elysia eifersüchtig zu machen, und das bedeutete, daß er sie wirklich liebte. Sonst hätte er sich nicht die Mühe gemacht – das war nicht sein Stil. Aber irgend etwas stimmte nicht dabei; und wenn Alex sich nicht in Acht nahm, ging der Schuß nach hinten los. Er traute dieser falschen Katze Mariana nicht.

Soll ihn der Teufel holen, dachte er bei sich, als er sah, wie Elysia die Stirn runzelte und ins Feuer starrte. Wahrscheinlich überlegte sie, was Alex und Mariana trieben.

Elysia stand plötzlich auf und nahm das Buch, in dem sie eigentlich hatte lesen können. »Ich reite aus – ich halte es nicht mehr aus!« sagte sie und rannte mit rauschenden rosafarbenen Röcken aus dem Zimmer.

Peter wollte widersprechen, dann zuckte er mit den Achseln, als die Tür zuschlug, bevor er ein Wort hervorgebracht hatte. Er stand langsam auf und ging zum Fenster, innerlich seinen Bruder verfluchend. Er sah hinaus und betrachtete nachdenklich den zerfließenden weißen Nebel, der um die Felsen wirbelte und das Meer verhüllte. Nebel – o Gott, was für ein deprimierender Tag. Er hoffte, Elysia würde zurückkommen. Aber sie war in einer so unberechenbaren Stimmung, daß sie zu allem imstande war. Sie war sehr dickköpfig und ritt mit Ariel, ihrem phantastischen Pferd, jeden Nachmittag aus, ohne Rücksicht auf das Wetter zu nehmen. Kein Wunder, daß zwischen ihr und Alex dauernd die Funken sprühten. Peter schüttelte den Kopf und goß sich einen Schluck Brandy ein, bevor er sich der Kälte und Elysias Zorn stellte.

Elysia schob den dicken Band zwischen die anderen Bücher auf dem Regal zurück und merkte sich den Platz. Sie würde es noch einmal lesen müssen. Ihr Kopf war so voll Gedanken gewesen, daß sie sich nicht einmal an die Hälfte dessen erinnern konnte, was sie am Morgen gelesen hatte.

»Mein Liebling, endlich sind wir einmal allein. Müssen uns immer unerwünschte Blicke und Ohren verfolgen«, beschwerte sich eine verdrießliche Stimme.

Elysia erstarrte, als die Tür zur Bibliothek zuging und sie das Rascheln von Röcken hörte.

»Oh, Alex. Warum hier? Du weißt, daß ich Bücher hasse! Und hier sind so ungeheure Mengen davon.«

»Du wolltest doch allein sein, Mariana, oder?« erwiderte Alex mit seiner tiefen Stimme.

»Natürlich, das wollte ich, und das war mein Grund dafür.«

Es war ganz still im Zimmer. Elysia wagte nicht, sich zu bewegen. Von ihrem Platz auf der oberen Etage hätte sie das ganze Zimmer überblicken können, aber sie stand ganz ruhig in der Ecke und preßte den Rücken gegen das kalte Glas des Fensters. Sie hörte einen langgezogenen Seufzer, dem ein leises, verführerisches Lachen folgte. Elysia drückte ihre Handknöchel fest gegen ihren Mund, um den Schmerzensschrei zu ersticken, der ihr in der Kehle aufstieg.

»Ich habe dich so vermißt, mein Geliebter«, murmelte Mariana. »Du mußt mir teuer dafür bezahlen, daß du mich in London hast sitzenlassen und diese Person geheiratet hast.«

»Ich werde mehr als bereit sein, jeden Preis zu zahlen, den du verlangst«, entgegnete Alex träge, seine Stimme jagte eine Welle von Schmerz und Sehnsucht durch Elysias Körper, als sie sie hörte.

»Mmmm, da muß ich mir irgend etwas Teuflisches ausdenken, was meine verletzten Gefühle beruhigen könnte. Du warst ziemlich brutal zu mir, und eigentlich sollte ich mit dir kein Wort mehr sprechen, Alex.«

»Wenn das dein Wunsch ist«, erwiderte Alex gelangweilt. »Die Entscheidung liegt bei dir.«

»Du weißt, daß ich nicht von dir lassen kann – küß mich!« forderte sie ihn heiser auf.

Das Schweigen, das darauf folgte, war für Elysia Antwort genug, daß ihr Gatte der Aufforderung von Lady Mariana gefolgt war.

»Was sollen wir nur mit ihr machen?« unterbrach Mariana das Schweigen mit unverhülltem Haß in der Stimme.

»Nichts.«

»Nichts? Aber wie soll es dann mit uns weitergehen?« wollte Mariana mit scharfer Stimme wissen, die die Stille des Zimmers wie eine Lanze durchbrach.

»Es wird so weitergehen wie bisher – nichts muß sich daran ändern. Wir werden in London sein, und sie«, er machte eine Pause, als ob ihm der Gedanke an Elysia zuwider wäre, »wird hierbleiben. Ganz einfach, *ma chérie*.«

»Du willst damit sagen, daß sie nächste Woche nicht mit dir nach London kommt?« fragte Mariana hoffnungsvoll. Ihre gute Laune war zurückgekehrt.

»Genau.«

»Na schön, ich denke, das muß genügen, aber wenn sie es sich in den Kopf setzt, dir zu folgen? Sie könnte Ärger machen«, fügte sie hinzu, nie zufrieden bevor sie Zweifel gesät hatte, um ganz sicher zu sein, daß ihr Gegner aus dem Feld geschlagen war.

»Sie wird nicht kommen. Ich werde Anordnungen hinterlassen, daß sie hier in St. Fleur bleiben muß. Wenn sie weiß, daß sie nicht willkommen ist, bezweifle ich, daß sie sich anschließen würde. Und außerdem, ich glaube, sie wird sich hier ganz gut ›amüsieren‹. Wir brauchen uns um sie keine Gedanken zu machen«, bemerkte er mit eisiger Stimme, die für Elysia wie ein Schlag ins Gesicht war.

»Ich habe dir schon damals gesagt, daß du nichts aus Groll tun solltest – nur weil wir uns in einer unbedeutenden Sache nicht einig werden konnten. Wenn du das gemacht hättest, was ich dir geraten habe, wären wir jetzt schon verheiratet. Ich würde diese Smaragde tragen, und nicht dieses rothaarige Weib. Ich will sie immer noch. Nimm sie ihr weg. Ich kenne einen hervorragenden Juwelier, der sie neu fassen kann – ein wenig moderner vielleicht.« Mariana seufzte. »Kannst du diese Person denn nicht loswerden?«

»Zu einem Mord bin ich nicht bereit, meine Liebe.« Alex' Stimme schnitt wie ein Messer durch den dumpfen Schmerz in Elysias Schläfen. »Und was ist aus deinen Plänen geworden, den Herzog zu heiraten? Hast du dieses Vorhaben aufgegeben?« Er klang höhnisch, als er hinzufügte: »Oder hast du deinen Köder nicht lange genug baumeln lassen, und dein nobler Fisch ist dir vom Haken gerutscht?«

»Wie schrecklich – du bist so grausam, Alex«, warf ihm Mariana vor. »Ich erwarte die Anzeige unserer Verlobung innerhalb der nächsten vierzehn Tage in den Zeitungen. Lin hat es sehr eilig, mich zu heiraten. Er nennt mich jetzt schon seine Herzogin.«

»Das ist sehr nett von ihm. Dann ist er ja doch ein richtiger Mann. Ich hatte schon bezweifelt, ob in seinen Adern überhaupt rotes Blut fließt«, kommentierte er trocken. Scheinbar rührten ihn ihre Versuche, ihn eifersüchtig zu machen, kein bißchen. »Sollen wir gehen? Es scheint, als ob es bald regnen würde, und außerdem kommt auch Nebel auf.«

»Das hier ist der ungastlichste Teil der Welt. Warum mußt du ausgerechnet ein Mann aus Cornwall sein? Warum kannst du denn nicht ein nettes Schloß in Somerset oder Sussex haben?« beschwerte sich Mariana mit leiser werdender Stimme, als sie sich der Tür näherten.

»Wie Linville, meinst du. Natürlich mußt du nicht...« Der Rest der Worte wurde abgeschnitten, als die Tür hinter ihnen zuging.

Elysia stand unentschlossen da. Es war ihr unmöglich einen klaren Gedanken zu fassen. Er würde zurück nach London gehen – allein. Sie sollte hier in Cornwall bleiben, und er würde in das Leben, das er vorher geführt hatte, und zu der Frau, die er vorher geliebt hatte und immer noch liebte, zurückkehren.

Sie wußte jetzt ohne den geringsten Zweifel, daß sie ihn verloren hatte. Sie konnte nicht länger die Augen davor verschließen. Peter hatte sich geirrt. Das war kein Spiel mit der Eifersucht, das er aus verletzter Eitelkeit spielte, er würde sie verlassen. Elysia unterdrückte ein Lachen. Wie hätte sie sich darüber einmal gefreut, als sie noch glaubte, ihn zu hassen. Jetzt verspürte sie nur Traurigkeit, als wäre etwas in ihr gestorben. Sie war wie eine Knospe, die sich gerade den warmen Strahlen der Sonne und den nähernden Regentropfen geöffnet hatte und jetzt vertrocknen und sterben würde.

Mit tränenblinden Augen verließ Elysia das Haus. Sie war bereits im Reitdreß und ging direkt in die Stallungen. Niemand versuchte, sie zurückzuhalten, als sie befahl, Ariel zu satteln. Jims war nirgends zu sehen, und trotz der besorgten Blicke, die der Reitknecht gen Himmel warf, ritt Elysia aus dem Hof.

Sie ritt die Straße entlang und forderte den Himmel heraus, sich zu öffnen. Sie war nicht in der Stimmung, irgendeine Einmischung zu dulden, nicht einmal die göttliche. Sie ließ den Reitknecht weit hinter sich, bis er nur noch ein kleiner Punkt am Horizont war. Elysia dehnte die Entfernung immer weiter aus, bis sie ein anderes Pferd auf sich zukommen sah, das über das Moor, aus Richtung Blackmore Hall auf sie zukam. Als der Reiter näherkam, erkannte Elysia die Livree. Es war ein Reitknecht des Squire. Er brachte sein Pferd vor ihr zum Stehen.

»Seid Ihr Lady Trevegne?« fragte er und zog ein versiegeltes Schreiben aus seiner Tasche.

»Ja.«

»Das ist für Euch.« Er händigte ihr den Brief aus, machte kehrt, ohne eine Antwort abzuwarten, und ritt den Weg, den er gekommen war, zurück. Elysia brach das Siegel. Wahrscheinlich von Louisa, dachte sie und las die paar Worte, die sauber auf das Papier geschrieben worden waren. Auf einmal fingen ihre Hände an zu zittern, als die Worte vor ihren erschrockenen Augen zu tanzen anfingen.

Elysias Gesicht war totenblaß, als sie zurückblickte und den Reitknecht von Westerley immer noch kaum sehen konnte. Sie konnte nicht auf ihn warten.

Alex hatte einen Unfall gehabt, er war verletzt. Man forderte sie auf, sofort zu kommen. Elysia vergaß alles, als sie Ariel schneller als je zuvor über das Moor nach Hall trieb. Sie wich vom Weg ab. Vergessen war die Unterhaltung zwischen Mariana und Alex, die sie belauscht hatte.

Alles, was für Elysia im Moment zählte, war, daß sie zu Alex mußte. Alle Bitterkeit und Zorn waren verflogen, als Elysia ihn im Geiste verwundet und schmerzgepeinigt daliegen sah. Daß er vielleicht ihre Fürsorge nicht wollte, konnte sie nicht abhalten. Sie war immer noch seine Frau, wenn auch nur dem Namen nach, und sie würde ihren Platz an seiner Seite trotz allem einnehmen.

Nachdem sie die von Bäumen eingesäumte Auffahrt erreicht

hatte, die zu Blackmore Hall führte, ritt Elysia in Richtung Sommerhaus – eine kleine Pagode, die in einem kleinen Kiefernhain in geringer Entfernung vom Haupthaus stand. Dort fanden in den warmen Frühlingsmonaten immer die Picknicks und Rasenfeste statt, aber jetzt lag es kalt und verlassen unter dem sich schnell verdunkelnden Himmel.

Was hatte Alex hier gemacht? Sie wollte sich nicht eingestehen, daß Alex und Mariana nicht widerstehen konnten, hier haltzumachen und die Einsamkeit auszukosten, ehe sie zu den anderen stießen. Ihre Liebe mußte so groß sein, daß sie jeden gestohlenen Moment ausnützten.

Elysia schob all diese beunruhigenden Gedanken beiseite, als sie vom Pferd stieg und durch die rote Tür mit ihren geschnitzten Drachenköpfen eilte, die ihr boshaft ins Gesicht grinsten. Sie sah die mit roten Samtpolstern belegten Bänke und die großen Satinkissen mit den Quasten. Alex war nicht da!

Sie müssen ihn weggebracht haben, dachte sie und drehte sich um, um zu gehen, als jemand leise durch die offene Tür trat.

»Mrs. Blackmore!« schrie Elysia erleichtert auf und rannte auf die ältere Frau zu, die die Tür hinter sich schloß. »Gott sei Dank! Ich bin so froh, Euch zu sehen. Wo ist Alex? In dem Brief stand, daß er hier sei. Ich bin so schnell gekommen, wie ich konnte. Ist er schwer verletzt?«

»Es geht ihm so gut, wie man es erwarten kann«, antwortete Mrs. Blackmore ruhig. »Wir haben ihn weggebracht.«

»Ja, ich weiß, aber wohin? Ins Haus?« wollte Elysia wissen und versuchte, an Mrs. Blackmore vorbeizukommen. Aber die streckte ihre Hand aus und umklammerte Elysias Handgelenk. Ihr Griff war für eine so kleine Frau ungewöhnlich fest, und Elysia zerrte ungeduldig an Mrs. Blackmores Hand. »Bitte, Mrs. Blackmore. Lassen Sie mich vorbei.«

»Nein. Wir haben Lord Trevegne nicht ins Haus gebracht.« Sie ließ Elysias Handgelenk los und ging zu einem mit Seide bezogenen Paneel, das in die Wand eingelassen war. Sie drehte an einer kleinen geschnitzten Rose, und das Paneel schob sich zur Seite und gab den Blick auf eine schwere Eisentür frei. Elysia sah voll Staunen, wie Mrs. Blackmore einen großen Schlüssel aus ihrem Beutel zog und ihn in das rostige Schloß steckte, wo er sich leicht umdrehen ließ. Mrs. Blackmore öffnete die Tür, und eine steile Treppe, die in die Dunkelheit führte, kam zum Vorschein.

»Er ist doch sicher nicht da unten!« stieß Elysia atemlos hervor, als sie auf die gähnende Öffnung zueilte. »Warum hat man ihn die Treppen hinunter geschleppt?« Sie starrte Mrs. Blackmore verwirrt an. »Ich verstehe das alles nicht. Wenn er verletzt ist, warum...« Elysia verstummte, als sie in die Dunkelheit hinunter sah.

»Meine Liebe, wollt Ihr wirklich da hinuntergehen?« fragte Mrs. Blackmore und spähte zögernd hinunter. Ihre zarte Gestalt zitterte, und sie schüttelte bedauernd ihren braunen Lockenkopf. »Es ist kein schöner Anblick«, warnte sie Elysia und streichelte beruhigend ihre Hand.

»Ich muß zu ihm – versteht Ihr das nicht?« rief Elysia mit tränenerstickter Stimme aus und schob die kleine Frau, die sehr nervös zu sein schien und sich nicht entscheiden konnte, beiseite.

Elysia stand auf der Türschwelle und sah angestrengt in die tintenschwarze Finsternis. »Gibt es denn kein Licht, Mrs. Black –« wollte sie sagen, als sie einen heftigen Schlag auf dem Hinterkopf spürte und mit einem Schrei stürzte.

Verzögerung birgt Gefahren.
Shakespeare

14. Kapitel

Louisa ging verträumt den Kiesweg entlang, blieb kurz bei einer Wiesenblume stehen und strich über ihre Blätter. Sie warf einen ängstlichen Blick auf die unheilschwangeren Wolken, blieb dann wieder stehen und ließ den Blick übers Moor schweifen. Ihr Tagtraum ließ sie die drohenden Wolken vergessen.

David Friday ging ihr aus dem Weg – er versuchte gar nicht mehr, sie zu sehen. Vorher war er ständig dagewesen. Jedesmal wenn sie sich umgedreht hatte, war er plötzlich aufgetaucht, und seine bewundernden Blicke waren ihr nicht entgangen. Aber jetzt war er nicht mehr zu sehen – höchstens aus der Ferne konnte sie hin und wieder einen kurzen Blick auf seinen entschwindenden Rücken erhaschen. Wenn sie dann den Platz erreichte, an dem sie ihn gesehen hatte, war er verschwunden.

Sie konnte es nicht begreifen. David hatte sich von dem stillen, aufmerksamen jungen Matrosen, in den sie sich verliebt hatte, zu einem grübelnden, abweisenden Fremden verwandelt, der so tat, als würde sie ihn langweilen. Was war nur passiert, daß er sich so verändert hatte? *Sie* hatte sich nicht verändert – sie war die gleiche geblieben. Sie hatte geglaubt, sie hätte endlich jemanden gefunden, der sie liebte und den sie liebte, und jetzt zerfiel alles zu Staub.

Louisa seufzte niedergeschlagen. Selbst wenn David sie gebeten hätte, ihn zu heiraten, wäre es vergeblich gewesen. Sie konnte sich nur allzugut die Reaktion ihrer Eltern vorstellen, wenn ein arbeitsloser Matrose ohne einen Pfennig in der Tasche es wagen würde, um die Hand ihrer Tochter anzuhalten, für die sie eine gute Partie erhofften.

Das war auch etwas, was sie nicht begreifen konnte. Ihre Eltern taten immer noch so, als würde sie den Marquis heiraten, obwohl er frischvermählt war mit einer schönen und lieben Frau. Nur ein Verrückter konnte glauben, daß der Marquis irgend jemand anderen als Elysia begehren könnte, und bestimmt interessierte er sich nicht für jemanden, der so unscheinbar war wie sie.

Aber momentan war die Stimmung in Blackmore ohnehin sehr merkwürdig. Papa war schlecht gelaunt und böse, trank heftig, und Mama war nervös und nörgelig. Sie weigerte sich oft stundenlang, ihr Zimmer zu verlassen.

Manchmal hatte sie wirklich das Gefühl, daß die beiden Fremde waren. Um ehrlich zu sein, besonders nahe war Louisa ihnen nie gestanden. Sie zeigten nie irgendwelche Zuneigung für ihre Tochter, sie war nur Mittel zum Zweck, damit sie ihre Pläne verwirklichen konnten. Louisa war eine Schachfigur, die man in eine günstige Heirat manövrieren konnte.

Louisa seufzte, denn sie fürchtete, daß ihre Eltern, was das betraf, sehr enttäuscht werden würden. Aber das war ja nichts Neues. Sie war ohnehin eine Enttäuschung für die beiden. Sie war ein ganz normales, einfaches Mädchen ohne jeden Ehrgeiz, in der Londoner Gesellschaft zu brillieren. Sie war zufrieden damit, in Cornwall zu bleiben. Das einzige, worauf sie immer gehofft hatte, war, einen respektablen Mann zu lieben und eine Familie zu gründen, aber ihre Eltern hatten immer Höheres mit ihr geplant. Manchmal machte ihr hartnäckiges Streben nach Reichtum und gesellschaftlicher Stellung Louisa angst. Sie wußte, daß sie sie nie begreifen würde, oder umgekehrt. Sie trennten Welten, was ihre Überzeugung und ihre Wunschträume betraf… Wenn doch nur…

Louisa wurde aus ihren Gedanken gerissen, als sie sah, wie sich ein Reiter in der Ferne dem Sommerhaus näherte. Sie verzog angewidert den Mund. Die Pagode im chinesischen Stil hatte sie nie gemocht. Sie war unpassend und wirkte grotesk in dieser englischen Landschaft.

Der Reiter kam näher, und jetzt sah Louisa, daß es Lady Trevegne war, und sie war in großer Eile. Louisa ging schneller, weil sie wissen wollte, was in der Pagode vor sich ging. Elysia war schon längst auf der anderen Seite des Gebäudes verschwunden, wo der Eingang war, als Louisa ganz außer Atem den Pavillon erreicht hatte. Sie blieb kurz stehen und lehnte sich an die roten Ziergitter vor den Fenstern, um Luft zu holen, als sie Stimmen im Haus hörte. Louisa drückte neugierig ihr Gesicht an die geschmiedeten Weinranken, kniff die Augen zusammen und spähte ins Zimmer.

Zwei Männer verließen es gerade durch eine Tür in der getäfelten Wand – eine Tür, die nur nach draußen führen konnte, aber sie stiegen eine Treppe hinunter.

»Wir sollen die Lady verschwinden lassen und die Leiche im Meer versenken.«

Die ominösen Worte des Mannes sickerten durch das Gitter wie eine Wolke giftigen Gases. Die Tür schloß sich hinter ihnen, die Wandtäfelung glitt vor und hinterließ bedrohliche Stille in dem leeren Raum.

Hatten sie Lady Trevegne gemeint? Wo war Elysia? Louisa hatte gesehen, wie sie vor kaum einer Viertelstunde die Pagode betreten hatte. Sie erstickte einen Angstschrei und lief den Weg zurück, den sie gekommen war, auf der Suche nach Elysias Pferd. Der Hengst stand noch da und war an einen Baum gebunden. Elysia war nicht weggeritten. Sie mußte da unten an diesem schrecklichen Ort sein, zu dem die Treppe führte – wo immer das auch war.

O gütiger Gott! Was sollte sie nur tun? Sie mußte Hilfe holen, aber sie hatte kein Pferd, und es würde eine Ewigkeit dauern, zurück zum Stall zu gehen. Außerdem, hatte Papa nicht gesagt, er wäre wahrscheinlich bis spätabends weg? Oh, was sollte sie nur machen?

Ariel wieherte nervös und beäugte die kleine Person mißtrauisch, die so entschlossen auf ihn zuging.

Es gab nur eine Möglichkeit: irgendwie mußte sie es schaffen, dieses schreckliche Pferd zu reiten. »Ariel, mein Junge. Du mußt mich auf dir reiten lassen«, flehte Louisa mit sanfter Stimme und griff mit ängstlicher Hand nach dem Zügel. »Deine Herrin ist in Gefahr. Du mußt mir helfen.«

Ariel scheute nervös und schnappte mit seinen großen Zähnen nach ihrer Hand.

»Verdammt sollst du sein!« fluchte Louisa wohl das erste Mal in ihrem Leben, dann brach sie zusammen und schluchzte verzweifelt, weil sie versagt hatte. Warum mußte sie auch so schwach sein, so hilflos, daß sie nicht einmal die einzige Freundin, die sie hatte, retten konnte. Ihre schmalen Schultern zitterten, als sie spürte, wie etwas sie anschubste. Louisa drehte sich um und sah, daß Ariel liebevoll an ihrem Nacken knabberte.

Louisa starrte ihn fassungslos an und wagte nicht, sich zu bewegen, als er schnaubte, aber es klang nicht bedrohlich, nur neugierig.

»O Ariel, du verstehst es«, flüsterte Louisa und griff erneut nach seinen Zügeln. Diesmal machte das Pferd keine Anstalten, sich zu wehren. Zitternd vor Erleichterung und Angst führte Louisa den Hengst zu einem umgestürzten Baumstamm und stieg mit angehaltenem Atem auf. Sie gab ihm die Sporen, und bevor sie richtig Luft holen konnte, stürmte er schon los wie ein Vogel auf der Flucht. Louisa schluckte und klammerte sich verzweifelt an ihn, ihr Strohhut mit dem Kirschbündel hüpfte heftig auf ihren braunen Locken. Louisa merkte gar nicht, daß ihr blaues Kleid bis über die Knie hochgerutscht war und jeder ihre bestrumpften Beine und roten Slipper sehen konnte. Sie bekam allmählich Zweifel, ob ihr Plan wirklich so weise war. Sie hatte sich fast schon dazu entschlossen, sich die Treppe hinunterzuwagen und die Mörder zu stellen, als Ariel sie doch aufsteigen ließ. Jetzt, hier oben auf seinem Rücken, fragte sie sich, ob die andere Idee nicht weniger gefährlich gewesen wäre.

Louisa war in ihrem ganzen Leben noch nicht so schnell geritten, die Landschaft war nur noch ein verschwommenes Etwas, das an ihr vorüberzog. Ihr größtes Problem war, daß sie keine Ahnung hatte, wie sie das Pferd aufhalten sollte. Ariel raste direkt auf Westerley und seinen Stall zu, als Louisa plötzlich drei Reiter rasch auf sie zukommen sah.

»Bitte, helft mir!« schrie Louisa, aber der Wind riß ihren Schrei davon. Sie war sicher, daß sie sich keinen Augenblick länger auf Ariel halten konnte.

Der Reiter auf dem größten der drei Pferde zwang Ariel, einen Bogen zu machen und drängte ihn dann auf eine kreisförmige Bahn. Das andere Pferd war schneller und holte ihn ein, der Reiter beugte sich zu Louisa und nahm die Zügel aus ihren starren Fingern. Dann zügelte er die beiden Pferde souverän, bis sie endlich ganz zum Stehen kamen.

Louisa schob sich mit zitternder Hand ihren Hut aus den Augen und sah jetzt, wer ihr Retter war.

»Lord Trevegne!« rief sie erleichtert. Noch nie hatte der Anblick seines dunklen, arroganten Gesichtes sie so erfreut. »Oh, Gott sei Dank, daß Ihr da seid!«

»Was, zum Teufel, macht Ihr auf diesem Pferd, Louisa!« fragte Alex, während er den nervös tänzelnden Ariel zu beruhigen versuchte.

»Wo ist Elysia?« fragte Peter, der jetzt, dicht gefolgt von Jims, angeritten kam und fassungslos die kleine Louisa Blackmore auf dem riesigen Pferd ansah.

»Sie werden s-sie umbringen, und ich h-habe nicht gewußt, was ich tun soll. Ich hatte solche A-Angst«, schluchzte sie.

»Sie umbringen?« rief der Marquis erstaunt. »Was, zur Hölle, plappert Ihr da?« Zuerst hatten Peter und Jims ihn abgefangen, weil sie auf der Suche nach Elysia waren, die in dem immer stärker werdenden Nebel ohne Lakai unterwegs war. Und Peter hatte irres Zeug wie ein Betrunkener dahergeredet. Jims grummelte etwas von Ärger und Verrat, und jetzt saß Louisa Blackmore auf Ariel, einem Pferd, das nicht einmal er reiten konnte, und schrie hysterisch, man würde Elysia ermorden. Wahrscheinlich war er im Begriff, seinen Verstand zu verlieren.

Er umklammerte Louisas bebende Schultern, um sie zu beruhigen. »Antwortet. Was meint Ihr mit diesem Mord?« Aber Louisa zitterte wie Espenlaub und brachte kein Wort mehr heraus. Alex verlor die Geduld und gab ihr eine schallende Ohrfeige, sehr zur Überraschung der beiden anderen.

»Gütiger Gott, Alex! Was, zum Teufel...« begann Peter.

»Wir haben jetzt keine Zeit für hysterische Anfälle. Was, wenn sie die Wahrheit sagt? Gott steh uns bei!« Alex und Peter starrten sich entsetzt an. »So«, sagte er zu Louisa, »jetzt sagt mir genau, was passiert ist.«

»Es ist Elysia«, stammelte sie schniefend. »Ich hab' sie in die Pagode gehen sehen.« Sie hielt inne, weil Jims sich an seinem Kautabak verschluckt hatte und würgte.

Alex sah ihn eindringlich an, und ihm entging Jims' ängstlicher Blick nicht. »Und was dann?« drängte er Louisa.

»Sie war furchtbar aufgeregt und hatte es eilig. Sie ist bis zur Tür gerannt, und ich bin ihr gefolgt, aber ich war zu Fuß, und es war ziemlich weit. Ich habe zehn Minuten gebraucht, bis ich dort war u-und...« Sie kämpfte erneut mit den Tränen.

»Und... weiter Louisa... Ihr müßt es mir erzählen«, drängte sie Alex sanft, aber hartnäckig.

»Und dann«, fuhr Louisa fort, etwas beruhigt durch die Gelassenheit des Marquis, »habe ich gehört, wie diese beiden schrecklich aussehenden Männer gesagt haben, sie würden sie umbringen.« Sie wurde blaß, als sie sah, wie Lord Trevegnes Augen schmal wurden. Sein Gesicht war nur noch eine grimmige Maske.

»Diesmal geht's ihr echt an den Kragen, Euer Lordschaft«, sagte Jims mit zitternder Stimme.

»Kommt, wir müssen sofort los«, rief Peter und wendete sein Pferd.

Alex sah Jims eindringlich an. Der Mann wußte mehr, als er zugab, aber er hatte jetzt keine Zeit, das herauszufinden. »Steigt ab und wartet hier, Louisa, es ist zu gefährlich für Euch, Ariel noch weiter zu reiten. Es ist ein Wunder, daß Ihr ihn überhaupt besteigen konntet«, sagte Alex und beugte sich vor, um sie aus dem Sattel zu heben.

»Aber sie sind nicht mehr dort. Sie sind in den Geheimgang hinuntergegangen.«

Alex war entsetzt. »Geheimgang? Wo ist er? Schnell? Die Zeit verrinnt.«

»Hinter einem Wandpaneel in der Pagodenwand.«

»Dann werdet Ihr uns begleiten müssen, um uns zu zeigen, wo das Paneel ist.« Er hob sie rasch vor sich in den Sattel, nahm sie fest in den Arm. Dann galoppierten sie in Windeseile in die Richtung, aus der sie gekommen war.

»Hoffentlich kommen wir nicht zu spät«, rief Louisa und sah ängstlich auf den Boden, der unter ihr dahinflog. »Ich weiß auch nicht, wie man es öffnet.«

»Wir werden es schaffen... und ich bete zu Gott, daß es noch rechtzeitig ist – aus mehr Gründen, als Ihr begreifen könntet«, hörte Louisa den Marquis sagen. Sie schaute in sein strenges Gesicht, das innerhalb weniger Augenblicke um Jahre gealtert schien.

»Lieutenant Hargrave meldet sich zum Rapport, Sir«, der junge Lieutenant salutierte zackig vor seinem Vorgesetzten.

»Lieutenant.« Ian erwiderte den Gruß. »Freut mich, Euch und Eure Männer hierzuhaben.« Er beobachtete, wie sie das Boot auf den Strand zogen und die Ruder verstauten.

»Empfehlung des Admirals, Sir. Wir haben das französische Kriegsschiff um zwölf Uhr mittag entdeckt, es ankert vor der Landzunge. Sie warten nur darauf, im Schutz des Nebels einlaufen zu können«, berichtete der Lieutenant aufgeregt.

»Haben sie schon ein Boot ans Ufer geschickt, Lieutenant?«

»Die *Valor* wird signalisieren, Sir, wenn sie das tun, und wir werden sie erwarten«, erklärte er zufrieden.

»Vergeßt nicht, das Boot zu verstecken«, warnte sie Ian, der jede ihrer Bewegungen mit kritischem Blick verfolgte. »Ja, wir werden sie in der Tat erwarten, aber jetzt müssen wir handeln. Bringt Eure Männer in Deckung – unser Fisch muß weit ins Netz schwimmen. Wir wollen doch nicht, daß es ihm gelingt, wieder ins Meer zu fliehen…« Er hielt inne und warf einen prüfenden Blick in die schmale Schlucht. »Lieutenant, feuert nur auf die Dorfbewohner, wenn sie schießen. Wir wollen nicht, daß ihnen etwas passiert.«

Der Strand sah verlassen aus, während das beladene Boot durch die Brandung herantrieb. Steine und Muscheln knirschten laut, als es an Land gezogen wurde, und das Wasser umspülte die Knöchel der Männer.

Ian und seine Männer, die hinter den Felsen versteckt waren, erstarrten, als sie den Schrei einer Eule hörten, und beobachteten mit angehaltenem Atem, wie eine Lastenkarawane aus der Mündung der Schlucht auftauchte, wo sie auf das Zeichen des Bootes gewartet hatte.

»Gebt Euren Männern den Befehl«, flüsterte Ian dem jungen Lieutenant zu, der neben ihm kauerte. »Auf mein Signal gehen wir los.«

Lieutenant Hargrave gab den Befehl weiter an die ungeduldig wartenden Marinesoldaten, die in Schlüsselpositionen am Strand verteilt waren.

Ian wartete, dann stieß er einen schrillen Pfiff aus – das Signal für die wartenden Männer, loszuschlagen.

Sie bildeten einen Kreis um die Schmuggler, den sie dann langsam verkleinerten. Die überrumpelten Franzosen und verängstigten Dorfbewohner waren umzingelt. Chaos brach aus, als die Matrosen versuchten, ihr gestrandetes Boot wieder in die Brandung zu zerren, aber es war so schwer beladen, daß es nur schwerfällig reagierte und ihre Mühe vergeblich war. Die Dorfbewohner versuchten, sich in Sicherheit zu bringen und planschten mit ihren schweren Schuhen durch die Brandung, aber die Marinesoldaten waren ihnen dicht auf den Fersen.

Schüsse knallten aus der Deckung des Bugs des gestrandeten Bootes, als die Franzosen einsahen, daß sie keine Chance hatten zu fliehen. Ian sprang mit gezogener und gespannter Pistole in den Sand, doch die Franzosen waren bereits schutzlos dem Feuer von allen Seiten her ausgesetzt. Sie ergaben sich und ließen mehrere verwundete Kameraden stöhnend im Sand zurück.

Ian übergab das Kommando dem Lieutenant, dessen Augen freudig funkelten. Seine vormals makellose Uniform war zerrissen und ebenso schmutzig wie sein Gesicht. Ian sah sich die Gefangenen an. Aber diese französischen Soldaten oder die verstockten, verängstigten Dorfbewohner waren ihm ziemlich egal. Sie wurden unter Bewachung zum Boot zurückgetrieben.

Er hatte seinen Spion bis jetzt noch nicht gefunden – und die Dokumente auch nicht. Er hatte genau beobachtet, wie der Zug von Packeseln und Männern sich dem Boot genähert hatte und Ausschau nach dem Squire und dem Comte gehalten, aber sie waren nicht dagewesen. Nur die Männer aus dem Dorf, die die Fracht abladen und in die zahlreichen Verstecke transportieren sollten.

Das gab ihm zu denken. Der Squire und der Comte hätten hier sein müssen. Diese Fahrt war speziell für den Comte gemacht worden. Normalerweise wagten sich französische Schiffe nicht in die Reichweite englischer Kanonen, aber für den Comte und seine Information wollten sie jedes Risiko eingehen. Der Squire hätte auf jeden Fall hier sein müssen, um seine Beute in Empfang zu nehmen und den Comte zu verabschieden.

Ian fluchte und schaute sich gerade nachdenklich um, als er aus dem Augenwinkel eine verstohlene Bewegung neben der Klippe sah.

»Hier, Männer, folgt mir!« befahl er einer Gruppe schwer bewaffneter Männer, die nach Beendigung des Kampfes untätig herumstanden. Ian rannte auf die Klippe zu, den Blick auf die schnell verschwindende Gestalt gerichtet.

»Sucht nach einem versteckten Weg!«

Sie suchten hektisch zwischen den Felsen und dem Gestrüpp nach dem Pfad, über den ihr Opfer floh und im Nebel verschwand, der die Landschaft in einen weißen Schleier hüllte. Er durfte die Schurken nicht entwischen lassen, dachte Ian wild entschlossen – nicht, nachdem er so nahe dran war.

»Hier, ich hab's gefunden, Sir!« rief eine triumphierende Stimme aus dem Dunst.

Der Weg war raffiniert hinter zwei Felsblöcken versteckt, die unter einem Überhang der Klippe standen, wand sich von da aus durch ein ausgehöhltes Felsenstück und tauchte dann auf der anderen Seite der Felsen wieder auf – von oben und unten vor neugierigen Augen geschützt.

Ian und seine Männer bewegten sich langsam den Pfad entlang. Der Nebel verbarg den schieren Abgrund, der daneben drohte und die Unebenheiten des Weges. Das hinderte sie zwar am Vorwärtskommen, aber so erging es sicher auch den fliehenden Gestalten, auf die sie ab und zu durch die Wirbel des Nebels, der sie auf Schritt und

Tritt behinderte, einen Blick erhaschten. Ian feuerte einen Warnschuß über ihre Köpfe, als er sie das nächste Mal sichtete. Einer der Halunken blieb stehen, momentan unentschlossen, dann kletterte er weiter.

»Der nächste Schuß wird kein Warnschuß sein«, wies Ian seine Männer an, die bereits ihre Pistolen in Bereitschaft hatten.

Der Nebel driftete in losen Schwaden hin und her und täuschte sie.

»Stehenbleiben, oder wir schießen!« brüllte Ian, als die Flüchtenden wieder in Sicht kamen, aber sie ignorierten die Warnung. »Feuer!« befahl Ian, als der Nebel ihre Opfer wieder in sein weißes Tuch hüllte, und eine Salve krachte in die Wattewand. »Verdammt!« murmelte Ian, als sie wieder die Verfolgung der Feinde aufnahmen, die immer knapp außer Reichweite blieben. Dann ragte plötzlich vor ihnen ein Felsblock aus dem Boden, direkt in der Mitte des Pfades und schnitt ihnen den Weg ab.

Ian beugte sich darüber und fuhr erschrocken zurück – es war der Squire. Sein schwarzer Mantel umhüllte ihn wie ein Zelt. Ian drehte ihn vorsichtig um. Der Squire war tot – getötet durch einen Kopfschuß.

»Los weiter, wir haben noch viel zu erledigen, bevor der Tag zu Ende ist«, sagte Ian grimmig und stieg über den Squire, dessen leblose Augen in den Himmel starrten.

Der Thron verbirgt etwas wesentlich Größeres als der König selbst.

William Pitt, Earl of Chatham

15. Kapitel

Elysia fühlte, wie Wogen von Schmerzen gegen ihre Sinne anbrandeten, als sie mit schwindelerregender Geschwindigkeit wieder ihr Bewußtsein erlangte. Fast sehnte sie sich in die friedliche Schwärze der Ohnmacht zurück. Sie stöhnte leise und versuchte, sich aufzusetzen, aber vergeblich. Schmerz bohrte sich wie ein Dolch in ihren Kopf, und sie brach auf dem Boden der Höhle zusammen.

Sie schlug die Augen auf und sah sich verwirrt um. Die Wände drehten sich vor ihren benommenen Augen. Die Fackeln, die in den Rissen steckten, flackerten wie Irrwische. In der Ferne hörte sie das Rauschen der See, die gegen die Mündung der Höhle brandete.

Elysia setzte sich mühsam auf und lehnte sich gegen ein Faß. Allmählich klärte sich ihr Blick, und sie fand das Gleichgewicht wieder. Der Boden der Höhle hörte auf zu schwanken und kam wieder ins Lot. Sie tastete mit zitternder Hand ihren Hinterkopf ab und fühlte das geronnene Blut, das ihre Haare verklebte, und die schmerzende Beule. Der Schmerz war unerträglich, sie schloß die Augen und atmete tief durch, aber davon wurde ihr wieder übel. Ihr ganzer Körper fühlte sich steif und wund an. Elysia schaute auf ihr Reitkostüm. Es war zerrissen, verdreckt und voller Blutflecke von den Wunden und Schnitten, mit denen ihr Körper übersät war. Fast hätte sie hysterisch gelacht, als ihr einfiel, wie sorgfältig Dany alles nach dem letzten Unfall geflickt hatte. Diesmal würde sie nicht mehr viel retten können.

Elysia unterdrückte ein Schaudern beim Anblick der steilen, schmalen Treppe, die in die Seite eingemeißelt war und sich in schwindelerregende Höhe zur Eisentür in die Pagode hochschlängelte.

Was war passiert? Sie war diese gefährliche Treppe hinunter gestürzt – und sie atmete noch. Sie erinnerte sich an den brutalen Schlag auf den Kopf und den leeren Raum unter sich, als sie gefallen war, aber dann hatte die Finsternis sie umfangen und gnädig ihren Aufprall in der Höhle verhüllt.

Was war mit Mrs. Blackmore passiert? Sie erinnerte sich, daß die Frau des Squire neben ihr gestanden hatte. Elysia sah sich um – Mrs. Blackmore lag nicht hier unten bei ihr. Sie hatten doch hoffentlich die Frau des Squire nicht getötet. Wer hatte ihr den Schlag auf den Kopf verpaßt? Nein, sie konnte nicht tot sein – der Squire würde doch nicht seine eigene Frau töten lassen. Aber warum hatten sie sie in diese unterirdische Höhle gelockt, die voller Schmuggelgüter war? Ob Ian wohl davon wußte? Was in aller Welt konnten sie nur von ihr wollen?

Elysia rappelte sich mühsam auf und lehnte sich gegen die Wand der Höhle. Alles drehte sich erneut um sie. Irgendwie mußte sie hier raus. Sie dachten sicher, sie würde ihren Verletzungen erliegen, und kamen vermutlich, um ihre Leiche wegzuschaffen.

Sie hatte keine Ahnung, wie lange sie bewußtlos gewesen war, aber ihr Körper war völlig ausgekühlt von dem kalten Steinboden. Elysia bewegte sich langsam und schmerzvoll auf die Treppe zu und erschrak, als plötzlich die Tür oben aufflog und jemand mit einer brennenden Fackel in der Hand die Treppe herunterstieg.

»Immer noch am Leben?« fragte eine ungläubige Stimme. »Das überrascht mich. Du bist wirklich schwer umzubringen. Du hast fast so viele Leben wie eine Katze«, sagte Mrs. Blackmore beleidigt, als sie vorsichtig die gefährliche Treppe, die von der Feuchtigkeit schlüpfrig war, herunterkam.

Elysia starrte schockiert Mrs. Blackmore an. Diese sanfte, unscheinbare Frau, die jetzt mit einer Pistole auf sie zukam, betrachtete sie aus haßerfüllten, blassen Augen. Sie strömte eine Bösartigkeit aus, die Elysia nie zuvor bemerkt hatte.

Mrs. Blackmores Gesicht war nur noch eine wutverzerrte Fratze, als sie die Mündung der Pistole bedrohlich auf Elysia richtete.

»Mrs. Blackmore, was hat dieser Angriff zu bedeuten?« fragte Elysia und ging tapfer auf sie zu, ohne zu zeigen, daß sie innerlich vor Angst zitterte.

»Verzeiht, Mylady, daß ich mich nicht verständlicher ausgedrückt habe. Würdet Ihr mir bitte verzeihen, Mylady? Die vornehme Marquise –« Sie lachte höhnisch und musterte Elysias ramponierte Erscheinung. »So vornehm seht Ihr eigentlich gar nicht aus, Mylady, was Jungs?« sagte sie boshaft zu einem der Männer, die hinter ihr die Treppe herunterkamen und die Elysia bis jetzt gar nicht bemerkt hatte.

Jetzt sah sie die beiden Männer, die stumm hinter Mrs. Blackmore standen. Sie waren groß und kräftig, mit breiten Schultern und langen, muskulösen Armen; die Köpfe bedrohlich gesenkt, starrten sie die verängstigte Elysia ohne eine Spur von Mitleid an. Elysia erinnerte sich an die Männer, die Ian zusammengeschlagen hatten. »Die fackeln nicht lange«, hatte er gesagt, und sie hatte mit eigenen Augen gesehen, wie brutal sie sein konnten.

»Schaut immer noch recht gut aus, wenn Sie mich fragen. Ja wirklich«, sagte der kleinere und schmutzigere der beiden mit einem widerlichen Grinsen und stieß seinen Kumpanen in die Rippen.

»Überrascht?« fragte Mrs. Blackmore amüsiert.

»Das bin ich in der Tat, Madame. Bei Eurem Talent solltet Ihr zur Bühne gehen. Es scheint Euch sehr leichtzufallen, eine Rolle zu spielen«, erwiderte Elysia frech und versuchte nicht zu zeigen, wie überrascht sie von Mrs. Blackmores Verwandlung war.

»Ich betrachte das als Kompliment«, sagte sie lachend. »Ich sollte aber auch gut sein. Ich habe fünfzehn Jahre auf der Bühne gestanden, bevor ich den Squire geheiratet habe – ein echter Glücksfall für mich. Damals habe ich richtig gut ausgesehen. Das tue ich immer noch, aber gutes Aussehen paßt natürlich nicht zu meiner derzeitigen Rolle. Es ist eine Rolle, die ich nicht sonderlich genossen habe, aber sie hat ihren Zweck erfüllt.«

»Und der wäre?«

»Euch Narren etwas vorzugaukeln, damit ihr mich unterschätzt. Wer würde schon das Mäuschen Mrs. Blackmore im Verdacht haben, das größte Schmuggelunternehmen Englands zu leiten? Keiner hat auch nur einen Gedanken an mich verschwendet. Alle haben gelacht und getanzt, getrunken und gegessen, sich in meinem Haus amüsiert und nie auch nur einen Blick in meine Richtung geworfen. Sie waren viel zu sehr damit beschäftigt, sich vom Squire bewirten zu lassen – die blinden Idioten. Sie stellen keine Fragen, solange ihre Bäuche voll sind und es genügend Spielchen für sie gibt, bei denen sie sich amüsieren. Hirnlos sind sie wie eine Herde Schafe.«

»Ihr seid also das Gehirn des Schmugglerrings? Und was ist mit dem Squire? Ist er auch nur ein Schauspieler?« fragte Elysia.

»O nein, er ist ganz echt. Er hatte einen kleinen Besitz im Norden, aber der taugte nicht zum Schmuggeln. Wir brauchten viel Geld. Nein, sein Anwesen hatte keinen Platz in meinen Plänen, und der Squire macht, was immer ich will. Er weiß, daß ich diejenige mit Grips bin, und dafür sorge, daß er genug Cognac und Zigarren hat und von Lakaien umgeben ist«, prahlte sie.

»Und was für Pläne habt Ihr?«

»Na ja, ich denke, Ihr habt ein Recht, es zu erfahren.« Sie überlegte kurz, um es spannender zu machen, »Ihr spielt immerhin eine wichtige Rolle dabei.«

»Was, ich?« rief Elysia überrascht.

»O ja. Ihr seid der Hauptpunkt unseres Planes – eigentlich ein Hindernis, aber eines, das in Kürze beseitigt wird. Unglücklicherweise ist mein erster Versuch fehlgeschlagen. Ihr habt doch nicht wirklich geglaubt, daß Ihr neulich von einer verirrten Wildererkugel angeschossen worden seid?« Die Erinnerung machte ihr scheinbar Freude. Der Drang, mit ihren Taten anzugeben, war zu groß, und ihr Hang zur Grausamkeit, den sie normalerweise unterdrückte, trieb sie dazu, ihr Opfer ein bißchen zu quälen.

»Ihr habt auf mich schießen lassen? Jemanden angeheuert, der mich erschießen sollte?« fragte Elysia fassungslos und merkte, wie sich ihre Angst zu einem eiskalten Knoten in ihrem Magen verhärtete.

»Ja, es war hervorragend geplant, nur hat der Idiot Euch angeschossen, statt Euch zu töten. Jetzt werde ich Euch mit weniger Finesse beseitigen müssen, aber ich habe keine andere Wahl. Ich stehe wirklich unter großem Zeitdruck. Ihr wißt ja, die vielen Gäste und dann noch eine neue Fracht, die heute nachmittag eingetroffen ist. Es war ein Glück, daß heute dieser Nebel aufgezogen ist. Wir können etwas schneller mit allem fertig werden. Das ist eine meiner wichtigsten Ladungen. Nie zuvor habe ich eine so hohe Summe für eine Fracht bekommen. Deshalb werde ich mich persönlich darum kümmern. Der Squire ist bereits unten, aber ich kann mich nicht darauf verlassen, daß er alles unter Kontrolle hat. – Seid Ihr Euch überhaupt im klaren, wieviel Scherereien Ihr mir gemacht habt?« fragte Mrs. Blackmore ganz beiläufig. »Ihr solltet Euch wirklich bei mir entschuldigen. Ich mußte mir den Kopf zerbrechen, wie ich Euch loswerden könnte, zusätzlich zu meinen anderen Geschäften, die eigentlich meine gesamte Aufmerksamkeit erfordern. Wenn ich nur daran denke, wieviel kostbare Zeit ich damit verschwendet habe, mir einen Plan für Euch auszudenken.«

Elysia starrte sie ungläubig an. Die Frau war irrsinnig. Sie stand da und sprach ruhig über ihren Tod und erwartete auch noch, daß man sie dafür bewunderte. Hatte sie denn überhaupt kein Gewissen? Mrs. Blackmore kannte wohl nicht einmal das Wort Reue. Sie war nur irritiert über die zusätzliche Belastung.

»Wie rücksichtslos von mir, Madame«, erwiderte Elysia giftig, in der Hoffnung Zeit zu gewinnen. Sie ballte die Hände zu Fäusten und versuchte nicht zu zeigen, wieviel Angst sie hatte. Sie würde vor diesen Kreaturen nicht in Panik geraten – diese Freude wollte sie ihnen nicht gönnen. »Etwas macht mich neugierig, seid doch bitte so gut und klärt mich auf. Warum wollt Ihr meinen Tod? Ich habe Euch doch nie geschadet.«

»Mir nie geschadet?« wiederholte Mrs. Blackmore verächtlich. »Um meine Rechte habt Ihr mich gebracht, jawohl.«

»Das ist doch absurd! Ich habe nie etwas genommen, was Euch gehört.«

»Ihr seid Lady Trevegne, Marquise von St. Fleur, oder etwa nicht?« fragte sie herausfordernd und wedelte mit der Pistole vor Elysias Gesicht herum.

Elysia nickte. »Ja«, sagte sie leise und versuchte, mehr Abstand zwischen sich und Mrs. Blackmore zu bringen.

»Den Titel hast du mir gestohlen!«

Elysia starrte sie fassungslos an. Wovon in aller Welt redete sie überhaupt? Sie mußte den Verstand verloren haben.

»Louisa sollte jetzt Marquise sein, nicht du! Dann hätte ich all deine Besitzungen, dein Geld und deine Stellung und wäre nicht mehr nur die Frau eines einfachen Squire. Aber du wirst dafür bezahlen. Du mit deinem feinen Getue. Dein aristokratisches Blut wird dir nichts nützen, und wie all die anderen wirst du mich anflehen, mich, Clara Blackmore, die kleine Schauspielerin, über die all die feinen Damen die Nase gerümpft haben, während ihre Männer mich ausgehalten haben. Du wirst um Gnade winseln, damit ich deinen wunderschönen langen Hals verschone.«

»Niemals!« sagte Elysia in herrischem Ton und schob ihr Kinn vor. »Da ich Euch nicht daran hindern kann, mich umzubringen, werde ich zumindest meine Würde bewahren und nicht mit solchem Pöbel wie Euch um mein Leben schachern«, sagte sie mit einem verächtlichen Blick auf Mrs. Blackmore.

Mrs. Blackmores Hand zitterte, aber es gelang ihr, Gleichgültigkeit zu heucheln. »Tapfere Worte, Lady Trevegne, wirklich sehr tapfer. Aber ich frage mich, wie lange diese Würde wohl Bestand hat, wenn der Tod immer näher kommt, bis ihr seinen Odem einatmen könnt?«

»Würde ist etwas, was Ihr nie kennenlernen werdet oder auch nur begreifen könnt. Das ist zu hoch für Euch«, erklärte Elysia kühn, und ihre Augen loderten wie grüne Flammen, »und glaubt ja nicht, daß Ihr Erfolg haben werdet, Mrs. Blackmore. Soll ich Euch etwas prophezeien?«

»Genug! Euer Spiel gefällt mir nicht, ich bin doch keine Närrin. Prophezeiung – ha!« Mrs. Blackmore lachte verächtlich.

»Oh, es sollte Euch aber interessieren. Man hat mich schon öfter bezichtigt, eine Hexe zu sein.« Elysia lachte, als sie sah, daß die andere Frau einen Moment lang wirklich überrascht war.

»Ah, ich sehe, Ihr glaubt doch daran, wenn vielleicht auch nur ein bißchen. Laßt Euch Eure Zukunft prophezeien. Ihr werdet vernichtet und entlarvt, überführt und demaskiert als die Verräterin, die Ihr seid, meine liebe Mrs. Blackmore. Das geschieht sehr bald. All das Geld und die Macht, die Ihr so begehrt, werdet Ihr nicht genießen können, denn mein Tod wird auch nicht ungesühnt bleiben«, versprach Elysia mit leiser Stimme, die klang wie ein Fluch, den sie heraufbeschwor.

Die beiden großen Männer hinter Mrs. Blackmore traten nervös von einem Bein aufs andere und starrten fasziniert das Farbenspiel in Elysias Haar an, das aussah, als würden die Flammen der Fackeln darin tanzen.

»Tötet sie!« kreischte Mrs. Blackmore und wich erschrocken vor Elysia und dem seltsamen grünen Leuchten aus ihren schrägen Augen zurück. In diesem schönen Gesicht war keine Spur von Todesangst zu sehen, nur ein Lächeln, als sie die Zweifel und Angst von Mrs. Blackmore erkannte. »Du wirst sterben!« zischte Mrs. Blackmore und ging zur Mündung der Höhle. »Bringt sie schnell um – auf uns wartet heute nachmittag viel Arbeit. Adieu, Lady Trevegne«, fügte sie lachend hinzu, dann verschwand sie durch den Ausgang.

Elysia stand schweigend den beiden Männern gegenüber, die sie abschätzend musterten. Sie fragten sich anscheinend, ob sie sich wehren würde. Na ja, sie würden bald feststellen, daß sie kein wehrloser Feigling war. Wenn sie schon sterben mußte, dann wenigstens nicht kampflos.

Aber die beiden hatten zuerst noch andere Pläne mit ihr. Sie sollte nicht gleich sterben und wenn, dann ohne einen Fetzen Würde. Elysia stockte das Herz, als sie begriff, was sie planten. Sie beobachtete, wie sie sich erwartungsvoll ihre dicken Lippen und faulen Zähne leckten.

»Du wirst doch dem alten Jack jetzt keinen Ärger machen, was?« fragte einer von ihnen, als er ihre geballten Fäuste bemerkte. »Du kannst gar nichts dagegen machen, meine Hübsche. Und ich denke, wir sollten noch ein bißchen Spaß mit dir haben, bevor wir dir den Garaus machen.«

»Ja, ich hab' gehofft, daß du so denkst, Jack mein Alter«, fügte sein Freund hinzu und begann, sich anzuschleichen wie ein Jäger an seine Beute.

»Nicht so schnell, Freundchen. Ich krieg' sie zuerst«, warnte Jack seinen kleineren Kumpanen.

»Und wer sagt das?«

»Ich. Das ist wohl Antwort genug, wenn du weißt, was gut für dich ist«, drohte er knurrend.

Elysia wich einen Schritt zurück. Es wäre wohl zu vermessen, sich der Hoffnung hinzugeben, daß die beiden sich gegenseitig umbringen würden, ehe sie sie vergewaltigten. Wenn es doch nur irgendeine Möglichkeit gäbe zu fliehen, aber die beiden waren zu groß und zu stark. Sie hatte keine Chance. Sie konnte sie nicht bestechen – welche Verlockung wäre schon groß genug, daß sie dafür den Galgen riskierten? Sie laufen zu lassen würde die Schurken in Gefahr bringen, als Schmuggler entlarvt zu werden, oder noch schlimmer, als Verräter und möglicherweise Mörder. Gleichgültig, wieviel Geld sie ihnen versprach, sie würden es nicht riskieren.

Jack machte plötzlich einen Satz, umfaßte Elysias Taille und zog sie in seine Arme. Ihr Gesicht war an seine Schulter gepreßt, sein Hemd stank nach Schweiß und Dreck. Elysia würgte. Er zerrte an ihrem Kleid, das ohnehin schon zerrissen war, und entblößte ihre Schultern.

Elysia schwanden die Sinne, tausend Hämmer pochten in ihrem Kopf, und seine Arme drückten gegen ihre wunden Rippen. Sie betete, daß sie schnell die Besinnung verlieren würde, damit sie von diesem Entsetzen, das schlimmer als der Tod war, befreit würde.

»O nein, meine Hübsche, das tust du nicht. Komm schon, wehr dich«, sagte er, und sein fauler Atem drang ihr in die Nase, als sein Mund den ihren verschloß. Sie versuchte, sich zu wehren, aber seine Arme waren wie Eisenbänder, und sie war unfähig, sich zu bewegen. Er hob sie hoch, und ihre strampelnden Füße mit den kleinen Stiefelchen konnten seinen dicken Stiefeln nur wenig Schaden zufügen.

Er packte sie mit seinen großen Händen und schleuderte sie grob zu Boden, warf sich dann auf sie, so daß sein massiger Körper den ihren schmerzhaft gegen den Stein preßte.

Die Nebel in Elysias Bewußtsein zerrissen mit dem scharfen Knall einer Schußwaffe, die zweimal abgefeuert wurde. Das Echo hallte in der Höhle von Wand zu Wand, bis es sogar das Rauschen des Meeres übertönte. Der Mann auf ihr stieß einen überraschten Schrei aus, seine Augen und sein Mund blieben offen stehen.

Elysia starrte in die kohlschwarzen Augen des Mannes, der über dem leblosen Körper ihres Angreifers stand. Die Pistole in seiner Hand rauchte noch.

»*Mon Dieu*«, sagte er fassungslos. »Wie kommt Ihr hierher? Dafür würde ich das Schwein noch tausendmal umbringen.« Er spuckte auf die reglose Gestalt neben seinem glänzend polierten Stiefel.

Der Comte kniete sich hin und half Elysia auf die Beine. Er zog seinen Rock aus und legte ihn um ihre zitternden Schultern. Sie schwankte hin und her.

»Hier, trinkt das«, sagte er, holte einen silbernen Flachmann aus seinem Rock und hielt ihn an Elysias weiße Lippen.

Der starke Geruch des Brandy verursachte einen Hustenreiz, aber sie nahm einen kräftigen Schluck. Elysia spürte, wie die Hitze sich wie eine Flamme in ihrem Körper ausbreitete. Das Schwindelgefühl legte sich, und ihre Beine fühlten sich nicht mehr an wie Wackelpudding. Sie holte tief Luft und schaute dem Comte in die schwarzen Augen, die sie zutiefst besorgt musterten.

»Ich weiß gar nicht, wie ich Euch danken soll, Monsieur le Comte, ich verdanke Euch mein Leben«, murmelte Elysia betroffen.

»Es ist eine Ehre, Euch zu Diensten sein zu können, aber ich glaube nicht, daß sie Euch getötet hätten. Als Frau mit Würde hättet Ihr Euch aber natürlich nach dem Tod gesehnt.«

»Nein, Ihr irrt Euch – sie hatten Befehl, mich zu töten.«

»Befehl? *C'est impossible.* Warum? Warum sollte jemand einer so wunderschönen Frau den Tod wünschen?« fragte der Comte ungläubig. Er schaute sich in der Höhle um, unter deren gewölbter Decke sich die Waren an den Wänden stapelten. »Wie kommt Ihr hierher?«

»Mrs. Blackmore hat mich mit einer List hergelockt. Sie ist wahnsinnig – verrückt vor Machtgier, und sie schreckt vor nichts zurück, wenn es darum geht, ihr Ziel zu erreichen.« Elysia sah die Zweifel im Gesicht des Comte. Er arbeitete vielleicht mit den Blackmores zusammen, aber er war vollkommen unschuldig, was Mrs. Blackmores mörderische Pläne für sie selbst anging, dachte sie. Das hatte er bewiesen, als er Mrs. Blackmores gedungene Mörder erschossen hatte.

»Warum sollte sie Euch töten wollen, Lady Elysia?«

»Ich stehe ihr im Weg. Sie hat Absichten auf den Marquis. Sie hatte auf eine Heirat zwischen Alex und Louisa gehofft, aber unglücklicherweise hat er statt dessen mich erwählt.«

»Ah, ich verstehe. Vor dieser Frau muß man sich hüten. Unter anderen Umständen ... nun ja«, er zuckte mit den Schultern. »Hätte ich mit ihr nichts zu tun ... Es ist immer sicherer, den Feind zu kennen, dann ist man gewappnet. Aber wenn man keine Gefahr vermutet, wie soll man sich da vor einem Schlag fürchten, den man gar nicht erwartet? Sie ist böse, diese Frau und sehr gefährlich.« Er schien beunruhigt. »Nicht einmal ich ahnte, wie gewissenlos sie wirklich ist.«

»Dann wißt Ihr ja eine Menge über Mrs. Blackmore, Monsieur Le Comte.« Allmählich bekam Elysia ihre Gedanken wieder in den Griff, und trotz ihres schmerzenden Kopfes wurde ihr klar, daß der Comte nicht ahnte, daß er entlarvt war und sie die Wahrheit über seine Mission in England kannte.

»Ja, das kann ich nicht leugnen«, sagte er und spähte erwartungsvoll über die Schulter. »Ich nehme an, Ihr wundert Euch, wie ich hierher komme. Es stimmt tatsächlich – Ihr habt ja jetzt den wahren Charakter dieser Frau gesehen –, sie ist eine Schmugglerin. Ich habe nur wegen Transportproblemen mit ihr Verbindung. Ich muß gelegentlich nach Frankreich«, erklärte ihr der Comte mit ernster Miene. »Ihr müßt mir glauben. Ich bin kein Bonapartist. *Non*! Ich bin Royalist. Ich kämpfe mit Gruppen, die gegen den Tyrannen sind, aber ich muß mich auch um meine Güter kümmern. Ihr glaubt mir doch?« fragte er, als würde ihr Vertrauen ihm etwas bedeuten. »Ich habe sogar den Segen Ihres Premierministers für meine Aufgabe«, log er, um sie zu überzeugen.

Wenn sie nicht bereits die Wahrheit über den Comte gewußt hätte, hätte sie ihm jedes verlogene Wort geglaubt, das er so überzeugend vorgebracht hatte. Er war schließlich und endlich ein fähiger Spion, und es gehörte zu seinen Aufgaben, den Leuten Sand in die Augen zu streuen.

»Bitte, Ihr glaubt mir doch«, sagte er mit flehender Stimme. »Ihr glaubt mir doch... Ihr werdet nicht verraten, was Ihr gesehen habt... zumindest nicht, was meine Rolle dabei betrifft.« Er erschien so ehrlich und war so bedacht darauf, sie zu überzeugen, dachte Elysia verwirrt, bis sie sah, wie hektisch seine Finger am Abzug seiner Pistole, die in seiner Hosentasche steckte, spielten. Er wollte sie nicht umbringen, aber wenn sie ihm nicht glaubte, und ihn an die Behörden verriet, blieb ihm nichts übrig. Deshalb bemühte er sich so angestrengt, sie zu überzeugen. Zumindest gab er ihr eine Chance – ganz im Gegensatz zu Mrs. Blackmore. Na schön, Comte, ich werde Euch alles abkaufen, dachte Elysia, und dann spielen wir diese Scharade zu Ende.

»Ja, ich glaube Euch, Monsieur le Comte«, antwortete Elysia schließlich und bemerkte, wie er sich sichtlich entspannte.

»Werdet Ihr mich dieses eine Mal Jean nennen?« Er nahm ihre Hand und küßte zärtlich die Kratzer, dann warf er einen nervösen Blick über die Schulter zum Ausgang der Höhle und schaute besorgt auf seine Taschenuhr. »Ich muß jeden Moment los«, sagte er und musterte sie unentschlossen.

Was sollte sie nur tun? dachte Elysia verwirrt. Er hatte ihr das Leben gerettet, aber er war trotzdem ein Verräter. Er wollte England mit den Geheimdokumenten verlassen, und sie könnte ihn aufhalten. Trotz seines rechtzeitigen Eingreifens bezweifelte sie nicht, daß seine Loyalität Frankreich gehörte, so wie die ihre England. Wenn sie versuchte, ihn zurückzuhalten, würde er sie ohne zu zögern töten.

»Es ist wirklich schade, daß sich unsere Pfade zum falschen Zeitpunkt gekreuzt haben und unsere Bekanntschaft damit enden muß. Aber das ist wohl der Lauf der Welt. Nichts ist so, wie ich es gerne hätte. Wenn Ihr Französin wärt... ah! Doch es hat nicht sollen sein. Kommt, ich werde Euch jetzt von hier wegbringen. Ein Boot holt mich.« Er sah das Leid in Elysias Augen und fügte noch hinzu: »Ihr solltet besser sofort gehen. Ich werde mich um die Frau des Squire kümmern.« Er nahm Elysias Arm und schickte sich an, sie die steile Treppe hinaufzuführen.

»Comte... ich darf Euch nicht gehen lassen«, begann Elysia und hätte nach seiner Pistole gegriffen, aber am Eingang der Höhle tat sich etwas. Der Comte blieb stehen und lauschte. Dann erkannte er mit zorniger Miene, wer der Eindringling war.

Mrs. Blackmore blieb überrascht stehen. Sie sah den Grafen, Elysia und die beiden leblosen Körper ihrer Schergen und wurde so zornig, daß ihr ohnehin blasses Gesicht schneeweiß wurde und sich zu einer wütenden Grimasse verzog.

»Du!« schrie sie Elysia an. »Du solltest tot sein! Du hast es verdient zu sterben für das, was du mir mit deinem verdammten Fluch angetan hast«, keuchte sie, und Schaum tropfte ihr aus dem Mundwinkel.

Mrs. Blackmores Gesicht verzog sich zu einem grotesken Lächeln, und sie stürzte sich knurrend wie ein tollwütiger Hund auf Elysia. Aber der Comte stellte sich schützend vor sie.

»Halt!« brüllte er, als Mrs. Blackmores Hände wie die Klauen eines Raubtieres nach Elysia schlagen wollten. »Ihr seid wahnsinnig! Ihr gefährdet meine gesamte Mission! Ich werde empfehlen, daß wir in Zukunft keine Geschäfte mit Euch machen!«

»Du verblödeter Franzmann. Du kommst nie lebend hier weg.« Sie lachte diabolisch. »Die Soldaten sind mir auf den Fersen! Du bist verraten worden!« schrie sie und zog eine Pistole aus ihrem Umhang. Ehe der Comte etwas unternehmen konnte, hatte sie schon gefeuert. Er fiel mit überraschtem, ungläubigem Gesicht vornüber, und Blut sickerte aus seiner Brust.

Elysia starrte wie gelähmt in die funkelnden Augen von Mrs. Blackmore, die den Comte kaltblütig ermordet hatte.

»Jetzt wirst du endlich sterben«, versprach Mrs. Blackmore und richtete den Lauf der Pistole auf Elysias Kopf.

Elysia holte tief Luft. So wie es aussah, würde sie diesmal wirklich sterben. Es würde keine Rettung in letzter Minute geben, außer sie unternahm selbst etwas. Aber sie hatte keine Energie mehr und konnte sich kaum noch auf den Beinen halten.

Sie sammelte sich zum Sprung. Wenn es ihr nur gelänge, Mrs. Blackmore die Pistole aus der Hand zu schlagen. In ihrer Verzweiflung war sie willens, alles zu versuchen, um sich zu retten, und hoffte, ihre Kraft würde reichen. Plötzlich hörte sie schnelle Schritte und Stimmen. Es schien, als kämen aus allen Richtungen Leute auf sie zugelaufen. Mrs. Blackmore drehte wie besessen den Kopf hin und her, als die Geräusche immer lauter wurden.

Und dann sah Elysia, wie Ian durch den Eingang der Höhle lief und triumphierend grinste, als er die Höhle und die Schmuggelwaren sah. Das Grinsen verblaßte schlagartig, als er Elysias ramponierte, blutbefleckte Gestalt entdeckte.

»Mein Gott, Elysia!« keuchte er überrascht und vergaß für einen Augenblick alle Vorsicht.

Elysia rief eine Warnung, aber Mrs. Blackmore hatte sich bereits umgedreht und gefeuert. Elysia schrie, als sie sah, wie sich Ians Gesicht vor Schmerz verzerrte und er rückwärts gegen die Höhlenwand taumelte.

Andere Männer betraten jetzt vorsichtig die Höhle, sie wußten nicht so recht, was sie tun sollten, als sie die beiden Frauen vor sich stehen sahen, von denen eine eine rauchende Pistole in der Hand hielt.

Das Öffnen der Geheimtür über ihnen durchbrach den Bann, und die Blicke der Marinesoldaten richteten sich auf die beiden gut gekleideten Herren, die durch die Tür stürmten, gefolgt von einem kleinen grauhaarigen Mann, der einen gefährlich aussehenden Vorderlader schwenkte.

Mrs. Blackmore schrie wie ein Tier, beschimpfte alle mit wüsten Flüchen und versuchte, sich an den ratlosen Marinesoldaten vorbei zum Ausgang der Höhle zu drängen. Elysia war aus ihrer Starre erwacht und lief zu Ian, der auf die Knie gefallen war. Elysia kniete sich neben ihn und hörte nicht einmal das Trappeln von Stiefeln, die eilig die Treppe herunterliefen. Ihre einzige Sorge galt Ian.

Mrs. Blackmore war am Eingang stehengeblieben. Sie legte noch einmal die Pistole an – diesmal zielte sie auf Elysias ungeschützten Rücken, bevor die erstaunten Marinesoldaten ahnten, was sie vorhatte. Aber Alex war schneller. Mit einer raschen Bewegung hatte er dem toten Comte die Pistole entwunden und abgedrückt.

Mrs. Blackmore schrie wie am Spieß, als die Kugel ihren Arm traf und sie die Pistole fallen ließ. Sie griff nach ihrer Schulter und lief in Panik los, aber sie geriet ins Taumeln, verlor das Gleichgewicht und fiel über die Felskante.

Ihr markerschütternder Schrei gellte durch das Schweigen, als sie in den Abgrund stürzte und auf die schroffen Felsen prallte.

Alex ließ angewidert die Pistole fallen, dann ging er zu Elysia, die neben dem verwundeten Mann kniete. Er starrte fassungslos das viele Blut auf ihrem Kleid an. Er streckte die Hand nach ihr aus, um sie an sich zu ziehen, und hörte erst jetzt ihre Stimme. Ihre Worte ließen ihn erblassen.

»Ian, o Ian. Bist du in Ordnung… o bitte… du darfst nicht sterben… jetzt, wo ich dich wiedergefunden habe.«

Elysia berührte mit sanften, liebevollen Händen Ians Gesicht und merkte gar nicht, was um sie herum vorging. Sie sah nicht, wie die ausgestreckte Hand heruntersank und Alex sich abwandte.

Wissen ist eine wunderbare Sache.
Molière

16. Kapitel

»O Lady Elysia«, schimpfte Dany liebevoll, »ich weiß nicht, was aus Euch noch werden soll?«

Sie half Elysia beim Ankleiden, nachdem sie sie gebadet und ihre Wunden versorgt hatte. Sie hatte sich nicht beherrschen können – als sie das Ausmaß von Elysias Verwundungen zu Gesicht bekam, mußte sie ihrem Unmut Luft machen. Sie trocknete liebevoll Elysias Haar mit einem Handtuch, nachdem sie vorher die seidigen Strähnen sorgfältig von Schmutz und Blut befreit hatte.

Elysia machte es sich in einem Sessel vor dem Kamin, der das ganze Zimmer mit wohliger Wärme erfüllte, bequem und schlürfte dankbar die Tasse heißen, aromatischen Tee, den ihr Dany verordnet hatte. Die Hitze des heißen Getränks wärmte ihre Hände durch das papierdünne Porzellan. Wie leicht wäre es, die Tasse zu zerdrücken, überlegte sie – und wie leicht war es zu sterben. Sie hatte gesehen, wie schnell der Tod einen Menschen ereilen konnte und etwas Besonderes und Wunderbares mit sich nahm, das nie wieder zurückkommen konnte. Wie schnell war ein Leben ausgehaucht – wie die Flamme einer Kerze! Sie hatte schon den kalten Odem gespürt, aber sie war ihm entkommen.

Und was hätte sie zurückgelassen, wenn sie gestorben wäre?

Diese schlimmen Tage der Wut und des Zanks wären ihre Hinterlassenschaft gewesen. Ein Wermutstropfen in der Erinnerung derer, mit denen sie gelebt hatte. Das Leben war zu kurz, um nicht jedes bißchen Glück auszukosten, das sich bot.

Sie würde es gierig an sich reißen, wenn es ihr noch vergönnt war. Sie würde nehmen, was ihr Alex anbot, sogar wenn sie ihn mit Lady Woodley teilen mußte. Auch wenn sie ihn nur hin und wieder zu Gesicht bekam, war sie immer noch seine Frau, und er wollte einen Erben. Sie könnte seine Kinder lieben und betreuen, ein kleiner Teil von ihm, der ihr für immer gehören würde.

Alex war sehr besorgt um sie gewesen, als sie aus Blackmore zurückkamen, aber sie spürte die Mauer zwischen ihnen – eine Mauer aus Kälte und Gleichgültigkeit. Es war, als würde er ihr zu verstehen geben, daß er sich um jeden, der verletzt war und Pflege nötig hatte, kümmern würde.

Es klopfte schüchtern an der Tür, und Louisa trat ein. Sie war sehr blaß, und dunkle Leidensringe überschatteten ihre grauen Augen. Ihre Hände umkrampften ein feuchtes Taschentuch, das schon sehr mitgenommen aussah.

»Louisa«, sagte Elysia leise und sah das Mädchen mitleidig an. »Ich freue mich, daß du gekommen bist.«

»Ich war mir nicht sicher, ob ich hier willkommen bin, nach...« Sie hielt inne, und Schmerz zeichnete ihr Gesicht, als sie hervorstieß: »Nach allem, was man dir angetan hat.«

»Du kannst doch nichts dafür!« Elysia war ungehalten. »Du meinst doch nicht etwa, daß ich dich dafür verantwortlich mache oder auf dich böse bin?« Elysia breitete die Arme aus und drückte das verwirrte Mädchen an sich, das aussah, als würde ein weiterer Schlag sie in der Mitte entzweibrechen.

Elysia hielt Louisas zitternden Körper eng umfangen und flüsterte beruhigende Worte, die den tiefen Schmerz, den Louisa erdulden mußte, nicht lindern konnten. Aber sie schienen doch zu wirken, denn Louisas Schluchzen wurde leiser, bis sie sich endlich erschöpft an Elysia lehnte und mühsam nach Luft rang.

»Weißt du noch, wie wir uns kennenlernten und ich zu dir sagte, daß wir beide eine Schulter brauchen, an der wir uns ausweinen können?« wollte Elysia wissen, während Louisa mit ihrem spitzenbesetzten Taschentüchlein ihre Tränen trocknete.

»Ja, ich erinnere mich daran«, sagte sie mit erstickter Stimme, »aber ich habe nie gedacht, daß man uns so schlimmen Kummer bereiten würde. Es fällt mir immer noch schwer, das alles zu glauben.« Sie musterte verwundert den Bluterguß auf Elysias Wange. »Daß Mama vorhatte, dich zu töten... daß sie so war... daß sie tot sind«, flüsterte sie und versuchte, hinter dem ganzen einen Sinn zu finden. »Ich habe sie nie richtig gekannt. Ihr ganzes Leben war eine einzige große Lüge«, seufzte sie bedauernd. »Sie sind mir nie nahegestanden. Weder Mama noch Papa haben mir je Zuneigung gezeigt. Ich habe mich manchmal gefragt, ob ich überhaupt erwünscht war. Als Kind war ich immer im Weg. Ich war öfter bei meinen Kinderfrauen als bei meinen Eltern. Erst als ich ins heiratsfähige Alter kam, wurde ich für sie wichtig.«

»Louisa, bitte nicht«, flüsterte Elysia, die es nicht ertragen konnte, den verletzten Ausdruck in ihrem blassen Gesicht zu sehen.

»Nein, bitte, ich muß der Wahrheit ins Auge sehen – es ist besser so. Ich bin über ihren Tod nicht traurig, ich bin nur durch ihren Verrat verletzt.«

Vielleicht war es besser, wenn Louisa ihr Herz ausschüttete. Sie gewann innere Stärke, wenn sie die Wahrheit akzeptierte. Am Ende würde sie als stärkerer Mensch aus dieser Katastrophe hervorgehen, dachte Elysia, als sie die neue Entschlossenheit in den sanften grauen Augen entdeckte. Aber hart würde dieses sanfte Wesen niemals werden.

»Sie wollten zuviel, Elysia«, sagte Louisa traurig. »Ihre Gier hat sie verdorben. Aber was sie auch gewesen sein mögen, sie waren meine Eltern, und als solche werde ich sie auch in Erinnerung behalten.« Louisa stand zögernd auf. »Es gibt jetzt viele Dinge, um die ich mich kümmern muß, und ich weiß überhaupt nicht, wo ich anfangen soll.« Sie schüttelte hoffnungslos den Kopf.

»Du kannst nicht allein damit fertig werden. Bitte gestatte unseren Rechtsanwälten, sich um deine Angelegenheiten zu kümmern. Ich kenne sie nicht, aber Alex wird dir sicher helfen, und wenn du noch weitere Schwierigkeiten hast, wird sich mein Bruder Ian glücklich schätzen, dir beizustehen.«

»Ian? Ich habe gar nicht gewußt, daß du einen Bruder hast.« Louisa schien sehr überrascht zu sein. »Ich habe immer geglaubt, daß du das einzige Kind deiner Eltern warst. Ich freue mich darauf, ihn kennenzulernen.«

»Aber du kennst ihn ja schon«, rief Elysia unschuldig.

»Wirklich? Nein«, erwiderte Louisa nachdenklich. »Ich glaube, du irrst dich, ich würde mich doch sicher an deinen Bruder erinnern.«

»Vielleicht kennst du ihn unter einem anderen Namen – David Friday. Ich glaube, hier benützt er diesen Namen.«

Louisa starrte Elysia an, als hätte sie den Verstand verloren. »David Friday ist dein Bruder? A-aber ich verstehe das nicht. Ist er denn kein Matrose... wer ist er denn?«

»Das ist eine lange, unglaubliche Geschichte, und nicht einmal ich kenne alle Einzelheiten. Ich weiß nur, daß er Ian Demarice, mein älterer Bruder, und Offizier bei der Königlichen Marine ist. Ein ziemlich ehrenwerter Herr. Aber warum läßt du ihn nicht alle deine Fragen beantworten?«

»So etwas... dein Bruder? Oh, ich könnte einfach nicht... und außerdem, wenn das, was du sagst, wahr ist, dann hat er ja nur seine Pflicht getan«, fuhr sie verwirrt fort. »Ich habe schon immer vermutet, daß mehr hinter ihm steckt. Er war immer ein Gentleman, immer. Unten geht alles drunter und drüber, aber ich glaube, ich habe ihn gesehen. Ich bin so verwirrt. Er ist Offizier, hast du gesagt?« Elysia nickte, und Louisas Miene wurde auf einmal ganz traurig, als sie sagte: »Dann war alles nur gespielt, sogar sein Interesse an mir war ein Teil seines Auftrags, der jetzt beendet ist.«

»Zwischen uns wird nie alles vorbei sein, Louisa.«

Louisa drehte sich erschrocken um und sah Ian ins Zimmer kommen. Seine Schaftstiefel waren voller Schlamm, und seine Jacke hatte ein Loch, wo ihn die Kugel getroffen hatte. Sein Arm war in einer Schlinge, und er sah müde, aber glücklich aus. Sein Auftrag war erfolgreich erledigt, und alles, was er sich vorgenommen hatte, hatte er zu Ende gebracht.

»Ian, wie geht's deinem Arm? Solltest du wirklich schon herumlaufen?« meinte Elysia besorgt, als er auf sie zukam und sie liebevoll auf die Wange küßte.

»Hör schon auf, mich zu bemuttern. Ich habe schon genug Fürsorge von dieser Frau unten abgekriegt. Eine Mrs. Duney ... Diney, ich weiß nicht, wie sie heißt, aber sie hat meine Wunde großartig versorgt. Die hätten wir am Mittelmeer gebraucht, aber die Männer wären alle desertiert, wenn sie ihnen mit diesem Zeug, das sie Medizin nennt, gekommen wäre.« Er schnitt eine Grimasse, als hätte er immer noch den Geschmack auf der Zunge. »Alles wegen einem kleinen Kratzer.«

»Das ist das Spezialelixier von Dany, das bringt dich garantiert wieder auf die Beine.« Elysia lachte erfreut, weil bei Ian keine Nachwirkungen zu erkennen waren.

»Das Zeug hat mich aber beinahe umgeschmissen!« Er ging zu Louisa, die sehr intensiv eine Schnitzerei am Kamin studierte, und richtete seine nächsten Bemerkungen an ihren Nacken. »Ich bin Ian Demarice.« Er beugte sich förmlich über ihre kraftlose Hand.

»Mr. Demarice«, erwiderte Louisa höflich, »ich fürchte, ich kenne Euren Rang nicht.«

»Lieutenant.« Ian blickte ihr fest in die grauen Augen. »Es tut mir leid, Louisa. Um nichts in der Welt wollte ich Euch Leid zufügen, aber unsere Wünsche werden nicht immer berücksichtigt. Bitte glaubt mir, ich wollte dieses Ende nicht.«

»Ich danke Euch. Ich weiß, Ihr habt nur Eure Pflicht getan. Ich bin sicher, es gab keine bessere Lösung, um das alles zu einem glücklichen Ende zu führen. Jemand mußte dabei verletzt werden.«

»Es tut mir leid, daß Ihr das sein mußtet, Louisa«, beteuerte Ian leise.

»Ja... nun ist alles vorbei.«

»Das ist es«, stimmte ihr Ian ernst zu und warf einen liebevollen Blick auf Elysia. »Meine liebe Schwester, du hast mir einen Schrekken eingejagt. Als ich dich in dieser Höhle gesehen habe, bin ich um Jahre gealtert. Aber du hast dich ja immer in alles eingemischt«, tadelte er sie sanft. »Wie geht es dir? Ich kann aufrichtig sagen, daß du trotz allem recht gut aussiehst.«

»Ich sehe besser aus, als ich mich fühle«, erklärte Elysia. »Ich werde mir nie wieder etwas auf mein Aussehen einbilden.« Sie zögerte ein wenig und fragte dann etwas zu beiläufig. »Und wo sind die anderen?«

»Wenn du mit den anderen deinen Mann und deinen Schwager meinst, die sind unten im Salon. Sie müssen die Angelegenheiten mit den Behörden erledigen. Ich will nicht, daß man die Dorfleute oder die Fischer zu streng bestraft. Sie sind gegen ihren Willen zu dieser Bande gepreßt worden.«

»Das will ich auch nicht, und wenn ich auf irgendeine Weise gutmachen kann, was meine Eltern den Leuten angetan haben, wäre ich außerordentlich dankbar. Es ist das wenigste, was ich tun kann.« Louisa sah Ian schüchtern an. »Ich möchte Eure Zeit nicht über Gebühr in Anspruch nehmen, jetzt da diese Affäre zu Ende ist. Ich weiß, daß Ihr nur Eure Befehle ausgeführt habt, und ich verstehe Eure Beweggründe. Wenn Ihr mich jetzt bitte entschuldigen wollt.« Ian hielt sie am Arm zurück.

»Ihr irrt Euch, Louisa. Ich wollte Eure Freundschaft niemals mißbrauchen. Wenn Ihr mir verzeihen könnt, welche Rolle ich bei dieser Tragödie gespielt habe, wäre ich sehr glücklich.«

»Aber Ian, ich könnte Euch niemals hassen«, rief Louisa aus. »Es gibt nichts, was ich Euch verzeihen müßte; Ihr habt nur Eure Pflicht getan, und ich hätte nichts anderes von Euch erwartet.«

Ian lächelte strahlend, als er ihre kleine Hand besitzergreifend in seine nahm und sich zu Elysia umdrehte.

»Ich muß mich bei meinem Kommandeur melden, Elysia, aber ich bin in einer Woche wieder zurück.« Seine blauen Augen liebkosten Louisas Gesicht, und er fügte ernst hinzu: »Aber Louisa und ich müssen erst etwas besprechen, wenn du uns entschuldigen würdest, wir müssen uns über etwas einig werden.«

»Aber bitte«, erwiderte Elysia lächelnd. »Louisa, glaube ihm, ich bürge für seine Ehrlichkeit und Aufrichtigkeit. Er ist außerdem stur wie ein Maulesel, wenn er sich etwas in den Kopf gesetzt hat.«

Louisa erwiderte schüchtern ihr Lächeln. Eine sanfte Röte stieg in ihre Wangen, als sie mit Ian das Zimmer verließ.

»Ich muß zugeben, daß ich mich in letzter Zeit nicht viel um St. Fleur gekümmert habe. Ich habe zugelassen, daß der Squire meine Verantwortung übernommen und sie böswillig und kriminell mißbraucht hat. Aber ich kann Ihnen, meine Herren, versprechen, daß ich in Zukunft ein persönliches Interesse für diese Gegend und für die Leute, die hier leben, zeigen werde«, versprach der Marquis dem Admiral und dem Spezialagenten aus London, die mit ihm im Salon saßen.

»Natürlich muß alles gerichtlich geregelt werden, aber ich bin sicher, daß die Dorfleute nicht zu hart verurteilt und bestraft werden, wenn alle Umstände ans Tageslicht kommen. Und wenn Sie sich darum kümmern, kehrt in diese Gegend bald wieder Ruhe ein«, sagte der Spezialagent zuversichtlich, aber er war immer noch ziemlich erschüttert, weil ihnen eine Frau so viele Schwierigkeiten gemacht hatte. Zugleich war er beschämt, daß es einer Frau gelungen war, ihn so lange zu überlisten, obwohl er sich bereits durch die Wiedergewinnung der Geheimpapiere und den Tod des Spions rehabilitiert hatte.

»Ich danke Ihnen für Ihr Vertrauen, meine Herren. Darf ich Ihnen, bevor Sie gehen, ein Glas Brandy anbieten?« fragte der Marquis höflich und winkte Peter herbei, damit er ihn als Gastgeber vertrat. Er sah gerade noch, wie Ian und Louisa durch die Halle zielstrebig auf die Bibliothek zusteuerten. Er folgte ihnen und holte sie, ehe sie den Raum betreten konnten, ein und sagte sehr arrogant: »Einen Moment. Ich muß mit Euch sprechen.«

Ian drehte sich erstaunt um und sah sich dem Marquis gegenüber. Er war verärgert, aber wie konnte er seinem Gastgeber und Schwager in dessen eigenem Haus etwas abschlagen?

»Aber sicher, Eure Lordschaft, ich stehe zu Euren Diensten.« Er drückte Louisas Hand. »Ich komme gleich zurück, also bitte verschwinde nicht«, bat er sie, und als er ein Buch auf einem kleinen Tischchen entdeckte, drückte er es ihr, nachdem er den Titel gelesen hatte, in die Hand und sagte: »Das wird dir die Zeit vertreiben, mein Herz.«

Louisa errötete, als sie den kleinen Band mit den Liebessonetten von Shakespeare erkannte.

Ian folgte dem Marquis in sein Arbeitszimmer und sah ihn verwundert an, als er mit kaum unterdrückter Wut die Tür schloß und ihn dann feindselig anfunkelte. Warum sollte Lord Trevegne auf ihn wütend sein? fragte sich Ian bestürzt. Dieses Gefühl von drohendem Unheil hatte er nicht einmal empfunden, als ein Dutzend Kanonen auf ihn gerichtet gewesen waren.

Ian hustete und unterbrach damit das Schweigen. »Ihr wolltet mir ein paar Worte sagen?«

»Mehr als ein paar Worte, Sir«, erwiderte Lord Trevegne sarkastisch, »nach diesem charmanten Auftritt, dem ich das Unglück hatte beizuwohnen.«

»Verzeihung, aber was soll das heißen?« wollte Ian wissen, dem der Ton seiner Lordschaft gar nicht gefiel.

»Ich meine dieses alberne Geturtel, während Elysia zerschlagen und voller blauer Flecke oben liegt. Ich sollte Euch erwürgen«, drohte er.

Ian wurde blaß. Gütiger Gott! Warum war der Kerl denn so wütend?

»Ach, Elysia wird sich bald erholt haben – sie ist ein wenig mitgenommen, aber das Mädel läßt sich nicht unterkriegen. Ich habe sie schon in schlimmeren Situationen erlebt.« Ian lächelte beruhigend. Augenscheinlich war seine Lordschaft um Elysias Zustand besorgt. »Ich muß zugeben, sie hat wirklich viel mitgemacht. Ich bin zu Tode erschrocken, als ich sie in dieser Höhle sah. Aber Ihr könnt beruhigt sein, Lord Trevegne, Eure Haushälterin, Mrs.... Mrs. Dany, hat gesagt, daß sie bald wieder auf den Beinen ist.«

»So, hat sie das gesagt?« fragte Alex ruhig. »Darf ich annehmen, daß Ihr schon bei meiner Frau gewesen seid?«

»Aber natürlich!« Ian sah den Marquis erstaunt an. »Das ist ja wohl mein Recht. Wofür haltet Ihr mich?«

»Ich werde dir schon zeigen, wofür ich dich halte, du verdammter Bastard«, schrie Alex. Er sprang auf den erstaunten jungen Mann zu und drückte ihn mit dem Rücken an die Wand, wo er den Wehrlosen ohne Rücksicht auf seine verbundene Schulter festhielt.

»Ich könnte dich umbringen! Kein Mensch hat je gewagt, was du dir erlaubt hast. Was mir gehört, behalte ich. Denk daran – Elysia gehört mir und wird immer nur mir gehören. Kein Welpe, der über seinen Stand hinaus will, kann sie mir wegnehmen! Verschwinde und wage es nicht, je wieder einen Fuß auf dieses Stück Küste zu setzen, solange du lebst.« Alex hielt keuchend inne. »Oder dein Leben ist keinen Pfifferling mehr wert.«

Er schüttelte Ian wie ein Hund einen Knochen, ließ ihn plötzlich los und schleuderte ihn zur Seite. Ian fiel gegen einen großen Ledersessel. Er fing sich wieder und stand auf, das Blut stieg ihm ins Gesicht, und er ballte seine Fäuste.

»Ich muß zugeben, daß es mich schockiert hat, als ich erfahren habe, daß Elysia Euch geheiratet hat«, erwiderte er verächtlich. »Ich war entsetzt, weil ich Euren Ruf kannte, Eure Lordschaft. Und meine schlimmsten Erwartungen, was diese Ehe betrifft, haben sich erfüllt. Ich weiß, daß mir als Gentleman nichts anderes übrigbleibt, als Elysia Eurem Einfluß zu entziehen. Eine Scheidung kommt natürlich nicht in Frage, außer als letztes Mittel, aber ich werde dafür sorgen, daß Ihr nicht mehr über ihr Wohlergehen zu bestimmen habt.«

»Du unverschämter Milchbart. Du willst dich mit mir anlegen!« brüllte Alex, der wütender war als je zuvor in seinem Leben. Er war jenseits jeder Vernunft. »Du willst eine Scheidung? Als letztes Mittel, du verlogener Betrüger!« Ians Augen blitzten bei dieser erneuten Beleidigung auf. Er würde sich von diesem halbirren Marquis nichts mehr gefallen lassen. Er zog seinen Handschuh aus, um sich gegen diesen vorworrenen Angriff auf seinen Charakter zur Wehr zu setzen, aber seine Lordschaft war nicht aufzuhalten. Es schien, als wolle er ihn unbedingt dazu bringen, ihn herauszufordern.

»Ich werde mich nie von ihr scheiden lassen. Sie gehört mir. Sie ist eine Trevegne – und sie wird eine Trevegne bleiben, bis sie stirbt. Du wirst sie niemals heiraten, du Hund!«

Ian hielt inne, seine Hand mit dem Handschuh noch erhoben. Heiraten? Was zum Teufel? Er starrte Lord Trevegne erstaunt an. »Heiraten?« wiederholte er laut. Er hatte doch sicher nicht richtig verstanden.

»Ja, heiraten«, zischte Alex zwischen zusammengebissenen Zähnen hervor. »Oder wolltest du nur eine kleine Affäre mit ihr anfangen? Das scheint eher deine Art zu sein.«

»Heiraten… aber warum, in Gottes Namen, sollte ich meine eigene Schwester heiraten?« Ian ließ die Hand fallen. Der Marquis starrte ihn an, als traue er seinen Ohren nicht.

»Elysia ist Eure Schwester?« flüsterte er fassungslos.

»Natürlich«, erwiderte Ian erstaunt. Dann dämmerte es ihm plötzlich, und er lachte lauthals. »Wollt Ihr damit sagen, Ihr habt das nicht gewußt?«

»Nein, bei Gott, das habe ich nicht! Wie es scheint, weiß ich nur sehr wenig über meine Frau oder mein Zuhause oder irgend etwas in dieser verdammten Angelegenheit. Herr meines Schlosses!« Alex' Augen sprühten vor Wut. »Wie es scheint, bin ich Herr von nichts!«

Ians Grinsen verblaßte angesichts des wutentbrannten Marquis. Mit diesem Mann war nicht zu Scherzen – besonders nicht in seiner augenblicklichen Laune.

»Aber natürlich!« rief Ian plötzlich, als ihm das Versprechen einfiel, das er Elysia abgezwungen hatte. »Elysia konnte es Euch nicht sagen – ich hatte sie zum Schweigen verpflichtet. Ihr müßt verstehen, daß meine Sicherheit und unser Vorhaben gefährdet gewesen wären, wenn meine wahre Identität bekannt geworden wäre. Deshalb hat sie mir ihr Wort gegeben, zu schweigen, und Elysia würde niemals ein Versprechen brechen. Ich bin Ian Demarice, Eure Lordschaft, Elysias Bruder.«

Ian wartete, während Lord Trevegne diese Neuigkeit verdaute, und beobachtete sein abweisendes Gesicht, daß wie aus Granit gemeißelt war. Ein stolzer Mann, der es nicht gewohnt war, im Unrecht zu sein, überlegte Ian weise.

Alex reichte ihm die Hand. »Es wäre mir eine Ehre, Lieutenant Demarice, wenn Ihr meine Entschuldigung und demütige Freundschaft annehmen würdet, nach allem, was ich gesagt habe. Ich habe Euch auf unverzeihliche Weise beleidigt«, sagte Alex schlicht.

Ian ergriff dankbar die Hand des älteren Mannes. Es war ihm immer schon zutiefst zuwider gewesen, in Unfrieden mit anderen zu leben. Er ahnte, wieviel Überwindung es den selbstbewußten Marquis gekostet hatte, sich so zu demütigen. Aber ein endgültiges Urteil über seinen Schwager würde er erst später treffen können – für den Augenblick würde er fraglos die Freundschaft dieses Mannes akzeptieren. Er legte keinen Wert darauf, ihn zum Feind zu haben. Und außerdem konnte er Elysia am besten im Auge behalten, wenn er im Heim ihres Gatten willkommen war.

»Alles vergessen, Lord Trevegne«, sagte Ian freundschaftlich. »Es war schließlich nur ein Mißverständnis.«

Alex zeigte jetzt zum ersten Mal sein schiefes Lächeln. »Ich hätte erraten müssen, daß Ihr Elysias Bruder seid, Ihr seid Euch im Wesen sehr ähnlich.«

»Nun ja.« Ian schaute etwas zweifelnd drein. Er war sich nicht sicher, ob er das als Kompliment betrachten sollte. »Man wirft uns beiden Starrköpfigkeit und ein hitziges Temperament vor.«

»Ich kann beides bestätigen. Aber jetzt habe ich Louisa lange genug Eurer Gesellschaft beraubt. Sie wird bestimmt schon ungeduldig.« Alex beobachtete amüsiert, wie Ian errötete. »Natürlich seid Ihr beide meine Gäste. Mein Heim ist auch das Eure.« Es war mehr ein Befehl als eine Bitte, dachte Ian spöttisch, nahm aber dankbar für sich und Louisa an.

»Danke, Lord Trevegne. Ich –«

»Alex«, korrigierte Alex mit einem echten Lächeln, das sein strenges Gesicht völlig veränderte. Es erwärmte wie die Sonne, die auf frisch gefallenen Schnee scheint. »Wir können doch keine Formalitäten zwischen Schwagern dulden.«

»Also gut, Alex.« Ian grinste. »Ich muß mich auf meinem Schiff zurückmelden, aber ich werde ruhig schlafen, da ich weiß, daß Louisa versorgt ist, während ich weg bin.«

»Sie ist hier willkommen, solange es ihr gefällt, und jetzt laßt sie nicht länger warten«, drängte er, als er Ians sehnsüchtigen Blick auf die Tür bemerkte.

Alex goß sich ein großes Glas Brandy ein, nahm einen kräftigen Schluck und füllte es dann wieder auf. Er setzte sich in einen der großen roten Lederstühle mit einem Zigarillo in der einen Hand und dem Brandy in der anderen. Er lehnte sich zurück, kniff nachdenklich die Augen zusammen, so daß die schweren Lider das glühende Gold seiner Augen fast verdeckten, und ein merkwürdiges Lächeln umspielte seinen Mund.

Sieh welch Entzücken Wald dem Auge bietet,
Selbst Götter des Olymp hier Elysium fanden.
Alexander Pope

17. Kapitel

Die Blackmores bekamen ein christliches Begräbnis, und der Vikar gab sich besondere Mühe mit einem Nachruf, der alle Beteiligten zufriedenstellen sollte. Er konnte die Verstorbenen nicht als ehrenwert bezeichnen, und ihre Tugenden zu preisen wäre wahrhaftig gotteslästerlich gewesen und hätte ihm die bittere Kritik der Dorfbewohner eingehandelt. Aber wie sollte er vor Gott stehen, sie verdammen und als die Sünder brandmarken, die sie gewesen waren, wie es die hiesige Bevölkerung gerne gehabt hätte?

Am Ende hielt der Vikar eine aufwühlende Predigt über die Sünden der Habgier und des Lasters und den unvermeidlichen Untergang derer, die dem unchristlichen Pfad folgten. Er erbat Gottes Verzeihung für die armen Seelen, die so weit vom Pfad der Tugend abgekommen waren, und forderte die Gemeinde auf, sich das warnende Beispiel der Sünder zu Herzen zu nehmen.

Elysia, Lord Trevegne und Peter hatten Louisa zur Beerdigung begleitet, wobei Elysia nicht vergessen konnte, daß beinahe auch ihr Nachruf heute verlesen worden wäre.

Ian war vor zwei Tagen nach London zurückgekehrt und wurde erst nächste Woche zurückerwartet. Elysia vermutete, daß er nicht ohne Ring wiederkam, außerdem glaubte sie, daß er seinen Dienst quittieren würde, sobald der Krieg mit Napoleon vorbei war. In Blackmore Hall wartete reichlich Arbeit auf ihn. Das Anwesen würde sicher ein rentabler Betrieb, wenn man ehrlich wirtschaftete, und die Farmer würden davon profitieren, wenn sie ihr Land zurückbekamen und die Minen den Betrieb wieder aufnahmen. Ja, es gab reichlich zu tun für Ian, wenn er zurückkehrte.

Die Gäste des verstorbenen Squire waren eiligst nach London abgereist, ohne das Begräbnis abzuwarten. Jeder wußte was von den angeblich so dringenden Geschäften, die sie als Entschuldigung anführten, zu halten war. Lady Woodley fuhr ebenfalls ab – eine Information von Louisa, die für Elysia äußerst interessant gewesen war. Alex war immer noch hier und machte keinerlei Anstalten abzureisen.

Die Beerdigung der Blackmores hatte heute morgen unter einem klaren, blauen Himmel stattgefunden. Jetzt war es bereits dunkel, und ein gelber Mond ging am schwarzen Himmel auf und kämpfte mit Milliarden funkelnder Sterne um die Vorherrschaft. Sie sahen aus wie strahlende Juwelen, knapp außer Reichweite, aber doch nahe genug, um zu verlocken, dachte Elysia verträumt. Sie drehte sich weg von dem Fenster, als zwei Diener den Raum betraten und einen kleinen Tisch vor dem Kamin aufstellten. Sie beobachtete wohlwollend, daß er mit glitzerndem Kristall und Porzellan gedeckt wurde. Eine kleine Vase wurde in die Mitte des spitzenbedeckten Tisches gestellt, deren Facetten die Flammen des Feuers einfingen, während die einzelne rote Rose ihre duftenden Blütenblätter in der Wärme des Kaminfeuers öffnete.

Elysias Herz klopfte schneller, als sie sah, daß für zwei gedeckt und ein Silberkühler mit geeistem Champagner neben den Tisch gestellt wurde. Sie beobachtete bestürzt, wie ein Diener die hohen Kerzen anzündete.

Alex plante doch hoffentlich nicht, mit ihr allein – in dieser romantisch arrangierten Umgebung – zu essen. Elysia ließ sich auf einen Stuhl fallen, ihre Beine versagten ihr den Dienst. Wie sollte sie noch länger gegen ihn ankämpfen? Sie hatte weder die Kraft noch das Herz dazu. Sie hatte sich etwas vorgemacht. Sie war ein Feigling. Die Herrin seines Hauses zu sein und seine Söhne zu gebären war nur ein Traum für ihre einsamen Nächte.

Im kalten, erbarmungslosen Tageslicht wußte sie, daß sie dazu nicht fähig war, dazu liebte sie ihn viel zu sehr. Sie konnte es nicht ertragen, ihm im Schein der Kerzen gegenüberzusitzen und zu wissen, daß er dabei an eine andere Frau dachte. Nein! Solche Höllenqualen konnte sie nicht erdulden.

»Guten Abend, Mylady.« Alex kam mit seinem schiefen Grinsen herein, das ihr das Herz im Leib umdrehte. Er schnippte einen imaginären Fussel vom Ärmel seines schwarzen Samtrocks, aus dem frech weiße Spitzenmanschetten ragten, ein schöner Kontrast zu dem dunklen Stoff. Jetzt brauchte er nur noch eine schwarze Augenklappe, und fertig war der perfekte Pirat. Seine weißen Zähne strahlten in seinem gebräunten Gesicht, als er offensichtlich ohne sonderliches Interesse sagte: »Ich dachte, daß Ihr heute abend vielleicht lieber hier oben diniert. Es war doch ein anstrengender Tag.« Er musterte sie kritisch. »Ihr braucht ein bißchen Ruhe, meine Liebe. Ihr seht etwas blaß aus.«

»Ich bezweifle ernsthaft, Mylord, daß Blutergüsse momentan in Mode sind«, erwiderte Elysia erbost.

»Ah«, hauchte er. »Es freut mich zu hören, daß Euer Sturz Eurer wunderbaren Schlagfertigkeit nicht geschadet hat. Sie würde mir schrecklich fehlen. Ich hatte schon Angst, Ihr hättet sie verloren, Mylady«, sagte er und ließ sie dabei nicht aus den Augen.

»Nein, Mylord, in der Tat nicht. Ich besitze immer noch all meine geliebten Tugenden. Sie sind nur momentan außer Betrieb. Ich bin mir sicher, Ihr werdet begreifen, daß ich andere und wichtigere Dinge im Kopf hatte, als Eure Lordschaft mit meinen Geistesblitzen zu unterhalten.«

»Bravo, du kommst aber schnell wieder in Form, meine Liebe.« Er lachte, als würde er sich wirklich amüsieren. Sein Blick wanderte besitzergreifend über ihre Gestalt, die nur von einer grünen Samtrobe mit sehr offenherzigem Dekolleté verhüllt war.

Elysia hatte seinen Blick falsch verstanden und sagte trotzig: »Ich habe gerade gebadet und nicht damit gerechnet, jemanden empfangen zu müssen, bevor ich mit meiner Toilette fertig bin.«

»Meinetwegen braucht Ihr Euch nicht weiter anzuziehen, Mylady. Ich bin schließlich und endlich Euer Mann und habe Euch schon mit weniger gesehen«, erklärte er dreist und sah, wie sie bei diesen Worten errötete. »Sollen wir essen? Ich glaube, ich bin heute abend sehr hungrig.«

Elysia beäugte ihn mißtrauisch, als er sie fürsorglich zum Stuhl führte und die Diener wegschickte, nachdem sie die Silberschalen mit Deckeln aufgetragen hatten.

»Gestattet mir, Euch zu bedienen, Mylady«, bot Alex freundlich an und zeigte ihr eine Platte pochierten Steinbutt mit sahniger Sauce. »Kann ich Euch mit diesem saftigen Stück verlocken?« Er legte es geschickt auf ihren Teller und fügte noch eine Scheibe Schinken in Madeira hinzu, etwas gefüllten Salat, Austern, Weingelee, Kartoffeln in Sauce Hollandaise und Hummer. Es waren noch zahllose andere Gerichte unter den Wärmeglocken verborgen.

Elysia starrte ihren Teller an. Sie hatte keinen Appetit. Wie sollte sie einen Bissen herunterkriegen, wenn er kaum einen Meter entfernt von ihr saß? Bis jetzt war immer der lange Bankettisch zwischen ihnen gewesen. Diese Distanz war viel zu gering für ihren Seelenfrieden.

Alex schien das gar nichts auszumachen. Elysia beobachtete, wie er fachmännisch seine Austern öffnete und das weiche, saftige Fleisch schlürfte. Er hob den Kopf, bevor er das schimmernde Weingelee verspeiste und sah sie verwundert an. »Hast du keinen Hunger? Antoine hat sich heute abend wirklich selbst übertroffen.«

Er fuhr sich mit der Zungenspitze über die Oberlippe und tupfte sich elegant die Mundwinkel ab. »Bist du sicher, daß du gar keinen Appetit hast? Hier, versuch ein Stückchen Hummer.« Er hielt ihr eine Gabel voll unter die Nase und lockte sie mit dem Duft. »Komm, sei ein braves Mädchen und iß.«

Elysia konnte ihm in dieser Stimmung nicht widerstehen und nahm den Bissen Hummer, dann überraschte sie sich selbst, indem sie hungrig alles, was auf ihrem Teller war, aufaß.

Alex füllte ihre Gläser immer wieder mit dem kräftigen, dunkelroten alten Wein. Elysia fühlte sich sehr entspannt und angenehm schwindlig, als sie sich zurücklehnte. Das Zimmer hatte einen rosigen Schimmer, und das Feuer knisterte träge im Kamin. Alex reichte Elysia ein randvolles Glas Champagner, trotz ihrer Proteste, sie hätte genug getrunken. Sie gab klein bei und nahm es. Die Blasen kitzelten sie in der Nase, als sie daran nippte.

»Und jetzt werden wir reden«, verkündete Alex plötzlich, und seine harte Stimme zerschmetterte das behagliche Schweigen.

Elysia erstarrte und versuchte, ihre zerstreuten Gedanken irgendwie zu sammeln. Wenn Alex ihr doch nur nicht so viel Wein gegeben hätte. Sie konnte kaum einen klaren Gedanken fassen.

»Es hat keinen Sinn, meine Liebe.«

Elysias benebelter Blick richtete sich auf ihn.

»Ich habe dich absichtlich ein bißchen betrunken gemacht, damit du dich entspannst«, sagte er ohne Umschweife und ließ dabei ihr gerötetes Gesicht nicht aus den Augen.

Elysia stellte mit zittriger Hand ihr Champagnerglas auf den Tisch neben dem Sofa. »Warum?« fragte sie.

»Weil dein scharfer Verstand in etwas beschwipstem Zustand nicht so schnell arbeitet wie gewohnt. Du wirst meinen Fragen nicht so schnell ausweichen oder vom Thema ablenken können, indem du mich zwingst, mich zu verteidigen, wie du es immer so gern machst.«

Er machte es sich in einem Stuhl bequem, als hätte er sich auf einen sehr langen Abend eingestellt.

Sie wäre aufgestanden und einfach gegangen, wenn sie nicht ernsthaft bezweifelt hätte, daß sie es bis zur Tür schaffen würde.

»Ich muß mich bei dir entschuldigen«, begann Alex abrupt. »Ich hätte wissen müssen, daß du die allerletzte bist, die sich in irgendwelche Intrigen oder Liebeleien verwickeln läßt. Dennoch bin ich der Meinung, daß mich nicht allein die Schuld trifft an diesem Irrtum, da du nicht fähig warst, mich eines Besseren zu belehren. Aber was vorbei ist, ist vergessen. Ich kann nur sagen, daß es mir leid tut, daß ich an dir gezweifelt habe...« Er machte eine Pause und fuhr mit einiger Mühe fort: »Es tut mir schrecklich leid, was ich mit deiner Puppe gemacht habe. Dany hat mir erzählt, wieviel sie dir bedeutet hat. Das ist etwas, was ich dir nie ersetzen kann.

Aber wir können einen neuen Anfang machen. Ich kann etwas Anständiges schaffen, dieses eine Mal in meinem Leben, und ich will es mit dir schaffen, Elysia – mit dir an meiner Seite, als meine Frau und Geliebte.«

Die Nebel verflüchtigten sich immer rascher aus Elysias trunkenem Verstand. Sie starrte Alex fassungslos an und schrie dann voller Schmerz und Wut: »Ist das wieder eins von deinen Folterspielen? Wenn ja, dann bist du kein Gentleman. Du hast mir schon einmal gesagt, daß du keiner bist, aber ich habe die Warnung nicht ernst genug genommen. Du spielst nicht nach den Regeln, nicht wahr, Alex? Dir ist es egal, wie tief du sinkst, wenn du jemanden verletzen und demütigen kannst.« Elysia spürte die heißen Tränen auf ihren Wangen, als es ihr endlich gelang aufzustehen.

Alex war blaß geworden, und sein Mund wurde grimmig und schmal, während er Elysias Ausbruch lauschte.

»Du wagst es, dich hier hinzusetzen, nachdem du mich betrunken gemacht hast, und mir frech vorzulügen, was für ein treu ergebener Ehemann du bist, während deine Mätresse dich ungeduldig in

London erwartet? Wie viele Nächte dieses neuen Lebens sollen wir denn teilen, bevor du mich verläßt und zu ihr läufst?

›Sie wird nicht da hinkommen, wo sie nicht willkommen ist‹, hast du gesagt. Oder hast du vergessen, was du deiner Geliebten in der Bibliothek erzählt hast?« fragte Elysia wutentbrannt. Sie erinnerte sich nur zu gut daran, welche Demütigung diese qualvollen Augenblicke für sie gewesen waren.

»O Gott!« Alex lachte barsch, sein Lachen traf Elysia mitten ins Herz. »Daß ausgerechnet diese Worte mich verfolgen... Eine hervorragende Vorstellung, da mußt du mir doch recht geben, meine Liebe, nicht wahr?« sagte er. Es klang fast, als würde er sich selbst hassen, und sein Mund verzog sich angewidert.

»Was meinst du mit Vorstellung?« Elysia beobachtete ihn nervös.

»Ich enttäusche dich nur ungern, aber ich bin nicht ganz der ruchlose Schurke, für den du mich hältst. Vielleicht ein verdammter Narr, ja, aber nicht so verachtenswert. Ich habe viele Dinge in meinem Leben getan, auf die ich nicht stolz bin, aber ich habe noch nie jemanden belogen. Ich wußte, daß du dich oben auf der Empore versteckst – ein Platz, an dem dich keiner stören oder quälen kann.«

Elysia war überrascht. Er wußte von ihrer Zuflucht? Aber woher?

»Ich weiß so einiges, was hier vorgeht – nicht sehr viel, wie es scheint, aber ich habe Augen und Ohren und sehe manches. Zum Beispiel, wie du in die Bibliothek gehst und für lange Zeit dort bleibst. Das Zimmer ist scheinbar leer, bis ich das Knistern von Buchseiten höre.«

Er schnitt eine Grimasse. »Ich kann dir keinen Vorwurf daraus machen, wenn du mir nicht glaubst, aber an diesem Tag wußte ich, daß du auf der Empore bist. Ich habe diese Dinge zu Mariana nur gesagt, weil ich wußte, daß du zuhörst. Ich wollte dir weh tun, so wie du mir weh getan hast – zumindest habe ich das geglaubt. Mein Jähzorn soll verflucht sein, aber ich war verrückt vor Eifersucht. Ich dachte, Ian wäre dein Liebhaber und du wärst wie die anderen Frauen, die ich kennengelernt habe, die weder Vertrauen noch Liebe verdient haben. Anfänglich hatte ich dich anders eingeschätzt.«

»Du hast gewußt, daß ich da oben auf der Empore bin und mitanhören mußte, wie du dich mit Lady Woodley amüsierst?« fragte Elysia kaum hörbar. Sie konnte nicht begreifen, was er da sagte.

»Ja, das habe ich. Es war die Tat eines grausamen und egoistischen Mannes, der in seiner Wut blind um sich schlug, ohne Rücksicht darauf, wen er verletzte.«

»Du hattest also gar nicht wirklich vor, dich mit Lady Woodley in London zu treffen? Du liebst sie gar nicht?« fragte Elysia zögernd. Sie wagte kaum, es auszusprechen, aus Angst alles wäre nur eine Halluzination, ein grausamer Trick, den ihr Verstand ihr spielte.

»Nein, ich habe sie nie geliebt.« Sein Lächeln war bittersüß. »Wie könnte ich je jemand anderen lieben, nachdem ich dich in meinen Armen gehalten und deine süßen Küsse gekostet habe?« sagte er mit heiserer Stimme. »Aber ich glaubte, du würdest mich hassen und einem anderen Mann den Vorzug geben. Fast hätte ich dir noch mehr Unrecht angetan, als ich deinen Bruder Ian zur Rede stellte. Ich habe noch nie einen überraschteren Mann gesehen als ihn, als ich ihn fragte, welche Absichten er mit dir hätte. Ich dachte, ich hätte dich verloren, und deshalb habe ich einen letzten verzweifelten Versuch unternommen.« Seine Augen glühten wie lodernde Flammen. »Ich hatte mich gefragt, warum, zum Teufel, du mit Mrs. Blackmore in dieser Höhle warst«, sagte er leise mit einem prüfenden Blick. »Wie es scheint, ist Peter dein Vertrauter, aber du solltest wissen, daß Peter keine Geheimnisse bewahren kann. Er ist dazu nicht imstande, er würde explodieren, wenn er es nicht jemandem erzählt.«

Alex ging auf Elysia zu, die Arme ausgebreitet wie ein Bittsteller, und fuhr leise fort: »Du hast dich unnötig in Gefahr gebracht, weil du dachtest, ich würde dich brauchen, obwohl du gerade dieses verfluchte Gespräch in der Bibliothek belauscht hattest. Ich habe mich gefragt, warum. Warum solltest du das tun, wenn du mich nicht liebst? Trotz allem, was passiert war, hast du mich geliebt. Das hat mir wieder Hoffnung gegeben, daß ich dich nicht verloren habe.«

Elysia merkte, wie ihr bei seinen Worten die Tränen in die Augen schossen. Es konnte nicht wahr sein. Sie schüttelte benommen den Kopf und versuchte, seine Worte zu verdauen, aber ihre Reaktionen waren immer noch vom Wein gedämpft. Alex, der jede Regung ihres Gesichtes und jede Bewegung beobachtete, zog die falschen Schlüsse und sank stöhnend in einen satinbezogenen Sessel, begrub seinen dunklen Kopf in den Händen und starrte betrübt auf den Teppich.

»Ich liebe dich, Elysia. Bedeutet dir das denn gar nichts? Ich bin ein Narr und ein Schuft gewesen, ich war halb verrückt, seit wir uns kennengelernt haben. Ich hielt mich für so schlau, weil ich dich zu meinen eigenen Zwecken benutzt habe. Du warst ein so leichtes Opfer. Ich will dir nicht vorlügen, daß es Liebe auf den ersten Blick war, ich kannte nicht einmal die Bedeutung des Wortes. Aber ich habe dich begehrt, so wie jeder heißblütige Mann eine schöne Frau begehren würde. Ich habe es zwar damals nicht gemerkt, aber als ich dich das erste Mal sah, änderte sich etwas in mir. Erst später habe ich diese Veränderung richtig begriffen. Also habe ich in der Zwischenzeit unsere mißliche Lage rücksichtslos ausgenützt und mich damit entschuldigt, daß das, was ich dir zu bieten hatte, wesentlich besser war als das, was dich in London erwartet hätte.

Aber plötzlich ist alles außer Kontrolle geraten, denn du warst völlig anders als all die anderen Frauen, die ich bisher gekannt hatte. Du hast mich gehaßt. Das war an sich schon etwas Neues, aber zusätzlich merkte ich, daß ich ständig an dich dachte und von dir träumte, bis ich von dir besessen war. Ich redete mir ein, daß es nur körperliche Begierde wäre, was ich empfand, aber nachdem ich dich zur Meinen gemacht hatte, begehrte ich dich mehr als je zuvor – und nicht nur deinen Körper. Ich war eifersüchtig auf jeden deiner Gedanken, der nicht mir gehörte. Als ich dich ausgestreckt unter diesen Bäumen in dem Hain sah, bin ich tausend Tode gestorben, weil ich dachte, du wärst tot. Und in diesem Augenblick wußte ich, daß ich dich mehr liebte, als ich es mir in meinen wildesten Phantasien erträumt hätte.«

Er stand auf, ging zum Kamin und starrte in die Flammen. »Ich bin ein Mann, der das Leben bis zur Neige ausgekostet hat. Der sich immer genommen hat, was er wollte, und sich jeden Wunsch erfüllte. Jetzt will ich *dich*. Ich könnte dir meinen Willen aufdrängen und dich dazu zwingen, mit mir zu leben. Du bist in meinem Haus, in dem ich der absolute Herr bin. Du trägst meinen Namen und möglicherweise auch schon mein Kind unter deinem Herzen. Diese Bande sind schwer zu lösen. Aber ich werde dich nicht zwingen, zu mir zu kommen oder bei mir zu bleiben, wenn du woanders leben willst. Ich würde dich nur zu gern einsperren und dich hier gefangenhalten, damit ich dein Herz erobern kann. Ich bin ein arroganter und grausamer Mensch und ein egoistischer und eifersüchtiger Mann. Ich teile dich nur ungern mit anderen. Du bist die einzige Frau, die ich je geliebt habe und noch immer liebe.

Aber sobald ich entdeckte, daß ich dich liebe, habe ich alles verloren. Ich kann dir nicht weh tun, nur um meine Wünsche zu erfüllen.« Er stand ganz ruhig vor dem Kamin, als suche er die Wärme. Das einzige Zeichen seiner Erregung waren seine zu Fäusten geballten Hände.

Elysia lächelte nachdenklich. Er hatte recht. Er war ein arroganter Mann – nicht wirklich brutal, er war es nur gewohnt, daß alles nach seiner Pfeife tanzte. Er war stolz und herrisch, aber sie liebte ihn. Ihr Lächeln breitete sich aus, bis ihre grünen Augen funkelten – und er liebte sie.

Ein Scheit fiel im Kamin, Funken stoben und wurden von den

Flammen verzehrt. Das Geräusch befreite Elysia aus ihrer Starre. Die Bande, die sie gehalten hatten, zerrissen, als sie auf den Mann zuging, den sie liebte.

Alex spürte, wie sich ihre weichen Arme um seine Taille schlangen, und Elysia sich an seinen breiten Rücken schmiegte, während sie ihn fest an sich drückte, als hätte sie Angst, er könnte verschwinden, ehe sie Gelegenheit hatte, ihm zu sagen, wie sehr sie ihn liebte. Er spürte, wie die Hitze seinen Körper durchströmte – eine Hitze, die nichts mit der Nähe des Feuers zu tun hatte. Sie rieb ihre Wange an seiner Schulter, aber er rührte sich nicht und ließ sie den ersten Schritt tun.

»Alex.« Ihre Stimme dröhnte in seinen Ohren, und sie kuschelte sich wie eine kleine Katze an ihn. »Inzwischen finde ich es hier recht nett, Mylord. Um ehrlich zu sein, ich habe Lust, die Schloßherrin zu spielen, und wie könnte ich meinen Verstand weiterhin scharf halten, wenn ich nicht so einen arroganten, unerträglichen – und liebenswerten Mann hätte?« fragte sie leise.

Elysia spürte, wie Alex' Schultern bebten und hörte sein tiefes Lachen. Er packte ihre Handgelenke und befreite sich, dann drehte er sich um, zog sie in seine Arme und drückte sie fest an seine Brust.

»Ah, Mylady, wo hat es je Euresgleichen gegeben?« Er lachte entzückt. »Hast du schon vom Glück der Trevegnes gehört? Sie sagen, ich stünde im Pakt mit dem Teufel. Na, jetzt werden die Gerüchte überhaupt kein Ende mehr nehmen. Wenn sie erst einmal die grünäugige Hexe, die ich zu meiner Frau gemacht habe, sehen, wissen sie, daß sie uns alle mit ihrem Bann verzaubert. Aber«, fügte er warnend hinzu, »nur ich werde sie bezähmen und ihre honigsüßen Küsse genießen. Unsere Kinder werden ohne Zweifel gehörnt und geschwänzt sein, aber wir gehören zusammen wie nie zuvor ein Mann und eine Frau.«

Alex drückte sie noch fester an sich. »Laßt es mich hören, Mylady – sagt mir, daß Ihr mich liebt«, murmelte er und biß sie zärtlich in ihr Ohrläppchen. »Ich glaube, ich werde es nie überdrüssig werden, das zu hören.«

»Wäre es Euch denn nicht lieber, wenn ich Euch *zeigen* würde, wie sehr ich Euch liebe?« wollte Elysia mit unschuldigem Augenaufschlag wissen. »Wenn Ihr es natürlich vorzieht, *sage* ich auch, wie sehr ich Euch liebe, Mylord.«

Alex grinste, und seine goldenen Augen funkelten begehrlich. »Ihr spielt mit meinen Gefühlen, Mylady. Dann seid Ihr selbst für die Folgen verantwortlich. Mein Durst wird nicht so leicht zu stillen sein.«

Ihre Antwort wurde von einem Kuß erstickt. Sein Mund strich begierig über ihr weiches Gesicht und bemächtigte sich schließlich ihrer geöffneten Lippen. Elysia schlang ihre Arme um seinen Hals und kam bereitwillig seinen Forderungen nach, als seine Hände suchend über ihren Körper tasteten.

Er löste seinen Mund von ihrem und sah in Elysias halb geöffnete Augen, die dunkel vor Lust und Leidenschaft geworden waren.

»Und, Mylady? Ist der Preis zu hoch?« fragte er mit einem teuflischen Blitzen in den Augen.

»Der Preis ist niemals zu hoch, wenn es die Sache wert ist, Mylord«, erwiderte Elysia leise, und ihr Blick war die Einladung, die er suchte.